中國古典文學基本叢書

蘇軾詩集

第八册

〔清〕王文誥輯註
孔凡禮點校

蘇軾詩集卷四十七

補編古今體詩六十七首〔一〕

嚴顏碑〔二〕㊀在忠州。顏即巴郡太守，事見《蜀志·張飛傳》〔三〕。

先主反劉璋，兵意頗不義。孔明古豪傑，何乃爲此事㊁。劉璋固庸主，誰爲死不二㊂。嚴子獨何賢，談笑傲碪几㊃。國亡君已執〔四〕，嗟子死誰爲㊄。何人刻山石，使我空涕淚。吁嗟斷頭將，千古爲病悸〔五〕㊅。

㊀〔合註〕王本古迹類，舊王本同。〔查註〕《元和郡縣志》：後漢巴東郡，唐貞觀八年改忠州。〔合註〕《元和志》缺，當作《寰宇記》。又按，《名勝志》：州西五十里，江中高阜，名塘土洲，有嚴顏墓碑及祠。查本附《欒城集》作，今不載。

㊁〔王註縯曰〕益州牧劉璋畏曹公，遣法正迎先主，正因陳益州可取之策。先主將步卒數萬入益州，遂圍成都，璋出降。〔合註〕見《蜀志·先主傳》。又按，先生有論云：孔明遷劉璋，失天下義士之望，即此詩意也。

㊂〔合註〕《左傳·僖公十五年》：有死無二。

㊃〔合註〕「碪」，同「砧」。

㊄〔合註〕《左傳·襄公二十五年》：齊晏子曰：「君爲社稷死，則死之。」註：「爲」，於僞反。

㈥〔王註〕《三國・蜀志・張飛傳》：先主入益州，還攻劉璋。飛與諸葛亮等泝流而上，分定郡縣。至江州，破璋將巴郡太守嚴顏，生獲顏。飛呵顏曰：「大軍至，何以不降而敢拒戰？」顏答曰：「卿等無狀，侵奪我州，我州但有斷頭將軍，無有降將軍也。」飛怒，令左右牽去斫頭。顏色不變，曰：「斫頭便斫頭，何爲怒耶！」飛壯而釋之，引爲賓客。〔馮註〕《漢・田延年傳》：大將軍曰：「誠然，實勇士也。當發大議時，震動朝廷。」光因舉手自撫心，曰：「使我至今病悸。」師古註：「悸」，心動也，音揆。

永安宮〔六〕㈠今夔之永安門，即宮之遺址也〔七〕。

千古陵谷變㈡，故宮安得存。徘徊問耆老〔八〕，惟有永安門。遊人雜楚蜀，車馬晚喧喧㈢。不見重樓好㈣，誰知昔日尊。吁嗟蜀先主，兵敗此亡魂㈤。只應法正死，使公去遺燔㈥。

㈠〔合註〕王本古迹類，舊王本宮殿類。〔馮註〕《蜀地記》：永安宮，在夔州府治東，今之府學也。先主爲陸遜所敗，還至白帝，建此，即諸葛亮受遺命處。〔合註〕《潛確類書》所載同。又〔馮註〕杜子美《詠懷古迹》：崩年亦在永安宮。〔查註〕《名勝志》：《三國志》云：先主伐吳，不利，自夷陵道還，改白帝爲永安郡，仍於州西七里築永安宮。《水經》：江水又東逕永安宮南注。劉備終於此。其間平地可二十許里，江山迴闊，入峽所無。欒史謂公孫述築者譌。〔合註〕《太平寰宇記》前云：劉先主改魚復爲永安，仍別置永安宮；後云：永安宮，漢末公孫述所築。或述築宮，而先主後改名永安也。又〔查註〕《入蜀記》：夔州在山麓沙上，所謂魚復，永安宮也。宮今爲州倉。州治在宮西北。永安門，無可考，以地理揆之，當是夔之西門。

㈡〔王註〕《詩・小雅・節南山》：高岸爲谷，深谷爲陵。

㈢〔合註〕徐陵《長安道》詩：喧喧擁車騎。

㈣〔合註〕《荀子》：重樓疏堂。

㈤〔王註〕《蜀志》：先主伐吴，與吴軍相拒於夷陵。陸遜大破先主軍。先主還，殂於永安宫。

㈥〔馮註〕《三國志・法正傳》：字孝直，右扶風郿人也。卒時，年四十五，先主爲之流涕者累日。諸葛亮與正雖好尚不同，以公義相取。先主將東征孫權，以復關羽之恥，羣臣多諫，一不從。章武二年，大軍敗績，還住白帝。亮歎曰：「法孝直若在，則能制主上，令不東行；就復東行，必不傾危矣。」〔查註〕《三國志》：章武二年，先主自巫峽至夷陵界，立數十屯。吴將陸遜敕各持一把茅，以火攻拔之，破其四十餘營。

戲作賈梁道詩〔九〕并引〔一〇〕㈠

王凌謂賈充曰：「汝非賈梁道之子耶？乃欲以國與人。」由是〔一一〕觀之，梁道之忠於魏也久矣。司馬景王既執凌歸，過梁道廟〔一二〕，凌大呼曰：「我亦大魏之忠臣也。」及司馬景王病，見凌與梁道守而殺之。二人者，可謂忠義之至，精貫於神明矣〔一三〕，然梁道之靈，獨不能已其子充之姦，至使首發成濟之事，此又理之不可曉者也。故予戲作〔一四〕詩云㈡。

嵇紹似康爲有子㈢，郗超叛鑒是無孫㈣。如今更恨賈梁道〔一五〕，不殺公閭殺子元㈤。

㈠〔合註〕七集本、宋刊施註本目録、外集本題俱作「嵇紹似康」。王本詠史類，舊王本同。

㈡〔合註〕外集題引云：司馬宣王既執王凌而歸，過賈逵廟。大呼曰：「賈梁道，我亦大魏之忠臣也。」及宣王病，見凌與逵共守，皆殺之。逵之子充，乃叛魏事晉，首發成濟之事。凌嘗謂充：「卿非賈梁道之子耶？乃欲以國與人。」由此觀之，逵之忠於魏蓋久矣，充豈不知也耶！余乃知小人嗜利，利之所在，不難叛父，父且不顧，不知人主亦安用此物。故亡晉者，卒充也。戲作小詩云。〔查註〕《晉書・賈充傳》：高貴鄉公之攻相府也，充率衆距戰於南闕。軍將敗，成濟謂充曰：「今日之事何如？」充曰：「公養汝〔一六〕，正擬今日，復何疑。」濟於是抽戈犯蹕。又，愼案《三國・魏志》：王凌謂齊王不任天位，欲迎立楚王彪，遣楊弘以廢立事告兖州刺史黄華，華、弘以白司馬宣王，宣王將中軍討凌。凌勢窮，乘船出迎，面縛水次，宣王承詔送還京師。凌至項，飲藥死。干寶《晉紀》曰：凌到項，見賈逵祠，呼曰：「賈梁道，王凌固忠於魏之社稷者，唯汝有神知之。」其年八月，宣王有疾，夢凌、逵爲厲，遂薨。據此，則殺王凌者，乃仲達，非子元也。《困學紀聞》云：王凌以壽春欲誅懿而不克，此其證也。先生蓋譌記爲景王事，故恨梁道不殺公閭而殺子元耳。又，愼案：此詩，施氏原本不載，外集編第三卷，鳳翔時作也。〔合註〕七集本載續集，至宋刊施註本目録，在遺詩二十九首中，編卷四十内。又，先生詩中固譌仲達爲子元，而外集題作宣王，今已補採題下。又，黄徹《蛩溪詩話》：坡詩「不殺公閭殺子元」。按《晉紀》，王、賈所殺者，乃宣帝名懿字仲達，非景帝子元也。云云。然則宋人已先查氏而辨之矣。

㊂〔施註〕《晉・嵇紹傳》：康之子也。以父得罪，靖居私門。山濤領選，啓武帝，徵之。起家秘書丞。蕩陰之敗，百官侍衛莫不散潰，唯紹儼然端冕，以身捍衛，遂被害於惠帝側，血濺御服。及事定，左右請浣衣。帝曰：「此嵇侍中血，勿去。」《資治通鑑》：司馬温公曰：昔舜誅鯀而禹事舜，不敢廢至公也。嵇康、王儀，死皆不以其罪。二子不仕晉室可也。嵇紹苟無蕩陰之忠，殆不免於君子之譏乎！

㊃〔施註〕《晉・郗超傳》：桓温辟爲參軍。温懷不軌，超爲之謀。超祖鑒，字道微，史臣稱道微忠勁。

㊄〔王註子仁曰〕公閭，賈充字。子元，司馬景王字。

嘲子由〔一七〕㊀

堆几盡埃箇㊁，攻之如蠹蟲㊂。誰知聖人意，不盡書籍中。曲盡絃猶在，器成機見空〔一八〕。妙哉斲輪手，堂下笑桓公㊃。

㊀〔查註〕此詩，施氏原本不載，新刻載續補下卷，止有前四句。今從外集採其全篇，編倅杭卷中。〔合註〕王本嘲謔類，七集本載續集，亦皆止前四句。舊王本缺。

㊁〔馮註〕嵇康《與山濤書》：素不便書，又不喜作書。而人間多事，堆案盈几，不相酬答，則犯教傷義。

㊂〔馮註〕韓退之《雜詩》：「古史散左右，詩書置後前。豈殊蠹書蟲，生死文字間。」攻，專治也，如《考工記》攻木、攻金之類。

㊃〔馮註〕《莊子·天道篇》：桓公讀書於堂上。輪扁斲輪于堂下，釋椎、鑿而上，問曰：「公之所讀爲何言耶？」公曰：「聖人之言也。」曰：「聖人在乎？」公曰：「已死矣。」曰：「古之人與其不可傳也死矣。然則君之所讀者，古人之糟魄已夫！」〔合註〕《莊子》註：魄，又作粕，音同。

題永叔會老堂〔一九〕㊀

三朝出處共雍容，歲晚交情見二公。乘輿不辭〔二〇〕千里遠，放懷還喜一樽同㊁。嘉謀定國垂青史㊂，盛事傳家有素風㊃。自顧塵纓〔二一〕猶未濯㊄，九霄終日羨冥鴻。

㊀〔查註〕慎案，施氏原本、新刻俱失載此詩，今從別本補入。〔合註〕王本題詠類，七集本載續集，外集亦載此詩。然與歐公原作，語意多複，疑非先生詩，是以舊王本、施本皆不載。又閱他本批亦載黃氏云：詩中語氣，似非公作；且題中直書永叔，蘇公亦不應有此。

〔二〕〔合註〕温庭筠詩：放懷親蕙芷。

〔三〕〔合註〕「嘉謀」見《書經》，「定國」見《禮記》。《文選》江文通上書：並圖青史。

〔四〕〔合註〕《文選・典論》：不朽之盛事。

〔五〕〔合註〕《北山移文》：今見解蘭縛塵纓。

留題徐氏花園二首〔二二〕㊀

其一

莫尋羣玉山頭路，莫看劉郎觀裏花〔二三〕。但解閉門留我住，主人休問是誰家。

㊀〔合註〕王本題詠類，舊王本缺，七集本載續集，補施註本在續補遺下卷。〔查註〕慎按此二首，施氏原本不載，諸刻本所載，共三首，題云「藏春塢」。今據外集，以「莫尋羣玉山頭路」一首、「退之身外無窮事」一首係此題之下。其「朱閣前頭露井多」一首，題云「密州藏春塢」。分編兩卷，以正諸刻之訛。〔合註〕查氏所云諸刻本，當指王本、補施註本。今考七集本，三首，題亦統作「藏春塢」。又此三本，皆第一「退之」云云，第二「莫尋」云云，第三「朱閣」云云。今仍查氏二首，從外集題。「朱閣」一首，編入他集互見卷中。

其二

退之身外無窮事㊀，子美樽前欲盡花〔二四〕㊁。更有多情君未識〔二五〕，不隨柳絮落人家㊂。

㊀〔合註〕退之詩，止有「莫憂世事兼身事」之句。吳蘭庭云：杜子美《絶句漫興》詩「莫思身外無窮事，且盡生前有限

杯」，豈東坡誤記爲韓句耶？

㊁〔合註〕杜子美《曲江》詩：且看欲盡花經眼，莫厭傷多酒入脣。

㊂〔合註〕用劉禹錫詩，見卷二十一《次韻答元素》詩王註。

遊靈隱寺戲贈開軒李居士〔二六〕㊀

推倒垣牆也不難，一軒復作兩軒看〔二七〕。若教從此成千里，巧歷如今也被謾〔二八〕㊁。

㊀〔查註〕《咸淳臨安志》：開軒，在合澗橋西北。元祐中有李居士者居此，與東坡往還，名失考〔二九〕。愼案，此詩施氏原本不載，外集編第四卷倅杭時作，本題下自註有「李似節推」四字，則李居士即李似也。《咸淳志》失於詳考，今補註。〔合註〕王本仙釋類，七集本載續集，補施註本載續補遺下卷。

㊁〔馮註〕《莊子·齊物論篇》：巧歷不能得。

錢道人有詩云「直須認取主人翁」，作兩絶戲之〔三〇〕㊀

其一

首斷故應無斷者㊁，冰銷那復有冰知㊂。主人若苦〔三一〕令儂認，認主人人竟是誰。

㊀〔合註〕王本禪悟類，舊王本戲贈類。

㊁〔王註〕《圓覺經》云：菩薩常覺不住，照與照者，同時寂滅。譬如有人自斷其首，首已斷，故無能斷者，則以礙心自滅諸礙，礙已斷滅，無滅礙者。

〔三〕〔王註〕《圓覺經》云：善男子若心照見一切，覺者皆爲塵垢，覺所覺者不離塵，故如湯消冰，無別有冰，知冰銷者存我覺我，亦復如是。《傳燈録》：譬如寒月，水結爲冰，及至暖時，冰釋爲水。

其　二

有主還須〔三二〕更有賓〔一〕，不如無鏡自無塵〔二〕。只從半夜安心後，失却當前覺痛人〔三〕。

〔一〕〔王註續曰〕主賓對代之法，不免有物我也。

〔二〕〔王註援曰〕六祖偈云：菩提本無樹，明鏡亦無臺。本來無一物，何處惹塵埃？〔合註〕原註作六祖詩，所引句亦舛訛，今校正。

〔三〕〔王註〕《楞嚴經》：畢陵伽婆蹉言：毒刺傷足，舉身疼痛，覺清淨心，無痛痛覺。又〔堯卿曰〕慧可大師，父感異光照室，母因而懷妊。及長，遂名之曰光。後於寂默中，倏見一神人，謂曰：「將欲受果，何滯此耶？大道匪遥，汝其南矣。」光知神功，因改名神光。翼日，覺頭痛如刺，其師欲爲治之。空中有聲云：「此乃換骨，非常痛也。」光遂以所見神事白於師。師視其頂骨，如五峯秀出，乃曰：「汝相吉祥，當有所證。神令汝南者，斯則少林達摩大士，汝之師也。」光受教，造於少室，參達摩，果傳衣得法焉。〔合註〕見《傳燈録》。

趙成伯家有麗人，僕忝鄉人，不肯開樽，徒吟春雪美句，次韻一笑〔三三〕〔一〕

繡簾朱户未曾開〔一〕，誰見梅花〔三四〕落鏡臺〔二〕。試問高吟三十韻〔四〕，世言，檢死秀才衣帶上，有《雪》詩三十韻〔三五〕。何如低唱兩三杯。世傳，陶穀學士買得黨太尉家故伎。遇雪，陶取雪水，烹團茶，謂伎曰：「黨家應不識此？」伎曰：「彼粗人安有此景，但能於銷金煖帳下，淺斟低唱，喫羊羔兒酒。」陶默然愧其言〔三六〕。莫言〔三七〕衰鬢聊相映，須得纖腰與共回〔三八〕㊄。知道文君隔青瑣〔三九〕，梁園賦客肯言才〔四〇〕㊅。聊答來句，義取婦人而已，罪過，罪過〔四一〕！

㈠〔合註〕王本嘲謔類，舊王本婦女類，七集本載續集。〔查註〕成伯時爲尚書郎，倅密州。先爲眉之丹稜令，邑人稱之。通守臨淮。先生移守膠西，又佐是邦。爲人簡易疎達，表裏洞然。勤於吏職，親官事如家事。先生作《密州通判廳壁記》，稱予之。此段見施氏原註第十一卷，新刻本删去，今補録移註於此。又，愼按：此詩，施氏原本編遺詩三十三首卷中，今據外集移編於此。

㈡〔施註〕韓退之《短燈檠歌》：黄簾緑幙朱户閉。〔合註〕參寥詩：煖屋繡簾紅地爐。

㈢〔施註〕《雜五行書》：宋武帝女壽陽公主，人日卧於含章殿簷下。梅花落額上，成五出花，拂之不去。經三日，洗之乃落。宫女効壽陽落梅之異，作梅花粧。

㈣〔合註〕鄭谷詩：登龍心在思高吟。

㈤〔施註〕《文選》曹子建《洛神賦》：飄飄兮若流風之迴雪。《歲華紀麗》：趙飛燕舞，宛轉如流風之迴雪。《白氏六帖》亦云。

㈥〔王註續曰〕文君，司馬相如妻。青瑣，窗名。謝惠連《雪賦》：梁王不悦，遊於兔園，召鄒生，延枚叟，相如末至，居客之右。〔李註〕《世説》：韓壽美姿容。賈充女於青瑣窗中看見壽，悦之。〔合註〕姚亢宗曰：此翻用文君從户窺意也。李註韓壽事似泥。

成伯家宴，造坐無由，輒欲效顰而酒已盡，入夜，不欲煩擾，戲作小詩，求數酌而已〔四二〕㈠

道士令嚴難繼和，僧伽帽小却空迴㈡。隔籬不喚鄰翁飲，抱甕須防吏部來。道士令，悅神樂中所謂離而復合者。杜詩云：肯與鄰翁相對飲，隔籬呼取盡餘杯。

㈠〔合註〕王本嘲謔類，舊王本缺，七集本載續集。

㈡〔合註〕句未詳。

成伯席上贈所出妓川人楊姐〔四三〕㈠

坐來真箇好相宜㈡，深注脣兒淺畫眉㈢。須信楊家佳麗種，洛川自有浴妃池㈣。

㈠〔合註〕王本貽贈類，舊王本缺，七集本載續集。〔查註〕慎按：以上二詩，以題考之，亦密州作。施氏原本不載，今從新刻續補下卷，因地移編。

㈡〔合註〕梁簡文帝詩：春風本自奇，楊柳最相宜。

㈢〔合註〕白樂天詩：烏膏注脣脣似泥，雙眉畫作八字低。又，「畫眉」字，見《漢書》。

㈣〔馮註〕《一統志》：楊妃池，在灌縣。妃父玄琰爲蜀司户，生妃於此。按，「洛」當作「灌」。〔查註〕《太平寰宇記》：灌縣有楊妃池。《太真外傳》：楊玄琰爲蜀州司户，生貴妃於此。兒時嘗誤墮此池。《名勝志》引《志》云：在縣東二十里，今爲丘、洪二姓之宅。

奉和成伯大雨中會客解嘲〔四四〕㊀

樂事難并真實語㊁，坐排用意多乖誤。興來取次〔四五〕或成歡，瓦鉤却勝黃金注㊂。我生禍患久不擇，肯爲一時風雨阻！天公變化豈有常㊃，明月行看照歸路。

㊀〔合註〕王本酬和類，舊王本缺，七集本載續集。〔查註〕此詩，施氏原本不載，新刻本載續補上卷。以題考之，當是在密州作，今移編於此。

㊁〔合註〕用謝靈運語，見前《次韻楊褒詩》註（按，在卷六）。〔馮註〕王勃《滕王閣序》：四美具，二難并。《金剛經》：如來是真語者實語者。李義山詩：若信貝多真實語，三生同聽一樓鐘。

㊂〔馮註〕《莊子·達生篇》：以瓦注者巧，以鉤注者憚，以黃金注者殙，其巧一也，而有所矜，則重外也。凡外重者內拙。

㊃〔馮註〕《酉陽雜俎》：天公姓張名堅，漁陽人。乘白龍，振策登天。〔合註〕句用杜子美詩意，見前《夜泛西湖》詩註（按，在卷七）。

泗州過倉中劉景文老兄戲贈一絕〔四六〕㊀

既聚伏波米，還數魏舒籌㊁。應笑蘇夫子，僥倖得湖州。

㊀〔合註〕王本嘲謔類，舊王本缺，七集本載續集。〔查註〕慎按：此詩，施氏原本不載。據詩語，乃自徐移湖時作。今從續補下卷移編。

㊁〔馮註〕《晉·魏舒傳》：舒爲鍾毓長史。毓每與參佐射，舒常爲畫籌而已。後遇朋人不足，以舒滿數。毓初不知其

善射。舒容範閑雅，發無不中，舉坐愕然，莫有敵者。毓謝而嘆曰：「吾之不足以盡卿才，有如此射矣，豈一事哉！」

次韻回文三首〔四七〕㈠

其一

春機滿織回文〔四八〕錦㈡，粉淚揮殘露井桐㈢。人遠寄情書字小，柳絲低日晚庭空。

㈠〔合註〕王本酬和類，舊王本缺。七集本載續集，題作「再次前韻」；註云：係織錦圖上回文。補施註本載續補遺下卷，題與七集本同。〔查註〕《詩格類苑》謂：回文出於竇滔妻所作。《文心雕龍》云：回文所興，則道原爲始。愼按：傅咸有回文反覆詩，温嶠亦有回文詩，皆在竇妻前。

㈡〔合註〕徐陵樂府：春機當户前。

㈢〔合註〕李端樂府：惟餘壞粉淚。陸龜蒙詩：朱閣前頭露井多，碧梧桐下美人過。

其二

紅箋短寫空深恨㈠，錦句新翻欲斷腸。風葉落殘驚夢蝶，戍邊回雁寄情郎㈡。

㈠〔合註〕韓翃詩：紅箋色奪風流座。

㈡〔合註〕元微之詩：悵望悲回雁。韓偓詩：書中説却平生事，猶疑未滿情郎意。

其三

羞雲斂慘傷春暮〔四九〕，細縷詩成織意深。頭畔枕屏山掩恨，日昏塵暗玉窗琴〔五〇〕㊀。

㊀〔合註〕梁簡文帝詩：何時玉窗裏。

附江南本織錦圖上回文原作三首〔五一〕㊀

其一

春晚落花餘碧草㊁，夜涼低月半枯桐。人隨遠雁邊城暮，雨映疎簾繡閣空㊂。

㊀〔合註〕王本題詠類，舊王本同，皆題作「題織錦圖上回文三首」，施本同。七集本載前集，題亦同。查氏增「附江南本」四字，今從之。〔王註次公曰〕回文詩，起於竇滔妻蘇氏，於錦上織成之。蓋順讀與倒讀皆成詩句也。第二篇「千字錦」，第三篇「回文錦」，皆用此事。蓋《晉書·列女傳》：竇滔，苻堅時爲秦州刺史，被徙流沙。蘇氏思之，織錦爲回文旋圖詩以贈滔，宛轉循環以讀之，詞甚悽惋。凡八百四十字，文多不録也。〔查註〕《百家詩話》引《苕溪漁隱叢話·後集》云：《東坡後集》有《題織錦回文》三首「春晚落花餘碧草」云云。《淮海集》載先生跋云：余少時見江南本，其後有人題詩十餘首，皆奇絶，今記其三。然則此詩非東坡作也。少游又云：子瞻記江南所題詩本，不全，余嘗見之，記其五絶，今以補子瞻之遺，即《叢話·前集》所載回文五首是也。世以爲少游作，亦非也。又云：慎按：《經籍志》有《江南集》十卷。今其詩訛入先生集中。又和人回文五首，即少游所記江南本詩也。施氏補註本載續補遺下卷。謹據《百家詩話》，以《再次前韻三首》爲先生作，而以《織錦圖上回文三首》附於後。其和人回文五首，則移置他集互見卷中，用正諸刻之訛。〔合註〕五首，王本載酬和類，七集本載續集，係孔毅父作，故仍列他集互見卷。至「春晚」三首，七集本在《東坡前集》，並不在《後集》中，查氏所引誤也。至此三首，究難定爲非先生

作，今仍從查氏，附列於此。

㈡〔施註〕杜子美《蜀相》詩：映階碧草自春色。

㈢〔王註〕杜子美《晚晴》：江色映疎簾。

其　二

紅手素絲千字錦㈠，故人新曲九回腸㈡。風吹絮雪愁縈骨，淚灑縑書恨見郎㈢。

㈠〔合註〕白樂天詩：戲團稚女呵紅手。

㈡〔王註〕司馬子長《報任安書》：腸一日而九回，居則忽忽若有所忘。

㈢〔施註〕《後漢·蔡倫傳》曰：古書契多編以竹簡，其用縑帛者，謂之爲紙。

其　三

羞看一首回文錦，錦似文君別恨深。頭白自吟悲賦客㈠，斷腸愁是斷絃琴㈡。

㈠〔王註〕《西京雜記》：司馬相如將聘茂陵女子爲妾，卓文君作《白頭吟》以自絶，相如乃止。其詞曰：皚如山上雪，皎若雲間月。聞君有兩意，故來相決絶。平生共城中，何嘗斗酒會。今日斗酒間，明旦溝水頭。蹀躞御溝上，溝水東西流。郭東亦有樵，郭西亦有樵。兩樵相推與，無親爲誰嬌？凄凄重凄凄，嫁娶不須啼。願得一心人，白頭不相離。

㈡〔施註〕《後漢·列女蔡琰傳註》引劉昭《幼童傳》：邕故斷琴一絃，問之，琰曰：「第四絃。」

數日前，夢一僧出二鏡求詩，僧以鏡置日中，其影甚異，其一

如芭蕉，其一如蓮花，夢中與作詩〔五二〕㈠

君家有二鏡，光景如湛盧㈡。或長如芭蕉，或圓如芙蕖。飛電著子壁〔五三〕㈢，明月入我廬。月下合三璧，日月跳明珠〔五四〕。問子〔五五〕是非我，我是〔五六〕非文殊㈣。

㈠〔合註〕王本詠物類，舊王本缺，七集本載續集。〔查註〕慎按：此詩，施氏原本不載，新刻載續補上卷；外集編黃州卷中，今從之。

㈡〔馮註〕《越絕書》：歐冶乃因天之精神，悉其伎巧，造爲大劍三，小劍二。一曰湛盧，二曰純鈎，三曰勝邪，四曰魚腸，五曰巨闕。吳王闔廬之時，得其勝邪、魚腸、湛盧。闔廬無道，子女死，殺生以送之，湛盧之劍，去之如水。

㈢〔合註〕用韓退之詩，見《樂全先生生日》詩註（按，在卷二十一）。

㈣〔馮註〕《楞嚴經》：如汝文殊，更有文殊，是文殊者爲無文殊。如第二月，誰爲是月，又誰非月，又於自心現大圓鏡。

贈　人〔五七〕㈠

別後休論信息疎㈡，仙凡自古亦殊途㈢。蓬山路遠人難到㈣，霜柏威高道轉孤。舊賞未應忘楚國〔五八〕，新詩聞已滿皇都。誰憐澤畔行吟者，目斷長安貌欲枯㈤。

㈠〔合註〕王本貽贈類，舊王本缺，七集本載續集。〔查註〕慎按：此詩，施氏原本不載。據外集，編第六卷黃州時作，今從新刻續補下卷移編。

㈡〔馮註〕李陵《答蘇武書》：與子別後，益復無聊。

〔三〕〔馮註〕《易·繫辭下》：殊途而同歸。

〔四〕〔馮註〕李義山詩：劉郎已恨蓬山遠，又隔蓬山一萬重。

〔五〕〔合註〕玩詩句，其人由官荆楚而內召入汴都者，不知所指。至外集，此詩在《李委吹笛》及《送酒與崔誠老》與《郭生遊寒溪》三詩後，不知查氏何以定編於此？（按，查註、合註此詩編《贈黄山人》後、《問大冶……》前。）

寄子由〔五九〕〔一〕

厭暑多應一向慵，銀鉤秀句益疎通。也知堆案文書滿，未暇開軒硯墨中。湖面新荷空照水，城頭高柳漫摇風〔二〕。吏曹不是尊賢事〔三〕，誰把前言語化工？

〔一〕〔合註〕王本簡寄類，舊王本缺，七集本載續集。〔查註〕慎按：先生前後寄子由詩，年月率可考。此篇，施氏原本不載，《欒城集》亦無和章。新刻本編續補下卷中。玩語意，子由是時當在高安。今依外集移編于此。〔合註〕詩意未見確在高安，且未必是先生作。今姑仍查氏所編耳。

〔二〕〔馮註〕《隋書》：楊素見柳，調言曰：「柳條通體弱，獨摇不須風。」

〔三〕〔馮註〕《蜀志》：杜瓊謂譙周曰：「古者名官職，不言曹。始自漢已來，名官盡言曹，吏言屬曹，卒言侍曹，此殆天意也。」

題沈君琴〔六〇〕〔一〕

武昌主簿吴亮君采，攜其友人沈君十一〔六一〕琴之説，與高齋先生空同子之文太平之頌以示予。予不識沈君，而讀其書，乃得其義趣，如見其人，如聞其〔六二〕十二琴之聲。予昔從高齋先生遊，嘗見其寶一琴，無銘無識，不知其何代物也。請以告二子，使從先生求觀之此十二琴者，待其琴而後和。元豐六年閏六月〔六三〕。

若言琴上有琴聲，放在匣中何不鳴？若言聲在指頭上，何不於君指上聽㊁？

㊀王本詠物類，舊王本缺，七集本載續集，題止「琴詩」二字。吴君采事迹失考，沈君名失考。高齋，趙清獻閱道也，見前《高齋》題註（按，在卷十九）。〔查註〕本集《十二琴銘》：一震林孤桐，二香林八節，三號鐘，四玉磬，五松風，六古媧簧，七南風，八歸鶴，九秋風，十漁根，十一九州璜，十二天球。又，黄山谷亦有《張益老十二琴銘》，自註云：名損。而十二琴之名，多有不同，第一首題云澗泉，第八首題云舞胎仙，第九首題云秋思，第十一首題云九井璜。録以備考。又，慎案：施氏原本不載，新刻編續補下卷，題止「琴詩」兩字。今據外集，采録全題。又，本集《與彦正判官》尺牘云：古琴遂蒙輟惠，快作數曲，拂歷鏗然，試以一偈問之，云云。即此四句也。

㊁〔馮註〕《楞嚴經》：譬如琴瑟、箜篌、琵琶，雖有妙音，若無妙指，終不能發。汝與衆生，亦復如是。又，偈云：聲無既無滅，聲有亦非生。生滅二緣離，是則常真實。此詩宗旨，大約本此。

洗兒戲作〔六四〕㊀

人皆養子望聰明〔六五〕，我被聰明誤一生㊁。惟願孩兒愚且魯〔六六〕，無災無難到公卿。

㊀〔合註〕王本寓興類，舊王本缺。七集本載續集，無「戲作」二字。〔查註〕慎案：此詩，施氏原本載遺詩卷中。今據外集移編。詩中有玩世疾俗之意，當是生幹兒時所作，故附於此。〔合註〕外集此詩編後知杭州卷中。洗兒事習

見。王建詩，内人争乞洗兒錢；《東京夢華録》，生子滿月，爲洗兒會。

㈡〔施註〕白樂天《哭皇甫冉七》詩：多才非福禄，薄命是聰明。

贈江州景德長老〔六七〕㈠

白足高僧解達觀，安排春事滿幽欄。不須天女來相試，總把空花眼裏看。

㈠〔合註〕王本仙釋類，舊王本缺，七集本載續集。〔查註〕曾子固《江州景德寺新戒壇記》云：初，景德寺幾廢，僧智遷不舍晝夜之勤，凡二十年，爲佛殿、山門、兩廊、鐘樓與戒壇，統爲屋若干區，費錢二十餘萬。不知卽其人否？又，慎案：施氏補註，此詩在續補下卷中，今因地附編。

半山亭〔六八〕㈠

登嶺勢巍巍，蓮峯太華〔六九〕齊㈡。凭欄紅日早，回首白雲低㈢。松柏月中老，猿猴物外啼。禪師吟絶後，千古指人迷。

㈠〔合註〕外集此詩題首有「次韻」二字，王本題詠類，舊王本亭榭類，亦同。七集本載續集。〔查註〕《六朝事迹》：報甯禪寺，由城東門至蔣山，此半道也，故今亦名半山寺。《金陵志》：獨龍岡，有上下二定林寺，王荆公卜居於二定林之間，名曰半山。又，慎案：此詩，施氏原本不載，新刻載續補下卷，今據外集移編。〔合註〕此詩似非先生作。

㈡〔馮註〕《山海經》：太華山在華陰，卽西岳也。石壁直上如削成，最著者曰蓮花、明星、玉女三峯。〔合註〕《山海經》

並無此文。

㊂〔馮注〕寇準《吟華山》詩：只有天在上，更無山與齊。舉頭紅日近，回首白雲低。時準年八十歲。

常山贈劉鎡〔七〇〕㊀

劉侯年少日，駿馬拊便面㊁。援弓雁自落〔七一〕㊂，不待白羽貫。

㊀〔合註〕王本貽贈類，舊王本缺，七集本載續集。〔查註〕愼按：此詩，施氏原本不載，新刻在續補下卷，今因地附録於此。〔合註〕此詩，安知其非守密州時作，且外集作「常州」，查氏别無證據，但云因地附録，非也。今姑仍其舊。又：王昶《金石粹編》載桂林狀波巖還珠洞題名，首列清源劉鎡逢時之名字，後書宣和己亥六月十六日。未知即此人否？至此詩似不全，此其首四句耳。

㊁〔馮註〕《漢·張敞傳》：走馬章臺街，使御史驅，自以便面拊馬。師古註：便面，所以障面，蓋扇之類也。亦曰屏面。

㊂〔馮註〕「虚弦落雁」，用《戰國策》更羸事。

送范德孺〔七二〕㊀

漸覺東風料峭寒，青蒿黄韭試春盤。遥想慶州千嶂裏，暮雲衰草雪漫漫㊁。

㊀〔合註〕王本紀行類，舊王本同，題作「過范縣訪德孺」，七集本載續集。〔查註〕愼案：此詩，施氏原本不載，新刻本載續補下卷。今因題附録於此。

㊁〔合註〕劉長卿詩：蘆花十里雪漫漫。

獲鬼章二十韻〔七三〕㈠

青唐有逋寇㈡，白首已窮妖。竊據臨洮郡，潛通講渚橋㈢。廟謀周召虎，邊帥漢班超㈣。堅壘千兵破，連航一炬燒。擒姦從窟穴，奏捷上烟霄。詭異人圖像，歡娛路載謡。干誅非一事〔七四〕，伐叛自先朝㈤。取道經陵寢，前期告廟祧㈥。西來聞幾日，面縛見今朝。二聖臨雲陛㈦，千官溢海潮。載囚車轣轆㈧，失主馬蕭條㈨。横拜如蹲犬，胡裝尚衣貂。理卿辭具服㈩，譯長舌初調〔七五〕⑪。緩死恩殊厚，求生尾屢摇。慈仁逢太母，寬厚戴唐堯〔七六〕。赤手真擒虎，和羹未賜梟⑫。藁街虚授首⑬，東市偶全腰⑭。困獸何須殺⑮，遺雛或可招⑯。威聲西振夏，武節北通遼。帝道有强弱，天時或長消〔七七〕。羌情防報復，軍勝忌矜驕⑰。慎重關西將，奇功勿再要。

㈠〔合註〕王本慶賀類，舊王本同。七集本載續集。〔王註子仁曰〕案，先生《謝御書》詩自註云：時熙河新獲鬼章。當在元祐之初。〔馮註〕《宋史·董氈傳》：王韶既定熙河，其首領青宜結鬼章，寇河州，踏白城。帝命邊臣招來之。熙寧十年，以鬼章及阿里骨皆爲刺史。《阿里骨傳》：董氈病革，召諸酋領至青唐，謂曰：「吾一子已死，惟阿里骨母嘗事我，我視之如子，今將以種落付之。」諸酋聽命。既嗣事，遣使修貢。元祐元年，封寧塞郡公。二年，遂逼鬼章，使率衆拒。洮州羌藥密者使所部怯陵來告，阿里骨執怯陵，藥密懼，攜妻子南歸，鬼章又使其子結呃齪入寇。八月，鬼章就擒，檻送京師，尋赦之，聽招其子以自贖。元祐三年，阿里骨奉表謝罪。詔熙河無復出兵，許貢奉如故。鬼章死，詔焚，付其骨。〔查註〕《宋史·哲宗本紀》：元祐二年四月，鬼章子結呃齪寇洮東，八月，岷州將种誼復洮州，執鬼章青宜結，百官稱賀。《東都事畧・西蕃傳》：邈川首領阿里骨迫鬼章，竊據洮州。鬼章者，大酋也，桀黠有智謀，數爲邊患。神宗屢詔王韶，欲生致之。至是，與夏人解仇爲援，築洮州居之。劉舜卿遣种誼破其城，生擒之，以爲陪戎校尉。〔合註〕《續通鑑長編》：元祐二年八月戊戌，种誼復洮州，擒鬼章。初，誼捐金帛，結鬼章部下首領苽厮敦什南，使伺賊中動息。會遣人來報，鬼章駐洮州。誼即言其狀於游師雄，師雄納其言。經略使劉舜卿觀望。及師雄至熙州，聞夏又遣大首領嵬名阿吴往青唐計事，阿里骨囚本朝使高昇，而青唐酋長或來告董氊死，阿里骨故不發喪，復殺氊妻心牟，囚温溪心，國人怨之。師雄聞之，喜曰：「此天贊我也。」亟具利害，上於朝。不報。已而夏國主乾順，盡召十二監軍兵，屯會州天都山西南。國母與梁乙逋等率之，對蘭州通遠軍而營，欲與鬼章連謀入寇。師雄諜知之，謂舜卿曰：「事急矣，不可復待奏稟，宜聽誼等出兵。」舜卿不得已，從之。於是遣總管姚兕部洮西，誼部洮東。是月十五日，出師。十六日，兕破六逋宗。十七日，攻講朱城。十八日晚，誼至洮州，壁青藏峽。會夜大雨，及旦，重霧晦冥。誼引兵圍城。部分甫畢，霧忽開，羌望見，以爲從天而下，亟拒守。漢兵四面攻之，士皆鏖鬭，呼聲動天，一鼓破之，擒鬼章及大首領九人，斬馘數千，獲牛羊器甲數萬計。師雄度官軍必勝，前命工爲檻車，遂縛載鬼章送闕下。又〔查註〕慎案，熙河之役，搆禍始於王韶。厥後邊釁大開，終釀靖康之禍。後世以爲罪魁者，當時且以爲功之首。通章用意在結處六句，慮患防微，隱然言外，深識遠見，與《代張方平諫用兵書》同而風刺微矣。此詩，施氏原本失載，新刻本載在續補下卷。今據歲月編録於此。〔合註〕《續通鑑長編》載先生言：捷奏朝至，舉朝夕賀。則邊臣聞之，將驕卒惰，後無以使。願朝廷鎮之以静，示之以不可測。云云。即詩中結句意也。又，《宋史・哲宗本紀》：二年十一月，獻鬼章於崇政殿，先生詩必作於是時，故詳敘獻俘之事，則不當編於九月十五賜御書詩之前也。今姑仍查氏之舊。

（二）〔查註〕《東都事略》：真宗朝，以西蕃唃厮囉爲邈川首領，以温逋奇爲歸化將軍。後温逋奇謀亂，唃厮囉殺之，而改蒞青唐，故當時又呼青唐羌。

㊂張芸叟《畫墁集・种誼墓志》：姚兕統西河軍，出講朱城。其地在洮州。「朱」與「渚」音相近，當卽講渚也。

㊃《畫墁集・种誼墓志》云：初，王師拓土，至枹罕，始建州縣，唃氏餘種，獨董氈尚存。首領鬼章誘殺知河州景思元，董氈遂復其國。元祐初，鬼章與夏國相結，知岷州种誼刺得其情，聞於朝，遣游師雄就商利害。師雄議與誼合，帥臣劉舜卿從之，遣總管姚兕統熙河軍趨講朱城，誼出哥龍峗，敗賊於邦令谷，追奔至洮州。鬼章拱手就執。

㊄〔王註縯曰〕仿杜子美《歸夢》：偷生惟一老，伐叛已三朝。

㊅〔查註〕《畫墁集・种誼墓志》：鬼章就執，捷報至，奏告裕陵，以鬼章檻送京師。〔合註〕《周禮・天官》：前期十日。

㊆〔合註〕謝朓詩：十載朝雲陛。

㊇〔合註〕《續通鑑長編》：元祐二年十月，詔鬼章易檻車，護送大理寺，劾治以聞。引見，準辟囚例押入殿，以吕公著奏，鬼章始下獄也。

㊈〔合註〕王註「失主」引杜子美詩，見上卷《再和二首》註（按，在卷二十八，集成所引者爲施註）。又〔王註〕杜子美《瘦馬行》：毛暗蕭條連雪霜。

㊉〔合註〕《宋史・職官志》：大理寺，元豐官制，行卿一人，少卿二人。

⑪〔合註〕《唐書・裴矩傳》：譯長縱蠻夷與民貿易。

⑫〔王註〕漢東觀故事，令郡國送梟，五月五日爲梟羹，賜百官。註：以惡鳥，故食之，欲絕其類也。

⑬〔合註〕諸葛武侯《後出師表》：夏侯授首。

⑭〔王註〕《三輔録》：長安城中有藁街。《前漢書・陳湯傳》：斬郅支首，及名王以下，宜懸頭藁街。《史記・晁錯傳》：衣朝衣，斬東市。〔馮註〕《檀弓》：是全要領，以從先大夫於九京也。

（一五）〔馮註〕《左傳・宣公十二年》：困獸猶鬭。

（一六）〔查註〕先生論鬼章事宜劄子云：竊聞朝論，謂鬼章犯順，罪當誅死，然譬之鳥獸，不足深責。其子孫部族，猶足以陸梁於邊，全其首領，以累其心，以爲重質，庶獲其用。〔合註〕《續通鑑長編》：元祐二年十一月，以鬼章入見崇政殿，詰犯邊之狀，諭以罪當誅死，聽招其子及部屬歸附以自贖。鬼章服從，釋縛。三年八月，以鬼章爲陪戎校尉。

（一七）〔馮註〕《史記》：宋義諫項梁曰：「戰勝而將驕卒惰者敗。」

次韻子由題《憩寂圖》後〔七八〕（一）

東坡雖是湖州派，竹石風流各一時（二）。前世〔七九〕畫師今姓李，不妨還作輞川詩（三）。

（一）〔合註〕王本書畫類，七集本載續集，題並止「憩寂圖」三字，補施註本同，查氏從之。今從外集。舊王本缺。〔查註〕子由詩敍云：元祐三年，子瞻、伯時爲柳仲遠作《松石圖》，取杜子美「松根胡僧憩寂寞」四句之意，復求伯時畫此，目爲《憩寂圖》。又，愼按：此詩，施氏原本不載，新刻載續補下卷，今據子由詩敍，移編於此。〔合註〕查氏此條，乃先生題《憩寂圖》詩之跋，並非子由詩敍也。見《東坡題跋》中。首云：元祐元年正月十二日，蘇子瞻、李伯時爲柳仲遠作《松石圖》。仲遠取杜子美詩「松根胡僧憩寂寞，龐眉皓首無住著，偏袒右肩露雙脚，葉裏松子僧前落」之句，復求伯時畫此數句爲《憩寂圖》。子由題云：東坡自作蒼蒼石，留取長松待伯時。只有兩人嫌未足，兼收前世杜陵詩。因次其韻，曰：東坡雖是湖州派，云云。文與可嘗云：老夫墨竹一派，近在徐州，吾竹雖不及，石似過之。此一卷公案，不可不令魯直下一句。并附魯直跋云：或言子瞻不當目伯時爲前身畫師，流俗人不領，便是詩病。伯時一丘一壑，不減古人，誰當作此癡計！子瞻此語是眞相知。據先生跋語，可知先生畫石，而伯時畫松。

是以《欒城集》題云：子瞻與李公麟宣德，共畫翠石、古木、老僧，謂之《憩寂圖》，題其後。正與先生此跋相合。惟任淵《山谷集》目録註及《山谷題跋》中標題專指爲伯時畫，皆誤也。至《山谷集》次韻詩二首，第一首云：松含風雨石骨瘦，法窟寂修僧定時。李侯有句不肯吐，淡墨寫出無聲詩。第二首云：龍眠不是虎頭癡，筆妙天機可並時。蘇仙漱墨作蒼石，應解種花聞此詩。查本何以止附載前一首也？又案，任淵《山谷集》目録註曰：子由題柳仲遠所藏李伯時畫胡僧《憩寂圖》，舊有跋云：元祐三年正月二十七日子由題，東坡與山谷皆有和章。當是出試院後作。此查氏所據以編入三年也。但《東坡外集》載此詩于《上元韓康公坐侍兒求書扇上二首》之前，而此跋亦作「元祐二年正月十二日」，則似是二年所作。又考《欒城集》子由《次韻武昌西山》詩，尚在此詩之後，則并似元年所作。任淵所註年與日皆不同，未知其何所據？竊以三書互異，不能定其必應編入三年也。今姑仍查氏之舊，而辨識於此。

㈡〔合註〕湖州，指文與可。見題註。

㈢〔合註〕用王維詩「宿世謬詞客，前身應畫師」句，互見前《王維、吴道子畫》詩註（按，在卷三）。

題李伯時《淵明東籬圖》〔一〇〕㈠

彼哉嵇、阮曹，終以明自膏㈡。靖節固昭曠㈢，歸來侶蓬蒿。新霜著疎柳，大風起江濤。東籬理黄菊〔一二〕，意不在芳醪㈣。白衣挈壺至，徑醉還遊遨。悠然見南山㈤，意與秋氣高㈥。

㈠〔合註〕王本書畫類，舊王本缺，七集本載續集。〔查註〕慎按：此詩，施氏原本不載，新刻本載續補上卷，今據外集移編。

㊁〔合註〕《晉書·嵇康傳》：鍾會憾康，言于文帝，害之。《阮籍傳》：鍾會欲致之罪，以酣醉獲免。今先生詩並云「以明自膏」，似有誤也。

㊂〔馮註〕顏延年《陶徵士誄》：夫實以誄華，名由謚高，苟允德義，貴賤何算焉。若其寬樂令終之美，好廉克己之操，有合謚典，無愆前志，故詢諸友好，宜謚曰靖節徵士。〔合註〕《漢書·鄒陽傳》：獨觀乎昭曠之道也。

㊃〔馮註〕杜子美《復愁》：每恨陶彭澤，無錢對菊花。如今九日至，自覺酒須賒。〔合註〕袁嶠之《蘭亭詩》：激水流芳醪。

㊄〔合註〕全用陶句。

㊅〔馮註〕杜牧詩：南山與秋色，氣勢兩相高。

次韻黃魯直書伯時畫王摩詰〔八二〕㊀

前身陶彭澤，後身韋蘇州。欲覓王右丞，還向五字求㊁。詩人與畫手，蘭菊芳春秋〔八三〕。又恐兩皆是，分身來入流㊂。

㊀〔合註〕王本書畫類，舊王本同。七集本載續集。〔查註〕愼按，此詩，施氏原本不載，今從新刻本續補上卷附編于此。又按，《山谷集》失去題畫原作，無從採録。

㊁〔王註續曰〕陶淵明、韋應物、王維皆善五言詩。〔馮註〕《唐書》：韋應物，河南人。性高潔，工詩。貞元中，歷蘇州刺史，世稱韋蘇州。又，王維，字摩詰。官尚書右丞。工草隸，善畫。《唐詩品彙·總論》：開元、天寶間，則有孟襄陽之清雅，王右丞之精緻。大曆、貞元間，則有韋蘇州之雅澹，劉隨州之閑曠。

㊂〔王註〕《金剛經》：須陀洹名爲入流，而實無所入。〔馮註〕《楞嚴經》：與佛如來同慈力，故令我身成三十二應。〔查

註〕《金剛經》註：須陀洹此翻入流，得果證者約入流，而説即入八聖道之流也。

次韻黄夷仲茶磨〔八四〕㈠

前人初用茗飲時㈡，煮之無問葉與骨。寖窮厥味臼始用㈢，復計其初〔八五〕碾方出㈣。計盡功極至于磨，信哉智者能創物㈤。破槽折杵向牆角〔八六〕，亦其遭遇有伸屈。歲久講求知處所，佳者出自衡山窟。巴蜀石工强鐫鑿，理疎性軟良可咄。予家江陽〔八七〕遠莫致，塵土何人爲披拂。

㈠〔合註〕王本詠物類，舊王本缺，七集本載續集。〔查註〕慎按：黄廉，字夷仲，山谷之叔。山谷集中有《叔父夷仲行狀》：元祐元年，按察成都等路茶事。二年，權發遣都大茶馬。任淵《山谷年譜》註云：夷仲，元祐初爲都大提舉成都府路榷茶。三年正月，除右司郎中。以時考之，正與東坡同朝。外集載此詩，題中作「黄夷仲」，諸刻本俱訛作「董」，今改正。〔合註〕考《宋史》本傳：廉，第進士，歷州縣。熙寧初，除司農丞，權利州路轉運判官，爲監察御史裏行，加集賢校理，提點河東刑獄。元祐元年，召爲户部郎中，遣使按察蜀茶，以直祕閣提舉。明年，進左司郎中，遷起居郎，集賢殿修撰，樞密都承旨。上官均論其往附蔡確爲獄，改陜西都轉運司，拜給事中，卒。又考《續通鑑長編》：元祐二年十二月，朝奉大夫直祕閣黄廉爲左司郎中。〔查註〕《茶具十二圖》：茶磨，名石轉運，出衡山者佳。慎按：此詩，施氏原本不載，新刻本載續補上卷，今移編于此。〔合註〕此詩不似東坡。何焯蘇詩批本亦云。

㈡〔馮註〕《茶經》：其名，一曰茶，二曰檟，三曰蔎，四曰茗，五曰荈。郭璞云：早取爲茶，晚取爲茗。《天台記》：丹丘出大茗，服之生羽翼。

㈢〔查註〕《茶經》：杵臼，一曰碓。惟恒用者佳。

㈣〔查註〕《茶經》：碾以橘木爲之，次以梨、桑、桐、柘爲之，内圓而外方，長九寸，闊一寸七分。

㈤〔馮註〕《周禮・考工記》：知者創物，巧者述之守之，世謂之工。

和錢四寄其弟穌〔八八〕㈠

老來日月似車輪㈡，此去知逢幾箇春。昨夜冰花猶作柱〔八九〕，曉來梅子已生人。

㈠〔查註〕慎按：王氏舊註，先生《和穆父》詩凡二首。今從註中採出。〔合註〕施註引別本又載一篇「老來日月似車輪」云云，與王本註并舉一首同，但皆附題註中，今從查氏編。

㈡〔合註〕用白樂天詩，見前《次韻述古過周長官》詩註（按，在卷十）。

病後醉中〔九〇〕㈠

病爲兀兀安身物，酒作逢逢〔九一〕入腦聲。堪笑錢塘十萬户，官家付與老書生。

㈠〔合註〕王本書事類，舊王本雜賦類。七集本載續集。〔查註〕慎按：此詩，施氏原本不載，今從新刻續補下卷移編。

謝曹子方惠新茶〔九二〕㈠

陳植文華斗石高㈡，景宗〔九三〕詩句復稱豪。數奇不得封龍頷㈢，禄仕何妨似馬曹〔九四〕。囊簡久藏〔九五〕科斗字，劍鋒新瑩鸊鵜膏〔九六〕㈣。南州山水能爲助，更有〔九七〕英辭勝《廣騷》㈤。

㈠〔合註〕王本酬和類，舊王本缺。七集本載續集。〔查註〕慎按：此詩，施氏原本不載，今據外集守杭時作，從新刻續補下卷移編。〔合註〕曹子方時爲轉運判官。此詩通體無謝新茶意，初疑題必有誤。後閲劉貢父《彭城集》，有《送曹輔奉議福建轉運判官》詩兩首，下一首卽此詩也。據此，則非先生詩矣。今並載劉集前一首，以資考証：馳傳典州名字高，溪山更不厭勤勞。吏逢照膽新磨鏡，事似屠牛已善刀。頗説團茶如湩酪，欲將丹荔比葡萄。使君詩思過泉湧，爲賦佳篇悟此曹。又此詩七句云「南州山水能爲助」，而黄山谷《和曹子方雜言》詩，亦有「想對西江彭蠡湖」句，疑子方曾官江西也。

㈡〔馮註〕陳植，陳思王曹植也。《南史》謝靈運云：「天下才共一石，曹子建獨得八斗，我得一斗，自古及今共用一斗。」〔合註〕李義山詩：用盡陳王八斗才。家大人註，以謝語檢尋《南史》未見，引宋人《釋常談》爲註。

㈢〔馮註〕《史記》：李廣數奇不得封侯。又，韓説封龍頟侯。

㈣〔馮註〕李長吉詩：鷓鴣淬花白鷴尾。註：鷓鴣似梟而小，膏中瑩刀。

㈤〔合註〕《漢書·揚雄傳》：作書曰《反離騷》。又旁《離騷》作重一篇，名曰《廣騷》。

此君軒〔九八〕㈠

雲幢烟節十洲〔九九〕人㈡，犀甲檀槍百萬軍㈢。翳薈叢生何足道〔一〇〇〕㈣，此君眞是此君君㈤。

㈠〔合註〕王本題詠類，舊王本竹類。七集本載續集。

㈡〔合註〕包何詩：市井十洲人。

㈢〔合註〕杜牧之詩：白羽八扎弓，髀壓綠檀槍。

㈣〔合註〕張華《鷦鷯賦》：翳薈蒙蘢。

㈤〔馮註〕按「此君真是此君君」，言竹之發生，必有所以爲之主者。猶《莊子・齊物論》所云「其有真君存焉」。《莊子・天地篇》又云：可以爲衆父而不可以爲衆父父。即此君君同意。

參寥惠楊梅〔一〇二〕㈠

新居未換一根椽，只有楊梅不直錢㈡。莫共金家鬭甘苦㈢，參寥不是老婆禪㈣。

㈠〔合註〕王本詠物類，舊王本缺。七集本載續集。〔查註〕慎按：此詩，施氏原本不載，據外集，編第八卷，守杭時作也。今從新刻續補下卷改編。

㈡〔馮註〕《史記・魏其武安傳》：灌夫無所發怒，乃罵臨汝侯曰：「生平毁程不識，不直一錢。」

㈢〔查註〕《咸淳臨安志》：南山近瑞峯石塢内，有一老嫗，姓金，其家楊梅甚盛，俗稱楊梅塢，所謂金婆楊梅是也。

㈣〔馮註〕《傳燈録》：臨濟參大愚。愚曰：「黄蘗恁麼老婆，心切爲汝得徹困猶覓過在。」師於言下大悟。又，普化云：「河陽新婦子，木塔老婆禪。臨濟小厮兒，却具一隻眼。」〔查註〕《傳燈録》：雪竇云：明眼的覷看，將謂雪竇門下教你老婆禪。

秋晚客興〔一〇三〕㈠

草滿池塘霜送梅，疎林野色近樓臺。天圍故越侵雲盡，潮上孤城帶月回。客夢冷隨楓葉斷㈡，愁心低逐雁行〔一〇三〕來。流年又喜經重九，可意黄花是處開。

㈠〔查註〕慎按：此詩不似先生手筆。施氏原本不載。因詩中有「天圍故越」句，或是杭州作。今從新刻續補下卷移編。〔合註〕七集本載續集。王本題載述懷類而詩缺，當是脱葉，朱從延補列失編内，蓋因舊本有題無詩而採入耳。

舊王本缺。又，此詩見《至元嘉禾志》，乃沈括作也。

㊁〔馮註〕唐崔信明詩：楓落吳江冷。

秋興三首〔一〇四〕㊀

其一

野鳥游魚信往還㊁，此身同寄水雲間。誰家晚吹殘紅葉，一夜歸心滿舊山。可慰摧頹仍健食，比來〔一〇五〕通脱〔一〇六〕屢酡顔㊂。年華豈是催人老，雙鬢無端只自斑。

㊀〔查註〕慎按：此三首，施氏原本不載，外集編第八卷守杭州時。今據此從續補下卷改編。〔合註〕七集本載續集。王本題載述懷類而詩缺，當是脱葉，朱從延補列失編内，蓋因舊本有題無詩而採入也。舊王本缺。外集無「秋晚客興」一題，併作「秋興四首」。又，此三首，亦不似先生手筆。

㊁〔馮註〕佛遺教經：示一往還，去已無返。

㊂〔馮註〕《晉書》：喜通脱而憚檢束。

其二

故里依然一夢前，相攜重上釣魚船。嘗陪大幙全陳迹〔一〇七〕㊀，謬忝承明愧昔年㊁。報國無成空白首，退耕何處有名田〔一〇八〕㊂。黄雞白酒雲山約〔一〇九〕，此計當時已浩然㊃。

㊀〔合註〕「大幙」，見《周禮註》。

(二)〔馮註〕：班固《西都賦》：承明、金馬，著作之庭。

(三)〔馮註〕《漢書·食貨志》：限民名田。

(四)〔馮註〕本《孟子》。

其　三

浴鳳池邊星斗光(一)，宴餘香滿上書囊(二)。樓前〔一〇〕夜月低韋曲(三)，雲裏車聲出未央(四)。去國何年雙鬢雪〔一一〕，黄花重見一枝霜。傷心〔一二〕無限厭厭夢(五)，長似秋宵一倍長〔一三〕。

(一)〔朱補王註〕《晉書》：荀勗自中書監爲尚書令。或有賀之者，曰：「奪我鳳皇池，諸君何賀耶？」温庭筠詩：池鳳已傳春水浴。〔合註〕此朱從延補王本註也。

(二)〔馮註〕《史記》：集上書囊，以爲殿帷。

(三)〔朱補王註〕《通志》：韋曲在樊川，唐韋安石之別業。

(四)〔朱補王註〕《漢書》：高祖至長安，蕭何作未央宮。〔馮註〕《漢·高帝紀》：蕭何治未央宮，立東闕、北闕、前殿、武庫。

(五)〔朱補王註〕李商隱詩：秋河不動夜厭厭。

書辯才白雲堂壁〔一四〕(一)

不辭清曉扣松扉〔一五〕，却值支公久不歸(二)。山鳥不鳴天欲雪，卷簾惟見白雲飛。

(一)〔合註〕王本題詠類，舊王本缺。七集本載續集。〔查註〕愼按：以上二首（按，指此首與《偶于龍井辯才處得歙硯甚奇作小詩》，後者在卷三十二），施氏原本不載，今從新刻續補下卷，因題類編。「白雲堂」註詳前。〔合註〕即見前《辯才老師》註也（按，在卷三十二）。但《咸淳臨安志》所載延恩衍慶寺，無白雲堂，俟再考。

㊁〔合註〕李太白詩：談玄乃支公。

觀湖二首〔二六〕㊀

其一

乘槎遠引神仙客，萬里清風上海濤。回首不知沙界小㊁，飄衣猶覺色塵高㊂。須彌有頂低垂日，兜率無根下戴鼇㊃。釋梵茫然齊劫火，飛雲不覺醉陶陶㊄。

㊀〔合註〕王本游覽類，舊王本缺。七集本載續集。〔馮註〕題疑作「觀海」。〔合註〕「湖」疑「潮」字之訛。

㊁〔馮註〕《金剛經》：以七寶滿爾所，恒河沙數，三千大千世界，以用布施。

㊂〔馮註〕《楞嚴經》：阿難如汝一人，微動服衣，有微風出，又麄爲大地，細爲微塵，又若此鄰虛析成虛空，當知虛空出生色相。

㊃〔馮註〕《因本經》：須彌山半高四萬二千由旬，乃四大天王所居宮殿。須彌山頂而分四方，每方有八所，中間一所乃帝釋宮殿，梵語謂兜率天也。〔馮註〕《吳都賦》：巨鼇屓屭，首冠靈山。

㊄〔合註〕「陶陶」，見《詩經》。

其二

朝陽照水紅光開，玉濤銀浪相徘徊。山分宿霧儘寬遠，雲駕高風馳送來〔一一七〕。昇霞彩色敧殘火〔一一八〕，及物氣燄明纖埃。可憐極大不知已，浮生野馬〔一一九〕悠悠哉㊀。

㊀〔馮註〕《莊子·逍遥遊篇》：野馬也，塵埃也，生物之以息相吹也。

醉題信夫方丈〔一二〇〕㊀

鶴作精神松作筋，堦庭蘭玉一時春。願君且住三千歲，長與東坡作主人。

㊀〔合註〕王本題詠類，舊王本缺。七集本載續集。〔查註〕愼按：以上三首，施氏原本不載，據外集編第八卷，守杭時作，今從續補下卷，移編于此。〔合註〕信夫失考。

龐　公〔一二一〕㊀

襄陽龐公少檢束㊁，白髮不髡亦不俗。世所奔趨我獨棄，我已有餘彼不足㊂。鹿門有月樹下行，虎溪〔一二二〕無風舟上宿。不識當時捕魚客㊃，但愛長康畫金粟㊄。杜口如今不復言，龐公爲人不曲局㊅。東西有人問老翁〔一二三〕，爲道明燈照華屋。

㊀〔合註〕王本詠史類，舊王本缺。七集本載續集。〔查註〕愼案：《龐公》一篇，施氏原本不載，新刻載續補上卷。舊疑此詩當分兩章，自「襄陽龐公少檢束」至「爲道明燈照華屋」止，爲一首。自「五言七言正兒戲」至末，與前半語意判然，自應另作一首，而諸刻相承，未有辨之者。今閲外集第八卷，前一首題云「龐公」；後一首題云「戲書」，在外集第九卷〔一二四〕。據此改正，移入守杭卷中。

㈡〔合註〕韓退之詩：近憐李、杜無檢束。

㈢〔合註〕此二句，暗用「世皆遺之以危，今獨遺之以安」意，見前《贈袁陟》詩註（按，在卷二十四）。

㈣〔馮註〕《桃花源記》：武陵人，捕魚爲業。

㈤〔馮註〕《名畫記》：顧愷之，字長康。於瓦棺寺北殿內，畫維摩居士。畫畢，光耀月餘。杜詩《送許八拾遺歸江寧》：虎頭金粟影，神妙獨難忘。

㈥〔合註〕《詩經・小雅・采緑》：予髮曲局。傳：局，卷也。

戲書〔一三五〕㈠

五言七言正兒戲，三行兩行〔三六〕亦偶爾。我性不飲只解醉，正如春風弄羣卉。四十年來同幻事，老去何須別愚智。古人不住亦不滅㈡，我今不作亦不止㈢。寄語悠悠世上人，浪生浪死一埃塵㈣。洗墨無池筆無冢〔一三七〕㈤，聊爾作戲悅我神。

㈠〔合註〕王本合上首作一詩，補施註本同。舊王本缺。

㈡〔馮註〕《唯識論》：生相謂本無今有，住相謂生位暫停，異相謂住別前後，滅相謂暫有還無。

㈢〔馮註〕《圓覺經》：云何四病？一者作病，二者任病，三者止病，四者滅病。〔合註〕以上「上」、「去」二聲兼押。

㈣〔馮註〕佛經：流浪生死。

㈤〔馮註〕《豫章志》：臨川墨池，王羲之學書處，至今池水盡黑。一在金谿白水寺，乃謝靈運滌硯處也。

三萼牡丹〔一三八〕㈠

風雨何年别，留真向此邦。至今遺恨在，巧過不成雙。

㈠〔合註〕：王本花木類，舊王本花類。七集本載續集。〔查註〕慎按：此詩，施氏原本不載，新刻載續補下卷。外集編第八卷守杭時作，今據此移編。

美哉一首送韋城主簿歐陽君〔一二九〕㈠

美哉水，洋洋乎，我懷先生，送之子于城隅。洋洋乎，美哉水，我送之子〔一三〇〕，至於新渡㈡。念彼嵩雒，眷焉西顧，之子于邁，至於白馬㈢。白馬舊邦，其構維新，邦人流涕，畫舫之孫〔一三一〕。相其口髯，尚克似之，先生遺民，之子往字〔一三二〕㈣。

㈠〔合註〕王本送别類，舊王本缺，七集本載續集歌辭卷内。〔查註〕慎按此詩，施氏原本不載。結句「之」字止一韻，疑有缺文，無善本可對，因題編次，以俟再考。〔合註〕今已補全，詳見詩末。查本「尚克似之」句下，有公自註「先生遺民之子」六字，誤，已删。

㈡〔查註〕新渡，寺名。見本集。

㈢〔合註〕見上詩註（按，上詩，指《送歐陽主簿赴官韋城四首》，在卷三十四）。

㈣〔合註〕王本旁註「先生遺民之子」六字，而無末二字，此查氏所據以爲公自註而云「之」字止一韻也。今考七集本，詩末有「遺民之子，之子往字」二句，則全詩並未缺佚，特王本誤刊旁註，又有殘缺，且通首不拘用韻，以致後人誤認作註耳。詩意蓋以文忠公曾官滑州，故云先生之遺民，而其後人主簿君，又往撫字之也。今訂正補全。又考《廣韻》「似」字雖不作去聲，而《正韻》云相吏切，音寺，義同，則先生與「字」字合押一韻亦可，並不與「之」字押韻也。

聞潮陽吳子野出家〔一三三〕㈠

予昔少年日，氣蓋里閭〔一三四〕俠㈡。自言似劇孟，叩門知緩急。千金已散盡，白首空四壁。烈士歎暮年，老驥悲伏櫪。妻孥真敝屣，脱棄何足惜〔一三五〕㈢。四大猶幻座㈣，衣冠矧外物。一朝發無上㈤，願老靈山宅〔一三六〕㈥。世事子如何〔一三七〕，禪心久空寂。世間出世間㈦，此道無兩得。故應入枯槁㈧，習氣要除拂。丈夫生豈易〔一三八〕，趣捨志匪石㈨。當爲獅子吼〔一三九〕㈩，佛法無南北⑪。

㈠〔合註〕王本仙釋類，舊王本缺，七集本載續集。〔查註〕《九域志》：廣南東路潮州潮陽郡軍事治海陽縣，南至海一百七十里。慎按：此詩，施氏原本不載，今從新刻續補上卷，因人附編於此。

㈡〔馮註〕《漢書．游俠傳》：劇孟者，洛陽人也。周人以商賈爲資，劇孟以俠顯，大類朱家，而好博，多少年之戲。

㈢〔翁方綱註〕元李仁卿《敬齋古今黈》：「東坡詩：妻孥真敝屣，脱棄何足惜。註云：《史記．封禪書》：漢武帝曰，嗟乎，吾誠得如黄帝，吾視去妻孥如脱躧耳。案《廣韻》，『屣』、『躧』同音，所綺切，屣，不躡跟也，躧，步也，二字皆無敝義。然《史記》本用《孟子》語『舜視棄天下猶敝蹝也』。説者曰：蹝，草履也。」方綱案：《説文》：躧，舞履也。《廣韻》：蹝，履不躡跟也。二字非全無敝義，況坡詩正用《漢書．郊祀志》顏師古註，屣，小履也。〔合註〕此詩王本無註，五註本、舊王本、施氏原本皆不載。此詩《古今黈》所引註云《史記》云云，未知何本註也。

㈣〔馮註〕《圓覺經》：四大假合而成幻軀。〔合註〕《圓覺經》云：四大和合，實同幻化。四緣假合，妄有六根。又云：幻身滅故。無原註所引句。

㊄〔馮註〕《法華經》：無上兩足尊。《楞嚴經》：反聞聞自性，性成無上道。

㊅〔馮註〕《釋典》：佛國有五精舍，其一爲靈鷲山。

㊆〔馮註〕《起信論》：世間根，本味禪。出世根，本淨禪。出世口，無漏禪。出世間，上上禪。

㊇〔馮註〕《後漢書》：遂乃榮華丘壑，甘足枯槁。

㊈〔馮註〕《詩・邶風・柏舟》：我心匪石。《漢書・司馬遷傳》：趣捨異路。

㊉〔馮註〕《涅盤經》：佛説偈言：獅子一吼衆獸伏，金剛一杵羣峰碎，修羅無數一輪降，世間黑暗一日破。

⑪〔馮註〕《傳燈録》：梁武通天元年，達摩來自西土，爲初祖，慧可爲二祖，僧璨爲三祖，道信爲四祖，弘忍爲五祖，慧能爲六祖。自中華五祖之下，曹溪六祖爲南宗，神秀大師爲北宗。又，六祖曰：「人有南北，佛性豈然。」〔查註〕慎案：《傳燈録》：達摩西來，爲禪宗初祖。遞傳至弘忍，爲五祖。自此而下，分南北二宗。南宗以慧能爲六祖，北宗以神秀爲六祖。獨孤及《三祖碑》云：能公退老於曹溪，其嗣無聞。秀公傳普寂，所謂大照禪師也。門徒萬人，升堂者六十三，其弟子遂尊普寂爲七祖。蓋其初，頓門衰而漸門盛。至唐開元末，菏澤會公出，而南宗大振。貞元十二年，定禪門宗旨，勅立菏澤爲七祖，宗門之統系乃定。

被命南遷，途中寄定武同僚〔一四〇〕㊀

人事千頭及萬頭，得時何喜失時憂㊁。只知紫綬三公貴㊂，不覺黃粱一夢游。適見恩綸臨定武，忽遭分職赴英州。南行若到江干側，休宿潯陽舊酒樓㊃。

㊀〔合註〕王本詩寄類，舊王本缺。七集本載續集。〔查註〕此詩，施氏原本不載，新刻本載續補下卷，今據題移編于此。〔合註〕此詩似非先生自作，題必有誤，俟再考。

㈡〔馮註〕《史記》：老子曰：「君子得時則駕，不得時則蓬累而行。」

㈢〔馮註〕《前漢書》：太尉金印紫綬。《後漢·輿服志》：公、侯、將軍紫綬，二采，紫白。九卿、中二千石、二千石青綬，三采，青白紅。自青綬以上，縌皆長三尺二寸，與綬同采而首半之。縌者，古佩璲也。佩綬相迎受，故曰縌。紫綬以上，縌綬之間得施玉環鐍云。

㈣〔馮註〕唐白樂天，左遷九江郡司馬，送客湓浦口，作《琵琶行》云：潯陽江頭夜送客，楓葉荻花秋瑟瑟。結用此事。

散郎亭〔一四二〕㈠

法花下有散郎亭㈡，老樹荒崖〔一四三〕如有情。歡戚已隨時事去，壁間只有古人名。

㈠〔合註〕王本題詠類，舊王本缺。七集本載續集，補施註本在續補遺下卷。

㈡〔合註〕法花，疑寺名。又，《唐書·元稹傳》：穆宗問崔潭峻：「稹安在？」曰：「爲南宫散郎。」先生詩，當別有所指也。

柏家渡〔一四三〕㈠

柏家渡西日欲落，青山上下猿鳥樂。欲因新月望吴雲，遥看北斗挂南岳〔一四四〕㈡。一夢愔愔四十秋㈢，古人不死終未休。草舍蕭條誰與語，香風吹過〔一四五〕白蘋州㈣。

㈠〔合註〕王本紀行類，舊王本缺，七集本載續集，補施註本載續補遺上卷。

㈡〔馮註〕《寰宇記》：衡山，即南岳也。周八百里，上有七十二峯。其峯高峻者五，而祝融爲最。〔合註〕今本缺。又

〔馮註〕《九域志》：南岳衡山，上承翼軫，鈐總萬物，故名衡山。度應斗衡，位直離宮，故曰南岳。〔合註〕此條見《名勝志》引《名山記》。

㊂〔馮註〕《唐韻》：愔，靖也。

㊃〔查註〕愼案，以上二詩（按，「指此詩及《散郎亭》詩），施氏原本俱不載，據外集，載南遷卷中，今從續補上下卷移編。

清遠舟中寄耘老〔一四六〕㊀

小寒初度梅花嶺㊁，萬壑千巖背人境。清遠聊爲泛宅行㊂，一夢分明墮鄉井。覺來滿眼是湖山，鴨緑波摇鳳凰影。海陵居士無雲梯，歲晚結廬苕水〔一四七〕湄。山腰自懸蒼玉佩㊃，野馬不受黄金羈㊄。門前車蓋〔一四八〕獵獵走㊅，笑倚清流數鬢絲。汀洲相見春風起〔一四九〕，白蘋吹花覆苕水〔一五〇〕。萬里飄蓬未得歸〔一五一〕，目斷滄浪淚如洗。北雁南來遺素書，苦言大浸没我廬〔一五二〕㊆。清齋十日不然鼎，曲突往往巢〔一五三〕龜魚㊇。今年玉粒賤如水，青銅〔一五四〕欲買囊已虚。人生百年如寄耳，七十朱顔能有幾〔一五五〕？有子休論賢與愚，倪生枉欲〔一五六〕帶經鋤㊈。天南看取東坡叟，可是平生廢讀書〔一五七〕。

㊀〔合註〕王本簡寄類，舊王本缺。七集本載續集。〔馮註〕《一統志》：清遠，漢中宿地，梁於此置清遠郡，隋罷郡，置縣，屬廣州。〔查註〕愼按：賈耘老，吳興人，初無結廬潁水之事。《苕溪漁隱》謂耘老有水閣於苕溪之上。《吳興掌故集》云：賈收所居，名浮暉閣，人因稱爲浮暉老人。亦未嘗有海陵居士之稱。此詩，施氏原本不載，新刻載續補上

卷，今因地附編。

㊀〔馮註〕《南安志》：大庾嶺，其上多植梅花，又名梅嶺。

㊁〔合註〕山公註引張志和顧爲浮家泛宅事，見前《乘舟過賈收水閣》詩註（按，在卷十九）。

㊃〔馮註〕道經：太上玉佩金鐺。

㊄〔馮註〕吴筠詩：白馬黄金羈。

㊅〔合註〕李太白《永王東巡歌》：雲旗獵獵過潯陽。

㊆〔合註〕《莊子·逍遥遊篇》：大浸稽天而不溺。

㊇〔合註〕《漢書·霍光傳》：曲突徙薪亡恩澤。

㊈〔馮註〕《漢·兒寬傳》：受業孔安國。貧無資用，嘗爲弟子都養。時行賃作，帶經而鉏。

惠州靈惠院，壁間畫一仰面向天醉僧，云是蜀僧隱巒所作，題詩於其下〔二五八〕㊀

直視無前氣吐虹㊁，五湖三島在胸中。相逢莫怪不相揖，只見山僧不見公。

㊀〔合註〕王本寺觀類，題作「題惠州靈惠院」，舊王本同。七集本載續集。〔查註〕此詩題，一本云「題靈峯寺壁」。施氏原本不載，今從新刻續補下卷，因地移編。

㊁〔合註〕《晉書·阮籍傳》：醉而直視。

贈包安靜先生茶二首〔二五九〕㊀

其一

皓色生甌面，堪稱雪見羞㈡。東坡調詩腹，今夜〔一六〇〕睡應休。偶於精藍中，遇故人烹日注茶，故記之〔一六一〕。

㈠〔合註〕王本貽贈類，舊王本缺。七集本載續集。包安静失考。

㈡〔李註〕五代，劉鄩有妾名花見羞。「雪見羞」三字本此。〔合註〕《五代史》：唐明宗淑妃王氏，邠州餅家子，有美色，號花見羞。少賣梁故將劉鄩爲侍兒。鄩卒，明宗納之。然「雪見羞」必另有所本。

其二

建茶三十片㈠，不審味如何。奉贈包居士，僧房戰睡魔㈡。昨日點日注茶極佳，故以此復之〔一六二〕。

㈠〔李註〕《茶經》：歷代貢茶，皆以建甯爲上。《國史補》：建州有先春龍焙。〔合註〕今本《國史補》無此句。

㈡〔查註〕愼按以上二首，施氏原本載遺詩卷中。外集以爲在惠州作，今據此移編。

過海得子由書〔一六三〕㈠

經過廢來久，有弟忽相求㈡。門外〔一六四〕三竿日，江關一葉秋。蕭疎悲白髮，漫浪散窮愁。世事江聲外，吾生幸自休〔一六五〕㈢。

㈠〔合註〕王本紀行類，舊王本同。七集本載續集。〔查註〕愼按，此詩，施氏原本不載，新刻本載續補下卷，今因題類編于此。

㊁〔馮註〕《易·乾文言》：同聲相應，同氣相求。

㊂〔馮註〕《戰國策》：孟嘗君不悦，曰：「先生且休矣。」〔合註〕此詩必非先生手筆。

過黎君郊居〔一六六〕㊀

半園荒草没佳蔬〔一六七〕，煮得占禾半是藷。萬事思量都是錯，不如還叩仲尼居。

㊀〔合註〕王本居室類，舊王本缺，七集本載續集。〔查註〕慎按，此詩，施氏原本不載，今從續補下卷移編於此。

和陶歸去來兮辭〔一六八〕并引〔一六九〕

子瞻謫居昌化，追和淵明《歸去來辭》〔一七〇〕，蓋以無何有之鄉爲家，雖在海外，未嘗不歸云爾。

歸去來兮，吾方南遷安得歸㊁。卧江海之澒洞㊂，弔鼓角之悽悲。迹泥蟠而愈深，時電往而莫追㊃。懷西南之歸路，夢良是而覺非㊄。悟此生之何常，猶寒暑之異衣。豈襲裘而念葛，蓋得觕而喪微㊅。我歸甚易，匪馳匪奔〔一七一〕。俯仰還家，下車〔一七二〕闔門。藩垣〔一七三〕雖缺，堂室故存。挹吾〔一七四〕天醴，注之窪尊〔一七五〕㊆。飲月露以洗心㊇，飡朝霞而眩顔㊈。混客主〔一七六〕而爲一〔一七七〕，俾婦姑之相安（一〇）。知盜竊之何有，乃掊門〔一七八〕而折關。廓圜鏡以外照（一一），納萬象而中觀⑫。治廢井以晨汲，滃百泉之夜還。守靜極以自作⑬，時爵躍而鯢桓⑭。歸去來兮，請終老於斯游。我先人之敝廬⑮，復舍此而焉求？均海南與漢北〔一七九〕，挈往來而無憂。畸人告予以一言⑯，非八卦與九疇⑰。方飢須糧，已濟無舟⑱。忽人牛之皆喪〔一八〇〕⑲，但喬木與高丘。警六用〔一八一〕之無成，自一根之返流〔一八二〕⑳。望故家而求息，曷中道之三休〔一八三〕㉑。已矣乎，吾生有命歸有時，我初無行亦無留。駕言隨子〔一八四〕聽所之，豈以師南華而廢從安期㉒。謂湯稼〔一八五〕之終枯，遂不溉而不耔㉓。師淵明之雅放，和百篇之新詩〔一八六〕。賦《歸來》之清引㉔，我其後身蓋無疑。

㈠〔合註〕此辭，王本載和陶卷末。施氏原本載和陶卷末《桃花源》之前。七集本亦載之。補施註本獨删去。故查氏載之，惜未採施註耳。

㈡〔施註〕韓退之《復志賦》：從伯氏以南遷。

㈢〔施註〕杜子美《奉先》詩：憂端齊終南，澒洞不可掇。

㈣〔施註〕王逸《荔支賦》：飛匡上下，電往景還。〔合註〕見《文選·江賦註》。又〔施註〕《宋·樂志·白紵歌》：人生世間如電過。

㈤〔施註〕《圓覺經》：如夢中人，夢時非無，及至於醒，了無所得。

㈥〔合註〕《廣韻》：觕，倉胡切，物不精也。《公羊傳·莊公十年》：觕者曰侵，精者曰伐。註：觕，麤也。又，《前漢·藝文志》：庶得麤觕。顔師古曰：觕，粗畧也，才户反。

㈦〔施註〕白樂天《雙石》詩：窪尊酌未空。

(八)〔施註〕《莊子・逍遥遊篇》：藐姑射之山，有神人居焉，吸風而飲露。《文選》謝宣遠詩：開軒滅華燭，月露皓已盈。

(九)〔施註〕《列仙傳》：陵陽子春食朝霞，夏食沆瀣。

(一〇)〔施註〕《莊子》：心有天游，室無空虚，則婦姑勃磎。

(一一)〔施註〕《楞嚴經》：六根圓通，明照無二，含十方界，六大圓鏡。

(一二)〔施註〕劉禹錫《楚望賦》：萬象起滅，森來貺予。

(一三)〔施註〕《老子》：致虚極，守静篤，萬物並作，吾以觀其復。

(一四)〔施註〕《莊子・在宥篇》：雲將東遊，適遭鴻蒙，方將拊髀爵躍而遊。《應帝王篇》：鯢桓之審爲淵，止水之審爲淵。

(一五)〔施註〕《左傳・襄公二十三年》：齊侯遇杞梁之妻於郊，使弔之，辭曰：「猶有先人之敝廬在，下妾不得與弔。」齊侯弔諸其室。

(一六)〔施註〕《莊子》：畸人者，畸於人而侔於天。

(一七)〔施註〕《揚子》：伏羲始八卦，而文王六十四。《尚書・洪範》：天乃錫禹洪範九疇，彝倫攸敍。

(一八)〔施註〕傅大士《金剛經頌》：渡河須用筏，到岸不須船。

(一九)〔施註〕果州清居和尚述牧牛圖，以喻心源。第十二章：人牛俱亡，以明超詣。

(二〇)〔施註〕《楞嚴經》：反流全一，六用不行。

(二一)〔施註〕《賈子》：翟王遣使至楚，楚王夸客，引上章華臺，三休而至其上。

(二二)〔合註〕《舊唐書・明皇紀》：天寶元年，莊子號爲南華真人。

(二三)〔施註〕《文選》嵇康《養生論》：爲稼於湯世，偏有一溉之功者，終歸於焦爛，必一溉者後枯，然則一溉之益，固不可誣也。

(二四)〔合註〕沈約《梁雅樂歌》：雲鈲清引。

觀大水望朝陽巖作〔一六七〕㊀

朝陽巖前不結廬〔一六八〕㊁，下眺江水百步餘。春泉濺濺出乳竇㊂，青沙白石半洿途〔一六九〕㊃。不到津頭二三日㊄，誰知江水漲天墟㊅。遥望横流不敢濟，巖口正有人罾魚〔一七〇〕。

㊀〔合註〕王本游覽類，舊王本不載。七集本載續集。〔查註〕元結《游朝陽巖記》云：至零陵，愛其郭中有水石之異，泊舟尋之，得巖與洞，以其東向，遂以名之焉。柳宗元記云：由朝陽巖東南水行至蕪江，可取者三，莫如袁家渴。《詩話總龜》：朝陽巖，在永州城南一里餘，下臨瀟水。元結取名，自爲歌云：朝陽巖下瀟水深，朝陽洞中寒泉清，零陵城郭夾瀟水，巖洞幽奇當郡城。施昱游記云：出永州西門，舟行二里，不及百步，至山頂，有上下二巖。上巖石厂聳植，石側一亭，曰觀瀾，過此，再歷石磴數十級，乃至下巖，大江汩汩循其前。又，愼案：《紀年録》，先生於庚辰八月末，到廉州。作木栰下水，歷容、藤至梧，是歲復有移永州之命。先生《謝表》亦云。先自昌化貶所移廉州，又自廉州移舒州節度副使永州居住，行至英州，復朝奉郎，提舉成都玉局觀云云。先生移永州之命，當在本年八月以後。其曾至永州與否，本集及《紀年録》皆無可考，可據者，止有此詩，而施氏原本又不載，外集載杭州卷中，不知所據？今從新刻續補上卷移編于此，俟再考。〔合註〕先生《與李之儀書》，雖有「某移永州，過五羊，度大庾，至吉出陸，由長沙至永，荷叔静拏舟相送數十里，大浪中作此書」云云，但必是在藤、梧初發櫂時所寄之書，預言赴永途經如此。及至英州，又聞玉局之命，卽由庾嶺扁舟直下，實未至永。且詩有「春泉」字，時候亦不合，此詩必非先生作也。

㊁〔馮註〕陶淵明詩：結廬在人境，而無車馬喧。

㊂〔合註〕梁武帝詩：石瀨鳴濺濺。

㈣〔合註〕班固《答賓戲》：振拔洿途。

㈤〔合註〕杜子美《春水生》詩：南市津頭有賣船。

㈥〔馮註〕《列子·湯問篇》：無底之谷，名曰歸墟。

南華老師示四韻，事忙，姑以一偈答之〔一九一〕㈠

惡業相纏五十年〔一九二〕㈡，常行八棒十三禪㈢。却著〔一九三〕衲衣歸玉局㈣，自疑身是〔一九四〕五通仙㈤。

㈠〔合註〕外集本題作「南華明老示四頌，事忙，只回一偈」。查本題作「投南華長老一偈」。今考先生《答南華明老書》：寵示四韻，可謂奇特，聊答四句，想一大笑。云云。正與外集題合。〔查註〕本集《南華長老題名記》云：南華自六祖大鑒示滅，其傳法得眼者，散而之四方，故南華爲律寺。至吾宋天禧三年，始詔智度禪師普遂住持，至今明公十一世矣。明公請爲題名壁記。建中靖國元年正月一日，云云。案，明公亦作朗公，即南華長老也。以年考之，庚辰除夕，先生當在韶州。又慎案，施氏原本目録載此題，新刻本脱落，今仍舊補入。〔合註〕七集本、王本、舊王本亦缺。至施氏原本目録，載卷四十遺詩中，查氏既仍舊補入，而又不照原本題字，今仍從宋刊本。

㈡〔查註〕《冷齋夜話》云：子由謫高安時，雲菴居洞山，有聰禪師者，亦蜀人，居聖壽寺。一夕，雲菴夢同子由出迎五戒禪師。覺以語聰，聰夢亦同。俄，東坡書至，曰：吾已至奉新，旦夕可相見。子由攜兩衲候於城南建山寺，坡至，坐定，以夢事語坡。坡曰：軾八九歲時，夢身與僧往來陝右。又先妣方娠，夢一僧來托宿，頎然而眇。雲菴驚曰：戒，陝右人也，失一目，暮年棄五祖來游高安，終於大遼。逆數之，蓋五十年，而東坡年四十九矣。又云：哲宗問右璫陳衍，蘇軾襯朝章者何衣？衍對曰：「是道衣。」及謫英州，雲居、佛印遣書追至南昌，坡引紙大書曰：戒和尚又錯脱也。後七年歸自海南，作偈答僧曰：「惡業相纏卌八年。」云云。

㊂〔施註〕《傳燈録》：僧問閩山令含禪師，明明不會，乞師指示。師曰：「作麽生，是你明明不會底事？」僧曰：「學人不會。」師曰：「八棒十三。」

㊃〔施註〕時東坡以提舉玉局觀歸自南。

㊄〔施註〕《華嚴經》：善財童子入法界品寶輪妙莊嚴世界，有佛名功德海光明輪，於彼時爲五通仙，現大神通，六萬諸仙，前後圍繞。〔合註〕《五燈會元》：世尊因五通仙人問：世尊有六通，我有五通，如何是那一通？佛召五通仙人，五通應諾。佛曰：「那一通，你問我。」

過嶺寄子由〔一九五〕㊀

投章獻策謾多談，能雪冤忠死亦甘〔一九六〕。一片丹心天日〔一九七〕下，數行清淚嶺雲南。光榮歸珮呈佳瑞㊁，瘴癘幽居弄晚嵐〔一九八〕。從此西風庚梅謝，却迎誰與馬毿毿〔一九九〕。

㊀〔查註〕愼案此詩，施氏原本不載，新刻本續補下卷載此題，凡二首。以《欒城集》考之，「山林瘴霧老難堪」云云，乃子由和詩也。今録一首，而以子由詩附後。《欒城集》題《和子瞻過嶺》：山林瘴霧老難堪，歸去中原茶亦甘。有命誰憐《欒城集》作令終反北，無心却《欒城集》作自笑亦《欒城集》作欲巢南。蠻音習慣疑傖語，脾病縈纏帶嶺嵐。賴有祖師清淨水，塵埃一洗落毿毿。《欒城集》云：不嫌白髮照毿毿。〔合註〕王本紀行類。七集本載續集，題作「過嶺寄子由三首」。第一首「七年來往」云云〔二〇〇〕。下二首，即「投章獻策」、「山林瘴霧」云云。王本則「七年」一首另屬之「過嶺二首」，而「投章獻策」、「山林瘴霧」二首，俱作先生詩，題作「過嶺寄子由二首」，此補施註本之所本也。故註云：案過嶺有三首，其一已見前。竊疑「一片丹心」、「光榮歸珮」等句，不似先生語氣，此詩亦并非先生作，

故五註本、舊王本皆不載也。俟再詳考。又《參寥集》，亦有《次韻東坡居士過嶺》詩，中云「二老高懷默自甘」，蓋兼子由言也。

㊁〔馮註〕韓退之賦：覩二鳥之光榮，思一飽之無時。

夢中絶句〔三〕㊀

楸樹高花欲插天㊁，暖風遲日共茫然。落英滿地君方見㊂，惆悵春光又一年。

㊀〔合註〕王本寓興類，舊王本缺。七集本載續集。〔查註〕愼案此詩，施氏原本不載，今從新刻續補下卷，移編于此。〔合註〕此詩難定何年所作。

㊁〔查註〕《爾雅》：葉小而皵，榎；葉大而皵，楸。《詩眼》：楸，將夏乃繁。杜子美詩：楸樹高花媚遠天。

㊂〔合註〕左太沖《蜀都賦》：落英飄颻。

卷四十七校勘記

〔一〕補編古今體詩云云　本卷收卷一至卷四十五見於合註而集成未收諸詩。本卷至五十卷，採用合註註文（光緒本）；少數詩篇，施註有註文者，亦間採。按集成體例，本卷至五十卷中之「山公註」，改稱「馮註」，「榴案」改稱「合註」；合註註文「見前」云云各條，其已見集成者，少數保留，加括號加案說明，餘則删去，其未見者，則録出原註註文。集成未收本卷諸詩，卷一《郭綸》題下已引總案説明（以下有徵引）。本卷諸詩，間有他人之作及真僞待考之作。集成以爲，以前編集者以此等詩入集，實屬「太濫」，因而删去，是其「嚴潔」處。然亦有可議者。本卷諸詩確爲東坡作者，仍居大多數。集成亦以「太濫」爲辭，悉爲删去，誠不可解。如總案卷一確認《嚴顔碑》、《永安宫》爲東坡作，而二詩竟未入集。集成又以本卷諸詩中有僞而删去者，如見於集本、施本、類本之《戲錢道人二首》。不知集成所收之詩中，亦有多篇爲僞，如卷四十五《答徑山琳長老》等。删彼留此，亦令人難解。兹註明每詩查註、合註所在卷次，以便讀者。又，本卷稱補編詩，補集成所未有，以别於前。

〔二〕嚴顔碑　查註在卷一，合註同。

〔三〕在忠州云云　七集無此條自註。外集只有「在忠州」三字。

〔四〕君已執　外集「執」作「報」，合註謂訛。

〔五〕爲病悸　外集「病」作「誰」，合註謂訛。

〔六〕永安宫　查註在卷一，合註同。

〔七〕今夔之永安門卽宫之遺址也　外集「夔之」作「夔州」，「宫」作「古」，疑誤。

〔八〕耆老　查註作「遺老」。

〔九〕戲作賈梁道詩　查註在卷五，合註同。施乙、七集、外集、查註題俱作「嵇紹似康」。查註：一本題云「戲作賈梁道詩」。盧校：太不似題，宜從别本。類本作「戲作賈梁道詩」。本詩，見《東坡先生全集》卷六十五《賈充叛魏》條：東坡謂此詩爲少時戲作。

〔一〇〕并引　七集無此二字。

〔一一〕由是　施乙、七集作「由此」。

〔一二〕執淩歸過梁道廟　施乙、七集「淩」後有「而」字。施乙「梁」前有「賈」字。

〔一三〕我亦……司馬景王病……神明矣　施乙、七集無「亦」字，「神」作「幽」。類本無「景王」二字。

〔一四〕戲作　七集「戲」前有「嘗」字，施乙、類本、七集「作」後有「小」字。

〔一五〕郗超叛鑒是無孫如今更恨賈梁道　七集「是」作「似」，外集「如」作「而」。

〔一六〕查註……公養汝　「公」後原有「等」字。施註註文引《晉書·賈充傳》無「等」字，是，今從。中華書局排印本《晉書·賈充傳》校勘記，謂當作「公養汝等」。

〔一七〕嘲子由　查註在卷七，合註同。

〔一八〕盡書籍……見空　七集「盡書籍」作「在古書」。外集「見」作「已」。

〔一九〕題永叔會老堂　查註在卷八，合註同。外集題作「題歐陽永叔會老堂」。

〔二〇〕不辭　外集作「不知」。

〔二一〕塵纓　七集作「纓塵」。

〔二二〕留題徐氏花園二首　查註在卷九，合註同。

〔二三〕莫尋羣玉山頭路莫看劉郎觀裏花　七集「山」作「峯」，「劉郎」作「玄都」。

〔二四〕子美樽前欲盡花　七集作「子美生前有盡花」。

〔二五〕君未識　外集作「君未見」。

〔二六〕遊靈隱寺戲贈開軒李居士　查註在卷十，合註同。外集無「寺」字。合註：「贈」一作「僧」。

〔二七〕推倒垣牆也不難一軒復作兩軒看　外集「也不」作「有底」，「復」作「便」。

〔二八〕若教從此成千里巧歷如今也被謾　外集「里」作「萬」，七集「謾」作「漫」。

〔二九〕查註咸淳臨安志開軒云云　盧校：《咸淳志》不載。删去合註「《咸淳志》似無此條，再詳考」十字。

〔三〇〕錢道人有詩云直須認取主人翁作兩絶戲之　此詩，集本在前集卷五，施本在卷八，查註、合註在卷十一。集成以此二詩屬偈類，删去，見卷一《郭綸》題下所引總案。

〔三一〕若苦　合註：「若」一作「苦」。盧校：「若」一作「苦」。

〔三二〕還須　類丙作「須還」。集甲作「還須」。

〔三三〕趙成伯家有麗人僕忝鄉人不肯開樽徒吟春雪美句次韻一笑　查註在卷十二，合註同。施乙、七集「麗人」作「姝麗」。施乙「雪」後有「詩」字。施乙「美句次韻一笑」作「謹依元韻以當一笑」，外集作「美句謹次元韻以當一笑」。《詩話總龜·前集》（明刊本）卷三十九引《玉局遺文》，録此詩，題目文字，全同施乙。

〔三四〕誰見梅花　外集作「唯見江梅」。

〔三五〕世言檢死秀才衣帶上有雪詩三十韻　施乙此註文，無「東坡云」字樣。施註云：「世傳小説，有一措大，僵死積雪下。吏來撿屍衣帶間，得片紙，乃吟雪詩三十韻，首句曰『天寒筋骨健』。」類丙此註文，在「何如」句下，無註者姓氏，或爲自註。外集「有」作「得」。《詩話總龜》「檢死」作「檢驗雪壓」。

〔三六〕世傳……故伎……陶取……此景……於銷金煖帳下……愧其言　施乙此註文，無「東坡云」字樣。施註云：「世傳陶穀學士買得黨進太尉家故妓。過定陶，遇雪，取之，烹水烹團茶，語妓曰：『黨家應不識此？』妓曰：『彼麤人安有此景，但能於錦帳下，淺斟低唱，喫羊羔兒酒。』陶默然愧其言。」類丙此註文，無註者姓氏，或爲自註。類丙無「世傳」二字，無「故」字，「陶」後有「穀」字，無「景」字，「銷金」作「紅綃」，「下」作「中」，「愧」作「慚」。外集「於」作「向」。

〔三七〕莫言　施乙、類本、七集、外集作「莫嫌」。

〔三八〕與共回　施乙作「妙共回」。

〔三九〕知道文君隔青瑣　施乙「隔」作「在」。七集「瑣」作「鎖」。

〔四〇〕肯言才　施乙、七集、外集作「敢言才」。

〔四一〕聊答云云　施乙、外集無此條自註。類本、七集有。

〔四二〕成伯家宴造坐……入夜不欲煩擾戲作云云　查註在卷十二，合註同。外集「不」前有「更」字，「煩擾戲作」作「煩酒掾試作」。《詩話總龜·前集》（明刊本）卷三十九引此詩，「造坐」作「造之」；詩句中之「僧伽」作「僧御」，「不喚」作「不欲」，「翁」作「公」，「須防」作「惟防」。

〔四三〕成伯席上贈所出妓川人楊姐　查註在卷十二，合註同。外集「席上」作「坐上」。

〔四四〕奉和成伯大雨中會客解嘲　查註在卷十四，合註同。外集作「和通守趙成伯大雨中會客解嘲」。

〔四五〕取次　外集作「取雪」。

〔四六〕泗州過倉中劉景文老兄戲贈一絶　查註在卷十八，合註同。外集「倉中」作「倉山」，無「老兄」二字。

〔四七〕次韻回文三首　查註在卷二十一，合註同。外集題作「回紋織錦圖三絶次舊韻」。外集題下原註：舊詩見前集十二卷。

〔四八〕回文　外集作「回紋」。

〔四九〕羞雲斂慘傷春暮　外集作「羞空臉慘傷春暮」。
〔五〇〕頭畔枕屏山掩恨日昏塵暗玉窗吟　七集「畔」作「伴」，外集「玉」作「緑」。
〔五一〕附江南本織錦圖上回文原作三首　此三詩，集本在前集卷十二。查註在卷二十一，合註同。
〔五二〕數日前夢一僧云云　查註在卷二十一，合註同。
〔五三〕著子璧　外集作「入我璧」。
〔五四〕日月跳明珠　外集作「日中跳數珠」。
〔五五〕問子　外集作「問此」。外集原註：「此」一作「子」。
〔五六〕我是　外集作「是我」。
〔五七〕贈人　查註在卷二十一，合註同。
〔五八〕忘楚國　七集作「亡楚國」。
〔五九〕寄子由　查註在卷二十一，合註同。
〔六〇〕題沈君琴　查註在卷二十一，合註同。外集以此四字爲題，以「武昌主簿」云云爲引，今從。
〔六一〕十二　查註、合註謂「二」一作「士」，外集作「十一」。按，「士」爲「十一」二字合寫，疑誤。下二處，查註、合註皆作「十二」，謂「二」一作「士」；外集作「十一」。
〔六二〕乃得其義趣……如聞其　「乃得其義趣」五字、「其」字，查註、合註皆缺，今據外集補。
〔六三〕元豐六年「六」原作「五」，今從外集。
〔六四〕洗兒戲作　查註在卷二十二，合註同。

〔六五〕人皆養子望聰明　合註："皆"一作"家"，訛。查註"養"作"生"。
〔六六〕惟願孩兒愚且魯　施乙、查註"惟"作"但"。施乙"孩"作"此"，查註作"生"。
〔六七〕贈江州景德長老　查註在卷二十三，合註同。
〔六八〕半山亭　查註在卷二十四，合註同。類丙"半"前有"次韻"二字。
〔六九〕太華　類丙作"大半"。
〔七〇〕常山贈劉鎡　查註在卷二十六，合註同。外集"山"作"州"。
〔七一〕劉侯年少日……援弓雁自落　外集"年少"作"少年"，"援"作"搖"。
〔七二〕送范德孺　查註在卷二十六，合註同。類甲、類乙題作"過范縣訪德孺"，類丙作"過范縣訪德孫"。外集題作"席上送范德孺"。紀校：前已有詩送范德孺矣；此詩施註不載，恐是他人之作誤入，筆墨凡近，亦不類東坡。
〔七三〕獲鬼章二十韻　查註在卷二十九，合註同。"鬼章"原改"果莊"，今復其舊。參卷四十六"鬼章"條校記。註文中專有名詞有改動者，皆復原貌。外集題下原註："元祐二年。"
〔七四〕青唐有逋寇……干誅非一事　類本"青唐"作"青雲"，查註、合註謂作"雲"訛。外集"干"作"千"。
〔七五〕舌初調　外集作"話初調"。
〔七六〕戴唐堯　合註："戴"一作"載"。
〔七七〕帝道有强弱天時或長消　外集"有"作"存"，"或"作"有"。
〔七八〕次韻子由題憩寂圖後　查註在卷三十，合註同。外集有引，云："子瞻與李公麟共畫翠石、木、老僧，謂之憩寂圖。」合註謂此引爲子由原題，見題下合註。外集詩後有跋「與可嘗云」云云，合註謂見《東坡題跋》中。亦見題下合註。

〔七九〕前世　外集作「前日」。

〔八〇〕題李伯時淵明東籬圖　查註在卷三十，合註同。查註、合註謂一本無「淵明」二字。

〔八一〕黄菊　七集作「黄華」。

〔八二〕次韻黄魯直書伯時畫王摩詰　查註在卷三十，合註同。類本無「黄」字，「伯時」後有「所」字。七集無「黄」字。外集題作「次韻魯直書王摩詰畫」。

〔八三〕芳春秋　類本、外集作「方春秋」。

〔八四〕次韻黄夷仲茶磨　查註在卷三十，合註同。何校：通首不似東坡。

〔八五〕其初　外集「初」作「簏」。

〔八六〕向牆角　外集作「棄牆角」。

〔八七〕予家江陽　「陽」原作「陵」。查註：「陵」，疑當作「陽」。何校：「予家江陵」，尤非此老語。今據外集改。

〔八八〕和錢四寄其弟龢　查註在卷三十一，合註同。此題，查註、合註原爲二首，此爲第二首。集成未收此詩（參卷三十一《和錢四寄其弟龢》題下「王註」及諸案）。今收入。

〔八九〕猶作柱　合註：「作」一作「在」，譌。

〔九〇〕病後醉中　查註在卷三十二，合註同。

〔九一〕逢逢　類本、七集、外集作「蓬蓬」。查註云「蓬蓬」訛。
〔九二〕謝曹子方惠新茶　查註在卷三十二，合註同。紀校：題必有訛，與詩不應。
〔九三〕景宗　七集、查註作「景公」，合註謂訛。合註：「景公」，外集作「景宗」，切曹姓也；《劉集》亦作「景宗」，今從之。（按《劉集》，指《劉貢父集》，下同）
〔九四〕禄仕何妨似馬曹　合註：《劉集》「何」作「無」。七集「似」作「有」。
〔九五〕囊簡久藏　合註：《劉集》作「蠹簡傳將」。
〔九六〕劍鋒新瑩鸊鵜膏　七集、外集、查註「劍」作「銛」。合註：《劉集》「新瑩」作「瑩出」。
〔九七〕更有　合註：《劉集》「有」作「看」。
〔九八〕此君軒　查註在卷三十二，合註同。
〔九九〕十洲　類本作「七洲」。外集「洲」作「州」。
〔一〇〇〕翳薈叢生何足道　七集「叢」作「發」。類本、外集「道」作「數」。七集原校：「道」一作「數」。
〔一〇一〕參寥惠楊梅　查註在卷三十二，合註同。外集「梅」後有「戲贈」二字。
〔一〇二〕秋晚客興　查註在卷三十二，合註同。
〔一〇三〕雁行　七集、外集作「雁聲」。
〔一〇四〕秋興三首　查註在卷三十二，合註同。紀校：此三首亦不似東坡筆墨，東坡不如此甜熟。
〔一〇五〕比來　原作「此身」，七集、查註作「此生」。合註作「此身」，「身」疑誤刊。今從外集。
〔一〇六〕通脱　沈欽韓《蘇詩查註補正》：「脱」當作「侻」。《魏志·王粲傳》：體弱通侻。註云：通侻，簡易也。《淮南·本經訓》註同。《晏子春秋·諫下》：聖人之服，中侻而不駔。《玉篇》：侻，他活切，一曰輕也。

〔一〇七〕嘗陪大幙全陳迹　外集「嘗陪」作「約賚」。七集「全」作「今」。

〔一〇八〕報國無成空白首退耕何處有名田　外集「白首」作「自道」，「有名」作「可求」。

〔一〇九〕黄雞白酒雲山約　外集作「黄雞白犢陪年少」。

〔一一〇〕樓前　外集作「簷前」。

〔一一一〕雙鬢雪　外集「雪」作「白」。

〔一一二〕傷心　外集作「傷秋」。

〔一一三〕長似秋宵一倍長　外集作「長似長江一線長」。

〔一一四〕書辯才白雲堂壁　查註在卷三十二，合註同。紀校：亦不似東坡筆墨。

〔一一五〕扣松扉　七集、外集作「叩松扉」。

〔一一六〕觀湖二首　查註在卷三十二，合註同。

〔一一七〕山分宿霧儘寬遠雲駕高風馳送來　外集「儘」作「盡」，「雲」作「帆」。

〔一一八〕敍殘火　外集作「欺殘火」。

〔一一九〕野馬　合註：「馬」一作「趣」。

〔一二〇〕醉題信夫方丈　查註在卷三十二，合註同。七集「信夫」作「信老」。

〔一二一〕龐公　查註在卷三十三，合註同。

〔一二二〕虎溪　外集作「潭上」。

〔一二三〕老翁　外集作「老夫」。

〔一二四〕今閲外集第八卷前一首題云龐公後一首題云戲書在外集第九卷　「在外集第九卷」六字原缺，今訂補。

〔一二五〕戲書　查註在卷三十三，合註同。

〔一二六〕兩行　七集、外集作「五行」。

〔一二七〕筆無冢　合註：「冢」，諸本俱作「象」，查云當作「冢」；王本作「冢」，今從之。按，七集、外集俱作「冢」。

〔一二八〕三萼牡丹　查註在卷三十三，合註同。

〔一二九〕美哉一首送韋城主簿歐陽君　查註在卷三十四，合註同。

〔一三〇〕我送之子　七集無「我」字。

〔一三一〕畫舫之孫　紀校：「孫」下脱一「子」字，非缺文也。參本詩註㊀、㊃。

〔一三二〕先生遺民之子往字　查註無此二句，「字」下有自註：先生遺民之子。參本詩註㊀、㊃。

〔一三三〕聞潮陽吴子野出家　查註在卷三十六，合註同。王文誥謂此詩亦見《斜川集》，見卷一《郭綸》題下所引總案卷二。按，此詩在《斜川集》卷一。

〔一三四〕里閭　《斜川集》作「閭里」。

〔一三五〕妻孥真敝屣脱棄何足惜　《斜川集》作「富貴比浮雲，妻孥真敝屣」。

〔一三六〕四大猶幻座衣冠矧外物一朝發無上願老靈山宅　《斜川集》無此四句。七集「幻座」作「幻塵」，「願老」作「顧老」。
〔一三七〕子如何　《斜川集》作「如余何」。
〔一三八〕生豈易　《斜川集》作「生死異」。
〔一三九〕獅子吼　《斜川集》「獅」作「師」。
〔一四〇〕被命南遷途中寄定武同僚　查註在卷三十七，合註同。紀校：必非東坡之作。
〔一四一〕散郎亭　查註在卷三十八，合註同。
〔一四二〕荒崖　七集、外集作「蒼崖」。
〔一四三〕柏家渡　查註在卷三十八，合註同。
〔一四四〕挂南岳　外集作「横南岳」。
〔一四五〕吹過　七集作「欲過」。
〔一四六〕清遠舟中寄耘老　查註在卷三十八，合註同。外集「寄」後有「懷賈」二字。合註謂「耘老二字恐有誤」。按，據外集，「耘老」二字無誤。
〔一四七〕苕水　原作「潁水」，今據外集改。查註引《苕溪漁隱叢話》謂耘老有水閣於苕溪之上，見題下註文。查註、合註於此詩有疑，蓋未見外集此詩。本詩，外集本異文甚多，查註、合註皆未出校，爲未見外集此詩之證。
〔一四八〕車蓋　外集作「車馬」。

〔一四九〕春風起　外集作「春風美」。

〔一五〇〕覆茗水　原作「散烟水」，今從外集。

〔一五一〕萬里飄蓬未得歸　外集作「匏繫蓬飄各一方」。

〔一五二〕北雁歸來遺素書苦言大浸没我廬　外集「北」作「白」，「浸」作「津」。

〔一五三〕集　外集作「坐」。

〔一五四〕青銅　外集作「青囊」。

〔一五五〕能有幾　外集作「真有幾」。

〔一五六〕枉欲　合註：「欲」一作「却」。七集、外集作「枉却」。

〔一五七〕天南看取東坡叟可是平生廢讀書　外集作「天南且看投荒客懶惰從教似阿舒」。

〔一五八〕惠州靈惠院……隱巒所作題詩於其下　查註在卷三十八，合註同。合註謂「巒」一作「鑾」。外集無「題詩於其下」五字。類本題作「題惠州靈惠院」。

〔一五九〕贈包安静先生茶二首　查註在卷三十九，合註同。施乙收入卷四十遺詩中，共三首，此其第一、第二首；其第三首「野菜」云云，查註、合註收入補編詩中，參卷四十八《送煮茶贈包安静先生》題下合註。查註、合註：一本無「茶」字。

〔一六〇〕今夜　施乙作「今夕」。

〔一六一〕偶於精藍中遇故人烹日注茶故記之　原作「偶謁大中精藍中，故人烹日注茶，果不虚示，故詩以記之」，七集同。外集作「偶謁大士于精藍中，故人烹日注茶，果不虚示，故記此詩」。今從施註。

〔一六二〕昨日點日注極佳故以此復之　原作「昨日點日注極佳，點此，復云罐中餘者，可示及舟中滁神耳」，七集同。外集「復云」作「復之」。今從施註。

〔一六三〕過海得子由書　查註在卷四十一，合註同。紀校：「相求」與得書不合，「江聲」與過海不合，筆路亦頗平淺，似非東坡之作。

〔一六四〕門外　類乙、類丙、外集作「户外」。

〔一六五〕幸自休　類乙、類丙、七集、外集作「幸且休」。

〔一六六〕過黎君郊居　查註在卷四十二，合註同。外集題作「過黎子雲新居」。

〔一六七〕佳蔬　外集作「嘉蔬」。

〔一六八〕和陶歸去來兮辭　集戊在卷四之二十一，施乙在卷四十二之二十，施丙在卷下之二十，查註、合註在卷四十三。施乙、施丙無「兮」字。

〔一六九〕并引　七集無此二字。

〔一七〇〕子瞻謫居昌化追和淵明歸去來辭　施乙、施丙無「子瞻」、「淵明」字。七集「辭」空一格。合註：一本無「辭」字。

〔一七一〕匪馳匪奔　查註作「非馳非奔」。

〔一七二〕下車　集戊、施乙、施丙作「下帷」，七集「車」缺字。合註：「車」一作「馬」。

〔一七三〕藩垣　集戊作「藩援」。

〔一七四〕挹吾　施乙、施丙、七集作「挹我」。

〔一七五〕窪尊　集戊作「窪罇」。施乙、施丙作「窪樽」。
〔一七六〕客主　施乙、施丙作「主客」。
〔一七七〕而爲一　施乙、施丙、七集作「以爲一」。
〔一七八〕棓門　七集作「棓門」。
〔一七九〕漠北　施乙、施丙、七集作「漠北」。
〔一八〇〕皆喪　施乙、施丙作「俱喪」。
〔一八一〕警六用　施乙、施丙、七集作「驚六用」。
〔一八二〕自一根之返流　集戊「之」作「而」。施乙、施丙、七集「返」作「反」。
〔一八三〕望故家而求息曷中道之三休　集戊「求」作「永」。施乙、施丙、七集「之」作「而」。
〔一八四〕隨子　施乙、施丙作「隨余」。
〔一八五〕湯稼　七集作「易稼」。
〔一八六〕新詩　集戊、施乙、施丙作「清詩」。
〔一八七〕觀大水望朝陽巖作　查註在卷四十四，合註同。外集作「觀天山望朝陽巖」。《永樂大典》卷九千七百六十三引此詩，謂爲沈遼作，詩題無「作」字，題下註：元次山所名者。
〔一八八〕朝陽巖前不結廬　外集作「前日巖前欲結廬」。《大典》同。
〔一八九〕春泉濺濺出乳竇青沙白石半洿途　《大典》「春泉」作「春水」，「青沙」作「青山」。七集、外集「青沙」作「青莎」。

〔一九〇〕不到津頭二三日誰知江水漲天墟遥望横流不敢濟巖口正有人罾魚　《大典》「二三日」作「已三月」。「横流」原作「横杯」，今從《大典》。《大典》「正」作「已」。外集「二三月」作「三二日」。删去合註「横杯似用杯渡之意再考」註文一條。
〔一九一〕南華老師示四韻事忙姑以一偈答之　查註在卷四十四，合註同。
〔一九二〕惡業相纏五十年　施乙、外集作「宿業相纏四十年」。
〔一九三〕却著　施乙、外集作「今著」。
〔一九四〕自疑身是　施乙、外集作「可憐化作」。查註、合註：《苕溪漁隱叢話》作「可憐化作」。
〔一九五〕過嶺寄子由　查註在卷四十四，合註同。
〔一九六〕投章獻策謾多談能雪寃忠死亦甘　外集「章」作「書」，「忠」作「中」。
〔一九七〕天日　外集作「京日」。
〔一九八〕光榮歸珮呈佳瑞瘴癘幽居弄晚嵐　外集「珮」作「旆」，「瑞」作「氣」。七集、外集「晚」作「曉」。
〔一九九〕從此西風庾梅謝却迎誰與馬毿毿　外集「梅謝」作「樓樹」，「與馬」作「馬亂」。
〔二〇〇〕合註七集本……第一首七年來往云云　合註「云」後有「詩末註云又見後集七卷」十字。查明成化原刊本七集，無「又見後集七卷」六字。此六字，在明刊本《東坡續集》中，「七卷」作「卷七」。今删去「詩末」云云十字。
〔二〇一〕夢中絶句　查註在卷四十五，合註同。

蘇軾詩集卷四十八

補編古今體詩一百七十五首〔一〕

〔合註〕查註云：按吳興施氏原註，前後集合三十九卷，其第四十卷則翰林帖子詞五十四首，遺詩三十一首，最後兩卷爲和陶詩，共四十二卷。新刻本增續補上下二卷，《南行集》錯雜其間，真贋相半。余既取《南行集》以冠全詩，又依外集于續補卷中，排次分編，其漫不可考者，凡十九首，無從附録，仍置此卷首。此外一百十三首，皆慎別行搜採，彙分兩卷，各疏出處，俾覽者有考焉。今考此二卷詩，查氏刻于他集互見之前，爲卷四十七、卷四十八。但其所採，亦有互見他集，不能確定爲先生詩者，因改附全集之末，兼寓存疑之意也。又：十九首，已爲諸本所有，查氏概稱作補編詩，亦非。又，十九首中，亦尚有可編年而不編者。且既有不入編年之詩，則凡前此之不能定爲何時者，亦可歸入此卷，而又强爲附編，此皆查本之可議者。今不更立異而附識于此。又：《玉帶施元長老》詩，尚有第一首，見《五燈會元》及七集本續集佛偈中，今已採入本題註中〔二〕。其餘余所見各詩，雖未敢竟定爲先生作，亦附載補編卷末，以資考證。

戲足柳公權聯句〔三〕㊀并引

《宋玉對楚王》：「此獨大王之雄風也，庶人安得而共之？」譏楚王知己而不知人也。柳公權小子與文宗聯句，有美而無箴，故爲足成其篇云〔四〕㊁。

人皆苦炎熱，我愛夏日長。薰風自南來〔五〕，殿閣生微涼㊂。一爲居所移㊃，苦樂永相忘。願言均此施，清陰分四方㊄。

㊀〔合註〕王本嘲謔類，舊王本雜賦類。七集本載續集，題作「補唐文宗、柳公權聯句」，而詩引一段在詩後。〔查註〕此詩，施氏原本載遺詩卷中，時地莫考，難以詮次，姑仍其舊。

㊁〔查註〕《藝苑雌黄》云：「文宗與柳公權聯句，東坡以爲有美而無箴，因續四句。然洪駒父以爲公權已含箴規之意，雖不必續可也。」愚謂人臣忠愛其君，自當隨事納誨，以啟主心而達下情，凡作隱躍含糊之語，冀幸一悟者，皆諂諛之徒也。先生此詩，特爲此一流發，偶借公權爲質的耳。嚴氏之説，不足取也。〔合註〕王若虚《滹南詩話》載吕希哲曰：公權詩，蓋謂文宗居廣廈之下，而不知路有暍死也。洪駒父、嚴有翼皆以爲然。

㊂〔施註〕見《唐書》公權本傳。〔查註〕《李氏家塾廣記》云：陳輔之以爲「殿桷生餘涼」，今世所傳，只用公權舊語。故東坡《端午帖子詞》云：微涼生殿閣；又：獨咏微涼殿閣風。不聞有「殿桷餘涼」之説。

㊃〔施註〕《孟子・盡心上》：居移氣，養移體，大哉居乎。

㊄〔施註〕《文選》沈休文《直學省》詩：虚館清陰滿。

送　別㊀

鴨頭春水濃如染㊁，水面桃花弄春臉㊂。衰翁送客水邊行，沙襯馬蹄烏帽點㊃。昂頭問客幾時歸，客道秋風黃葉〔六〕飛。繫馬綠楊開口笑，傍山依約見斜暉。

㊀〔合註〕王本送別類，舊王本不載，七集本載續集。

㊁〔馮註〕白樂天詩：鴨頭新綠水，雁齒小紅橋。

㊂〔馮註〕唐詩：桃花笑臉紅。〔合註〕此陳子良句，「笑」一作「落」。

㊃〔馮註〕《通典》：上古衣毛冒皮，則帽之名所由起。故《釋名》曰：帽者，冒也。劉熙《逸雅》：帽，冒也。巾，謹也。《晉·輿服志》：成帝咸和中，制聽尚書八座三省侍郎俱著烏紗帽。陳周宏正《謝烏紗帽啟》：雖復魏宜二端，豈能比今烏紗；玆賜廣微四縫，未足擬其華飾。

顏　闔㊀

顏闔古有道，躬耕自衣食。區區魯小邦，不足隱明德。軺車〔七〕來我門，聘幣繼金璧。出門應使者，耕稼不謀國。但疑誤將命，非敢憚行役。使者反錫命，户庭空履迹㊁。薄俗徇世榮，截趾履之適㊂。所重易所輕，隋珠彈飛翼㊃。伊人畏照影，獨往就陰息㊄。鼎俎薦忠賢，誰能死燔炙。念彼藏衣冠，安知獲堯客〔八〕㊅。

㊀〔合註〕王本詠史類，舊王本不載。七集本載續集。《山谷外集》亦有《顏闔》詩，前十二句與先生詩大略同，今全錄以資考證。「顏闔無事人，躬耕自衣食。翩翩許公子，要我從事役。軺軒來在門，駟馬先拱璧。出門應使者，隴上不謀國。心知誤將命，非敢憚行役。使人返錫命，户庭空履迹。中隨衛侯書，起作太子客。誰能明吾心？君子蘧

伯玉。」竊疑此篇是山谷詩，後十句乃後來改定，換去「中隨」四句者，蓋詩筆於山谷爲近也。

㈡〔馮註〕《莊子・讓王篇》：魯君聞顏闔得道之人也，使人以幣先焉。顏闔守陋閭，苴布之衣，而自飯牛。魯君之使者曰：「此顏闔之家與？」顏闔對曰：「然。」使者致幣。顏闔曰：「恐聽者謬而遺使者罪，不若審之。」使者還反審之，復來求之，則不得已。

㈢〔馮註〕《莊子・達生篇》：忘足履之適也。

㈣〔馮註〕《莊子・讓王篇》：今且有人于此，以隋侯之珠，彈千仞之雀，世必笑之，是何也？則其所用者重而所要者輕也。

㈤〔馮註〕《莊子・漁父篇》：人有畏影惡迹而去之，走者舉足愈數而迹愈多，不知處陰以休影，處静以息迹，愚亦甚矣。

㈥〔馮註〕《南史・明僧紹傳》：禮徵不至。住江乘、攝山。高帝謂慶符曰：「卿兄高尚其事，亦堯之外臣。朕夢想幽人，固已勤矣。所謂徑路絶，風雲通。」仍賜竹根如意筍籜冠。

夢雪㈠

殘杯失春温，破被生夜悄。開門萬山白〔九〕，俯仰同一照。雖時出圭角，固自絶瑕〔一〇〕竅㈡。兒童勿驚怪〔一一〕，調汝得一笑。

㈠〔合註〕王本閑適類，舊王本夢類。七集本載續集，外集編鳳翔諸詩中。

㈡〔査註〕韓退之詩：南山逼冬轉清瘦，刻畫圭角出崖竅。〔合註〕韓詩押二十四緩韻，作「窾」；査註作「竅」，誤。

戲贈田辨之琴姬〔一三〕㈠

流水隨絃滑，清風入指寒㈡。坐中有狂客，莫近繡簾彈㈢。

㈠〔合註〕王本嘲謔類，舊王本婦女類。七集本載續集，外集編倅杭諸詩中。〔查註〕田辨之，爵里失考。〔合註〕有《浣溪沙》詞席上贈楚守田待問小鬟，當即此人。

㈡〔馮註〕《呂氏春秋》：伯牙善鼓琴，鍾子期善聽。伯牙方鼓琴，志在高山。子期曰：「善哉，巍巍乎若泰山。」俄而志在流水。子期曰：「善哉，湯湯乎若江河。」《琴曆》：曲有《風入松》、《石上流泉》。

㈢〔王註子仁曰〕此暗用司馬相如琴心挑卓文君事。〔馮註〕《辨音集》：李龜年在岐王宅，聞繡簾内彈琴，曰：「此秦聲。」良久，又曰：「此楚聲。」主人問之，前彈者隴西沈妍，後彈者揚州薛滿也。二妓驚服。

書黃筌畫《翎毛花蝶圖》二首〔一三〕㈠

其一

短翎長喙喜喧卑〔一四〕，曳練雙翔亦自奇㈡。賴有黃鸝鬭嬛好，獨依薜石立多時。

㈠〔合註〕王本書畫類，舊王本同。七集本載續集。〔馮註〕《畫鑑》：五代時，黃筌與子居寀並善花卉，謂之寫生。妙在傅色，不用墨筆，但以輕色染成，謂之没骨圖。郭若虛云：諺稱黃筌富貴，徐熙野逸。蓋筌居待詔，所寫皆禁籞珍禽、瑞鳥、奇花、怪石。又翎毛骨氣尚豐。徐熙，江南處士，志節高邁。多狀汀花野竹，小鳥淵魚。二者皆春蘭秋菊，各擅重名。〔查註〕《皇朝事實類苑》：國初，翰林待詔黃筌，以畫著名，尤長于花竹，并二子居寀居寶、弟惟亮，皆隸翰林院。諸黄畫花，妙在賦色用筆極新細，殆不見墨迹，但以輕色染成，謂之寫生。劉道醇《名畫評》：筌字叔要，蜀人。善丹青，尤好花竹翎毛。

（二）〔合註〕謝莊《舞馬賦》：狀吴門之曳練。

其二

緑陰青子已愁人，忍見中庭〔一五〕燕麥新（一）。怊悵〔一六〕劉郎今白首，時來看卷覓餘春。

（一）〔合註〕《爾雅》：蘥，雀麥。註：即燕麥也。

寒食夜（一）

漏聲透入碧窗紗，人静鞦韆影半斜（二）。沉麝不燒金鴨冷（三），淡雲籠月照梨花。

（一）〔合註〕王本時序類，舊王本不載。七集本載續集。

（二）〔馮註〕漢武後庭之戲爲千秋，誤作秋千。〔合註〕見唐高無際《鞦韆賦序》。

（三）〔馮註〕《唐本草》：麝香生中臺川谷，雍州、益州皆有之。陶隱居曰：形似麞，嘗食柏葉，及啖蛇，或於五月得者，往往有蛇皮骨。主辟邪殺鬼精。《記事珠》：金猊、寶鴨，皆焚香器。《詩餘》：金鴨晚香寒。

和寄天選〔一七〕長官（一）

寓形宇宙間，佚我方以〔一八〕老。流光安足恃，百歲同過鳥。頃予〔一九〕縈〔二〇〕網羅（二），文采緣自表。自古山林人，何曾識機巧。但記寒巖翁，論心秋月皎。黄香十年舊㊂，禪學〔二一〕參衆妙。虚懷養天和，肯徇奔走鬧。官居職事理，晨起何用早。桐陰滿西齋，叱吏供灑掃㊃。眷予〔二二〕東南來，野飯煮芹蓼〔二三〕。葆光〔二四〕既清高㊄，令尹亦高蹈㊅。相將古寺行，軟語頽晚照。公家有畸人，公有族人，隱嵩山〔二五〕。虚緣能自保〔二六〕。卜築嵩山陽，何當〔二七〕從結好。中山饒勝景〔二八〕，一覽未易了〔二九〕㊆。何時命巾車㊇，共陟雲外嶠。翻思〔三〇〕筋力疲，不復追踊跳〔三一〕。公詩擬《南山》㊈，雄拔千丈峭。形容逼天真，邂逅識其要。藩籬吾未窺㊉，敢議窮閫奥⑪。

㊀〔合註〕王本酬和類，舊王本簡寄類。七集本載續集。《參寥集》有《次韻陽翟尉黄天選見寄》詩，即此篇也。據此，則非先生詩矣。查氏何又不列入他集互見卷中耶？今不更移，而考證于此。詩中「頃予嬰網羅」句，當是參寥自言還俗事，「黄香」則言天選也。王本援註謂魯直，亦非。

㊁〔馮註〕《金樓子》：楚龔舍初隨楚王朝，宿未央宫，見赤蜘蛛大如栗，四面縈羅網，有蟲觸之而死者，進而不能得出焉。舍乃歎曰：「吾生亦如是矣。仕宦者，人之羅網也，豈可淹歲！」於是掛冠而退，時人謂之蜘蛛隱。

㊂〔王註援曰〕謂魯直。〔合註〕辨見題下（按，指註㊀）。

㊃〔查註〕《後漢書》：魏昭請於郭泰，願在左右供給灑掃。

㊄〔馮註〕《莊子·齊物論篇》：此之謂葆光。〔合註〕王僧孺《吏部郎表》：取其清尚。

㊅〔合註〕葆光、令尹，疑指二人。「高蹈」，見《左傳》。

㊆〔合註〕用杜子美詩意。

㈧〔馮註〕《孔叢子》註：以衣飾車也。

㈨〔馮註〕韓退之有《南山》詩，凡一百有二韻。

㈩〔馮註〕《宋玉對楚王問》：夫藩籬之鷃，豈能與之料天地之高哉！

㈡〔馮註〕《爾雅》：西南隅謂之奧。〔合註〕《漢書·班固傳》：究先聖之壼奥。

次韻張甥棠美晝眠㈠

炎歊六月〔三〕北窗涼㈡，更覺甘如飯稻粱。辛我糞牆譏敢避，孝先經笥謔兼忘。憂虞心謝知時〔三〕雁，安穩身同〔四〕掛角羊㈢。要識熙熙不争競，華胥别是一仙鄉。

㈠〔合註〕王本酬和類，舊王本不載。七集本載續集。此詩亦見晁无咎集，則亦非先生詩也。查氏既以《和述志》詩列他集互見卷中，又以此詩列補編卷中，豈未詳閲晁集耶？〔查註〕慎按，先生之甥柳閎，字展如，見《黄山谷詩集》。張棠美無可考，《晁无咎集》有《和張棠美述志》詩，與先生集中互見，即其人也。

㈡〔馮註〕《説文》：歊，氣出貌。班固賦：吐金景兮歊浮雲。

㈢〔馮註〕《傳燈録》：雪峰云：我若東道西道，汝則尋言逐句。我若羚羊掛角，汝向什麼處捫摸？〔查註〕《傳燈録》：羚羊掛角，無迹可求。

陸蓮菴㈠

何妨紅粉唱迎仙㈡，來伴〔三〕山僧到處禪。陸地生花〔六〕安足怪，而今更有火中蓮㈢。

〔一〕〔合註〕王本寺觀類，舊王本不載。七集本載續集。〔馮註〕《草木狀》：生于陸者曰旱蓮。〔查註〕按《維摩經》云：譬如高原陸地，不生蓮花。陸蓮名菴，義本此。施氏補註引《草木狀》，誤矣。〔合註〕《普曜經》云：太子臨産時，陸地生青蓮華。《咸淳臨安志》：陸蓮菴。錢忠懿王時，禪師誦蓮經於水心寺。方冬，忽有蓮花七本，生于庭陛。

〔二〕〔合註〕杜子美《秋興》詩：露冷蓮房墜粉紅。

〔三〕〔查註〕《維摩經》：火中生蓮花，是可謂希有。在欲而行禪，希有亦如是。永嘉禪師《證道歌》：在欲行禪知見力，火中生蓮終不壞。唐張謂《蓮花寺》詩：樓殿總隨煙焰盡，火中何處生蓮花？〔合註〕《法苑珠林》云：耶輸陀羅投火坑，於是火滅，母子俱存。火變蓮池，母處華座。

書寄韻〔一〕

已將鏡鑷〔三七〕投諸地〔二〕，喜見蒼顏白髮新。歷數三朝軒冕客，色聲誰是獨完人。

〔一〕〔合註〕七集本載續集。王本題載述懷類而詩缺，當是脱葉，朱從延補列失編內，蓋因有題無詩而採入也。外集題作「偶書」，舊王本不載。

〔二〕〔查註〕此乃齊高帝事。《南史》載入《廢帝鬱林王本紀》中。

謁敦詩先生因留一絶〔三八〕〔一〕

凜凜人言君似雪，我言凜凜雪如君。時人盡怪蘇司業，不解將錢與廣文。

〔一〕〔合註〕王本貽贈類，舊王本不載。七集本載續集，外集在倅杭卷中。〔查註〕敦詩先生失考。

絶句二首〔三九〕㊀

其一

峨峨疊石立何孤，賴有蕭蕭翠竹俱。日暮無人鷗鳥散，空留野水〔四〇〕伴寒蘆。

㊀〔合註〕王本寓興類，舊王本不載。七集本載續集，外集在倅杭卷中。〔查註〕此二首，當是題畫詩。

其二

漠漠秋高露氣清，新蒲倚石近溪生。夜來雨後西風急，靜向窗前似有聲。

春夜〔四一〕㊀

春宵一刻值千金〔四二〕，花有清香月有陰。歌管樓臺聲細細㊁，鞦韆院落夜沉沉〔四三〕㊂。

㊀〔合註〕王本時序類，舊王本不載。七集本載續集。〔查註〕《詩人玉屑》云：東坡「春宵一刻值千金」云云，與王介甫「金爐香燼漏聲殘」一首，流麗相似，然亦有甲乙。施氏原本不載，新刻本載續補下卷，今仍之。

㊁〔合註〕元微之詩：娼樓歌細細。

㊂〔馮註〕《天寶遺事》：宮中寒食，競立鞦韆，令宮嬪等嬉笑宴樂。明皇呼爲半仙戲。〔合註〕李太白《白紵辭》：月寒江清夜沉沉，美人一笑千黃金。

醉睡者㊀

有道難行不如醉，有口難言不如睡。先生醉卧此石間，萬古無人知此意。

㊀〔合註〕王本閑適類，舊王本不載。七集本載續集。

數日前，夢人示余一卷文字，大略若諭馬〔四四〕者，用「吃蹶」㊀兩字，夢中甚賞之，覺而忘其餘，戲作數語足之〔四五〕㊁

天驥雖老，舉鞭脱逸。交馳蟻封，步中衡石。旁睨駑駘，豐肉滅節。徐行方軌，動輒吃蹶。天資相絶，未易致詰㊂。

㊀〔查註〕吃蹶，未詳，俟考。

㊁〔合註〕王本嘲謔類，舊王本不載。七集本載續集。〔查註〕慎按，以上十九首，從施註新刻續補兩卷中録存，不拘次序。

㊂〔合註〕《後漢書·袁安傳·論》：未可致詰。

四十年前元夕，與故人夜遊，得此句〔四六〕㊀

午夜朧朧淡月黄㊁，夢回猶有暗塵香㊂。縱横滿地霜槐影，寂寞蓮燈半在亡㊃。

㊀〔合註〕王本時序類，舊王本節序類。七集本載續集，補施註本載續補遺下卷。

〔二〕〔合註〕潘岳詩：朗月何朧朧。

〔三〕〔馮註〕《南部煙花記》：宮人皆以沉香屑褁履中，以薄玉爲底，行則香痕印地，名曰塵香。〔合註〕此用蘇味道「暗塵隨馬去」句也。

〔四〕〔馮註〕《西京雜記》：長安巧工丁緩爲常滿燈，七龍五鳳，雜以芙蓉、蓮、藕之奇。〔合註〕山公註雖引《洞冥記》，似暗本《潛確類書》，而末四字作「蓮葉捧承之狀」六字，今校正。又，查氏於先生詩，遍爲搜採補編，即考非先生作者，亦列入他集互見卷中。乃於此詩及下題「李景元畫」、「謝宋漢傑惠墨」、「又答氈帳」、「壽陽岸下」、「春日與閑山居士小飲」各詩，爲諸本所有者，轉皆脱漏，殊不可解。今因無可列入編年，是以參酌舊本目録，彙載於此，讀者審之。

題李景元畫〔四七〕〔一〕

聞說神仙郭恕先，醉中狂筆勢瀾翻〔二〕。百年寥落何人在〔四八〕，只有華亭李景元。

〔一〕〔合註〕王本載書畫類，舊王本不載。七集本載續集，補施註本載續補遺下卷。外集載召入翰林卷中，題作「召李甲畫喜鵲」。又，鄧椿《畫繼》：李甲，字景元，自號華亭逸人。作逸筆翎毛，有意外趣，但木柯未佳耳。坡題其《喜鵲圖》「聞說神仙郭恕先」云云。又，《宋詩紀事》：景元善爲塡詞小令，有聞于時，畫翎毛有意外之趣，米海岳嘗稱之。并附載此詩，題作「題嘉興景德寺李景元畫竹」。又，查氏於《高郵陳直躬處士畫雁》詩題下，亦註云：本集有《題李景元畫七絶》。今刊本轉不載，直是脱漏也。

〔二〕〔馮註〕《宋史·郭忠恕傳》：字恕先，河南洛陽人。七歲，能誦書屬文。舉童子，及第。尤工篆籀。坐貶，流落，不復求仕進。縱酒跅弛，或踰月不食。盛暑暴露日中，體不沾汗，窮冬鑿河冰而浴其旁，淩澌消釋，人皆異之。尤善畫，得者藏以爲寶。太宗聞其名，召授國子監主簿。益使酒肆言，擅鬻官物，詔減死，决杖流登州。已行至齊州臨邑，謂部送吏曰：「我今逝矣。」因掊地爲穴，庶可容面，俯窺焉而卒。稾葬後累月，故人將改葬之，其體輕若蟬蛻。《史記註》：掊，手把土也。《畫鑑》：古人畫，諸科各有其人。界畫，則唐絶無作者，歷五代，始得郭忠恕一人。

又答氊帳㈠

卧病經旬減帶圍㈡，清樽忘却故人期。莫嫌〔四九〕雪裏閑氊帳，作事猶來未合時〔五〇〕。

㈠〔合註〕王本詠物類，舊王本不載。七集本續集載此詩，是以補施註本亦列入續補遺下卷。又，外集載此詩，題作「答子玉氊帳」，次於《覩子玉郎中草書》、《送子玉至靈山》二首之間。據此，則併可入編年也。今以不能細分年月，仍列入補編卷中。

㈡〔馮註〕《南史·梁昭明太子傳》：貴嬪薨，終喪不嘗菜果。體素壯，腰帶十圍，至是減削過半。

壽陽岸下㈠

街東街西翠幄〔五一〕成㈡，池南池北緑錢生㈢。幽人獨來帶殘酒〔五二〕，偶聽〔五三〕黄鸝第一聲㈣。

㈠〔合註〕王本載紀行類，舊王本同，題末有「絶句」二字。七集本載續集，是以補施註本載續補遺下卷。外集載此詩於登州卷內，在《將赴文登別擇老一首》之後，《留題懷仁令占山亭二絶》之前。據此，則併可入編年也。今以不能細分年月，且先生過壽州，雖無可考訂年月，而斷非赴登州之年，是以仍列於補編卷中。又，壽陽，當指今壽州，則非山西之壽陽也。

〔二〕〔合註〕韓退之詩：街東街西誦佛經。
〔三〕〔合註〕鮑照詩：池北既少露，池南又多風。
〔四〕〔合註〕《雲仙雜記》：戴顒春日攜雙柑斗酒，人問何之？曰：「往聽黄鸝聲。」

春日與閑山居士小飲〔五四〕〔一〕

一杯連坐兩髯棋，數片深紅入座飛。十分瀲灧君休赤，且看桃花好面皮。唐人詩云：未見桃花面皮，先作杏子眼孔。

〔一〕〔合註〕王本載燕集類，舊王本燕飲類，題首皆無「春日」二字。外集載此詩於黄州、常州卷中，在《求監倉家爲甚酥一首》之前。七集本續集脱去題目，併入《求劉監倉家爲甚酥》，題作二首，誤也。鄭羽重修施註本亦同，而以此詩作第一首。至補施註本、查本皆失載此詩，今補採。閑山居士失考。

村醪二尊獻張平陽〔五五〕〔一〕

其一

萬户春濃酒似油，想須百甕到牀頭〔五六〕。主人日飲三千客，應笑窮官送督郵。

〔一〕〔合註〕自此以下，至本卷末諸詩（按，至《過濰州驛……》），舊王本皆無。〔查註〕張平陽，失考。按，萬户春，先生在嶺南酒名，此詩疑亦南遷以後所作。又，慎按，絶句一首，律詩二首，載朱存理《鐵網珊瑚集》。元黄文獻公跋云：右東坡先生詩，凡六首，集中皆缺，不載，他日好事者或爲之補遺，尚有取也。至順元年九月二十日，後學東陽黄溍題。卞氏《式古堂書畫彙考》云：公手書真迹，舊藏光福徐良夫教授家，後歸徐耕學。成化戊戌，吴匏菴爲題此卷，則已忘其半，止存三首矣。後十年，匏菴再覩于葑門錢氏。凡兩跋尾。又按《外紀》所載序録云：東坡詞翰，流落人間不載本集者甚多，余從都元敬出示墨迹，題云「村醪二首獻張平陽」，其一曰「張公高蹈不可到」云云，其二曰「詩如琢雪清牙頰」云云，則又以律詩一首分爲二絶句矣，恐未可據也。〔合註〕都穆《南濠詩話》亦云，見公詩真迹於友人家，凡五首。據此，則作五首絶句爲是。今姑從查氏。

其　二

詩裏將軍已築壇，後來裨將欲登難㊀。已驚老健蘇梅在㊁，更作風流王謝看。○出定知書滿腹〔五七〕，瘦生應爲語雕肝。○○灑落江山外〔五八〕，留與人間激懦官。

㊀〔合註〕《漢書·項籍傳》：籍爲裨將。註：裨，助也。

㊁〔查註〕《隱居詩話》：蘇子美以奔放豪健爲志，梅堯臣亦能詩，而平淡爲工，世謂之蘇、梅。

其　三〔五九〕

張公高蹈不可到，我欲挽肩〔六〇〕纔覺難。事業已歸前輩録，典刑留與後人看。詩如琢雪清牙頰，身覩飛龍吐膽肝。少負清名晚方用，白頭〔六一〕翁竟作何〔六二〕官。

失　題〔六三〕㊀

獨鶴南飛送好音，山中橋梓共成陰㊁。深衣傴僂如初命，巵酒從容向晚斟。城裏誰家開壽域，堂東多士作儒林。清霜未落黄花在，笑折高枝繞鬢簪。

㊀〔查註〕按，元豐五年冬，公在黄州，進士李委聞公生日，作《白鶴南飛》新曲以獻。此詩疑是謫黄時所作。又按卞氏《式古堂書畫考》載此詩，云是東坡作。今採録。〔合註〕卞氏云：行書，長方紙本。

㊁〔合註〕《尚書大傳》：南山之陽，有木名橋，橋者，父道也。南山之陰，有木名杍，杍者，子道也。杍，同梓。

題王維畫〔六四〕㊀

摩詰本詞客，亦自名畫師。平生出入輞川上，鳥飛魚泳嫌人知。山光盎盎著眉睫，水聲活活流肝脾。行吟坐咏皆自見，飄然不作世俗辭。高情不盡落縑素，連山絶澗開重帷。百年流落存一二，錦囊玉軸酬不貲。誰令食肉貴公子，不覺祖父驅熊羆。細氊淨几讀文史，落筆璀璨傳新詩。青山長江豈君事，一揮水墨光淋漓㊁。手中五尺小横卷，天末萬里分毫釐。謫官南出止均、潁，此心通達無不之。歸來纏裹任紈綺㊂，天馬性在終難羈。人言摩詰是初世，欲從顧老癡不癡。桓公、崔公不可與，但可與我寬衰遲。桓玄嘗竊長康畫，崔圓嘗使摩詰畫壁㊃。

㊀〔查註〕愼按，此古詩一首，載谷橋孫紹遠稽古所輯《聲畫集》中，今採録。〔合註〕王晉卿以將門之後，能詩善畫，又曾謫官均、潁，與詩中語意適符，此詩必爲晉卿作也。晉卿事，詳見前《作書寄王晉卿》詩註（按，在卷十八）。

㊁〔合註〕此二句，當指晉卿所作《煙江疊嶂圖》，先生有詩，見前卷三十（按，集成同）。

㊂〔合註〕《後漢書·董卓傳》：以布纏裹。

〔四〕〔合註〕《圖畫見聞志》：王維、鄭虔、張通，俱囚於楊國忠舊第。崔圓召令畫數壁，後皆從寬典。

和張均題峽山〔一〕

孤舟轉巖曲〔二〕，古寺出雲坳。岸迫鳥聲合，水平山影交。堂虛泉漱玉〔三〕，砌靜筍遺苞。我爲圖名利，無因此結茅。

〔一〕〔查註〕張均，失考。
〔二〕〔合註〕沈約詩：四禪隱巖曲。
〔三〕〔合註〕陸士衡詩：飛泉漱鳴玉。

題女唱驛〔一〕

攬轡金、房道〔二〕，崎嶇難具陳。浮嵐常作雨，冷氣不知春。少見寬平路〔六五〕，多逢臃腫民〔三〕。欲知何處〔六六〕遠，巫峽是西鄰。

〔一〕〔查註〕按，《水經注》云：江水又東，巫溪水注之。又逕琵琶峽。本志云：琵琶峯下女子皆善吹笛，嫁時，羣女子治具吹笛，唱竹枝詞送之。女唱驛之名，蓋本于此。〔合註〕今本《水經注》無「又逕琵琶峽」以下云云。查氏係據《名勝志》所引《經》文，然無「女唱驛名本此」句。又，《一統志》：巫山縣有琵琶峯，對蜀江之南。此鄉婦女，多曉音律，或云鍾此峯之秀所致。云云。亦無女唱驛之名。再考。又，〔查註〕慎按，以上二首，諸刻本俱不載，外集編第二卷，即入《南行集》中，今補録于此。〔合註〕清江《孔毅父集》有《題女媧山》、《女媧廟》二首。前一首，即此詩，後一首，即先生《儋耳山》五言絶句也。詩中「攬轡金、房道」，當指金州、房州。考《唐書·地理志》，金州、房州，同屬山南東道採訪使。金州平利縣，有女媧山。《名勝志》：山在縣東十五里，舊有女媧祠。似孔集題近是。則此二詩，當係孔毅父作。（題中「唱」字、「驛」字，當是「媧」字、「祠」字之訛耳。

㈡〔合註〕《史記·袁盎、晁錯傳·贊》：攬轡見重。

㈢〔合註〕《戰國策》：人之所以善扁鵲者，爲有臃腫也。

送虢令趙薦㈠

嗟我去國久，得君如得歸。今君捨我去，從此故人稀。不惜故人稀，但恐晤語非。佳人西方〔六七〕子，佩服貝與璣。宛兮若處女〔六八〕，未始識户扉。何必識户扉，潛玉有光輝㈡。

㈠〔查註〕本集第三卷，有《和虢令趙薦大雪》詩（按，集成在卷四）。以此詩起四句考之，當是蜀人而宦秦者。

㈡〔合註〕陶淵明《感士不遇賦序》：或潛玉於當年。

謝張太原送蒲桃㈠

冷官門户日蕭條，親舊音書半寂寥。惟有太原張縣令，年年專遣送蒲桃。

㈠〔查註〕張太原，名字失考。

讀《晉史》

滄海橫流血作津㊀，犬羊〔六九〕角出競稱真。中原豈是無豪傑，天遣〔七〇〕羣雄殺晉人。

㊀〔合註〕袁彦伯贊：滄海橫流。

讀《王衍傳》㊀

文非經國武非英㊁，終日虚談取盛名。至竟開門延羯寇〔七一〕，始知清論誤蒼生。

㊀〔查註〕《晉書·王衍傳》：總角造山濤，濤嗟歎良久，既去，目而送之，曰：「何物老嫗，生甯馨兒，然誤天下蒼生者，未必非此人也。」又云：補元城令，終日清談，而縣務亦理。累居顯職。後進之士，莫不慕景放效，務高浮誕，遂成風俗焉。

㊁〔合註〕《文選》應休璉《百一詩》：文章不經國。

讀後魏《賀狄干傳》㊀

羊犬〔七二〕爭雄字内殘，文風猶自到長安。當時枉被詩書誤，惟有鮮卑賀狄干㊁。

㊀〔查註〕《北史·魏·賀狄干傳》：家本小族，世爲將。道武帝普封功臣，狄干雖爲姚興所留，遥賜爵襄武侯。及狄干至，帝見其語言衣服類中國，以爲慕而習之，故忿焉。既而殺之。慎案，以上十二首（按，指《溪堂留題》、《新葺小園二首》、《與李彭年……》、《二月十六日……》、《送虢令趙薦》、《亡伯提刑郎中挽詩二首》、《謝張太原送蒲桃》、《讀〈晉史〉》、《讀〈王衍傳〉》及本詩，其中《溪堂留題》等七首，集成已入編年詩），諸刻本不載，外集編第三卷在鳳翔作，今採録。

㊀〔合註〕《北史·賀狄干傳》：在長安，因習讀書史，通《論語》、《尚書》諸經，舉止風流，有似儒者。

送司勳子才丈赴梓州㊀

別日已苦迫，見日未可期。曷不惜此日，相從把酒巵。人生初甚樂，譬若枰上棋。縱横聽汝手，聚散豈吾知。胡爲復嗟嘆〔七三〕，實恨相識遲。念昔非親舊，聞名自童兒。不見常隱憂，見之百憂披。相從未云幾，別淚遽已垂。有如雲間鶴，影過落寒池。舉頭已千里，可見不可追。我本蜀諸生，能言公少時。初爲成都掾，治獄官苦卑。高才絕倫輩，邦伯忘等夷。是時最少年，白皙未有髭。風流能痛飲，敏捷好論詩。勇於韝上鷹，不啻囊中錐。去蜀曾未久，得縣復來眉。簿書紛滿前，指畫渙無疑。一年吏已服，漸能省鞭笞。二年民盡信，不復煩文移㊁。三年厭閑寂，終日事桐絲。客來投其轄，醉倒不容辭。至今三十年，父老猶嗟咨。東川晚乃至，觀者塞路岐。但見東人喜，不知西人悲㊂。如今又繼往，人事亦可奇〔七四〕。嗟此信偶然，或云數使之。王城多高爵，要路人争馳。公來席未暖，去不淅〔七五〕晨炊。屢爲蜀人得，毋乃天見私。吾徒本學道，窮達理素推。況爲二千石，所至可樂嬉。細思爲縣日，賓友存者誰。或終卧茅屋，或去懸金龜㊃。或已登鬼籍〔七六〕，墓木如門楣。感時何倏忽，撫舊應涕洟。紫綬著更好，紅顏蔚不衰。權奇玉勒馬，阿那〔七七〕胡琴姬。逢人可與樂，慎勿苦相思。

〔一〕〔查註〕子才，姓名失考。慎按，以上三首（按，指《入館》、《贈蔡茂先》及本詩，上二首，集成已入編年詩），諸刻本不載，外集編第四卷直史館時作，今補録。

〔二〕〔合註〕《後漢・光武帝紀》：作文移。

〔三〕〔合註〕東人、西人見《詩經》。

〔四〕〔合註〕曹子建文：金龜紫綬。

送宋君用遊輦下〔一〕

暴雨漲荒溪，尺水生洪流。中有潑潑鯉，泛然方快遊。安知赤日爍，沸浪生浮漚。石密岸狹束，鱗鬣窘若囚〔二〕。一失在藻樂〔三〕，遂有轍鮒憂〔四〕。誓將泛江湖，雪此呴〔七八〕沫羞。江湖與荒溪，巨細雖不侔。此流彼之派，聯接詎阻修。超然奮躍去，勢若鷹離韝〔五〕。浮沉謝羣蛙，窟穴依長洲。洗刷沮洳泥〔六〕，被服白紋裘〔七〕。誰知歲月久，湧浪生咽喉。賴爾溪中物，雖困有遠謀。不似沼沚間，四合獄萬鰍〔八〕。縱知有江湖，綿綿隔山丘。人生豈異此，窮達皆有由。吾鄉廣平君〔九〕，少與輕薄遊〔一〇〕。堆金等屋梁，穲稏百頃秋。朝廷羅〔七九〕紅顔，夜庖炙肥牛。落魄窮書生，多以金帛收。高〔八〇〕貲一朝盡，里巷誰青眸。兒女號飢寒，親友寡饋賙。中夜起長嘆，慷慨商聲謳。我非田農家，安能事粗耰。又非將帥種，不慣揮戈矛〔一一〕。平生負壯氣，豈可遂爾休。今我中丞公〔一二〕，位隆職兼優。官爵連九族，一門千驊騮。雖云富貴殊，敢以貧賤投。姻戚苦未遠(一三)，我困豈我謉(一四)。八月秋風高，駕言動輕輈。將行來告別，求贈安敢廋。嗟子窮已甚，倚伏理亦周。溪魚解如此，況子知公侯。馬壯僕正健，去去其無留(一五)。

(一)〔查註〕宋君用，失考。

(二)〔合註〕《史記·龜策傳》：豫且舉網，得而囚之。

(三)〔合註〕在藻，見《詩經》。

(四)〔合註〕《莊子·外物篇》：車轍中有鮒魚，周問之，對曰：「我東海之波臣，君豈有升斗之水而活我哉？」

(五)〔合註〕任註《山谷集》引《東觀漢記》：柏虞曰：善吏如使良鷹，下韝命中。

(六)〔合註〕白樂天詩：洗刷去泥垢。

(七)〔合註〕補註事末。

(八)〔合註〕《史記·貨殖傳註》：鯫，雜小魚也。

(九)〔合註〕當卽指宋君用。玩詩意，似先富而後貧者。

(一〇)〔合註〕《後漢書·馬援傳》：陷爲天下輕薄子。

(一一)〔合註〕戈矛，見《書經》。

(一二)〔合註〕未詳何人。

(一三)〔合註〕《後漢書·鄧皇后紀》：姻戚不少。

(一四)〔合註〕《毛詩傳》：謉，棄也。

(一五)〔合註〕柳子厚《謫龍說》：澤州有奇女，墜地，被緅裘白紋之裏。及期，化爲白龍，徊翔登天。

咏怪石〔八二〕㈠

家有粗險石，植之疎竹軒。人皆喜尋玩㈡，吾獨思棄捐。以其無所用，曉夕空嶄然㈢。碪礎則甲斮〔八三〕㈣，砥硯乃枯頑。于繳不可礐㈤，以碑不可鐫。凡此六用無一取，令人争免長物觀。誰知茲石本靈怪，忽從夢中至吾前。初來若奇鬼，肩股何孱顔。漸聞硿礲聲㈥，久乃辨其言。云：「我石之精，憤子辱我欲一宣。天地之生我，族類廣且蕃㈦。子向所稱用者六，星羅雹布盈溪山㈧。傷殘破碎爲世役，雖有小用烏足賢。如我之徒亦甚寡，往往掛名經史間。居海岱者充禹貢，雅與鉛松相差肩。處魏榆者白晝語，意欲警懼〔八四〕驕君悛㈨。或在驪山拒强秦，萬牛喘汗力莫牽㈩。或從揚州感盧老，代我問答多雄篇⑪。子今我得豈無益，震霆凜霜我不遷。雕不加文磨不瑩，子盍節槩如我堅。以是贈子豈不偉，何必責我區區焉。」吾聞石言愧且謝，醜狀歘去不可攀。駭然覺坐想其語，勉書此詩席之端。

㈠〔查註〕慎按，以上二首，諸刻本不載，外集編第四卷中。先生丁成國太夫人憂，居蜀時作。今採録。〔合註〕此詩，或以先生居憂不作詩，斷爲非先生作，然安知非服闋後家居時所作耶？不可拘看也。

㈡〔合註〕張説詩：尋玩往遠迷。

㈢〔合註〕韓退之《柳子厚墓誌》：嶄然見頭角。

㈣〔合註〕《書·秦誓疏》：斮，斫也。甲斮，未詳。甲字，或畢字之訛。《七諫》有「羌兩足以畢斮」句。註：斮，斷也。

㈤〔合註〕《史記・楚世家》：碆新繳。徐廣曰：以石傅弋繳曰碆。

㈥〔合註〕韓退之詩：投奅鬧碚礲。《廣韻》：碚礲，石落也。

㈦〔合註〕《左傳・成公四年》：非我族類。

㈧〔合註〕班固《西都賦》：星羅棋布。郭璞《江賦》：雹布餘糧，星離沙鏡。

㈨〔合註〕《左傳・昭公八年》：春，石言於晉。魏榆、師曠曰：「作事不時，怨讟動於民，則有非言之物而言。今宮室崇侈，民力凋盡，怨讟並作，莫保其信，石言，不亦宜乎？」

㈠〇〔合註〕《長安志》：狠石，在臨潼縣東十里，形似龜。初，始皇之葬，遠採此石，將致之驪山，至此，不復動。石崇一丈八尺，周十八步，先生詩疑用此。

㈠一〔合註〕盧仝有《蕭宅二三子贈答》詩，序云：蕭子才將賣揚州宅。王川子客揚州，館蕭未售之宅，與砌下二三子酬酢。其詩有《客贈石》、《石讓竹》、《石請客》、《石答竹》諸篇，共二十首。

題西湖樓

少年過了未衰顏，正在悲歡季孟間。細雨溟濛湖上寺，東風搖蕩酒中山。千金用盡終須老，百計尋思不似閑。醉裏下樓知早晚，喧喧扶路笑歌還。

題雙竹堂壁㈠

江上檣竿一百尺，山中樓臺十二重㈡。山僧樓上望江上，遙指檣竿笑殺儂。

㈠〔查註〕雙竹堂，註見十一卷《雙竹湛師房》詩下。（按，集成亦在卷十一）

㊂〔合註〕蘇頲詩：仙史高坐十二重。

風水洞聞二禽㊀

林外一聲青竹筍，坐間半醉白頭翁。春山最好不歸去㊁，慚愧春禽解勸儂。

㊀〔查註〕風水洞，註詳第九卷《往富陽新城》詩下。（按，集成亦在卷九）

㊁〔合註〕用鄭谷《子規》詩。

法惠小飲以詩索周開祖所作㊀

立着巫娥多少時，安排雲雨待清詞。酒酣魯叟頻相憶㊁，曲罷周郎尚不知。海鷗無踪飛過速㊂，雲龍有報發來遲。從今莫入尋春會，爲欠梅花一首詩。

㊀〔查註〕法惠，杭州寺名。註見第九卷。（按，集成在卷九）

㊁〔查註〕先生倅杭時，與魯元翰、周開祖有唱和詩，所云魯叟，即元翰也。

㊂〔合註〕《爾雅》：鶤，負雀。註：鶤，鷂也。江東呼之爲鶤，善捉雀。《説文》：鷂，鷙鳥也。《宣室志》：海鷂善辟蛟螭患。

次韻陳時發太博雙竹㊀

千年誰復繼夷齊，凜凜霜筠〔四〕此闕奇。要識蒼龍聯蜺意㊁，擬容丹鳳宿凰枝。扶持有伴雪應怕，裁剪無人風自吹。莫遣騷人説連理㊂，君看高節孰如雌〔三〕㊃。

㊀〔查註〕陳時發，失考。
㊁〔合註〕竹爲籜龍，此則借用蒼龍星及抱珥虹蜺之意。
㊂〔合註〕《異苑》：東陽留道德家中筋竹林，忽生連理。
㊃〔合註〕《仇池筆記》：竹有雌雄，自根而上，一節發者爲雄，二節發者爲雌。又用《老子》守雌之意。

周夫人挽詞㊀

教子通經古所賢，安貧守道節尤堅。當熊遺烈傳家世㊁，投燭諸郎慰眼前㊂。不待金花書誥命〔六〕，忽驚玉樹掩新阡。凱風吹棘君休咏，我亦孤懷一泫然。

㊀〔查註〕周夫人，疑是周開祖之母。本卷《次韻答開祖》詩有「燕豚未害爲純孝，貍首何妨助故人」之句，可作此題註脚。
㊁〔合註〕《漢書·外戚傳》：上幸虎圈鬬獸。熊佚出圈，馮倢仔直前當熊而立。豈周夫人馮姓，故用此耶？
㊂〔合註〕用周仲智舉燭投伯仁事，切周姓也。

天聖二僧皆蜀人，不見，留二絶

其一

家山忘了脚騰騰，試作巴談却解膺。不爲遊人問鄉里，豈知身是錦城僧。

其二

方丈門開怪不迎，給孤邀供未還城。興來且作尋安道，醉後何須覓老兵。

會飲有美堂，答周開祖湖上見寄〔八七〕㊀

杜牧端來覓紫雲，狂言驚倒石榴裙。豈知野客青筇杖㊁，獨卧山僧白簟紋。且向東皋伴王績㊂，未遑南越弔終軍。新詩過與佳人唱，從此應難減一分㊃。

㊀〔查註〕慎按先生和雲字韻，凡三首，前二首及開祖原作已載第九卷（按，集成亦在卷九）。此詩亦同時作也。諸刻失載，今從外集補録。

㊁〔合註〕白樂天詩：青筇竹杖白紗巾。

㊂〔合註〕王績號東皐子。

㊃〔合註〕《文選》宋玉《登徒子好色賦》：增之一分則太長，減之一分則太短。

和吳少卿絶句㊀

欲伴騷人賦百篇，歸心要及菊花前。明朝知覆誰家瓿，猶有桓譚道必傳㊁。

㊀〔查註〕吳少卿，名字失考。〔合註〕《咸淳臨安志》：吳天秩，杭人。杜門著書。熙寧七年，其兄少卿，以郊恩密薦。云云。疑即此人。

㈡〔合註〕《漢書·揚雄傳·贊》：鉅鹿侯芭從雄受《太玄》、《法言》，劉歆亦嘗觀之，謂雄曰：「空自苦，吾恐後人用覆醬瓿也。」雄笑而不應，年七十一，卒。大司空王邑、納言嚴尤聞雄死，謂桓譚曰：「子常稱揚雄書，豈能傳于後世乎？」譚曰：「必傳，顧君與譚不及見也。」

題沈氏天隱樓㈠

樓上新詩二百篇，三吴處士最應賢。非夷非惠真天隱㈡，忘世忘身恐地仙。散盡黄金猶好客，歸來碧瓦自生烟。靈犀美璞無人識㈢，蔚蔚空驚草木妍㈣。

㈠〔查註〕天隱樓，失考。

㈡〔合註〕《揚子》：不夷不惠，可否之間。《文中子》：聖人天隱，其次地隱，其次名隱。

㈢〔合註〕李義山詩：心有靈犀一點通。

㈣〔合註〕漢樂府《上陵篇》：光澤何蔚蔚。

和人登海表亭㈠

譙門對聳壓危坡，覽勝無如此得多。盡見西山遮岱嶺，迥分東野隔新羅。花時千圃堆紅錦，雪晝雙城疊白波。回首毬場尤醒眼，一番風送鑑重磨。

㈠〔查註〕海表亭，失考。

會雙竹席上奉答開祖長官

松柏蕭蕭〔六〕滿故丘，知君懷抱尚悲秋。算來九九無多日㈠，唱着三三憶舊遊㈡。皓月徘徊應許共，清詩妙絶不容酬。梅花社燕難相並，莫爲吴娘暗淚流㈢。

㈠〔合註〕《歲時記》：俗用冬至次日數及九九八十一日，多作九九詞。

㈡〔合註〕《唐書》：童謡，打麥三三三。

㈢〔合註〕白樂天詩：醉舞吴娘袖。

次韻答開祖

淚滴秋風不爲麟，虚名何用實之賓㈠。烝豚未害爲純孝㈡，貍首何妨助故人。好喚遊湖緣路便，難邀入社爲詩頻。知君頗有東山興，喝石巖前自過春。

㈠〔合註〕《莊子·逍遥遊篇》：名者，實之賓也。

㈡〔合註〕《晉·阮籍傳》：性至孝，母將葬，食一烝肫，飲二斗酒，然後臨訣，直言窮矣，舉聲一號，吐血數升，毁瘠骨立，殆至滅性。

北山廣智大師，回自都下，過期而歸，時率開祖、無悔同訪之，因留淥淨堂、竹鶴二絶㊀

其一

淥淨堂前竹，秋期赴白雲。不知緣底事，一日可無君。

㊀〔查註〕廣智，失考。李行中，字無悔，註見十二卷。（按集成亦在十二卷）

其二

淥淨堂前鶴，孤棲守竹軒。胸中無限事，恨汝不能言。

欲往湖州，見孫莘老，别公輔、希元、彦遠、醇之、穆仲

秋來欲見紫髯翁，待得梅花細蕚紅。記取上元燈火夜，道人猶在水晶宫。

富陽道中㊀

清晨振衣起，起步方池側。徘徊俯丹楹，到影見攲仄㊁。不識陶靖節，定非風塵格。遥懷謝靈運，本自林泉客。予生忽世事，不以形爲役㊂。顧彼冕弁人，冕弁非予適㊃。

㈠〔查註〕愼按，自《題西湖樓》起至此，共十八首，諸刻本皆不載，據外集編第四卷，倅杭時作也。今採錄。
㈡〔合註〕柳子厚《萬石亭記》：攲仄以入。
㈢〔合註〕陶淵明《歸去來辭》：既自以心爲形役。
㈣〔合註〕冕弁，見《禮記》。

贈青濰將謝承制㈠

吾皇有意縛單于，槌破〔八九〕銅山鑄虎符。驍將新除三十六〔九〇〕，精兵共領五千都㈡。周王常德須攘狄㈢，漢帝雄才亦尚儒㈣。君學本兼文武術，功名不必讀孫、吳。

㈠〔查註〕謝承制，名失考，當是由文階換武職者，故題云云。
㈡〔合註〕《漢書·李陵傳》：陵將步卒五千人。單于曰：「此漢精兵。」
㈢〔合註〕《毛詩傳》：《常武》，召穆公美宣王也，有常德以立武事。
㈣〔合註〕《漢書·武帝記·贊》：如武帝之雄才大略。

過濰州驛，見蔡君謨〔九一〕題詩壁上云：「綽約新嬌生眼底，逡巡〔九二〕舊事上眉尖。春來試問愁多少，得似春潮夜夜添。」不知爲誰而作也？和一首㈠

長垂玉筯殘粧〔九三〕臉㈡，肯爲金釵露指尖。萬斛閑愁何日盡，一分真態更難添。

〔一〕〔查註〕慎案，以上二首，諸刻本皆不載，據外集編第五卷，自密州移徐州時作，今採録。〔翁方綱云〕按此詩，先生墨迹已見前《常潤道中寄陳述古》詩補註内（按，集成無此註，今節録有關者於後：翁方綱云：「予得東坡墨迹云：天際烏雲含雨重，樓前紅日照山明。嵩陽居士今何在？青眼無人萬里情。此蔡君謨夢中詩也。僕在錢塘，一日謁陳述古，邀余飲堂前小閣中，壁上小書一絶，君謨真迹也。『綽約』云云。又有人和云：『長垂』云云。二詩皆可觀，後詩不知誰作也。」）。今查氏刻本，據外集編入自密州移徐州時作。按，先生自密移徐，在濰州度歲，是熙寧九年丙辰之冬事，在癸丑倅杭之後三年矣。又蔡帖内「約綽新嬌」一詩，題云「題壁詩帖」。後有公題云：錢塘有美堂前小閣中，壁上小書此詩，蔡君謨真迹也。陳述古摹刻，軾在定香橋野店中觀之。又蔡帖内「天際烏雲含雨重」一詩，題云「夢詩帖」。後有公題云：此蔡君謨《夢中》詩也。真迹在濟明家，筆力遒勁。元祐五年二月四日，蘇軾題後。方綱竊意墨迹既云「又有人和長垂玉筯」云云，不知誰作此題；乃云「不知爲誰而作也，和一首」，則不特和詩之出自先生作無疑，而濰州驛壁、定香橋店，亦皆不必泥于其地矣。余所藏先生墨迹，爲追憶書之，是熙寧甲寅以後數年間所書。若以濰州度歲論之，則此墨迹或卽係熙寧十年丁巳所書耳。墨迹後有虞道園詩，并跋云：柯敬仲多蓄魏晉法書，至宋人書殆百十函，隨以與人，弗留也。他日獨見此軸在几格間，甚怪之。及取觀，則吾坡翁書蔡君謨《夢中》詩及守居閣中舊題也。第三詩以爲不知何人作，其軒轅彌明之流歟？至順辛未二月望日，蜀人虞集書。〔合註〕翁氏所藏墨帖，鑒古者以爲不甚真確，合之此題，作「過濰州驛見蔡君謨題詩壁上」云云，與翁氏藏帖作「僕在錢塘」云云，題壁之地不同，二者必有一譌也。

〔二〕〔合註〕白樂天《山石榴》詩：露銷粧臉淚初乾。

黄州春日雜書四絶〔九四〕

其一

楚鄉春冷早梅天，柳色波光已鬬妍。淮上雁行皆北向，可無消息到儂邊。

其二

中州臘盡春猶淺，只有梅花最可憐。坐遣牡丹成俗物，豐肌弱骨不成妍。

其三

清曉披衣尋杖藜，隔牆已見最繁枝。老人無計酬清麗㈠，夜就寒光讀《楚辭》。

㈠〔合註〕陸機《文賦》：清麗芊綿。

其四

病腹難堪七椀茶〔九五〕，曉窗睡起日西斜。貧無隙地栽桃李，日日門前看賣花。

晚遊城西開善院，泛舟暮歸〔九六〕，二首㈠

其一

晚照餘喬木，前村起夕烟。棋聲虛閣上，酒味早霜前。遠謫何須恨，來遊不偶然。風光類吾土，乃是蜀江邊。

㈠〔查註〕開善院，失考。

其二

放船江瀨淺，城郭近連村。水檻松筠靜，市橋燈火繁。誰家掛魚網，小舫繫柴門㈠。卜築計未定，何妨試買園。

㈠〔合註〕白樂天詩：小舫宜攜樂。

和人雪晴書事

消盡瓊瑤雲馭歸㈠，餘寒猶復助風威。垂簾〔九七〕漸學秋霖滴，滿地猶疑夜月輝。凍壤相和開蓽户，流澌半釋〔九八〕擁苔磯㈡。可憐烏鵲飢無食，日暮空林何所依。

㈠〔合註〕楊系《通天臺賦》：若瑤臺之雲馭。

㈡〔合註〕趙嘏詩：宅邊秋水浸苔磯。

奉酬仲閔食新麪湯餅，仍聞糴麥甚盛，因以戲之㈠

初見煌煌秀兩岐㈡，俄驚落磑雪霏霏。可煩都尉熱承汗㈢，絕勝臨淄貧易衣㈣。尚有清才對風月㈤，未妨便腹貯書詩。知君貨殖誇長袖，滿糴千箱待一飢。

㊀〔查註〕仲閔，失考。

㊁〔合註〕《後漢書·張堪傳》：爲漁陽太守。百姓歌曰：「桑無附枝，麥穗兩岐，張公爲政，樂不可支。」

㊂〔查註〕《三國·魏志·何宴傳註》：宴字平叔。以尚主賜爵爲列侯。《齊職儀》云：何晏以主壻拜駙馬都尉。《世說》：何平叔面白，魏明帝疑其傅粉，正夏月，與熱湯餅，汗出，色轉皎然。

㊃〔查註〕《唐書》：玄宗皇后王氏，下邽人。帝爲臨淄王，聘爲妃，立爲皇后。后以愛弛不自安，承間泣曰：「陛下獨不念阿忠脱紫半臂，易斗麪爲生日湯餅耶。」阿忠，后呼其父仁皎云。

㊄〔合註〕《魏志註》：孔融有高名清才。

讀仲閔詩卷，因成長句

喜見西風吹麥秋，年年爲道老農憂。沾塗手足經年種㊀，薦載珠璣一倍收。壯齒君能親稼穡，異時我亦困粗穮。獨憐紫竹堂前月，清夜娟娟照客愁。

㊀〔合註〕《齊語》：霑體塗足，以從事于田野。

送酒與崔誠老㊀

雪堂居士醉方熟，玉澗山人冷不眠。送與安州潑醅酒〔九九〕，從今三日是三年。

㊀〔查註〕崔誠老，名閑，號玉澗道人。工于琴。詳見《醉翁操序》中。按，外集，先生自書此詩，首云：夜來一笑之歡，豈可多得，今日雪堂得無少寂寞耶？往安州玉泉一酌果子，少許夜琴一弄，誰與同者，莫是木上座否？小詩漫往。云云〔一〇〇〕。〔合註〕外集不作自書。

與郭生遊寒溪，主簿吳亮置酒，郭生喜作挽歌，酒酣發聲，坐爲凄然。郭生言吾恨無佳詞〔一〇一〕。因爲略改樂天《寒食》詩歌之，坐客有泣者，其詞曰

烏啼鵲噪昏喬木，清明寒食誰家哭。風吹曠野紙錢飛，古墓纍纍春草緑。棠梨花映白楊路，盡是死生離別處。冥漠重泉哭不聞，蕭蕭暮雨人歸去㈠。

㈠外集註：每句雜以散聲。〔合註〕《詩人玉屑》引《王直方詩話》：每句雜以散聲。則外集之註，即詩話也。〔查註〕慎案，白樂天《寒食野望吟》起句云：秋墟郭門外，寒食誰家哭。先生所改，止此二句。又「白楊路」，樂天詩作「白楊樹」，餘皆同。

戲作切語竹詩〔一〇二〕㈠

隱約安幽奥，蕭騷雪藪西㈡。交加工結構〔一〇三〕㈢，茂密渺冥迷㈣。引葉油雲遠，攢叢聚族齊㈤。奔鞭迸壁背，脱籜吐天梯㈥。烟篠散孫息㈦，高竿拱桷枅㈧。漏闌零露落，庭度〔一〇四〕獨蜩啼。掃洗修纖筍㈨，窺看詰曲溪。玲瓏緑〔一〇五〕醽醴，邂逅盍閑攜。

㈠〔查註〕切語，註詳惠州卷中《和程正輔一字詩》下。（按，集成在卷三十九）

㈡〔合註〕鄭谷《竹》詩：移得蕭騷從遠寺。

㈢〔合註〕杜子美《春日江村》詩：種竹交加翠。
㈣〔合註〕《南史·徐勉傳》：桃李茂密。
㈤〔合註〕江淹《栟櫚頌》：攢叢石徑。嵇康《難自然好學論》：聚族獻議。
㈥〔合註〕王逸《九思》：緣天梯兮北上。
㈦〔合註〕取竹孫之意。《水經註》：孫息尚存。
㈧〔合註〕北齊武定中童謠：百尺高竿。
㈨〔合註〕杜子美《鐵堂峽》詩：修纖無根竹。又《晦日尋崔戢李封》：引客看掃除。

山行見月四言㈠

吟哦傲兀，仰晤巖月。遇〔一〇六〕巘迎崖，銀刓玉𪘏。源魚喚喁，岸雁䶈䶊〔一〇七〕㈡。卧玩我語，聱牙岌嶪㈢。

㈠〔查註〕愼按，《黄州春日四絶》以下共十三首，諸刻本不載，據外集編第六卷，皆謫居黄州時所作，今採録。〔合註〕《能改齋漫録》載此詩，題中「山行」作「江行」，詩中「邁巘」作「遇巘」，「源魚」作「黿鼉」，「岸雁」作「雁鶩」。錢大昕曰：此是三十二字，皆是疑字母，惟「邁」字不同，當是「遇」字之譌。
㈡〔合註〕䶈䶊，見《易經》。
㈢〔合註〕句調亦切語也。韓退之《進學解》：佶屈聱牙。張平子《西京賦》：狀巍峨以岌嶪。

憶黄州梅花五絶

其一

邾城山下梅花樹㊀，臘月江風好在無？争似姑山尋綽約，四時常見雪肌膚。

㊀〔查註〕《水經註》：江水又東逕邾縣故城南。楚宣王滅邾，徙城于此。《太平寰宇記》：黄州東南一百三十里，臨江，與武昌相對，有古邾城。吴使陸遜攻邾城，常以三萬兵守之。晉、宋西陽國郡，齊爲齊安郡。北齊天保六年，于舊城西南面，别築小城，置衡州，至隋罷，以齊安郡置黄州。

其二

一枝價重萬瓊琚，直恐姑山雪不如。盡愛丹鉛競時好㊀，不如風雪養天姝。

㊀〔合註〕韓退之詩：丹鉛事點勘。此則言傅丹調鉛也。

其三

雖老于梅心未衰，今朝誰贈楚江枝。旋傾尊酒臨清影，正是〔一〇〕吴姬一笑時。

其四

不用相催已白頭，一生判却見花羞。揚州何遜吟情苦，不枉清香與破愁。

其　五

玉琢青枝蕊綴金，仙肌不怕苦寒侵。淮陽城裏娟娟月，樊口江邊耿耿參。

訪散老不遇㊀

君來不遇我，我到不逢君。古殿依修柏，寒花對暮雲。

㊀〔查註〕散老，失考。慎案，以上六首，諸刻本不載，外集編第六卷，離黄州以後未赴登州以前所作，今採録。

和王定國

離歌添唧唧㊀，古曲擬行行㊁。不作相隨燕，空吟久住鶯㊂。曹騰君上馬，寂寞我回城。明日東門外，空舟獨自横。

㊀〔查註〕古樂府木蘭詩：唧唧復唧唧，木蘭當户織。
㊁〔查註〕古詩：行行重行行，與君生别離。
㊂〔合註〕當指囀春鶯也。

試院觀伯時畫馬絶句㊀

竹頭搶地風不舉㊁，文書堆案睡自語。看馬欲驟〔一〇九〕頓風塵㊂，亦思歸家洗袍袴。

㈠〔查註〕慎案，此詩，見本集雜記中。又見《山谷集》，題云「題伯時畫頓塵馬」。姑存，俟考。〔合註〕先生題跋云：予又戲作絶句「竹頭搶地」云云，伯時笑曰：有頓塵馬欲入筆，疾取紙來寫之。
㈡〔合註〕《戰國策》：以頭搶地耳。
㈢〔合註〕頓塵馬，未詳。今北方騍馬，卧浴土中，起立時，必自抖擻，以去塵埃，當即所謂頓塵也。

出局偶書㈠

急景歸來早，窮陰晚不開。傾杯不能飲，留待〔一〇〕卯君來㈡。

㈠〔查註〕慎案，外集先生自題此詩後云：今日局中出早，陰晦欲雪，而子由在户部晚出，作此數句。忽憶十年前在彭城時，王定國來相過，留十餘日，還南都，時子由爲宋幕。定國臨去，求家書，僕醉不能作，獨書一絶與之，云：王郎西去路漫漫，野店無人霜月寒。淚濕粉箋書不得，憑君送與卯君看。卯君，子由小字。今日情味，雖差勝彭城，然不若歸林下，夜雨對牀，乃爲樂耳。〔合註〕此詩王本所有，在書事類，舊王本在雜賦類。並據自題年月，應編于元祐戊辰冬卷中，查氏不入編年，何也？又，「王郎西去」一絶，查氏因補採于後，故于此詩只載末句。今依外集原文，不嫌前後複見也。
㈡〔王註績曰〕子由己卯生，故公呼爲卯君。

覓俞俊筆

筆工近歲説吴、俞㈠，李、葛虚名總不如㈡。雖是玉堂揮翰手，自憐白首尚抄書㈢。

㈠〔查註〕案，外集先生雜題云：廣陵人吴政，已亡，其子説作筆頗得家法。俞即俊也。

〔二〕〔查註〕李，亦筆工姓，其名失考。葛，宣城諸葛氏也。〔合註〕李，當卽筆工李文政也。

〔三〕〔合註〕《世説》：戴安道就范宣學，范讀書亦讀書，范抄書亦抄書。

鼠須筆〔一二二〕㊀

太倉失陳紅，狡穴得餘腐。既興丞相嘆，又發廷尉怒㊁。磔肉飼飢〔一二三〕貓，分髯雜霜兔。插架刀槊〔一二三〕健，落紙龍蛇騖。物理未易詰〔一二四〕，時來卽所遇。穿墉何卑微㊂，托此得佳譽。

㊀〔查註〕愼案，此詩亦載《宋文鑑》，以爲叔黨作。《斜川集》不傳，今據外集第七卷先生自登州還朝後作，姑存之。〔合註〕此詩，《苕溪漁隱叢話》以爲叔黨作，至《永樂大典》所載《斜川集》，既無此詩，《宋文鑑》中亦不載此篇，查氏所云載《宋文鑑》以爲叔黨作，殊不可解。趙懷玉刻《斜川集》，所云亦踵查氏之誤也。

㊁〔合註〕《史記·李斯傳》：爲郡小吏，見吏舍厠中鼠食不潔，近人犬，數驚恐之。觀倉中鼠食積粟，居大廡之下，不見人犬之憂。斯乃嘆曰：「人之賢不肖，譬如鼠矣，在所自處耳。」後拜客卿，爲丞相。《漢書·張湯傳》：爲兒守舍。鼠盜肉，父怒，笞湯，湯掘熏得鼠與肉，具獄磔堂下。後爲廷尉。

㊂〔合註〕穿墉，見《詩經》。

琴枕㊀

高情閑處任君彈，幽夢來時與子眠。彭澤漫知琴上趣〔一二五〕，邯鄲深得枕中仙。試尋玉軫拋何處，閑喚香雲在那邊㈡。平素不須煩按抑，秦娥〔二六〕自解語如絃㈢。

㈠〔查註〕慎案，外集所載《琴枕》詩，本二首，其五古一首，已從施氏補註上卷移編第四十三卷中（按，集成亦在卷四十三）。此首諸刻本皆失載，今從外集採出。

㈡〔合註〕「那邊」二字，唐人詩習見。「那」字皆作仄聲。《廣韻》有奴可、奴箇二切音也。

㈢〔合註〕用白樂天《琵琶行》「小絃切切如私語」意。

書李宗晟《水簾圖》㈠

宗晟一軸《水簾圖》，寄與南舒李大夫㈡。未向林泉歸得去，炎天酷日且令無。

㈠〔李註〕夏文彥《圖繪寶鑑》：李宗晟，鄜時人。工畫山水寒林。學李成破墨，取象幽奇，林麓江皐，尤爲盡善，評者謂得成之似。

㈡〔合註〕當即指李龍眠也。

書《龍馬圖》㈠

先皇御馬三千匹，仗下曾騎玉駱驄。金鼎丹成龍亦化，圉人空棧泣西風。

㈠〔查註〕慎案，自《答王定國》以下，至此八首，諸刻本俱不載，外集編第七卷自登州還朝後作，今採錄。

皎然禪師《贈吳憑處士》詩云：「世人不知心是道，只言道在西方妙。還如瞽者望長安，長安在東向西笑。」東坡居士代答云〔二七〕㈠

寒時便具熱時風，飢漢那知食藥功。莫怪禪師向西笑，緣師身在長安東。

㊀〔合註〕外集題作「答皎然詩」，此題作詩引，《侯鯖録》所載同。

燈花一首贈王十六㊀

金粟釵頭次第多，起看缺月帶斜河。懸知瑞草橋邊夜㊁，笑指燈花説老坡。

㊀〔查註〕愼案，以上三首，諸刻本皆不載，據外集編第八卷守杭州時作，今採録。〔合註〕查氏所云三首者，兼《和錢四寄其弟龢一首》而言也。但和錢詩已編三十一卷中（按，在本詩集四十七卷），不應複列補編卷内，故刪之。

㊁〔查註〕瑞草橋，蜀人王慶源所居。

王晉卿得破墨三昧，又嘗聞祖師第一義，故畫邢和璞、房次律論前生圖，以寄其高趣，東坡居士既作《破琴》詩以記異夢〔一一八〕矣，復説偈云〔一一九〕㊀

前夢後夢真是一，彼幻此幻〔一二〇〕非有二。正好長松水石間，更憶前生後生〔一二一〕事。

㊀〔合註〕七集本載續集佛偈類，前有總題云：王晉卿前生圖偈。

和芝上人竹軒〔一二二〕㊀

洞外復空中，千千萬萬同㊁。勞師唱竹頌〔一二三〕，知是〔一二四〕阿誰風。

〔一〕〔查註〕芝上人，即曇秀。〔合註〕王本題詠類，舊王本亭榭類，七集本載續集，題作「和廬山上人竹軒」。

〔二〕〔合註〕王充《論衡》：春觀萬物之生，秋觀其成，天地爲之乎？物，自然也，如謂天地爲之，宜用手，天地安得萬萬千千手並爲萬萬千千物乎？

戲贈秀老

拆却相公庵〔二五〕，泥却駙馬竹〔一〕。天下人總知，流入《傳燈録》。

〔一〕〔合註〕二句義未詳。《五燈會元》，黄檗禪師有「推倒慈氏樓，折却空王殿」之語。先生句調本此。

和晁美叔老兄〔一〕

反觀皆自直，相詆竟誰諛〔二六〕。事過始堪笑，夢中今了無。珍才尚空谷，瘦馬〔二七〕正長途〔二〕。未識造物〔二八〕意，茫然同一爐〔三〕。

〔一〕〔合註〕七集本載續集，王本酬和類，舊王本酬答類，皆無「老兄」二字。〔查註〕晁美叔，公之同年。又，以上四首，外集編第九卷，守揚州時作，今據此採録。〔合註〕以上四首，除《戲贈秀老》一首外，餘俱見七集本。

〔二〕〔王註次公曰〕珍才空谷，以況美叔在閑郡。瘦馬，自謂也〔二九〕。〔合註〕别本作公自註，誤。今據舊王本。

〔三〕〔合註〕用《莊子》語意。

暮　歸

牛羊久已下〔三〇〕，寂寞掩柴扉。水鵲〔三一〕鳴城堞，飛螢上戟衣〔一〕。夜凉江海近，天闊斗牛微。何日招舟子，寒江北渡歸。

㈠〔合註〕杜牧之詩：風暖載衣翻。

待　旦〔一三二〕㈠

夢破山骨〔一三三〕冷，扶桑未放曉。披衣坐虛堂，缺月猶皎皎。揚泉漱寒冽，激齒冰雪繞。百體喜堅壯〔一三四〕，萬象覺情悄。簪履事朝謁，神魂飛窅渺。龕燈蚌珠剖，爐穗玉繩裊。浮念恍已消㈡，真庭諒非杳㈢。須臾霽霞起，赫奕射林表。高樹引涼蟬，深枝啅棲鳥。二蟲彼何爲，逐動自紛擾。悠悠天宇內，豈復論大小。覆盎舞醯雞，濃昏恣飛繞。定知達觀士，方寸常了了。世無陶靖節，此樂知者少。

㈠〔查註〕慎案，以上三首，諸刻本不載，據外集編第十卷，在惠州作，今採録。〔合註〕外集有《日夕山中忽然有懷》一首，在《暮歸》、《待旦》二首之前，乃李太白詩，外集誤採，查氏仍之，故云以上三首也。今已删，詳見卷末。

㈡〔合註〕王維詩：浮念不煩遣。

㈢〔合註〕《真誥》：周灑真庭。

約吳遠遊與姜君弼喫蕈饅頭

天下風流筍餅餤㈠，人間濟楚蕈饅頭。事須莫與謬漢喫，送與麻田吳遠遊。

㈠〔合註〕《廣韻》：餤，杜覽切，又徒濫切。

除夕，訪子野食燒芋，戲作㊀

松風溜溜作春寒，伴我飢腸響夜闌。牛糞火中燒芋子，山人更喫懶殘殘㊁。

㊀〔查註〕慎案，以上二首，諸刻本不載，外集編第十卷，在海南作，今採錄。

㊁〔外集註〕山人，謂李泌也。

北歸度嶺〔一三五〕寄子由

青松盈尺間香梅，盡是先生去後栽。應笑來時無一物，手攜拄杖却空回。

《鳴泉思》，思君子也。君子抱道且殆，而時弗與，民咸思之。鳴泉故基堙圮殆盡，眉山蘇軾〔一三六〕搔首踟躕，作《鳴泉思》以思之㊀

鳴泉鳴泉，經雲而潺湲㊁。拔爲〔一三七〕毛骨者修竹，蒸爲雲氣者霏烟。山夔莫能隱其怪，野翟詎敢藏其奸〔一三八〕。茅廬肅肅〔一三九〕，昔有人焉。其高如山，其清如泉。其心金與玉，其道砥與絃㊂。執德没世，落月入地，英名皎然，陽曦麗天。舊隱寂寂，新篁娟娟㊃。思彼君子，我心如懸〔一四〇〕。谷鳥在上，巖花炫前。鳴泉鳴泉，能使我〔一四一〕菀結而華顛㊄。

㊀〔合註〕外集題作「鳴泉思」三字，此題作詩引。〔查註〕慎案，以上二首，諸刻本不載，外集編第十卷，北歸時作，今

採録。〔合註〕王本載第六卷寓興類中，查氏云「諸刻本不載」，誤也。七集本亦載續集歌詞卷中。

㈡〔合註〕唐明皇《温泉》詩：温谷吐潺湲。

㈢〔合註〕《後漢書·五行志》：直如絃。

㈣〔合註〕杜子美《狂夫》詩：風含翠篠娟娟淨。

㈤〔合註〕菀結，見《詩經》。

豐年有高廩詩㈠

頌聲歌盛旦，多黍樂豐年。近見〔一四三〕藏高廩，遥知熟大田。在疇紛已穫，如阜隱相連。《魯史》詳而記㈡，神倉賦且全㈢。春人洪蓄積㈣，祖廟享恭虔。聖后憂農切，宜哉報自天。

㈠〔查註〕愼案，此首諸刻本不載，今從外集第十卷採録。〔合註〕《江鄰幾雜志》：嘉祐二年，歐陽永叔主文，省試《豐年有高廩詩》，云出《大雅》，舉子喧嘩，爲御史吴中復所彈。云云。豈此詩爲試作耶？

㈡〔合註〕《春秋》屢書大有年。

㈢〔合註〕《禮記·月令》：藏帝藉之，收於神倉。

㈣〔合註〕春人，見《周禮》。

萬菊軒〔一四三〕㈠

一軒高爲〔一四四〕黄花設，富擬人間萬石君。佳本盡從方外得，異香多在月中聞。引泉北澗分清露，開逕南山破白雲。此意欲爲知者道，陶翁猶自未離羣。

㊀〔查註〕《武林梵志》：報恩寺，唐貞元間建，在萬松嶺西。内有舞鳳軒、萬菊軒、浣雲池、銅井。愼案，此詩載《咸淳臨安志》、《武林梵志》，皆以爲東坡作，今採録。

韓幹馬〔一四五〕㊀

少陵翰墨無形畫，韓幹丹青不語詩。此畫此詩真已矣，人間駑驥漫争馳㊁。

㊀〔查註〕愼案，此詩見趙德麟《侯鯖録》，今採出。

㊁〔合註〕《孔叢子》：駑驥同轅，伯樂爲之咨嗟。

送煮菜贈包安靜先生〔一四六〕㊀

野菜此出〔一四七〕珍又珍，送與西鄰〔一四八〕病酒人。便須起來和熱喫〔一四九〕，不消〔一五〇〕洗面裹頭巾。

㊀〔合註〕此詩，見七集本，載續集，與前《贈包安靜先生五絶二首》相連。題有「三首」二字。鄭羽重修施註本，亦三首相連，同一題，作「贈包安靜先生」，必是當日茶、菜並贈，同時所作，故總一題也。外集則此首在前，五絶二首在後，各自爲題，亦相連也。查氏題依外集而未註明，併未閲校七集本，故列入補編内。今不另移前，而附記於此。

沿流館中得二絶句〔一五一〕

其一

淮西功業冠吾唐，吏部文章日月光㈠。千載斷碑人膾炙，不知世有段文昌㈡。

㈠〔合註〕《舊唐書·韓愈傳》：爲國子祭酒，轉兵部侍郎，改吏部侍郎。

㈡〔合註〕《舊唐書·韓愈傳》：詔撰《平淮西碑》，碑辭多敍裴度事，李愬不平之。愬妻，唐安公主女也，訴碑不實，詔令磨愈文，命翰林學士段文昌重撰，勒石天下。《金石志》：宋時州守陳珦磨去段作，仍刻韓文。

其　二

李白當年流夜郎，中原無復漢文章。納官贖罪人何在㈠？壯士悲歌淚萬行㈡。

㈠〔合註〕《唐書·李白傳》：永王璘辟爲府僚佐，璘敗，當誅。初，白游并州，見郭子儀，奇之。子儀嘗犯法，白爲救免。至是，子儀請解官以贖。有詔，長流夜郎。

㈡〔查註〕愼案，以上二首，見《苕溪漁隱叢話》，云：東坡自云：紹聖間，人得二詩于沿流館中，不知何人作也？今録之，以益篋笥之藏。或云：此詩，乃東坡竄海外時作，蓋自況也，不知其果然否？費袞《梁溪漫志》亦云，東坡在翰林承旨，作《上清儲祥宮碑》，哲宗親書其額。紹聖黨禍起，磨去坡文，命蔡元長別撰。玉局遺文中，有詩云「淮西功德冠吾唐」云云。此詩，乃東坡自作，蓋寓意儲祥事，特避禍，故托以得之沿流館中，味其句法可知矣。〔合註〕《甕牖閑評》亦云東坡奉敕撰《上清儲祥宮記》，後朝廷磨之，別命蔡元度作。退之《淮西碑》，亦是磨後使文昌再作。二事相類，東坡遂托爲此詩，蓋亦有少不平耳。至蔡京字元長，蔡卞字元度，未知何者爲確？又〔查註〕《庚溪詩話》云：後見韓无咎，云是江子我詩。今録存俟考。〔合註〕《侯鯖録》亦云江鄰幾作，或云張文潛作。

夢中賦裙帶〔一五二〕㈠

百疊漪漪風皺〔一五三〕㈡，六銖縰縰雲輕㈢。植立〔一五四〕含風廣殿㈣，微聞環珮搖聲。

㈠〔查註〕愼案，六言一首，見《苕溪漁隱叢話》。東坡云：軾倅武林日，夢神宗召入禁中，宮女圍侍，一紅衣女童捧紅靴一雙，命軾銘之。覺而記其一聯云：寒女之絲，銖積寸累，天步所臨，雲蒸霧起。既畢，進御。上極歎其敏，使宮女送出，睇視裙帶間，有六言詩一首云云。又云：軾自蜀應舉京師，道過華清宮，夢明皇命賦《太真裙帶詞》，乃前六言詩也。覺而記之，今書贈柯山潘大臨邠老。云云。本集又云：予在黃州時，夢神考召入小殿賜宴，令作宮女裙銘。云云。三說不同，因詩並錄以備考。〔合註〕七集本續集，載銘類。

㈡〔合註〕江淹《鏡論語》：石青紅兮百疊。《飛燕外傳》：后歌《歸風送遠》之曲，帝遣馮無方持后裙，風止，裙爲之縐。他日宮姝或襞裾爲縐，號留仙裙。

㈢〔合註〕《博異志》：六銖者，天人衣。權德輿詩：瑶笥六銖衣。宋玉《高唐賦》：縰縰莘莘。註：衆多之貌。

㈣〔合註〕沈約詩：巖間有佚女，垂袂似含風。左思《魏都賦》：造文昌之廣殿。

王定國自彭城往南都，時子由在宋幕，求家書，僕醉不能作，獨以一絕句與之㈠

王郎西去路漫漫，野店無人霜月寒。淚盡粉箋書不得，憑君送與卯君看。

㈠〔查註〕《潁濱遺老傳》：張文定知睢陽，以學官見辟，從之。愼案，此詩見大全集中，先生知徐州時作，諸刻本失載，今採録。〔合註〕此詩，既見前所採外集《出局偶書》詩後；又外集另題云「王定國過彭城，留十日，因行，寄子由」，並非專見大全集也。

贈黄州官妓〔一五五〕㈠

東坡五載黄州住，何事無言及李宜。却似〔一五六〕西川〔一五七〕杜工部，海棠雖好不吟詩〔一五八〕㈡。

㈠〔查註〕愼案，《庚溪詩話》云：東坡謫齊安時，樂籍中有李宜者，色藝不下他妓。他妓因讌席中有得詩曲者，宜以語訥，不能有所請，人皆咎之。坡將移臨汝，于飲餞處，宜哀鳴力請，坡半酣，笑謂之。云云。又按，周昭禮《清波雜志》亦載此段，李宜作李琪，未詳孰是？今採録，備考。〔合註〕《春渚紀聞》亦作李琪。又，《庚溪詩話》首句作「東坡居士文名久」，末句「吟詩」作「題詩」，與集本不同。又，查氏引《庚溪詩話》，删去「宜語訥」數句，今爲補全，方知先生詩意有在也。

㈡〔合註〕李玉中云：王禹偁詩話，少陵在蜀並無一詩話着海棠，以其生母名也。

六言樂語〔一五九〕㈠

桃園未必無杏，銀鑛終須有鉛。荇帶豈能攔浪，藕花却解留蓮㈡。

㈠〔查註〕愼案，《春渚紀聞》云：蓮于揚州，得先生手畫古樂工，復作樂語「桃園未必無杏」云云。其後漢隸書「子瞻、禹功同觀」，真三絶也。諸刻失載，今採録。

㈡〔合註〕此仿《子夜歌》意。又，《能改齋漫録》載此下二句，作「荇草豈能攔浪，藕絲不解留蓮」。

題領巾絶句〔一六〇〕㊀

臨池妙墨出元常㊁，弄玉嬌姿笑柳娘㊂。吟看屢曾〔一六一〕驚太傅，斷絃何必試中郎。

㊀〔查註〕愼案，一首見《春渚紀聞》，云：嘉興李巨山，錢安道尚書甥也。先生嘗過安道小酌，其女數歲，以領巾乞詩，公卽書絶句「臨池妙墨出元常」云云。諸刻不載，今採録。

㊁〔合註〕鍾繇，字元常。

㊂〔合註〕《桂苑叢談》：國樂，婦人有柳青娘，一時之妙也。

書裙帶絶句〔一六二〕㊀

任從酒滿翻香縷，不顧書來繫綵箋。半接西湖横緑草㊁，雙垂南浦拂紅蓮㊂。

㊀〔查註〕愼案，一首亦見《春渚紀聞》，云：嘗于陶安世家，見東坡爲劉唐年君佐小女裙帶上，作散隸書絶句「任從酒滿翻香縷」云云。諸刻失載，今採録。

㊁〔合註〕用白樂天詩意。

㊂〔合註〕庾子山詩：蓮浦落紅衣。儲光羲詩：悠悠泛緑水，去摘浦中蓮。詩取金蓮花意也。

虎跑泉〔一六三〕㊀

金沙泉湧雪濤香，灑作醍醐大地涼。倒浸〔一六四〕九天河影白，遥通百谷海聲長㊀。僧來汲月歸靈石，人到尋源宿上方。更續〔一六五〕《茶經》校奇品，山瓢留待羽仙嘗㈢。

㈠〔查註〕愼案，一首見《名勝志》。先生倅杭時，有《病中遊祖塔院》七言律詩。子由和詩，凡二章。先生原唱亦應有二。諸刻本止存一首。《名勝志》載此篇，在鳳翔大像寺條下，因其地亦有虎跑泉也。今採録。

㈡〔合註〕《老子》：江海所以能爲百谷王者，以其善下。

㈢〔合註〕韋應物詩：應瀉山瓢裏。

端硯詩㈠

披雲離北巖㈡，度嶺入中夏。重藉剪楚茅㈢，方函斵英櫝。騷壇意莫逆，匠石語〇〔一六六〕奓。匪堊勞運斤，如帶防毁銙㈣。礪〇〇〇〇〔一六七〕，觀隅整同厦。津津剖馬肝㈤，索索樸羊觟㈥。氣逼松滋豪，烟聯雪濤姹㈦。登堂却蹣跚㈧，飲水何甜閜㈨。守墨面宜黔〔一六八〕，含貞口終啞㈩。静惟有壽焉，玷尚可磨也。《魯史》記獲麟，晉帖題裹鮓⑪。供給到唐文，護持等商斝。眉形空愛纖⑫，風字仍嫌哆⑬。載觀七八評，咸本六一寫⑭。退然敢摩肩⑮，信矣俱出跨⑯。始知尹公他，不媚王孫賈。銘詩與器傳，篆刻當碑打。嚴韻拾才遺，微才任聊且。

後註云：《端硯聯句》既成，暮歸，復拾餘韻，別賦一首，附録卷後〔一六九〕。

㈠〔查註〕愼案，此一首載卞氏《式古堂書畫彙考》第十卷，云：東坡《端硯》詩卷，行草書，宋楮本小横卷。按詩後註云云，則先生當別有《端硯聯句》，今刻本俱無，此首之真贋未可知也？姑存，備考。〔合註〕此詩，先見於汪砢玉《珊瑚網》中，卞氏當即本此。《彙考》附有至正三年二月望日吳興唐棣題跋，亦載於《珊瑚網》也。

〔二〕〔合註〕王融詩：蘿逕若披雲。《端溪硯譜》：北壁石，泉生其中，潤可知矣。南壁石，即泉半浸者，稍不及北壁。

〔三〕〔合註〕《易經·大過》：藉用白茅。

〔四〕〔合註〕《唐書·柳渾傳》：玉工爲帝作帶，誤毀一銙。

〔五〕〔合註〕津津字，見《莊子》。

〔六〕〔合註〕索索字，見《周易》。《説文》：觟，牝牂，羊生角者也。

〔七〕〔合註〕松滋言墨，雪濤言水。

〔八〕〔合註〕《廣韻》：蹣跚，跛行貌。

〔九〕〔合註〕杜子美《朝獻太清宮賦》：仡神光而甜閎。

〔一〇〕〔合註〕《易經·坤》：含章可貞。

〔一一〕〔合註〕王羲之有《裹鮓帖》。

〔一二〕〔合註〕此言硯有如眉形者，非言歙硯之眉子石也。

〔一三〕〔合註〕《硯譜》有右軍風字硯。又宣和初，御府降樣造形，若風字。

〔一四〕〔合註〕六一，指歐陽公，故下一聯作謙詞。

〔一五〕〔合註〕退然字，見《禮記》。摩肩，疑比肩之意，非用《戰國策》也。

〔一六〕〔合註〕用韓信事。

張無盡過黃州，徐君猷爲守，有四侍人，姓爲孫、姜、閻、齊，適張夫人攜其一往壻家，既暮復還，乃閻姬也，最爲徐所寵，因書絶

句云〔一七〇〕㈠

玉筍纖纖揭繡簾，一心偷看綠蘿尖。使君三尺毬頭帽㈡，須信從來只有簷㈢。

㈠〔查註〕慎案，一首，從《春渚紀聞》採出，諸刻本不載。〔合註〕張無盡，即張天覺也，有《無盡集》。《春渚紀聞》：徐黃州之子叔廣，嘗出先生醉墨一軸。乃是張無盡過黃州，而黃州有四侍人，適張夫人攜其一往壻家，爲浴兒之會。無盡因戲語云：厥有美妾，良由令妻。公即續之，爲小賦云：道得徵章鄭趙，姓稱孫姜閻齊。浴兒于玉潤之家，一夔足矣；侍坐于冰清之仄，三英粲兮。既暮，而張夫人復還其一，還乃閻姬也，最爲徐所寵，公復書絕句云云。查氏採此詩，應止標絕句二字爲題，而引此爲註，似更合體例也。

㈡〔合註〕未詳。

㈢〔合註〕以簷喻閻，亦《子夜歌》之意。

題銅陵陳公園雙池詩〔一七一〕㈠

其一

南北簷楹照綠波，濯纓洗耳不須多。天空月滿宜登眺，看取青銅兩處磨〔一七二〕。

㈠〔查註〕《元和郡縣志》：梁南陵縣地，後廢爲冶，屬池州。《名勝志》：銅陵縣東北隅，有陳公園，園內有雙池，蘇子瞻、黃魯直常游。慎按，二首見《池陽後集》。諸刻本不載，今採錄。〔合註〕查氏所引《元和志》，後據《名勝志》之文所錄，二詩亦據《名勝志》所引之《池陽後集》也。

其二

落帆重到古銅官㈠，長是江風阻往還。要似謫仙迴舞袖，千年醉拂五松山〔一七三〕㈡。

㈠〔查註〕《太平寰宇記》：銅官山，在銅陵縣十里，又名利國山。泉源冬夏不竭，可以浸鐵煮銅，卽唐置冶處。

㈡〔查註〕《輿地紀勝》：五松山，在銅官西南。舊有松一本，五枝，翠色參天。李太白《與南陵常贊府遊五松山》詩：我來五松下，置酒窮躋攀。〔合註〕查註俱據《名勝志》所引各書之文。

詠檳榔〔一七四〕㈠

異味誰栽向海濱，亭亭直幹亂枝分。開花樹杪翻青籜，結子苞中皺錦紋。可療飢懷香自吐，能消瘴癘暖如薰。堆盤何物堪爲偶，蔞葉清新卷翠雲。

㈠〔查註〕愼案，此詩語太淺直，似非先生作，《名勝志》載之，姑採録。

醉中題鮫綃詩〔一七五〕㈠

天地雖虚廓，惟海爲最大。聖王皆祀事，位尊河伯拜。祝融爲異號㈡，恍惚聚百怪㈢。二氣變流光，萬里風雲快。靈旂摇紅纛，赤虬噴滂湃㈣。家近玉皇樓，彤光照世界。若得明月珠，可償逐客債。

㈠〔查註〕愼案，一首，諸刻不載。《苕溪漁隱叢話》引《仇池筆記》云：余一日醉卧，有魚頭鬼身者自海中來，云：廣利王請端明。余被褐草履黃冠而去，亦不知身步入水中，但聞風雷聲。有頃，豁然明白，真所謂水晶宮殿也。其下驪目夜光，文犀尺壁，南金火齊，不可迎視，珊瑚琥珀，不知幾多也。廣利王佩劍，冠服而出，從二青衣。余曰：「海上逐客，重煩邀命。」有頃，東華真人南溟夫人造焉，出鮫綃丈餘，命題詩。余賦曰：天地雖虛廓。云云。寫竟，進廣利，諸仙迎看，咸稱妙。獨廣利旁一冠簪者，謂之鱉相公，進言蘇軾不避諱忌，祝融字犯王諱。王大怒。余退而嘆曰：「到處被鱉相公厮壞。」苕溪漁隱曰：此事恍惚怪誕，殆類傳奇異聞所載。又其詩亦淺近，不似東坡平日語，好事者爲之，以附託其名耳。又按《仇池筆記》，相傳東坡自撰此一則，當在海外所紀。時有董必者，承奸相意，遣人至儋耳，逐出官舍。所云鱉相公者，蓋指董必也。此詩聊以寓意，亦非果有其事。胡仔疑爲好事者所託，吾不謂然。

〔二〕〔合註〕用韓退之文。

〔三〕〔合註〕韓退之《南海神廟碑》：海之百靈祕怪，恍惚畢出。

〔四〕〔合註〕張正見《神仙篇》：東海還馭赤虬來。《水經註》：山雨滂湃。

無　題〔一七六〕〔一〕

簾卷窗穿戶不扃，隙塵風葉任縱橫。幽人睡足誰呼覺，攲枕牀前有月明。

〔一〕〔查註〕慎案，一首，見本集與黃師是尺牘，云：近者，幼累舟中皆伏暑，自愍一年在道路矣。已決計旦夕渡江至毘陵矣。塵埃風葉滿室，隨掃隨有，然不可廢掃，以爲賢于不掃也。有詩錄呈。云云。據此，當是度嶺以後未到常州以前作。諸刻本俱失載，今採錄。

雅安人日次舊韻二首〔一七七〕㈠

其一

人日滯留江上村，定知芳草怨王孫。題詩寄遠方揮翰，扶杖登高獨出門。柳色忍看成感嘆，花前歸思自飛翻。浮陽披凍雖才弄㈡，已覺春工漏一元㈢。

㈠〔查註〕慎案，二首諸刻不載，見宋蒲積中所選《歲時雜咏·今集》中。此詩編次《庚辰人日》二章之後。《年譜》：庚辰人日，先生在儋耳，作七律二首，五月聞赦，六月渡海北歸，明年辛巳度嶺，正月五日過南安軍。則《次韻人日》詩，當作於此時。但雅安地名無可考，恐是南安之訛，存疑，俟考。

㈡〔合註〕韓退之詩：靄靄野浮陽，暉暉水披凍。

㈢〔合註〕《漢書·董仲舒傳》：春秋謂一元之意。

其二

似聞高隱在前村，坐膝扶牀戲子孫。自賞春光攜桂酒㈠，喜逢晴色款柴門。屏間帶日金人活㈡，頭上迎風綵勝翻。蓬鬢扶疎吾老矣，豈能舊貌改新元㈢。

㈠〔合註〕《楚辭》：奠桂酒兮椒漿。

㈡〔合註〕《藝文類聚》引《荆楚歲時記》：人日剪綵爲人，或鏤金薄帖屏風上，或戴之，像人入新年，形容改新。

㈢〔合註〕《後漢書·律曆志》：是又新元效于今者也。

和代器之〔一七八〕㈠

雨過郊原一番新㈡，尋芳車馬踏無塵。普天冷食聞前古，蕭寺清游屬兩人。不作佺期問新曆㈢，頗同之問感餘春㈣。明年歸藉梨花上㈤，應會羣賢及四鄰。

㈠〔查註〕器之，卽劉安世，註見前四十五卷（按，集成亦在卷四十五）。愼案，一首，見《歲時雜咏·今集》。按，先生北歸時，有《寒食與器之游南塔寺寂照堂》七律一首。此詩卽次前韻。豈器之不能詩，而先生代爲和章耶？諸刻不載，今補録。

㈡〔合註〕番字，讀去聲。獨孤及詩：舊日霜毛一番新，別時芳草兩回春。

㈢〔合註〕沈佺期《嶺表逢寒食》詩：洛陽新甲子，何日是清明。

㈣〔合註〕宋之問《寒食江州滿塘驛》七言詩，有「感物思歸懷故鄉」之句。又《途中寒食》五言詩，有「馬上逢寒食，愁中屬暮春」及「南溟作逐臣」之句。

㈤〔合註〕先生前有詩云：共藉梨花作寒食。

自題金山畫像㈠

心似已灰之木，身如不繫之舟。問汝平生功業，黄州、惠州、儋州㈡。

㈠〔查註〕愼案，《金山志》：李龍眠畫子瞻照，留金山寺，後東坡過金山，自題云云。周必大乾道庚寅《奏事録》亦載此詩。諸本皆無，今採録。

㈡〔翁方綱註〕案此贊末句「黄州、惠州、儋州」，當從石刻作「黄州、儋州、惠州」。周益公乾道庚寅《奏事録》云：登妙高臺烹茶，壁間有坡公畫像。初，公族成都中和院僧表祥畫公像，求贊，公題云：目若新生之犢，心如不繫之舟。要問平生功業，黄州、惠州、崖州。集中不載，蜀人傳之。

《歸來引》送王子立歸筠州〔一七九〕㈠

歸去來兮，世不汝求胡不歸？洶北望之横流兮，渺西顧之塵霏。紛野馬之決驟兮，幸余首之未幾。出彭城而南騖兮，眷丘隴而增欷。亂清淮而俯鑒兮，驚昔容之是非。念東坡之遺老兮，輕千里而款余扉。共雪堂之清夜兮，攬明月之餘輝。曾〔一八〇〕雞黍之未熟兮，嘆空室之伊威〔一八一〕。我挽袖而莫留兮，僕夫在門歌《式微》。歸去來兮，路渺渺其何極。將税駕於何許兮？北江之南，南江之北。于此有人兮，儼峩峩其豊碩。孰居約而爾肥兮？非糠覈其何食。久抱一而不試兮，愈温温而自克。吾居世之荒浪兮，視昏昏而聽默默。非之子莫振吾過兮，久不見恐自賊。吾欲往而道無由兮，子何畏而不卽㈡。將以彼爲玉人兮，以子爲之璞也㈢。

㈠〔合註〕七集本、王本題下七字作小註。〔查註〕愼案，王子立名適，子由之壻，以元祐四年歿于筠州，先生有詩哭之。此詞在黄州時送歸筠州作，諸刻失載，今從全集採録。〔合註〕王本在樂府類，非失載也。又此詞亦可入編年，查氏列補編中非也。七集本載前集詞賦卷中。

㈡〔合註〕《詩經·鄭風·東門之墠》：子不我卽。

〔三〕〔合註〕自「于此有人」以下，言子由也。

黄泥坂詞〔一八二〕〔一〕

出臨皋而東騖兮，並叢祠而北轉。走雪堂之陂陀兮，歷黄泥之長坂。大江洶以左繚兮，渺雲濤之舒卷。草木層累而右附兮，蔚柯丘之葱蒨。余旦往而夕還兮，步徙倚而盤桓。雖信美而不可居〔一八三〕兮，苟娱余于一眄〔一八四〕。余幼好此奇服兮，襲前人之詭幻。老更變而自哂兮，悟驚俗之來患。釋寶璐而被繒絮兮〔二〕，雜市人而無辨。路悠悠其莫往來兮，守一席而窮年。時游步而遠覽兮，路窮盡而旋反。朝嬉黄泥之白雲兮，暮宿雪堂之青烟。喜魚鳥之莫余驚兮，幸樵蘇之我嫚〔一八五〕。初被酒以行歌兮，忽放杖而醉偃。草爲茵而塊爲枕兮，穆華堂之清宴〔一八六〕。紛墜露之濕衣兮，升素月之團團。感父老之呼覺兮，恐牛羊之予踐〔一八七〕〔三〕。于是蹶然而起〔四〕，起而歌曰：月明兮星稀，迎余往兮餞余歸。歲既宴〔一八八〕兮草木腓，歸來歸來兮，黄泥不可以久嬉。

〔一〕〔查註〕慎案，黄泥坂在黄州。以下數篇，諸刻本俱不收入詩類。先生《和歸去來詞》，施氏原註既附和陶卷中，此亦有韻之詞也，何獨遺之，故與《清溪詞》、《上清詞》三章，並採録。〔合註〕王本在樂府類，非不收也。七集則載前集詞賦卷中。又，《欒城集》詩註：子瞻謫居齊安，自臨皋亭遊東坡，路過黄泥坂，作《黄泥坂詞》。即指此也。

〔二〕〔合註〕《楚辭》屈原《九章》：被明月兮佩寶璐。白樂天詩：繒絮足禦寒，何必錦繡文。

㊂〔合註〕見《詩經》。

㊃〔合註〕見《禮記》。

清溪詞〔一八九〕㊀

大江南兮九華西，泛秋浦兮亂清溪。水渺渺兮山無蹊，路重複兮居者迷。爛青紅兮粲高低，松十里兮稻千畦。山無人兮雲朝躋〔一九〇〕，靄濛濛兮〔一九一〕滃凄凄。嘯林谷兮號水泥，走鼪鼯兮下鳧鷖。忽孤壘兮隱重堤，杳冥茫兮聞犬雞。鬱萬瓦兮鳥翼齊㊁，浮軒楹兮飛棋枅。雁南歸兮寒蜩嘶，弄秋水兮挹玻璃。朝市合兮雜髦齯〔一九二〕，挾簞瓢兮佩鋤犁。鳥獸散兮相扶攜，隱驚雷兮鶩長霓。望翠微兮古招提㊂，掛〔一九三〕木杪兮翔雲梯。若有人兮悵幽棲，石爲門兮雲爲閨。塊虛堂兮法喜妻，呼猿狙兮子鹿麛。我欲往兮奉杖藜，獨長嘯兮謝阮、嵇。

㊀〔查註〕慎案，清溪在池州。先生作此詞，歲月莫考。諸刻不載，今從全集採録。〔合註〕王本在樂府類，非不載也，七集本載前集詞賦卷中。

㊁〔合註〕《詩經·小雅·斯干》：如鳥斯翼。

㊂〔合註〕《翻譯名義》：後魏太武始光二年，造伽藍，創立招提之名。

上清詞〔一九四〕以宮名名篇㊀。

南山之幽，雲冥冥兮㊀。孰居此者？帝側之神君〔一九五〕。君胡爲兮山之幽，顧宮殿兮久淹留。又曷爲一朝去此而不顧兮，悲此空山之人也。來不可得而知兮，去固不可得而訊也。君之來兮天門空，從千騎兮駕飛龍。隸辰星〔一九六〕兮役太歲，儼晝降兮雷隆隆㊂。朝發軫兮〔一九七〕帝庭，夕弭節兮山宮。懫有妖兮虐下土㊃，精爲星兮氣爲虹。愛流血之滂沛兮，又嗜瘧癘與螟蟲。嘯盲風而涕淫雨兮㊄，時又吐旱火之熾融㊅。銜帝命以下討兮，建千仞之修鋒。乘飛霆而追逸景兮㊆，歘砉〔一九八〕掃滅而無踪。忽崩播其來會兮，走海岳之神公㊇，龍車獸鬼不知其數兮，旗纛晻靄而冥蒙。漸俯傴以旅進兮㊈，鏘劍佩之相礱。司殺生之必信兮，知上帝之不汝容。既約束以反職兮，退戰慄而愈恭。澤充塞〔一九九〕于四海兮，獨澹然其無功。君之去兮天門開，款閶闔兮朝玉臺㊉。羣仙迎兮塞雲漢，儼前導兮紛後陪。歷玉階兮帝迎勞，君良苦兮馬虺頹。閔人世兮迫隘，陳下土兮帝所哀。返瓊宮之嵯峨兮⑫，役萬靈之喧豗。默清淨〔二〇〇〕以無爲兮，時節狩于斗魁⑪。詣通明而獻黜陟兮，軼〔二〇一〕蕩蕩其無回。忽表裏之煥霍兮，光下燭于九垓〔二〇二〕。時游目以下覽兮，五岳爲豆，四溟爲杯。俯故宮之千柱兮，若毫端之集埃。來非以爲樂兮，去非以爲悲。謂神君之既返兮，曾顏咫尺之不違。升祕殿以內悸兮，魂凜凜而上馳。忽寤寐以有得兮，敢沐浴而獻辭。是耶非耶，臣不可〔二〇三〕得而知也。

㊀〔查註〕《宋史·禮志》：鑄神霄九鼎，奉安于上清寶籙宮。但不詳何神及宮在何地。諸刻失載，今從全集採錄。〔合

註〕王本在樂府類，並非失載也。七集本載前集詞賦卷中。又，《欒城集》亦有《上清宮詞》，題下自註云：宮在太白山，同子瞻作。又，王昶《金石粹編》載元祐二年六月石刻薛紹彭書先生及子由此二詞。後有先生自題：嘉祐八年冬，軾佐鳳翔幕，以事〇上清宮，屢謁真君，敬撰此詞，仍邀家弟轍同賦。其後二十四年，承事郎薛君紹彭爲監官，請書此二篇，將刻之石。元祐二年二月廿八日記。云云。蓋神君卽張守真也。

㊁〔合註〕《禮記·月令》：氛霧冥冥。

㊂〔合註〕《詩經·大雅·雲漢》：蘊隆蟲蟲。毛傳：蘊蘊而暑，隆隆而雷。

㊃〔合註〕《集韻》：憒，恨也。

㊄〔合註〕《禮記·月令》：仲秋，盲風至。註：疾風也。又，季春行秋令，天多沉陰，淫雨早降。

㊅〔合註〕《爾雅·釋訓》：爞，熏也。

㊆〔合註〕張鼎《霹靂賦》：洪涯飛霆以瀝液。曹子建《與吴質書》：面有逸景之速。

㊇〔合註〕《易林》：騎龍乘鳳，上見神公。

㊈〔合註〕《左傳·昭公七年》：鼎銘曰：再命而傴，三命而俯。旅進，見《國語》。

㊉〔合註〕《漢書·郊祀歌》：游閶闔，觀玉臺。

⑪〔合註〕張衡賦：覲天皇于瓊宮。

⑫〔合註〕《史記·天官書註》：斗第一至第四爲魁。

山坡陀行㊀

山坡陀兮下屬江，勢崖絶兮游波所蕩如頹牆㊁。松茀律兮百尺旁，拔此驚葛藟之㊂。上不見日兮下可依，吾曳杖兮吾僮亦吾之書隨。藐余望兮水中泜㈣，頎然而長者黄冠而羽衣。潾〔三〇四〕頤坦腹盤石箕坐兮㈤，山亦有趾安不危，四無人兮可忘飢。仙人偓佺自言其居瑶之圃㈥，一日一夜飛相往來不可數。使其開口言兮，豈惟河漢無極驚余心㈦。默不言兮，蹇昭氏之不鼓琴。憺將山河與日月長在㈧，若有人兮，夢中仇池我歸路。此非小有兮，噫乎何以樂此而不去。昔余遊于葛天兮，身非陶氏猶與偕。乘渺茫良未果兮，僕夫悲余馬懷㈨。聊逍遥兮容與㈢，晞余髮兮蘭之渚㈡。余論世兮千載一人猶並時，余行詰曲兮欲知余者稀。峨峨洋洋余方樂兮，譬余繫舟於水，魚潛鳥舉亦不知。何必每念輒得，應余若響，坐有如此兮人子期。

㈠〔合註〕王本寓興類，七集本載續集歌辭卷中。查氏於歌詞諸篇皆載，而獨遺此，何也？今補入補編卷中。按詩意當是在嶺南作。

㈡〔合註〕杜子美《萬丈潭》詩：崖絶兩壁對。《漢書·溝洫志》：左右游波。

㈢〔合註〕何焯曰：此處疑有脱文，不可以句。

㈣〔合註〕泜，爲水名。《漢書·張耳傳》：斬餘泜水上。又，《左傳·僖公三十三年》：夾泜而軍。此當作坻，用《詩經·秦風·蒹葭》「宛在水中坻」也。

㈤〔合註〕杜子美《江亭》詩：坦腹江亭暖。

㈥〔合註〕《搜神記》：偓佺者，槐山採藥父也，好食松實，能飛行。司馬相如《上林賦》：偓佺之倫。《楚辭·九章》：吾與重華遊兮瑶之圃。

㈦〔合註〕《莊子・逍遥遊篇》：吾驚怖其言，猶河漢而無極也。

㈧〔合註〕《九歌》：蹇將憺兮壽宫。此用「憺將」，再考。

㈨〔合註〕句全用《離騷》。

㈩〔合註〕句全用《九歌》。

⑪〔合註〕《九歌》：晞汝髮兮陽之阿。

醉翁操〔二〇五〕㈠并引

琅邪幽谷，山水奇麗，泉鳴空澗，若中音〔二〇六〕會。醉翁喜之㈡，把酒臨聽，輒欣然忘歸。既去十餘年，而好奇之士沈遵聞之，往游焉〔二〇七〕㈢。以琴寫其聲，曰《醉翁操》，節奏疎宕而音指華暢〔二〇八〕，知琴者以爲絶倫。然有其聲而無其辭〔二〇九〕，翁雖爲作歌〔二一〇〕，而與琴聲不合。又依楚辭作《醉翁引》，好事者亦倚其辭以製曲，雖粗合均度〔二一一〕，而琴聲爲辭所繩約，非天成也。後三十餘年，翁既捐館舍，而遵〔二一二〕亦殁久矣。有廬山玉澗道人崔閑，特妙于琴，恨此曲之無詞，乃譜其聲，而請于東坡居士以補之云〔二一三〕。

琅然，清圜，誰彈，響空山，無言。惟翁醉中和〔二一四〕其天。月明風露娟娟，人未眠，荷蕢過山前，曰有心也哉此賢。泛聲同此〔二一五〕。醉翁嘯咏，聲和流泉。醉翁去後，空有朝吟夜怨，山有時而童顛〔二一六〕，水有時而回川。思翁〔二一七〕無歲年，翁今爲飛仙，此意在人間，試聽徽外三兩絃〔二一八〕。

〔一〕〔查註〕慎案，琴操亦古詩之流，此首諸刻本不載，今從全集中採録。〔合註〕王本在樂府類，非不載也，七集本載後集，與賦頌詞銘同卷。朱存理《鐵網珊瑚》亦載之，并有元祐七年書寄本覺法真禪師跋語。又，《澠水燕談》云：東坡居士方補詞，崔閑爲弦其聲，居士詞頃刻而就，無所點竄。遵之子爲比丘，號本覺真禪師，居士書以與之云。

〔二〕〔合註〕《澠水燕談》：慶曆中，歐文忠謫守滁州。

〔三〕〔合註〕遵時爲太常博士，亦見《澠水燕談》。

次韻借觀《睢陽五老圖》〔三一九〕〔一〕

國老安榮心自閑，紫袍金帶舊簪冠。星騎箕簸揚糠粃，斗掌權衡表漢桓〔二〕。冬有愆陽嫌薄熱〔三〕，夏多沴氣畏輕寒〔四〕。賴得五賢〔三〇〕清雅出，俾人敬慕肅容看。

〔一〕〔查註〕慎案，七言律詩一首，見《鐵網珊瑚》。格律句法全不類坡公作，姑據此採録。〔合註〕《鐵網珊瑚》載錢明逸《睢陽五老圖詩序》云：今致仕宫師相國杜公、燕甲睢陽。與賓客太原王公、故衛尉河東畢卿、兵部沛國朱公、駕部始平馮公爲五老會，賦詩酬唱，形於繪事。云云。又載五老會詩諸篇，即此詩所次之韻也。原詩五首，首太子太師致仕祁國公杜衍，八十歲；次禮部侍郎致仕王焕，九十歲；次司農卿致仕畢世長，九十四歲；次兵部郎中致仕朱貫，八十八歲；次駕部郎中馮平，八十五歲。至《次韻謝借觀五老圖》詩，自歐陽修以下共十八人，東坡與子由俱在焉。至《澠水燕談》載歐陽文忠《留守睢陽，借其詩觀之用次韻》，卒章云「聞説優游多唱和，新詩何惜借傳看」，而《鐵網珊瑚》作司馬温公詩，當是《燕談》誤也。

〔二〕〔合註〕《史記·天官書註》：斗，第四權，第五衡。「漢桓」未詳。或曰：疑是「垣」字之訛。然《式古堂書考》載張商英次韻詩，亦作「桓」，則非「垣」字之訛也。又陸雲《李少君頌》：俯覿劉漢，仰接姜桓，亦非所用。

㊂〔合註〕愆陽，見《左傳》。

㊃〔合註〕庾信《哀江南賦》：沴氣朝浮。

題金山寺回文體〔三一〕㊀

潮隨暗浪雪山傾，遠浦漁舟釣月明。橋對寺門松逕小，檻〔三二〕當泉眼石波清。迢迢緑樹江天曉，靄靄紅霞晚日晴。遥望四邊〔三三〕雲接水，碧峯千點數鷗輕。

㊀〔查註〕慎案，七言律詩一首，諸刻不載，今從魏慶之《詩人玉屑》第二卷採録。

贈姜唐佐〔三四〕㊀

生長茅間有異芳，風流稷下古諸姜㊁。適從瓊管魚龍窟㊂，秀出羊城翰墨場〔三五〕㊃。滄海何曾斷地脈，白袍〔三六〕端合破天荒㊄。錦衣他日千人看，始信東坡眼力〔三七〕長。

㊀〔查註〕慎案，此詩諸刻不載，見《邵氏聞見後録》，云：唐荆州每解送舉人，多不成名，號曰天荒。至劉蜕以荆州解及第，號破天荒。東坡嘗作二句贈姜唐佐，「滄海」云云，用此事也。題其後云：待子及第，當續後句。唐佐自廣州隨解過許昌，見潁濱時，東坡已下世，潁濱爲足成其詩。云云。今補録。〔合註〕《欒城集》已載此詩，題云「補子瞻贈姜唐佐秀才」，則不應入先生集中也。

㊁〔合註〕《史記·田敬仲完世家》：齊稷下學士復盛。

㈢〔合註〕嶺南有五管，故瓊州亦言瓊管也。

㈣〔合註〕《南部新書》：吳修爲廣州刺史，有五仙人，騎五色羊，負五穀而來。《太平寰宇記》：廣州南海縣有五羊城。

㈤〔合註〕《錦繡萬花谷》引《北夢瑣言》劉蛻事，與查氏所引《聞見録》同。

水月寺〔三三八〕㈠

千尺長松掛薜蘿，梯雲嶺上一聲歌。湖山深秀有何處，水月池中桂影多。

㈠〔查註〕愼案，一首，諸刻不載，今從《武林梵志》採録。〔合註〕《武林梵志》云：頭陀菴，在慈雲嶺下華津洞側，本宋趙翼王園，有仙人棋臺，旁爲梯雲嶺，石磴峻絶。舊有水月寺，元末燬，有水月池、靈固石。蘇子瞻詩云云。

半月泉〔三三九〕附題名蘇軾、曹輔、劉季孫、鮑朝懋、鄭嘉會、蘇堅同遊，元祐六年三月十一日㈠

請得一日假，來遊半月泉。何人施大手，擘破水中天。

㈠〔查註〕愼案，一首，諸刻不載，先生遊德清縣題半月泉作也。石刻眞迹，在慈相寺中，余家有搨本。按，先生自杭守召還，在元祐辛未，集中有《三月六日別南北山諸道人》詩，與《半月泉題名》相距才五日。當是還朝時便道來游，歲月鑿鑿可據。而此詩本集失載，詩與《題名》字體大小不同，迥出兩手，疑後人因《題名》而贋作此詩。蓋先生時方還朝，何云請假，以此辨之，其爲假托，未可知也。存疑，俟考。〔合註〕徐志莘跋云：泉在德清北郭外，筆勢及詩句，非他人所能仿，一日假者，乃鄭程之假也。碑石雖重刻，而筆勢不失。云云。

遊何山〔三〇〕㊀

今日何山是勝遊，亂峯縈轉繞滄洲。雲含老樹明還滅，石礙飛泉咽復流。遍嶺煙霞迷俗客，一溪風雨送歸舟。自嗟塵土先衰老，底事孤僧亦白頭。

㊀〔查註〕慎案，七言律詩一首，諸刻不載。見徐獻忠《吳興掌故集》第十卷，今採録。

自題臨文與可畫竹〔三一〕㊀

石室先生清興動，落筆縱横飛小鳳。借君妙意寫篔簹，留與詩人發吟諷。

㊀〔查註〕慎案，一首，見卞氏《式古堂書畫彙考》，諸刻本不載，今採録。

寶墨亭〔三二〕㊀

山陰不見〔三三〕換鵝經，京口空傳〔三四〕《瘞鶴銘》㊁。瀟灑謫〔三五〕仙來作郡，風流太守爲開亭。兩篇玉蕊塵初滌，四體銀鉤迹〔三六〕尚青㊂。我久臨池無所得，願觀遺法快沉冥。

㊀〔查註〕慎案，一首，見《京口三山志》中。劉昌《縣笥瑣探》云：寶墨亭，宋初建，以覆《瘞鶴銘》者，今廢。又蘇子美《滄浪集》亦載此，疑因姓傳訛也。諸刻失載，今補録。

㊁〔合註〕《廣川書跋》：《瘞鶴銘》，華陽真逸撰，上皇山樵書。

㊂〔合註〕《晉書·衛恒傳》：爲《四體書勢》。

雙井白龍〔三七〕㈠

巖泉未入井，蒙然冒沙石。泉嫩石爲厭，石老生罅隙。異哉寸波中，露此横海脊。先生酌泉笑，泉秀神龍蟄。舉手玉筯插，忽去銀釘擲㈡。大身何時布，大翮翔霹靂。誰言鵬背大，更覺宇宙窄。

㈠〔查註〕愼案，《冷齋夜話》云：南海城中有兩井，相近咫尺而異味，號雙井。井源出岩石罅中。東坡酌水，異之，曰：「吾尋白龍不見，今知家此水中乎？」同游怪問其故。曰：「白龍當爲東坡出，請徐待之。」俄見其脊尾如銀蛇狀。忽水瀾，有雲氣浮水面，舉首如插玉筯，乃泳而去。余至二井，太守張子修爲造菴井上，號思遠，亭名洞酌。崖有怪樹，樹枝之脇，有詩「岩泉未入井」云云。字畫如顏書，無名銜年月。此詩風格似東坡，而言「泉嫩」、「石老」，疑學者爲之也。今據此，採録。〔合註〕既疑學者爲之，則非先生詩矣。今姑仍查氏之舊。

㈡〔合註〕庾信有《奉教垂賚紫騮馬并銀釘乘具謝啟》。

瑞金東明觀〔三八〕㈠

浮金最好溪南景，古木樓臺畫不成。天籟遠兼流水韻㈡，雲璈常聽步虛聲㈢。青鸞白鶴蟠空下，翠草玄芝匝地生。咫尺仙都隔塵世，門前車馬任縱横。

㈠〔查註〕愼案，一首，見贛州舊志，今採録。〔合註〕《名勝志》瑞金縣東明觀條下云：觀内有蘇子瞻七言題詠一首。當即指此詩也。

㊀〔合註〕《莊子·齊物論篇》：汝聞地籟而未聞天籟。

㊁〔合註〕《太微元清左夫人歌》：雲璈乘虚彈。

題清淮樓〔二三九〕㊀

觀魚惠子臺蕪没，夢蝶莊生冢木秋。惟有清淮供四望，年年依舊背城流。

㊀〔查註〕慎案，一首，諸刻不載，見《錦繡萬花谷·濠州絶句》中，今採録。

西湖絶句〔二四〇〕㊀

畢竟西湖六月中，風光不與四時同。接天蓮葉無窮碧，映日荷花别樣紅。

㊀〔查註〕慎案，一首，諸刻不載，見《錦繡萬花谷》，今採録。

戲答佛印〔二四一〕㊀

遠公沽酒飲陶潛，佛印燒猪待子瞻。採得百花成蜜後，不知辛苦爲誰甜㊁。

㊀〔查註〕慎案，《竹坡詩話》云：東坡喜食燒猪，佛印住金山時，每燒猪以待其來。一日，爲人竊食，東坡戲作小詩。云云。諸刻不載，今採録。〔合註〕《竹坡詩話》：東坡性喜嗜猪，嘗戲作《食猪肉》詩〔二四二〕：「黄州好猪肉，價錢等糞土，富者不肯喫，貧者不解煮。慢著火，少著水，火候足時他自美。每日起來打一碗，飽得自家君莫管〔二四三〕。」此是東坡以文滑稽耳。後讀《雲仙散録》，載黄昇日食鹿肉二斤，自晨煮至日影下西門，則曰火候足。乃知此老雖煮

肉亦有故事，他可知矣。

〔二〕〔合註〕下二句，是羅隱《蜂》詩，先生借用作戲答也。

失題三首〔一〕

其一

木落沙明秋浦，雲臥〔二四〕烟淡瀟湘。曾學扁舟范蠡，五湖深處鳴榔〔二〕。

〔一〕〔查註〕慎案，六言絶句三首，諸刻不載，今從晚香堂蘇帖採録。

〔二〕〔合註〕潘岳《西征賦》：鳴榔厲響。

其二

望斷水雲千里，横空一抹晴嵐。不見邯鄲歸路，夢中略到江南。

其三

公子只應見畫，此中我獨知津。寫到水窮天杪，定非塵土間人。

來鶴亭〔二五〕〔一〕

鴻漸偏宜丹鳳南，冠霞帔月影毵毵〔二六〕〔二〕。酒酣亭上來看舞，有客新名喚作耽〔三〕。

㈠〔查註〕愼案，袁褧《楓窗小牘》云：王大父時，有野鶴來棲，馴狎不去，蘇子瞻有詩。云云。褧之祖名彥方。此詩集中不載，今採録。〔合註〕據《楓窗小牘》，亭在汴城，近陳州門內，蔡河東畔。

㈡〔合註〕鮑照詩：冠霞登綵閣。權德輿詩：月帔飄颻摘杏花。

㈢〔合註〕《晉書》：袁彥道，名耽。

劉顗宮苑，退老於廬山石碑菴，顗，陝西人，本進士換武，家有聲伎〔二四七〕㈠

其一

山西舊將本書生㈡，歸老巖間未厭兵㈢。卧聞布水中宵起㈣，錯認邊風萬馬聲㈤。

㈠〔施註〕三詩，東坡過南康所作，諸集無傳者。浙東提舉徐子禮藏，云：其家舊有此本。所謂徐使君，卽其曾王父望聖也。元豐間，以朝請大夫守南康軍云。〔查註〕考之《欒城集》，有《陪南康太守訪廬山劉顗宮苑留題三絕句》，當卽其人也。〔合註〕此題，查本列於補編《村醪二尊獻張平陽》詩之前。又：皇祐甲午李清臣等草堂寺題名石刻，中有知萬年劉顗景清之姓名及字，當卽此人。又：張芸叟《畫墁集·夜聞劉宮苑舟中琵琶》詩，有「却於湓浦夜深聞」之句，當已在其退老時作。張集又有《長干寺同劉宮苑浴》詩，又《郴行録》有記與劉宮苑游清涼等寺事，則劉必曾官金陵也。又：查本此卷內，尚有據外集補採《元祐九年立春》詩，卽三十七卷中《立春日小集戲李端叔》詩中「熊白來河北」兩聯，又《日夕山中忽然有懷》五古一首「久卧名山雲」云云，係李太白詩，今皆刪去。

㈡〔施註〕《漢·趙充國傳·贊》曰：秦漢以來，山東出相，山西出將。

㈢〔施註〕《後漢·光武紀》：在兵間，久厭武事。

㈣〔施註〕《廬山記》：山南山北有瀑布泉者，無慮十餘處，山南又有布水菴。

㈤〔施註〕杜子美詩：八月邊風高。

其　二

彤弓掛壁耻言勳㈠，笑入漁樵便作羣㈡。五馬親來看射虎，不愁醉尉惱將軍㈢。時與徐使君同往。

㈠〔施註〕韓退之《寄崔二十六》詩：□脂遮眼卧壯士，大弨掛壁無由彎。《唐・房玄齡傳・贊》曰：帝定禍亂，而房、杜不言功。《周禮・夏官》：國功曰勳。

㈡〔施註〕杜子美《玉臺觀》詩：便應黃髮老漁樵。

㈢〔施註〕《古樂府・羅敷行》：使君道旁來，五馬立踟躕。《漢・李廣傳》：屏居南山中，射獵。嘗夜從一騎，出，霸陵尉醉，呵止廣。廣騎曰：「故李將軍。」尉曰：「今將軍尚不得夜行，何故也？」宿廣亭下。及居右北平，射虎殺之。

其　三

肩輿已棄蹋風騅㈠，舊物猶存楊柳枝㈡。一曲清商近尤好㈢，五陵豪氣未全衰㈣。

㈠〔施註〕白樂天《遊玉泉》詩：肩輿半日程。《毛詩・魯頌・駉》：駉駉牡馬，有騅有駓。註云：蒼白雜色曰騅。

㈡〔施註〕《晉・王獻之傳》：青氈我家舊物。白樂天《不能忘情吟》云：妓有樊素，善唱《楊柳枝》詞，人多以曲名名之。樂天既老，又病風，樊素籍在經費中，將放之。

劉顗宮苑退老於廬山石碑菴顗陝西人本進士換武家有聲伎

㊂〔施註〕《晉・孟嘉傳》：桓温問：「聽妓，絲不如竹，竹不如肉，何謂也？」嘉答曰：「漸近使之然。」

㊃〔施註〕杜子美《承聞河北諸道節度入朝歡喜口號》詩：雄豪復遣五陵知。

龍山補亡〔二四八〕㊀并引

丙子九日，客有言龍山會，風吹孟嘉帽落，桓温使孫盛爲文嘲之。嘉作《解嘲》，辭致超逸，四座驚嘆，恨今世不見其文。因戲爲補之〔二四九〕㊁。

其一

征西天府〔二五〇〕㊂，重九令節。駕言龍山，宴凱羣哲㊃。壺歌雅奏，緩帶輕帢。胡爲中觴㊄，一笑粲發。梗楠競秀，榆柳獨脱。驥騄交騖，駑蹇先蹶㊅。楚狂醉亂，隕帽莫覺。戎服囚首，枯顱茁髮。惟明將軍，度量豁達〔二五一〕㊆。容此下士，顛倒冠襪。宰夫揚觶，兕觥舉罰。請歌《相鼠》㊇，以侑此爵。　右嘲〔二五二〕。

㊀〔合註〕此二章，七集本載後集雜文類中，但《寓惠集》列於四言古詩五首中，今採附補編詩末。

㊁〔合註〕《晉書・孟嘉傳》：字萬年，江夏鄳人。爲征西桓温參軍，温甚重之。九月九日，温燕龍山，寮佐畢集。時佐吏並著戎衣服，有風至，吹嘉帽，墮落，嘉不之覺。温使左右勿言，欲觀其舉止。嘉良久，如厠，温令取還之，命孫盛作文嘲嘉，著嘉坐處。嘉還見，即答之，其文甚美，四坐嗟嘆。

㊂〔合註〕《晉書・桓温傳》：進位征西大將軍，開府封臨賀郡公。《戰國策》：此所謂天府，天下之雄國也。

㈣〔合註〕凱，同愷。《廣韻》：樂也。《詩・小雅・魚藻》：飲酒樂豈。

㈤〔合註〕陶淵明詩：中觴縱遥情。

㈥〔合註〕《文選》班叔皮《王命論》：駑蹇之乘，不騁千里之途。

㈦〔合註〕《史記・高祖紀》：意豁然也。服虔曰：豁，達也。《南史・江夏文獻王義恭傳》：豁達大度，漢高之德。

㈧〔合註〕《詩》小序，《相鼠》，刺無禮也。

其二

吾聞君子，蹈常履素㈠。晦明風雨㈡，不改其度㈢。平生丘壑，散髮箕裾。墜車天全，顛沛何懼。腰適忘帶㈣，足適忘屨㈤。不知有我，帽復奚數。流水莫繫，浮雲暫寓。飄然隨風，非去非取。我冠明月㈥，佩服〔二五三〕寶璐。不纓而結㈦，不簪而附。歌詩甯擇，請飲《相鼠》。罰此陋人，俾出童羖。　右解嘲〔二五四〕。

㈠〔合註〕劉禹錫《何卜賦》：姑蹈常而俟之。潘安仁《任府君畫贊》：含真履素。

㈡〔合註〕見《左傳》。

㈢〔合註〕屈原《離騷》：何不改乎此度也。

㈣〔合註〕張衡《七辨》：觀者交目，衣解忘帶。

㈤〔合註〕用《莊子》「忘足履之適」意。

㈥〔合註〕摯虞《思游賦》：戴明月之高冠兮。

㈦〔合註〕結纓字，見《左傳》。

牡丹〔三五五〕㊀

小檻徘徊日自斜，只愁春盡委泥沙㊁。丹青欲寫傾城色，世上今無楊子華㊂。

㊀〔合註〕此詩見《全芳備祖》，今採録。

㊁〔合註〕杜子美《花底》詩：莫作委泥沙。

㊂〔合註〕《歷代名畫記》：北齊楊子華，任直閣將軍員外散騎常侍，天下號爲畫聖。閻立本云：自像人以來，曲盡其妙，簡易標美，多不可減，少不可踰，其惟子華乎？

蓮〔三五六〕㊀

城中擔上賣蓮房，未抵西湖泛野航㊁。旋折荷花剥蓮子，露爲風味月爲香。

㊀〔合註〕此詩亦見《全芳備祖》，今採録。

㊁〔合註〕杜子美《南鄰》詩：野航却受兩三人。

西湖壽星院明遠堂〔三五七〕㊀

十年不向此凭欄，景象依然一望間。龍蜃吐雲天入水，樓臺倒影日銜山。僧於僻寺難爲隱，人在扁舟未是閑。孤鶴似尋和靖宅，盤空飛去復飛還㊁。

㊀〔合註〕此詩，見《武林梵志》，與卷三十二《寒碧軒》「清風肅肅摇窗扉」一首並載。其是否先生詩，未敢遽定，今姑

採録。

㊀〔合註〕《夢溪筆談》：林逋隱居孤山，畜兩鶴，縱之，則飛入雲霄，盤旋久之，復入籠中。

牡丹和韻〔三六八〕㊀

光風爲花好，奕奕弄清温。撩理鶯情趣㊁，留連蝶夢魂。飲酣浮倒暈㊂，舞倦怯新翻。水竹傍○意〔三六九〕，明紅似故園。

㊀〔合註〕此詩，見汪砢玉《珊瑚網》卷六《宋名公翰墨》條中。先載此詩，後有「牡丹五言和人韻軾」八字，後又載先生尺牘兩則，子由和《子瞻兄招子高晚飲》詩一首，皆墨迹。則此詩爲先生作無疑也。今補録。

㊁〔合註〕《説文》：撩，理也。《南齊書·孔稚珪傳》：情趣相得。

㊂〔合註〕王建《賞白牡丹》詩：統心黄倒暈。

慈雲四景㊀

甘露泉㊁

堦下有龍潭，一泓寒且碧。不須撫兩掌，流出仙人液。

㊀〔合註〕《咸淳臨安志》：慈雲院在新門外，顯德年建，名慈濟。大中祥符二年改今額。理宗皇帝御書靈感道場。又，明永樂二十二年，蕭山魏驥撰《慈雲教寺碑記》云：在武林府治東南之城隅，創自周顯德二年。元至正間，以戰守築城，去其廊廡，基址劃寺左者十之二。洪武間，有延禮者，復開叢林。二十五年，歸併到寺者，寺有六，院有二，

菴有八。云云。碑末附《慈雲四景絶句》云：東坡居士蘇軾題。此四首，諸刻本所無，余壻孫輔元以搨本碑記贈余，今補採。至南宋時，寺在城外，元時拓城趾，是以寺在城内也。
㊁〔合註〕《慈雲寺志》：唐興元元年開井建寺，題名甘露，周顯德二年，名慈濟。

白雲居㊀

禪居何所有？户牖白雲分。直待譚玄後，相隨花雨紛㊁。

㊀〔合註〕《慈雲寺志》：宋大中祥符二年，公主清裕修光明懺，感白鷳翔雲異瑞。
㊁〔合註〕《世説》：王夷甫容貌整麗，妙於談玄。

娑羅樹

誰從五竺國，分得一枝來㊀。秀出重樓外，專除世上埃。

㊀〔合註〕《舊唐書·西戎傳》：天竺國，卽漢之身毒國。或云，婆羅門地也。其中分爲五天竺。昔有娑羅門領徒千人，肄業於樹下。

鷴鵠院㊀

古院楓篁裏，寥寥隔市喧。仙禽發異響，驚起老僧禪。

㊀〔合註〕見上《白雲居》題註。

過金山寺一首㊀

明月妙高臺，盤渦月照開。琳宫龍久住，珠樹鶴能來。雲霧空中繞，帆檣檻外迴。無言卷石小，江左擬蓬萊。

㊀〔合註〕此詩見金山寺。聖祖仁皇帝御書石刻，寺僧以搨本示余。詩後題云：蘇軾過金山寺作。則必從内府所藏東坡墨迹御筆臨摹勒石者。諸集本俱不載，今附録。

失題二首㊀

其一

足躡平都古洞天，此身不覺到雲間。擡眸四顧乾坤闊，日月星辰任我攀。

㊀〔合註〕此二首，諸本俱不載，今得之於舊碑搨中。上有「東坡留題」四字，末刻盧雝書，旁刻住持僧覺倫、覺仙、徒海印重刊。考先生有《留題仙都觀》及《仙都山鹿》詩，卽平都山也。此二絶或同時所作，今附採録。

其二

平都天下古名山，自信山中歲月閑。午夢任隨鳩喚覺，早朝又聽鹿催班。

雪詩八首〔三〇〕〔一〕

其　一

石泉凍合竹無風，夜色〔三八二〕沉沉萬境空。試向靜中閑側耳，隔窗撩亂撲春蟲。聲

〔一〕〔合註〕《錦繡萬花谷・雪類》載，東坡以「聲色氣味富貴勢力」爲八章，仍效歐公體，不使「鹽玉鶴鷺皓鮮白素」等字。考先生《南行集》內，有《江上值雪詩效歐公體》。此八章或係同時所作，故云仍效也。但《萬花谷》所採詩家姓氏，舛誤甚多，未可全信，且詩意淺俗，不似先生手筆，故查氏不採耳。今姑附録。又，《錦繡萬花谷・美人類》載東坡《六憶》詩，余初以詞句雖俗，不似先生所作，然亦可附録。後閲《曇莊漫録》，乃知爲李元膺《十憶》詩中之六章也，故不採。

其　二

閑來披氅學王恭，姑射羣仙邂逅逢。只爲肌膚酷相似，繞庭無處覓行踪。色

其　三

半夜欺陵范叔袍，更兼風力助威豪。地爐火暖猶無奈，怪得山林酒價高。氣

其　四

兒童龜手握輕明，漸碾槍旗入鼎烹。擬欲爲之修《水記》，惠山泉冷釀泉清。味

其　五

天工呈瑞足人心，平地今聞〔二六二〕一尺深。此爲豐年報消息，滿田何止萬黄金。富

其　六

海風吹浪去無邊，倐忽凝爲萬頃田。五月涼塵渴人肺，不知價值幾多錢。貴

其　七

高下横斜薄又濃，破窗疎户苦相攻。莫言造物渾無意，好醜都來失舊容。勢

其　八

萬石千鈞積累成，未應忽此一毫輕。寒松瘦竹元清勁，昨夜分明聞折聲。力

失題二首〔二六三〕㊀

其　一

山行似覺鳥聲殊，漸近神仙簡寂居。門外長溪容淨足〔二六四〕，山腰苦筍耿盤蔬。喬松定有藏

丹〔三六五〕處，大石仍存拜斗餘。弟子蒼髯年八十，養生世世授遺書。

〔一〕〔合註〕《錦繡萬花谷・宫觀類》載此二篇。前一篇「山行似覺鳥聲殊」云云，在「道人幽夢曉初還」一首之後，後一篇「浮雲有意藏山頂」云云，在「石壁高千尺」一首之後，並註云：東坡。今考前一篇是全首，後一篇似止中二聯，而皆不標題。其是否先生詩，亦未敢遽定，姑附録。

其二

浮雲有意藏山頂，流水無聲入稻田。古木微風時起籟，諸峯落日盡藏烟。

戲答佛印偈〔三六六〕

百千燈作一燈光，盡是恒沙妙法王。是故東坡不敢惜，借君四大作禪牀。

過都昌〔三六七〕

鄱陽湖上都昌縣，燈火樓臺一萬家。水隔南山人不渡，東風吹老碧桃花。

登廬山〔三六八〕

讀書廬山中，作郡廬山下。平湖浸山脚，雲峯對虚樹。紅葉紛欲落，白鳥時來下。猶思隱居勝，亂石驚湍瀉。

無題七絶一首㊀

春風寂寂夜寥寥，一望蒼苔雪影遥。何處幽香飛幾片，只宜月色帶花飄。

㊀〔合註〕此詩見石刻，末有元祐二年春日眉山蘇軾十字。余從錢塘趙魏處見之，未知是先生詩，抑録他人詩？今附採於此，俟再考。

送馮判官之昌國〔二六九〕㊀

斬蛟將軍飛上天，十年海水生紅烟。驚濤怒浪盡壁立，樓櫓萬艘屯戰船。蘭山摇動秀山舞，小白桃花半吞吐。鵰夷不裹壯士尸，白日貔貅雄帥府。長鯨東來驅海鰌，天吴九首龜六眸。鋸牙鑿齒爛如雪，屠殺小民如有仇。春雷一震海帖伏，龍變海魚安海族。魚鹽生計稍得蘇，職貢重修遠島服。判官家世忠孝門，獨松節士之奇孫。經綸手段飽周孔，豈與弓馬同等倫。晝窮經史夜兵律，麟角鳳毛多異質。直將仁義化箚榜，羞與奸賦競刀筆。吾聞判官昔佐元戎幕，三軍進退出籌度。使移韜略事刑名，坐使剽遊歸禮樂。鳳凰池，麒麟閣，酬德報功殊不薄。九天雨露聖恩深，萬里扶摇雲外廓。

㊀〔合註〕此詩見浙江《定海縣志》藝文中，家大人檢得之以示余。考《宋史·地理志》：昌國縣，熙寧六年析鄞縣地置。縣志爲本朝康熙乙未年知縣事江陰繆燧所修。此詩題下註：學士蘇軾，眉山人。當是據舊志採入者。但詩筆不似先生，馮判官又無考，姑附録以俟訂正。

句

詩二句〔三七〇〕㊀

飲非其人茶有語，閉門獨啜心有愧。

㊀〔合註〕先生殘篇斷句，流傳甚多。如周益公跋先生《與趙夢得帖》云：南海上，義士曰趙夢得。方蘇文忠謫居時，肯爲致中州家問，既大書如名以爲贈，又題澄邁所居二亭曰清斯，曰舞琴，特畏禍不欲作詩。然《會茶帖》云云，詩在其中矣。

續辯才詩二句〔三七一〕㊀

天愛禪心圓且潔，故添明月伴清光。

㊀〔合註〕《西湖志》引《上天竺山誌》：東坡過上天竺，謁辯才，因言窗前兩松，昨爲風折一枝，悵恨成一聯，未得續其後，舉以示公，云：龍枝已逐風雷變，減却虚窗半日涼。坡續云云。

詩二句〔三七二〕

葉隨流水歸何處，牛載寒鴉過別村。

詩二句〔三七三〕

但令有婦如康子，安問生兒比仲謀。

探　梅〔二七四〕

問信風篁嶺下梅。

茶　詩〔二七五〕

白雲峰下兩槍新。

詩　二　句〔二七六〕

東家近新富，滿地布苔錢。

詩　二　句〔二七七〕

千層高閣侵雲漢，雙派清流透石巖。

雨〔二七八〕

風師挾帝令，號呼肆徂征。雲師畏推逐，蓄意不敢爭。雨師曠厥官，所苟朝夕生。帝眷一夕回，旱議旦暮行。翻然沛膏澤，夜半來無聲。青秧發廣畝，白水涵孤城。

假　山〔二七九〕

安石作假山，其中多詭怪。雖然知是假，争奈主人愛。

詩　二　句〔二八〇〕

叩檻出魚鼉，詩成〔二八一〕一笑粲。

題姜秀郎几間〔二八二〕㊀

暗麝著人簪茉莉，紅潮登頰醉檳榔。

㊀〔合註〕《冷齋夜話》載：東坡在儋耳，有黎女插茉莉，嚼檳榔。戲書姜秀郎几間。云云。

詩　三　句〔二八三〕

青山南，白石北，此地嵯峨人不識。

歲除題王文甫家桃符〔二八四〕

門大要容千駟入，堂深不覺百男〔二八五〕歡。

戲書王文甫家〔二八六〕

湖上秋風聚螢苑，門前春浪散花洲。

聯〔二八七〕

人言盧杞是奸邪，我覺〔二八八〕魏公真嫵媚。

戲村校書七十買妾〔二八九〕

侍者方當而立歲，先生已是者希年〔二九〇〕。

戲　人〔二九一〕㊀

有甚意頭求富貴，没些巴鼻便姦邪。

㊀〔合註〕《後山詩話》：熙寧初，有人自常調上書，迎合宰相意，遂丞御史。蘇長公戲之，曰：云云。「有甚意頭」、「没些巴鼻」，皆俗語也〔二九二〕。

〔合註〕先生詩不傳者甚多。如《年譜》中，監官告院，有《送章子平》詩，《斜川集》有《次大人生日》七言古詩一首，《毘陵志》「丁騭有女適二蘇從子彭孫得甥，東坡報以詩」，鄭俠《西塘集》中「晉公堂有龜，惠陽遇東坡居士子瞻，子瞻親筆命名曰曳尾，爲詩以示晉公」之類，益不可殫舉矣。又：錢塘梁同書云：「張芑堂明經以宋無欵詩箋見示，余定以爲坡老無疑。前首缺題，其詩云：結廬得法仲長統，因病求閑馬長卿。此日壺中聊取適，它年谷口尚留名。後首題云：過薦福用前韻。詩云：喚客山中去，清秋屬此辰。碧波涵日淨，紅葉隕霜新。世味老愈薄，交情久更親。種蓮開淨社，兹事付吾人。」案，蘇文忠詩集中，有《贈常州報恩長老二首》，其次章首句云：薦福老懷真巧便。查註引《咸淳臨安志》：薦福寺，在鹽官縣西三十六里。又《姑溪集》有《常州薦福琄老真贊》。未知孰是？至《東坡題跋》中，有元祐二年十二月張安道薨于南都，先生舉哀薦福禪院，則在開封，與此詩句不符矣。此詩與前一首，梁氏皆以臆斷，别無證據，余不敢採取也。

卷四十八校勘記

〔一〕補編古今體詩云云　查註、合註原各有補編詩二卷。查註四十七、四十八卷爲補編詩：四十七卷收六十四首，四十八卷收九十二首。合註删補查註，收補編詩一百八十五首，計四十九卷七十首，五十卷一百十五首。其中：《新葺小園二首》，集成入卷三；《與李彭年同送崔岐歸二曲馬上回占》、《溪堂留題》，集成入卷四；《二月十六日……》、《亡伯提刑郎中挽詩二首……》、《入館》、《贈蔡茂先》，集成入卷五；《安平泉》，集成入卷十一；《寄周安孺茶》，集成入卷二十二；《正月八日招王子高飲》，集成入卷二十七；《謝宋漢傑惠李承宴墨》，集成入卷三十；《司命宫楊道士息軒》、《葛延之贈龜冠》、《别海南黎民表》，集成入卷四十三。除此十六首，尚有詩一百六十九首，兹自合註卷五十註文中録出五首入正文，自合註、集成卷二十四註文中録出一首入正文，共一百七十五首，合爲一卷。此卷中詩，個別篇確非東坡所作，少數真僞待考，今皆保留原貌，以便研究者探討；大部皆可信爲東坡作。今從查註，列此卷於他集互見詩之前。

〔二〕玉帶施元長老詩尚有第一首云云　此詩，已自註文中録入本卷。

〔三〕戲足柳公權聯句　施乙題作：補唐文宗、柳公權聯句。類本無「戲」字。查註無「聯」字。

〔四〕宋玉對楚王……柳公權小子與文宗聯句……足成其篇云　七集爲詩後自跋。施乙無「柳」字。外集「文」前有「唐」字。類本、查註無「云」字。盧校：柳誠懸端人也，坡不應輕薄若此，「小子」二字疑衍。

〔五〕自南來　施乙、七集作「從南來」。

〔六〕黄葉　七集作「落葉」。

〔七〕軺車　七集作「軺軒」。

〔八〕獲堯客　紀校：「獲」當作「逃」。

〔九〕萬山白　七集、外集作「千山白」。

〔一〇〕瑕　合註：當作「崖」。

〔一一〕兒童勿驚怪　外集作「羣兒勿驚愕」。

〔一二〕戲贈田辨之琴姬　七集「戲」作「題」，類本、外集「辨」作「辯」。

〔一三〕書……圖二首　類本「書」作「題」，無「圖」字。

〔一四〕喜喧卑　類本作「苦喧卑」。
〔一五〕中庭　類本作「東風」。
〔一六〕怊悵　類本作「惆悵」。
〔一七〕天選　類甲作「夫選」。類丙目録作「夫選」，正文作「天選」。
〔一八〕方以　類本作「以方」。
〔一九〕頃予　類本作「須臾」。七集作「頃子」。
〔二〇〕縈　類本作「嬰」。合註：《參寥集》作「嬰」。
〔二一〕禪學　合註：《參寥集》作「學術」。
〔二二〕眷予　合註：「予」一作「子」。
〔二三〕蓼　合註：《參寥集》作「藻」。
〔二四〕葆光　合註：《參寥集》作「先生」。
〔二五〕公有族人隱嵩山　類丙爲援註，「隱」後有「于」字。
〔二六〕自保　類甲作「自葆」。
〔二七〕何當　類本作「行當」。七集原校：「何」一作「行」。
〔二八〕中山饒勝景　類本「中山」作「山中」。合註：《參寥集》「中山」作「山中」。類丙「饒」作「遶」。
〔二九〕一覽未易了　類本作「人覽亦易了」。七集「了」作「飽」。
〔三〇〕翻思　七集作「翻然」，原校：「然」一作「思」。合註：《參寥集》「思」作「愁」。

〔三一〕不復追踴跳　類本「追」作「恃」。合註：《參寥集》「復」作「隨」，「踴跳」作「勇踔」。
〔三二〕六月　七集作「五月」。合註：《晁集》作「暫卧」。
〔三三〕時　合註：《晁集》作「更」。
〔三四〕同　合註：《晁集》作「如」。
〔三五〕來伴　外集作「不礙」。
〔三六〕生花　查註作「生蓮」。
〔三七〕鏡鑷　七集、外集作「鏡鉢」。
〔三八〕因留一絶　外集無「因」字。
〔三九〕絶句二首　外集無「二首」二字。外集第二首，以「又」爲題。紀校：二首可觀，然不必定是東坡作。
〔四〇〕野水　七集作「遠水」。
〔四一〕春夜　《錦繡萬花谷》後集卷三《春》門亦收此詩。
〔四二〕值千金　七集作「直千金」。
〔四三〕沉沉　《錦繡萬花谷》作「深深」。
〔四四〕論馬　七集作「論馬」。
〔四五〕足之　七集「之」下原註：「四言。」
〔四六〕四十年前元夕與故人夜遊得此句　宋蒲積中《古今歲時雜詠》卷八有此詩。類本題作「元夕夜遊絶句」。外集「句」後有「追録之」三字。「夜」原作「從」，今從《古今歲時雜詠》、類本、七集、外集。

〔四七〕題李景元畫　宋孫紹遠《聲畫集》卷八收此詩，註明東坡作。

〔四八〕何人在　外集作「何人繼」。

〔四九〕莫嫌　外集作「莫嘲」。

〔五〇〕作事猶來未合時　外集作「作事從來不及時」。

〔五一〕翠幄　類本作「翠帷」。

〔五二〕殘酒　類本作「殘雨」。七集原校：「酒」一作「雨」。

〔五三〕偶聽　類本、外集作「聞得」。

〔五四〕春日云云　詩中「深紅」，施乙作「桃花」；「赤」，施乙、類本、七集作「訴」。「唐人詩」云云，施乙引《本事詩》，爲註文。

〔五五〕村醪云云　見清康熙刊《式古堂書畫彙考·書》卷十、雍正刊《鐵網珊瑚·書品》卷四。

〔五六〕到牀頭　雍正刊本《鐵網珊瑚》作「列牀頭」。

〔五七〕○出定知書滿腹　查註、合註：「○」，少一字，合註：《鐵網珊瑚》作「口」，俟再考；雍正刊《鐵網珊瑚》作「口」。雍正刊《鐵網珊瑚》「書」作「詩」。

〔五八〕○○灑落江山外　查註、合註：「○○」，少二字。查註「外」作「水」，疑誤。

〔五九〕其三　紀校：拙淺乃爾，何以嫁名于東坡？

〔六〇〕挽肩　合註：《南濠詩話》作「攙眉」。

〔六二〕白頭　康熙刊《式古堂書畫彙考》、雍正刊《鐵網珊瑚》作「白鬚」。

〔六三〕何　合註：《南濠詩話》、《書畫彙考》皆原缺，《鐵網珊瑚》亦缺，查本作「何」，不知奚據？

〔六三〕失題　此詩，見清康熙刊《式古堂書畫彙考·書》卷十。紀校：依托之作。

〔六四〕題王維畫　見《聲畫集》卷八，題作「王維畫」。

〔六五〕平路　合註：《孔集》「路」作「野」。

〔六六〕何處　合註：《孔集》「何」作「來」。

〔六七〕佳人西方　查註作「西方佳人」。

〔六八〕若處女　外集作「如處女」。

〔六九〕犬羊　原作「干戈」，今從外集、查註。

〔七〇〕天遣　外集作「天使」。

〔七一〕羯寇　原作「敵寇」，今從外集、查註。

〔七二〕羊犬　原作「外敵」，今從外集、查註。按，清乾隆修《四庫全書》，「於『賊』、『虜』、『犬羊』是諱的」，遇此等字，「大抵非删則改」，以免「引起種族思想」（以上引號中語，皆見魯迅《且介亭雜文·病後雜談之餘》）。「犬羊」、「羯寇」及本條，删改痕迹顯然。查註鐫於乾隆二十六年辛巳，時四庫館未開，故得保持外集原貌。合註稍晚出，遂受其厄。

〔七三〕嗟嘆　外集作「嘆嗟」。

〔七四〕可奇　查註作「何奇」。

〔七五〕淅　外集墨釘。

〔七六〕鬼籍　外集作「鬼録」。

〔七七〕阿那　外集作「婀娜」。

〔七八〕煦　原作「煦」，今從外集。

〔七九〕羅　外集作「羅」。

〔八〇〕高　盧校：「膏」。

〔八一〕咏怪石　按，總案卷一嘉祐四年，有「家有怪石植疏竹軒中公作詩」條，引此詩。又總案卷一嘉祐四年八月，有「宋君用辭公赴京師，作詩」條，引《送宋君用遊輦下》詩；總案謂此二詩，「外集編第四卷丁成國太夫人憂居蜀時作」，「在《南行集》之前，皆遺詩之最先者也」。

〔八二〕斮　外集作「散」。

〔八三〕警懼　外集作「儆懼」。

〔八四〕霜筠　外集作「霜篁」。

〔八五〕孰如雌　外集作「孰爲雌」。

〔八六〕誥命　外集作「命誥」。

〔八七〕會飲有美堂答周開祖湖上見寄　合註：外集有「三首」二字，并註云：「二首已刊前集」。盧校：晦翁初疑此詩爲開祖作。

〔八八〕蕭蕭　外集作「瀟瀟」。

〔八九〕槌破　外集作「搥破」。

〔九〇〕三十六　合註：外集「六」作「七」。

〔九一〕見蔡君謨　查註、合註：一本無此四字。

〔九二〕逡巡　外集作「優柔」。

〔九三〕殘粧　外集作「粧殘」。

〔九四〕黄州春日雜書四絶　查註自此詩起，爲卷四十八，合註自此詩起，爲卷五十。合註云：此卷中惟《出局偶書》、《和芝上人竹軒》、《和晁美叔老兄》三首，舊王本有之，餘皆無。

〔九五〕七椀茶　外集作「七盞茶」。

〔九六〕暮歸　外集無「歸」字。

〔九七〕垂簾　外集作「垂簷」。

〔九八〕半釋　合註：「釋」，查本訛作「濕」。

〔九九〕潑醅酒　外集作「撥醅酒」。

〔一〇〇〕夜來一笑之歡云云　外集另行起，或爲詩之引。

〔一〇一〕佳詞　外集作「嘉詞」。

〔一〇二〕戲作切語竹詩　查註吴批：「烟」字與後「孫」字，並疑誤；吾友周茝弓云：「烟」疑作「細」，「孫」疑作「樂」，近之。

〔一〇三〕構　原作「搆」，今從外集。

〔一〇四〕庭度　外集作「庭渡」。

〔一〇五〕綠　合註：查本作「孫」，註云：此字疑訛；外集作「綠」，今從之。

〔一〇六〕遇　原作「邁」，查註吳批：誤，別本作「過」。合註：《能改齋漫錄》作「遇」。今從。參題下合註引「錢大昕曰」。

〔一〇七〕䠊庪　外集作「䠒䠊」。

〔一〇八〕正是　外集作「正似」。

〔一〇九〕看馬欲驟　合註：《山谷集》作「忽看高馬」。

〔一一〇〕留待　合註：外集、王本作「待得」。

〔一一一〕鼠須筆　紀校：有東坡規格而邊幅少狹，其爲叔黨作無疑。

〔一一二〕飼飢　合註：一作「餧餓」。

〔一一三〕槊　合註：一作「矟」。

〔一一四〕詰　合註：一作「知」。

〔一一五〕琴上趣　查註作「聲上趣」。

〔一一六〕秦娥　「娥」原作「蛾」，今從外集。

〔一一七〕皎然云云　《詩話總龜》卷二引《百斛文》有此詩。「心是」原作「心自」，今從總龜、外集、查註。

〔一一八〕以記異夢　七集無「以」字，「異夢」作「夢異」。

〔一一九〕偈云　外集作「偈言」。

〔一二〇〕彼幻此幻　七集作「此幻彼幻」。

〔一二一〕前生後生　七集作「前身後身」。外集「後生」作「復生」，原校：「復」一作「後」。

〔一二二〕和芝上人竹軒　類丙作「和廬山芝上人竹軒」。

〔一二三〕唱竹頌　類本、七集作「向竹頌」。

〔一二四〕知是　類本、七集作「清是」。

〔一二五〕庵　盧校：「樓」。

〔一二六〕竟誰訣　類本、七集作「競誰訣」。

〔一二七〕瘦馬　類本、七集作「疲馬」。

〔一二八〕造物　七集作「造化」。

〔一二九〕珍才空谷云云　外集爲自註，在末句之後。

〔一三〇〕久已下　查註作「下已久」。

〔一三一〕水鵠　查註作「水鸛」。

〔一三二〕待旦　紀校：題有脱字；又：此詩非東坡不能作。

〔一三三〕山骨　查註作「山谷」。

〔一三四〕喜堅壯　查註作「善堅壯」。紀校：「善」當作「喜」。

〔一三五〕度嶺　外集作「渡嶺」。

〔一三六〕軾　合註：王本作「公」。

〔一三七〕爲　合註：一本作「其」。

〔一三八〕藏其奸　外集作「藏其姸」。

〔一三九〕肅肅　合註：一本作「蕭蕭」。

〔一四〇〕如懸　外集作「若懸」。

〔一四一〕能使我　「能」字，據外集補。

〔一四二〕近見　外集作「近是」。

〔一四三〕萬菊軒　此詩，見《武林梵志》卷三。《武林梵志》「萬」上有「題」字。

〔一四四〕高爲　《武林梵志》作「獨爲」。

〔一四五〕韓幹馬　此詩，在《侯鯖録》卷八。紀校：此確是東坡筆墨。

〔一四六〕送煮菜贈包安静先生　七集無「送煮菜」三字。外集「贈」作「與」。

〔一四七〕此出　施乙、外集作「初生」。七集作「初出」。

〔一四八〕西鄰　施乙、七集、外集作「安静」。

〔一四九〕和熱喫　施乙作「乘熱喫」。

〔一五〇〕不消　外集作「不須」。

〔一五一〕沿流館中得二絶句　紀校：確是東坡所託。《經進東坡文集事略》卷五十五《上清儲祥宮碑》郎曄註引趙伯山《中外舊事》云：「紹聖中，有人過臨江軍驛，題二詩，不書姓名。時貶東坡，毁上清碑，令蔡京别撰。詩云（略）。乃江鄰幾作，或云張文潛。」《中外舊事》「淮西」作「晉公」，「無復」作「不復」，「萬行」作「兩行」。

〔一五二〕夢中賦裙帶　題下查註「軾倅武林日」云云，見《志林》（涵芬樓鉛印本）卷一《夢中作靴銘》條，「軾自蜀應舉」云云，見《志林》卷一《記夢賦詩》條。

〔一五三〕風皺　《志林》卷一《記夢賦詩》條作「水皺」。

〔一五四〕植立　七集作「獨立」。

〔一五五〕贈黄州官妓　此詩，見涵芬樓鉛印本《春渚紀聞》卷六。

〔一五六〕却似　《春渚紀聞》作「恰似」。

〔一五七〕西川　查註、合註：一作「城南」。

〔一五八〕吟詩　《春渚紀聞》作「留詩」。

〔一五九〕六言樂語　見《春渚紀聞》卷六。

〔一六〇〕題領巾絶句　見《春渚紀聞》卷六。

〔一六一〕屢曾　原作「要看」。今從涵芬樓鉛印本。

〔一六二〕書裙帶絶句　見《春渚紀聞》卷六。

〔一六三〕虎跑泉　此詩，王文誥據《西湖誌》謂爲釋來復和東坡《病中遊祖塔院》詩。見卷十《病中遊祖塔院》題下誥案。查《武林梵志》卷二，亦謂此詩爲釋來復詩。查註輯補編詩，多處引《武林梵志》，而獨遺此處，殊不可解。

〔一六四〕倒浸　原作「解妒」。今從《武林梵志》。

〔一六五〕更續　《武林梵志》作「欲煮」。

〔一六六〕〇　查註、合註：少一字。合註：倪濤《六藝之一録》作「侈」字。

〔一六七〕〇〇〇　查註、合註：少四字。

〔一六八〕面宜黔　康熙刊《式古堂書畫彙考》作「面豈黔」。合註：《六藝之一録》「宜黔」作「豈鯨」。

〔一六九〕端硯聯句云云　康熙刊《式古堂書畫彙考》另起一行，與正文文字同型。

〔一七〇〕張無盡過黄州云云　見《春渚紀聞》卷六。

〔一七一〕題銅陵陳公園雙池詩　此二詩，見《永樂大典》卷一千五百六十引《蘇東坡大全集》，又見《大明一統名勝志・南直隸名勝志》卷五。詩題原作「銅陵縣陳公園雙池二首」，今從《永樂大典》。

〔一七二〕南北簷楹照緑波……看取青銅兩處磨　「南北簷楹照緑波」原作「南北山光照緑蘿」，今從《永樂大典》。抄配本《大明一統名勝志》「緑蘿」亦作「緑波」。「看取青銅兩處磨」句下，《永樂大典》有註，註云：「銅陵縣治東陳陟園池，東坡題此詩。又曰：『岡陵來勢遠，幽處更依山。一片湖景内，千家市井間。』下四句，石缺不全。少愚求之三蘇文，無。」

〔一七三〕要似謫仙迴舞袖千年醉拂五松山　「要似」原作「要使」，今從《永樂大典》。抄配本《大明一統名勝志》「舞袖」作「袖舞」。「千年醉拂五松山」句下，《永樂大典》有註，註云：「山谷姪亦題云：『涪翁埋九州，留名等泰華。摩挲讀舊碑，令我淚如灑。』淳熙間，知縣林桷跋云：鄉老朱軫云，幼見壁間坡、谷翰墨尚新，以此知二先生集中，所遺極多。」此句註文與「看取」句註文，當爲銅陵所在州郡地方志編者之語，少愚當爲編者之一。查《輿地紀勝》卷二十二，銅陵屬池州。宋時，池州方志之可考者，有《池陽記》、《池陽後記》、《池陽志》、《池陽郡志》、《秋浦志》、《秋浦新志》六種，今皆不傳。《永樂大典》所云引《蘇東坡大全集》，乃池州地方志之轉引。

〔一七四〕咏檳榔　此詩，見《大明一統名勝志·廣東名勝志》卷十。

〔一七五〕醉中題鮫綃詩　此詩，見《苕溪漁隱叢話》前集卷三十九。明抄本曾慥《類說》引《仇池筆記》有此詩，「二氣」作「三氣」，「風雲」作「風雨」，「世界」作「天界」。

〔一七六〕無題　此詩，見七集續集卷四。

〔一七七〕雅安人日次舊韻二首　此二首，見《古今歲時雜咏》卷五。

〔一七八〕和代器之　此詩，見《古今歲時雜咏》卷十三。

〔一七九〕歸來引送王子立歸筠州　集甲、集丙、七集「引」後有「一首」二字。「送王子立歸筠州」七字，集甲、七集爲題下自註。

〔一八〇〕曾　合註：一作「憎」，訛。

〔一八一〕伊威　集甲、七集作「蛜蝛」。

〔一八二〕黃泥坂詞　集甲、集丙、七集「詞」後有「一首」二字。

〔一八三〕而不可居　集甲、七集無「而」字。

〔一八四〕一眄　原作「一盼」，今從集甲。

〔一八五〕我嫚　合註：朱氏校刊王註本作「不我嫚」，諸本俱無「不」字，今仍删。

〔一八六〕清宴　集甲作「清晏」。

〔一八七〕予踐　集甲、集丙、七集作「子踐」。

〔一八八〕歲既宴　集甲作「歲既晏」。

〔一八九〕清溪詞　集甲、集丙、七集「詞」後有「一首」二字。此詩乃東坡應郭祥正之請而作，見《吴禮部詩話》。

〔一九〇〕躋　合註：一作「掛」，訛。查註作「掛」。

〔一九一〕靄濛濛兮　集甲、七集作「藹濛濛兮」。

〔一九二〕鯢　查註、合註：一作「倪」。

〔一九三〕掛　合註：一作「躋」，訛。查註作「躋」。

〔一九四〕上清詞　集甲、集丙、七集作「上清辭一首」。

〔一九五〕南山之幽雲冥冥兮孰居此者帝側之神君　集甲、七集缺，集丙有。删去「君」下合註「此數句，諸集本所無，今從石刻補全」一條。

〔一九六〕辰星　合註：一作「星辰」。查註作「星辰」。

〔一九七〕朝發軫兮　集甲、集丙、七集無「軫」字。

〔一九八〕砦　合註：一作「若」。

〔一九九〕充塞　合註：「充」一作「允」。查註作「允塞」。

〔二〇〇〕清淨　集甲、集丙、七集作「清静」。

〔二〇一〕軼　查註：疑應作「詄」。盧校：疑應作「詄」。合註：石刻作「軼」。

〔二〇二〕九垓　集甲、七集作「九陔」。
〔二〇三〕臣不可　合註：一本無「可」字。查註無「可」字。
〔二〇四〕漭　七集作「幹」。
〔二〇五〕醉翁操　集乙、七集「操」後有「一首」二字。此詩，集乙、七集載後集卷八，《鐵網珊瑚》載《書品》卷四。
〔二〇六〕音　盧校：「首」。
〔二〇七〕往游焉　集乙、七集無「焉」字。
〔二〇八〕而音指華暢　合註：一本無「而」字。
〔二〇九〕而無其辭　合註：一本無「其」字。查註無「其」字。
〔二一〇〕翁雖爲作歌　查註無「翁」字。
〔二一一〕均度　《鐵網珊瑚》作「韻度」。
〔二一二〕而遵　《鐵網珊瑚》無「而」字。
〔二一三〕以補之云　《鐵網珊瑚》作「爲補之云」。合註：「以」一作「爲」。
〔二一四〕和　集乙、七集、查註作「知」。
〔二一五〕泛聲同此　「泛」上原有「七集本註云」五字。集乙亦有此註。今删去「七集本註云」五字，定爲自註。
〔二一六〕童顛　集乙、七集作「童巔」。《鐵網珊瑚》作「重巔」。

〔二七〕思翁　《鐵網珊瑚》作「惟翁」。

〔二八〕三兩絃　查註作「兩三絃」。盧校：本作「三兩絃」，似拗實諧。

〔二九〕次韻借觀睢陽五老圖　此詩，在《鐵網珊瑚·畫品》卷三。紀校：此僞託之最可笑者。

〔三〇〕五賢　合註：查本「賢」作「言」，訛。按，查本亦作「賢」。

〔三一〕題金山寺回文體　原題作「題金山寺」。

〔三二〕檻　合註：《詩人玉屑》作「巻」。

〔三三〕邊　合註：《詩人玉屑》作「山」。

〔三四〕贈姜唐佐　《墨莊漫録》卷一有此詩，并及此詩源委。《冷齋夜話》卷一亦及贈詩事。

〔三五〕秀出羊城翰墨場　此句下，合註引「杜子美詩『翰墨場中老斲輪』」。按，杜集無此句；此乃南宋姜夔《送朝天續集歸楊誠齋時在金陵》詩首句，見《白石道人詩集》卷下。删去合註「杜子美詩」云云十一字。

〔三六〕白袍　四部叢刊三編影明鈔本《墨莊漫録》卷一引此詩，原校：或作「朱厓」。《冷齋夜話》卷一作「朱崖」。

〔三七〕眼力　查註作「眼目」。《墨莊漫録》作「眼目」。

〔三八〕水月寺　此詩，見《武林梵志》卷三。

〔三九〕半月泉　查註謂此詩「見談鑰《吳興志》」。查談鑰《吳興志》，未見。談鑰《吳興志》輯自《永樂大典》，四庫開館前，查註已成書，不知何以云然？删「見談鑰吳興志」六字。

〔二三〇〕遊何山　《吴興叢書》本《吴興掌故集》無「游」字。紀校：亦全不似。

〔二三一〕自題臨文與可畫竹　此詩，見《式古堂書畫彙考・畫》卷十三。紀校：僞託顯然。

〔二三二〕寶墨亭　此詩，清宣統本《京口三山志》卷一，謂爲蘇子美作。

〔二三三〕見　合註：《滄浪集》作「是」，訛。

〔二三四〕空傳　合註：《滄浪集》作「今存」。

〔二三五〕讁　合註：《滄浪集》作「集」。

〔二三六〕迹　合註：《滄浪集》作「蹟」。

〔二三七〕雙井白龍　紀校：鄙野之詞，《冷齋夜話》原稱似東坡，不云即東坡也。

〔二三八〕瑞金東明觀　此詩，明嘉靖刊《贛州志》未見。紀校：此亦僞託府州縣志之所載，更僞妄百出，不足信矣。

〔二三九〕題清淮樓　此詩，見《錦繡萬花谷・續集》卷十。

〔二四〇〕西湖絶句　此詩，見《錦繡萬花谷・後集》卷三。按，此詩爲楊萬里作，見萬里《誠齋集》卷二十三，爲《晚出淨慈送林子方》之第二首。《錦繡萬花谷》誤採，合註誤收。參本卷校勘記第二五六條、蘇軾詩集增補校註第一條。

〔二四一〕戲答佛印　此詩，見宋刊《百川學海》本《竹坡詩話》卷二。

〔二四二〕食猪肉詩　七集續集卷十收入頌類，題作「猪肉頌」。文字有不同處。

〔二四三〕飽得自家君莫管　「得」原作「食」。今從宋刊《竹坡詩話》、七集續集。

〔二四四〕卧　查註：此字訛。合註：疑當作「歸」字。

〔二四五〕來鶴亭　見宛委山堂《説郛》本《説郛·楓窗小牘》卷上。

〔二四六〕冠霞帔月影毵毵　《説郛》本「帔月」作「披羽」。合註：「帔」一作「披」，「影」一作「羽」。

〔二四七〕劉顗宫苑退老於廬山石碑菴云云　合註録此三詩於註文中，云：鄭羽重修施註本載有先生三詩，云云；今考此三首，即《欒城集》中三絶句（按，在《欒城集》卷十三，題爲《書廬山劉顗宫苑屋壁三絶》，當即題下查註所云之《陪南康太守訪廬山劉顗宫苑留題三絶句》），疑是子由詩，而施、顧原註本收入先生遺詩卷中，然以自註觀之，或竟是先生詩而誤入《欒城集》中，但别無證據，仍從缺疑。按，施本可信。詩意與題意吻合，第一、第二詩言「退老」，未能忘懷「武」事，第三詩點「家有聲妓」。今自施乙本録入正文，施乙註文，録入正文之下。删去合註本題下查註「慎案此題施氏原本載遺詩卷中題存而詩亡」十八字；删去題下合註「今以有題無詩附于卷末」十字。移題下另一條合註於此：施本「宋刊本總目下卷四十，標明遺詩三十三首，而止二十五題，内如《獄中寄子由》、《出獄次前韻》、《贈包安静先生》三題，各係二首詩，而題不標明。以此類推，則《虚飄飄》或亦本是三首，此外必尚有一題而連章者。愚意《劉顗宫苑》詩，必係三首，雖原詩已佚，而以《欒城集》考之，先生當即和子由三絶句，合計恰得三十三首之數矣。因爲詳考於此。」

〔二四八〕龍山補亡　此二詩，集乙、七集收入後集卷八，題作「補龍山文二首」。

〔二四九〕丙子九日云云　集乙、七集作：「丙子重九，客有言桓温龍山之會，風吹孟嘉帽落。温遣孫盛嘲之，嘉作《解嘲》，文辭超卓，四坐嘆伏，恨今世不見此文，予乃戲爲補之曰。」

〔二五〇〕天府　集乙、七集作「大府」。

〔二五一〕豁達　集乙、七集作「闊達」。

〔二五二〕右嘲　集乙、七集無此二字。

〔二五三〕佩服　集乙、七集作「被服」。

〔二五四〕右解嘲　集乙、七集無此三字。

〔二五五〕牡丹　此詩，見《全芳備祖・前集》卷二。

〔二五六〕蓮　此詩，見《全芳備祖・後集》卷二。按，此爲楊萬里詩，見萬里所撰《誠齋集》卷十九，爲《大司成顔幾聖率同舍招游裴園，繞孤山賞荷花，晚泊玉壺，得十絶句》之七。《全芳備祖》誤收，合註誤採。參本詩集卷末《蘇軾詩集增補》校註第一條。

〔二五七〕西湖壽星院明遠堂　此詩，見《武林梵志》卷五。《武林梵志》「院」作「寺」。原題無「西湖」二字。

〔二五八〕牡丹和韻　此詩，亦見《式古堂書畫彙考・書》卷十二。

〔二五九〕〇意　合註：「〇」原本作「適」，疑傳寫之訛，今缺疑俟考。清康熙刊本《式古堂書畫彙考》及《適園叢書》本《珊瑚網》「〇」均作「邊」。

〔二六〇〕雪詩八首　見《錦繡萬花谷・前集》卷二（明嘉靖刊）。《詩話總龜》、《詩人玉屑》引玉局文有此八詩。

〔二六一〕夜色　原作「氣色」。今從明嘉靖刊本《錦繡萬花谷》。

〔二六二〕今聞　原作「今開」。今從明嘉靖刊本《錦繡萬花谷》。「開」，疑誤刊。

〔二六三〕失題二首　此二詩，見《錦繡萬花谷·後集》卷二十七（明嘉靖刊）。

〔二六四〕容淨足　明嘉靖刊本《錦繡萬花谷》作「容淨足」，今從。原作「容静足」。

〔二六五〕藏丹　原作「藏舟」，今從明嘉靖刊本《錦繡萬花谷》。

〔二六六〕戲答佛印偈　此詩，合註附録入卷二十四《以玉帶施元長老元以衲裙相報次韻二首》題下註文中，集成從之，卷同。合註引《五燈會元》謂此詩當爲《以玉帶施元長老……》之第一首，皆爲偈。七集續集入佛偈類，今自七集續集録出。參本詩集《以玉帶施元長老……》題下註文。

〔二六七〕過都昌　此詩，見《失題二首》後合註註文。合註云：江西南康府都昌縣治内有詩碑一通，云云。眉山蘇軾書。或疑爲先生逸詩，但相傳以爲集先生字帖刻之者，故云書不云題也。集成總案卷三十八紹聖元年七月「自南康赴都昌縣留一詩」條下，録此詩，云：衡山王泉之漢槎……云：向以差至都昌，并見《都昌誌》，《誌》稱，時公南遷，遣侍妾碧桃於縣，因爲此詩。詰以其説考諸《朝雲》詩，其首句云「不似楊枝别樂天」，敍云：家有數妾，四五年相繼辭去，獨朝雲者隨予南遷。又考公以八月至吳城山，而以七日上惶恐灘，可謂迅速。先以六月二十五日至當塗，而行於九江、南康間者，至一月有餘，雖蘇堅送别於此，不應如是之濡滯也。此蓋改命之後，尚有經紀之事，而開閣一説，未爲無因。其詩則信出於公也。今從其説，自合註註文録入正文。題，據清同治《都昌縣志》加。清葉廷琯《鷗波餘話》亦引此詩。又，《失題二首》後之合註註文，有東坡詩殘篇輯録（包括真僞待考殘篇），今亦按合註次第録入正文，以「句」爲總題，以各殘篇原題爲分題（無題者，或據詩意加題，或以詩若干句爲題），置於《送馮判官之昌國》詩後。其有關各殘篇註文，分别録入各殘篇之後。《失題二首》後之合註註文尚有數句移入第二六八條校記。其餘則仍標「合註」，置之本卷之末。

〔二六八〕登廬山　此詩，原見《失題二首》後之合註註文中。合註云：「錢塘趙魏云：《南康府志》載蘇文忠《登廬山》詩……。但據『作郡』句，則非先生詩矣，今亦附採於此。」按，《輿地紀勝》卷三十《總江州詩》有此詩前四句，謂爲蘇東坡作。據此，此詩可信爲東坡作。蓋「作郡」句，亦可移之友人也。今自註文録入正文。

〔二六九〕送馮判官之昌國　此詩，宋元《四明六志》，嘉靖《定海縣志》均未收；見康熙《定海縣志》卷八。

〔二七〇〕詩二句　見周必大《省齋文稿》卷十六。

〔二七一〕續辯才詩二句　見《上天竺山志》卷十五《紀談東坡過上天竺謁辯才》條。

〔二七二〕詩二句　合註謂：《志林》所載《酸棗》詩「葉隨」云云，而《江鄰幾雜誌》以爲蘇伯達詩，《能改齋漫録》以爲蘇叔黨詩。按，《苕溪漁隱叢話·前集》卷四十一引東坡云：「兒子邁……嘗作酸棗尉，有詩『葉隨』云云」。又，《苕溪漁隱叢話·後集》卷三十引《復齋漫録》，有「東坡所記蘇叔黨詩『葉隨』云云」。邁字伯達。又按，涵芬樓鉛印本《志林》，未載此二句。《類説》本東坡所撰之《仇池筆記·林檎詩》有此二句，東坡謂此二句爲邁作，詩「亦可人」。

〔二七三〕詩二句　見《猗覺寮雜記》卷上。合註謂又見《山谷集》。原缺下句，今補。

〔二七四〕探梅　見《咸淳臨安志》卷二十八《風篁嶺》條。

〔二七五〕茶詩　見《咸淳臨安志》卷五十八《茶》條。

〔二七六〕詩二句　見《錦繡萬花谷·後集》卷二十三《室》類。

〔二七七〕詩二句　見《錦繡萬花谷·後集》卷二十四《閣》類。

〔二七八〕雨　見《錦繡萬花谷·前集》卷一。

〔二七九〕假山　見《能改齋漫録》卷十一，謂：「予又嘗記一《假山》詩云云，世以爲東坡所作，不知是否？」合註改「不知」爲「均未知」，失原意。

〔二八〇〕詩二句　見《能改齋漫録》卷七。

〔二八一〕詩成　聚珍版《能改齋漫録》作「詩取」。

〔二八二〕題姜秀郎几間　見《冷齋夜話》卷一。

〔二八三〕詩三句　見《大明一統名勝志·廣東名勝志》卷九。合註謂自《酸棗》詩以下，或爲他人作，或非全篇詩。

〔二八四〕歲除題王文甫家桃符　見《墨莊漫録》卷八。又見外集卷六。

〔二八五〕百男　《墨莊漫録》卷八作「少年」。

〔二八六〕戲書王文甫家　見《能改齋漫録》卷十四。又見外集卷六。《能改齋漫録》云：王文甫所居，在黄之車湖，即武子故居，宅枕大江，即散花洲也。東坡屢過其家，戲書此。外集有註，與《漫録》略同。

〔二八七〕聯　見《石林詩話》卷上。又見《冷齋夜話》卷一、卷五。合註謂自《歲除……》、《戲書……》及此「本屬對語」，「今彙附卷末以備考」。

〔二八八〕我覺　《冷齋夜話》作「我見」。

〔二八九〕戲村校書七十買妾　合註謂《冷齋夜話》此詩與「《侯鯖録》老舉人妻三十生子句同」，謂「涉遊戲不以備採」。此詩見《冷齋夜話》卷五，又見《侯鯖録》卷三。今補出。

〔二九〇〕侍者方當而立歲先生已是者希年　《侯鯖録》作「令閤方當而立歲，賢夫已近古希年」。又：《古今事文類聚·前集》卷四十六引《侯鯖録》，此二句作：「聖善方當而立歲，頑尊已及者稀年。」

〔二九一〕戲人　合註謂此殘句出《齊東野語》，誤。合註又謂此類殘句「涉遊戲不以備採」。今自《後山詩話》採出。

〔二九二〕後山詩話云云　原作《齊東野語》云云，今校改。《後山詩話》云云，一見《苕溪漁隱叢話·前集》卷四十。

蘇軾詩集卷四十九

他集互見古今體詩四十七首〔一〕

〔查註〕慎案，唐、宋名家詩文間有互見他集者，如《馬退山茅亭記》載《獨孤及集》，《柳州謝表》其一乃李吉甫郴州作，而皆入《子厚集》中；《大樂十二均圖》，楊次公作也，編于《嘉祐集》；《蠶對織婦文》，宋元憲作也，編于《米襄陽集》；《三先生論事録序》，陳同甫作也，編于《朱文公集》。如此之類，往往有之，但未有舛謬混雜幾及百篇如東坡詩之甚者也。李端叔有言，先生自嶺外歸，所作字多他人詩文。蓋紹聖以後，嚴禁蘇氏之學，至淳熙初，禁乃弛，後人得公手迹，便采入公集，承譌數百年，註者與讀者，漫不加辨。凡慎所駁正，非敢一毫臆斷，悉從諸家文集、詩話一一搜抉，校對其雷同者，另編二卷。如單行之什，則註云此詩亦見某人集；其或同時唱和，則依和詩例，附載各卷本詩之後，此卷中但列題目，云此詩已載第幾卷，覽者詳之。〔合註〕此二卷詩，查氏附於全集之末，爲卷四十九、卷五十。其辨別自皆有據，但其中亦有難定爲必非先生詩者。今移於查氏補采二卷之前，蓋兼存諸本之意也。至《新城道中》第二首，《次韻送張山人歸彭城》一首，皆確係先生詩，已從七集本及施氏原本移編于前，詳見各題註。又，查氏所指《馬退山茅亭記》五條，全本於《困學紀聞》。

老翁井㈠

井中老翁誤年華，白沙翠石公之家〔一〕㈡。公來無踪去無迹，井面團團水生花〔二〕㈢。翁今與世兩何與〔四〕，無事紛紛驚牧豎㈣。改顔〔三〕易服與世同，無使世人知有翁㈤。

㈠〔合註〕王本泉石類，舊王本不載，七集本載續集。〔查註〕此詩，施氏原本載遺詩卷首。又，老蘇公《嘉祐集·老翁泉銘敘》云：往歲十年，山空月明，有老人偃息泉上，就之則隱，而入于泉。因作亭其上，銘曰：山起東北，翼而南西。涓涓斯泉，坌溢以瀰。斂以爲井，可飲萬夫。按，梅聖俞有和詩，今不具録。

㈡〔施註〕杜子美《南鄰》詩：白沙翠竹江村暮，相對柴門月色新。

㈢〔施註〕杜子美《贊公房》詩：兒童汲井花。

㈣〔施註〕《漢·陳平傳》：天下紛紛，何時定乎？《後漢傳五十二·論》曰：芸夫牧豎，已叫呼之矣。

㈤〔查註〕慎案，朱子《晦菴詩話》云：《老翁井》詩，在老蘇《送蜀僧去塵》之前，必非他人之作。然不見于《嘉祐集》，亦不省其何説也？彼欲井中老翁改顔易服，不使人知，而後篇遽有「嫌瘦」、「廢彈」之嘆，何耶？然其言怨而不怒，用意亦遠矣。據此，則此詩與《送蜀僧去塵》二首，皆老蘇公作也。

送蜀僧去塵㈠

十年讀《易》費膏火㈡，盡日吟詩愁肺肝。不解丹青追世好，欲將芹芷薦君盤。誰爲善相寧嫌瘦，復有〔六〕知音可廢彈。拄杖掛經須倍道，故鄉春蕨已闌干。

㈠〔合註〕王本送別類，舊王本不載，七集本載續集。〔查註〕《苕溪漁隱》引《石林詩話》云：蘇明允詩不多見，然精深有味，語不徒發。如《讀易》詩云：誰爲善相甯嫌瘦，後有知音可廢彈。婉而不迫，哀而不傷，所作自不必多也。云云。今合之朱子《詩話》，斷以爲老蘇作。

㈡〔馮註〕韓退之《進學解》：焚膏油以繼晷，恒矻矻以窮年。

和人回文五首㈠

其一

紅窗小泣低聲怨㈠，永夕春寒斗帳空㈡。中酒落花飛絮亂，曉鶯啼破夢匆匆。

㈠〔合註〕王本酬和類，題作「和回文五首」。舊王本不載，七集本載續集。〔查註〕愼案，《淮海後集》載此五絕句，題云：蘇子瞻記《江南集》所題詩，本不全，余嘗見之，記其五絕，今以補子瞻之遺。考之《經籍志》，有《江南集》十卷，不載作者姓名。據此，則非東坡詩，可知。施氏原本不載，新刻本載續補下卷，今改編。〔合註〕見《清江三孔集》，題云「題織錦璇璣圖」。此五首，乃毅父所作也。

㈡〔合註〕白樂天詩：畫梁朽折紅窗破。

㈢〔合註〕《古樂府·焦仲卿妻詩》：紅羅複斗帳。

其二

同誰更倚閑窗繡，落日紅扉小院深。東復西流分水嶺㈠，恨兼〔七〕愁續斷絃琴。

㊀〔合註〕分水嶺，見于諸書者甚夥，如《水經注》引《漢中記》「嶓冢以東水皆東流，以西水皆西流」，故俗以嶓冢爲分水嶺之類。

其　三

寒信風飄霜葉黄，冷燈殘月照空牀㊀。看君寄憶傳文錦，字字縈愁寫斷腸〔八〕。

㊀〔合註〕王粲《寡婦賦》：登空牀兮下幃。

其　四

前堂畫燭夜凝淚〔九〕，半夜清香荔惹裳〔一〇〕㊀。烟鎖竹枝寒宿鳥，水沉天色霽横參。

㊀〔合註〕《楚辭》：被薜荔兮帶女蘿。又，罔薜荔兮爲帷。

其　五

蛾翠斂時〔一一〕聞燕語，淚珠彈處見鴻歸。多情妾似風花亂，薄倖郎如露草晞〔一二〕。

送淡公二首〔一三〕㊀

其　一

燕本冰雪骨，越淡蓮花風㊁。五言雙寶刀㊂，聯響高飛鴻㊃。翰苑錢舍人㊄，詩韻鏗雷公㊅。

識本不識淡，仰咏嗟無窮。清韻生物表，朗玉傾壺中〔一四〕㊆。常于冷竹坐㊇，相語道意沖。嵩洛興不薄㊈，稽江事難同。明日若不來，我作黃石翁⑩。何以冗其心⑪，爲君學虛空⑫。

㊀〔合註〕王本仙釋類，舊王本不載，七集本載續集。〔查註〕愼案，《孟東野集·送淡公》詩共十一首，此其二。不知何以訛入蘇集？今駁正。

㊁〔馮註〕本、淡，二僧名。燕、越，二僧所産地也。《楞嚴經》：縱觀如來青蓮花眼。《莊子》：肌膚若冰雪。《傳燈録》：慧可頂骨，如五峯秀出。〔查註〕《唐書》：賈島，范陽人。初爲浮屠，名無本，後舉進士。〔合註〕淡公，失考。

㊂〔馮註〕梁《昭明文選序》：退傅有在鄒之作，降將有河梁之篇。四言五言，區以别矣。註：降將，謂李陵别蘇武於河梁，作五言。《解頤新語》：論者謂南風之辭，卿雲之頌，夏歌鬱陶乎予心，詩體未備，五言之濫觴也。逮漢李陵，始著五言之目。《唐書》：秦系曰：劉長卿自謂五言長城，系以偏師，攻之，雖老益壯。曹植有《寶刀賦》。

㊃〔馮註〕聯響，卽聯句，始於漢武柏梁。宋孝武帝《華林都亭曲水聯句》，一云華林園效柏梁體。

㊄〔馮註〕《長楊賦》：翰林以爲主人。

㊅〔馮註〕《姓譜》：方雷氏之後，蓋古諸侯國。黄帝時有雷公。案，唐雷威嘗入深松中，聽風雪聲連延悠颺者，伐爲琴，世稱雷公琴。

㊆〔馮註〕《世説》：時人目夏侯太初朗朗如月之入懷，李安國頽唐如玉山之將崩。〔合註〕用玉壺冰意。

㊇〔馮註〕《六祖問答》：九年冷坐無人識。

㊈〔馮註〕《神仙傳》：浮丘伯，姓李，隱居嵩山。服黄精二十年。久之，道成，白日飛昇。《列仙傳》：王喬，周靈王太子晉也。好吹笙，作鳳鳴。遊伊洛之間，遇道士浮丘公，接以上嵩山。《晉書》：庾亮曰：「諸君少住，老子於此興復不淺。」

⑳〔馮註〕《漢・張良傳》：老父謂良曰：「後五日平明，與我期此。」五日平明，良往，父已先在，怒曰：「與老人期，後，何也？」去後，五日早會。又曰：「孺子見我，濟北穀城下黃石卽我已。」遂去不見。《神仙傳》：黃石君者，修彭祖之術，年數百歲。

㉑〔馮註〕陸機《文賦》：兀若枯木。《文選註》引郭象註曰：行若曳枯木，止若聚死灰。《莊子・德充符篇》：常季問于仲尼曰：「王駘，兀者也，固有不言之教，無形而心存者耶？」

㉒〔馮註〕《金剛經》：四維上下虛空，可思量不？《楞嚴經》：起爲世界，静成虛空。虛空爲同，世界爲異。

其二

坐重青草公〔一五〕㊀，意合〔一六〕滄海濱。渺渺獨見水，悠悠不聞〔一七〕人。鏡浪洗手淥㊁，剡花入心春。雖然防外觸㊂，眼前遶〔一八〕衣新㊃。行當譯文字㊄，慰此吟殷勤。

㊀〔馮註〕《後漢・五行志》：獻帝踐祚之初，京師童謠曰：千里草，何青青，十日卜，不得生。案，千里草爲董。此豈有董姓者與淡公意合耶？

㊁〔馮註〕《輿地志》：鑑湖，後魏太守馬臻所開。本名慶湖，避漢安帝父清河王諱，改爲鏡湖。今在紹興城南。《述異記》：鏡湖，軒轅鑄鏡于此。

㊂〔馮註〕《楞嚴經》：因色有香，因香有觸。

㊃〔馮註〕《維摩經》：會中有一天女，以天花散諸菩薩，悉皆墮落。至大弟子便著不墮。天女曰：「結習未盡，故花著身；結習盡者，花不著身。」

㊄〔馮註〕《高僧傳》：先是律藏未闡，鳩摩羅什延請多羅誦出十誦梵本，羅什譯爲晉文。又引《維摩經》：無有文字語

言，是真入不二法門。

黃　州〔一九〕㊀

南山一尺雪㊁，雪盡山蒼然。澗谷深自暖，梅花應已繁。使君厭騎從，車馬留山前。行歌招野叟，共步青林間。長松得高蔭，盤石堪醉眠〔二〇〕。祇樂聽山鳥，攜琴寫幽泉㊂。愛之欲忘反，但苦世俗牽。歸來始覺遠，明月高峯顛。

㊀〔合註〕王本寓興類，舊王本不載，七集本載續集。〔查註〕慎案，此詩亦見《歐陽公集》，題云「遊琅邪山」。琅邪在滁州之南，故稱南山。歐公時知滁州，故自稱使君。山中有泉，若中音會，醉翁喜之，每把酒欣然忘歸。時有沈遵者，以琴寫其聲，爲《醉翁操》，故又云「攜琴寫幽泉」。此詩斷爲歐公所作，無疑也。

㊁〔馮註〕《春秋·隱公九年》：三月庚辰，大雨雪。《左傳》：平地尺爲大雪。

㊂〔馮註〕《樂府》：《幽澗泉》者，山水二十四曲之一。李太白《古樂府》：拂彼白石，彈我素琴，幽澗愀兮流泉深。《金徽變化篇》：段由夫攜琴，就松風澗響之間，曰：「三者皆有自然之聲，正合類聚。」

古　風㊀

精神〔二一〕洞元化㊁，白日昇高旻。俯仰凌倒景，龍行逸如神〔二二〕㊂。半道過紫府㊃，弭節聊逡巡。金牀設寶几㊄，璀璨明月珍。仙者二三子，眷然骨肉親。飲我霞石杯〔二三〕㊅，放杯恍如春〔二四〕。遂朝玉虛上，冠劍班列真。無端拜失儀，放棄〔二五〕令自新。雲霄難遽反，下土多埃塵。淮南守天庖，嗟我復何人〔二六〕㊆。

㊀〔合註〕王本寓與類，舊王本不載，七集本載續集。

㊁〔馮註〕《莊子·在宥篇》：「廣成子曰：至道之精，窈窈冥冥，無視無聽，抱神以靜。」張紫陽真人曰：以精化氣，以氣化神，以神化虛，名曰三華聚頂。

㊂〔馮註〕《列仙傳》：陶安公，六安鑄冶師也。七月七日，乘赤龍上升。

㊃〔馮註〕《六帖》：銀宮金闕，紫府清都。

㊄〔馮註〕《闞令尹傳》：老子與尹喜登崑崙，上金臺玉樓，七寶宮殿，晝夜光明，及天地四王之所遊處，有珠玉七寶之牀。《古樂府》：金牀玉几不能眠，下榻霜與露。《拾遺記》：瀛州南有金鸞之觀，中有寶几，覆以雲紈之素。

㊅〔馮註〕劉孝綽詩：共摘雲氣藻，同舉霞文杯。

㊆〔查註〕慎案，《抱朴子·祛惑篇》云：河東蒲坂，有項曼都者，與一子入山學仙，十年而歸。家人問其故。曼都曰：「在山中，三年精思，有仙人來迎我，共乘龍而升天。良久，低頭視地，杳杳冥冥，上未有所至，而去地已絕遠。龍行甚疾。及到天上，先過紫府仙人，以流霞一杯，與我飲之，輒不飢渴。忽然思家，到天帝前謁拜失儀，見斥來還，令當更自修積。昔淮南王劉安，升天見上帝，而箕坐大言，自稱寡人，遂見謫守天厠三年。我何人哉？」河東因號曼都爲斥仙人。云云。此詩全用此事，乃諷刺學仙之流語多荒誕，與先生《和陶山海經》「古强本庸妄」一首略同。若出東坡手，則語意重複矣。《淮海前集》第四卷亦載此詩，中間數處，微有同異，已附註本句下，并爲辨正。

無題〔二七〕㊀

引手攀紅櫻，紅櫻落如線〔二八〕。仰首看紅日，紅日走如箭〔二九〕㊁。年光與時景，頃刻互衰變〔三〇〕㊂。何當血肉身，安得常强健〔三一〕㊃。人心苦執迷㊄，富貴憂貧賤㊅。憂色〔三二〕常在眉㊆，歡容不上面。吾今〔三三〕頭半白，把鏡非不見㊇。惟應〔三四〕花下杯，更待他人勸。

㊀〔合註〕王本寓興類，舊王本不載，七集本載續集。〔查註〕慎案，此一篇，乃白樂天《花下對酒》二首之一也。施氏原本不載，新刻本載續補上卷，今駁正。

㊁〔馮註〕《論衡》：日晝行千里，夜行千里。李賀詩：炎炎紅鏡東方開。

㊂〔馮註〕《楞嚴經》：豈惟年變，亦兼月化，何直月化，兼又日遷。念念之間，不得停住，故知我身，終從變滅。

㊃〔馮註〕《圓覺經》：我今此身，四大和合，所謂髮毛爪齒皮肉筋骨，皆歸于地，唾涕膿血津液涎沫，皆歸于水，煖氣歸火，動轉歸風。

㊄〔馮註〕《楞嚴經》：則知汝心本妙明淨，汝自迷悶，喪本受輪。

㊅〔合註〕用諸葛長民語，已見前《石淙莊》詩註（按，集成在卷九）。

㊆〔合註〕《南史·王玄謨傳》：馳啟孝武，具陳本末。帝答曰：「七十老公，反欲何求，聊復爲笑，想足以申卿眉頭耳。」玄謨性嚴，未曾妄笑，時人言玄謨眉頭未曾申，故以此爲戲。

㊇〔馮註〕《南史·齊本紀》：鬱林王昭業，文惠太子長子。高帝爲相王，鎮東府。鬱林時五歲，牀前戲。高帝方令左右拔白髮，問曰：「兒言我誰耶？」答曰：「太翁。」高帝笑謂左右曰：「豈有爲人作曾祖而拔白髮者乎？」卽擲鏡鑷。

古　意㊀

兒童〔三五〕鞭笞學官府㊁，翁憐兒癡旁笑侮㊂。翁出坐曹〔三六〕鞭復呵㊃，賢于群兒能幾何。兒曹鞭人以爲戲，公怒鞭人血流地〔三七〕㊄。等爲戲劇誰復先〔三八〕，我笑謂翁〔三九〕兒更賢。

㊀〔合註〕王本寓興類，舊王本不載，七集本載續集。〔查註〕慎案，此一首，見張文潛《宛丘集》第十四卷，《有感三首》之一也。「兒童」，張集作「群兒」，「鞭人以爲戲」，張集作「相鞭以爲戲」。《螢溪詩話》云：張文潛「兒曹鞭笞學官府」云云，余謂此詩亦不可不令操權者知也。《宋文鑑》選入二十一卷中，亦以爲張耒。據此三段，其爲文潛作無疑。施氏原本不載，新刻載續補上卷，今駁正。

㊁〔馮註〕《漢·刑法志》：薄刑用鞭扑。唐《開元名例律》：笞刑五。註：笞，用箠，自十至五十，贖銅，從一斤至五斤。賈誼《過秦論》：執敲扑以鞭笞天下。

㊂〔合註〕《晉書·劉毅傳》：陳平、韓信，笑侮于邑里。

㊃〔合註〕《漢書·薛宣傳》：坐曹治事。

㊄〔馮註〕《左傳·莊公八年》：誅屨于徒人費，勿得，鞭之見血。《北史·齊本紀》：流血灑地，以爲娛樂。又以馬鞭鞭楊愔，背流血浹袍。按，自古至今，以鞭笞流血爲戲劇者，莫高洋若也。題曰古意，豈亦有感于此乎？

雷州八首㊀

其　一

白髮坐鉤黨㊁，南遷瀕海州。灌園以餬口㊂，身自雜蒼頭㊃。籬落秋暑中，碧花蔓牽牛。誰知把鋤人，舊日東陵侯㊄。

㊀〔合註〕王本寓興類，七集本載續集。〔馮註〕《一統志》：雷州，古粵地，天文牛女分野。秦屬象郡，漢爲徐聞，梁、隋爲合州，治海康縣，唐爲雷州。

㊁〔馮註〕《後漢・黨錮傳》：陳蕃爲太傅，與大將軍竇武，共秉朝政，謀誅宦官，故引用天下名士，乃以李膺爲長樂少府。及陳、竇之敗，膺等復廢。後張儉事起，收捕鉤黨，鄉人謂膺曰：「可去矣。」對曰：「事不辭難，罪不逃刑，臣之節也。吾年已六十，死生有命，去將安之？」乃詣獄，考死。〔查註〕《宋史・秦觀傳》：紹聖初，坐黨籍，出通判杭州。以增損實録，貶監處州酒稅，繼削秩徙郴州，編管横州，又徙雷州。徽宗立，放還，至藤州，卒。

㊂〔馮註〕《漢・鄒陽傳》〔四〇〕：於陵子仲辭三公，爲人灌園。《左傳・隱公十一年》：使餬其口于四方。

㊃〔馮註〕《漢・鮑宣傳》：蒼頭盧兒，皆用致富。註謂：奴爲蒼頭，猶秦爲黔首也。

㊄〔馮註〕杜子美《兵車行》：縱有健婦把耡犂。

其二

荔子無幾何，黄甘遽如許㊀。遷臣不惜日㊁，恣意移寒暑㊂。層巢俯雲木，信美非吾土。草芳自有時，鶗鴂〔四〕何關汝。

㊀〔馮註〕《廣志》：荔枝樹，青花朱實，大如雞子。實白如肪，甘而多汁，似安石榴。有甜酸者，至日將中，翕然俱赤，則可食也。一樹下子有百斛。《風土記》：甘橘之屬，滋味甜美，有黄者、赬者，謂之胡甘。

㊁〔查註〕韓退之有《此日足可惜》詩，此反其意，故云不惜日。〔合註〕《楚辭》：遠遷臣而弗思。

㊂〔合註〕《列子・楊朱篇》：恣意之所欲行。

其三

下居近流水，小巢依嶺岑〔四二〕。終日數椽間，但聞鳥遺音。爐香入幽夢，海月明孤斟。鷦鷯一枝足。所恨非故林。

其四

培塿無松柏㊀，駕言此焉遊〔四三〕。讀書與意會，却掃可忘憂。尺蠖以時屈，其伸亦非求〔四四〕。得歸良不惡，未歸且淹留。

㊀〔馮註〕《左傳》：部婁無松柏。《墨子》：培塿生松柏。《說文》：培塿，小山也。

其五

粵嶺〔四五〕風俗殊，有疾時勿藥〔四六〕㊀。束帶趨房祀㊁，用史巫紛若〔四七〕㊂。絃歌薦繭栗㊃，奴至〔四八〕洽觴酌。呻吟殊未已〔四九〕，更把雞骨灼㊄。

㊀〔馮註〕《周易・无妄》：无妄之疾，勿藥有喜。
㊁〔合註〕房祀，猶《詩》「大房」、《禮記》「東房西房」也。
㊂〔馮註〕《周易・巽》：在牀下，用史巫紛若。

㊃〔馮註〕《陳氏禮書》：其牲角繭栗。

㊄〔馮註〕《漢書·郊祀志》：粵人勇之乃言「粵人俗鬼，而其祠皆見鬼，數有效」。乃命粵巫立粵祝祠，安臺無壇，亦祠天神帝百鬼，而以雞卜。自此始用。師古註：俗鬼，言其土俗尚鬼神之事。

其　六

粵女市無常，所至輒成區。一日三四遷，處處售蝦魚㊀。青裙脚不襪，臭味猿與狙。孰云風土惡？白洲〔三〇〕生綠珠㊁。

㊀〔馮註〕《廣志》：鰕魚，類土鮒而腮紅，若虎，善食鰕。俗謂之新婦魚，一名鰕虎。

㊁〔馮註〕《方輿記》：博白雙角山下，梁氏女綠珠，生此。石崇爲採訪使，以珠三斛易之。舊井尚存，汲飲者，産女必麗色。〔合註〕《嶺表録異》所載與此略同。〔查註〕《能改齋漫録》云：白州雙角山，猶存綠珠井，今有綠珠水，相傳水旁間産美麗。

其　七

海康臘己酉㊀，不論冬孟仲。殺牛撾鼓祭〔三一〕㊁，城郭爲傾動〔三二〕。雖非堯頒曆，自我先人用㊂。苦笑〔三三〕荆楚人，嘉平臘雲夢㊃。

㊀〔查註〕羅壁《識遺》引《玉燭寶典》云：臘祭先祖，蜡祭百神。唐貞觀初，丑蜡百神，辰臘宗廟。至開元定禮，始蜡、臘同日。宋依和峴之議，二祭同用戌日。今曰「臘己酉」，蓋不遵宋制也。

㊁〔馮註〕《荆楚歲時記》：諺云：臘鼓鳴，春草生。村人並擊細腰鼓，戴胡頭以逐疫。《搜神記》：宣帝時，陰子方臘日

晨炊，竈神見，子方以黄羊祀之，後遂鉅富。故後人臘日祀竈。

㊂〔馮註〕《後漢·陳寵傳》：曾祖父咸，成、哀間爲尚書，王莽簒位，謝病不仕，猶用漢家祖臘，曰：「我先人豈知王氏臘乎？」

㊃〔查註〕《禮記·月令》：孟冬〔五四〕，臘先祖五祀。疏云：臘謂田野所得禽，祭者以欲臘祭時，暫出田獵以取禽，非仲冬大閲之獵也。蔡邕云：夏曰清祀，殷曰嘉平，周曰蜡，秦曰臘。《能改齋漫録》云：考《史記》，秦惠王十二年，初臘；及始皇三十一年十二月，更名臘曰嘉平。先是其邑謡歌曰：神仙得者茅初成，帝若學之臘嘉平。父老具言，此神仙之謡歌，勸帝求長生之術。于是有尋仙之意。因改臘曰嘉平，則臘之名不始於秦矣。案，應劭《風俗通》引《禮傳》，夏曰嘉平。云云。以是知臘祭之名，始于三代，廢于始皇，而興于漢也。惟劭以嘉平爲夏祭，與蔡邕不同。

其八

舊時〔五五〕日南郡㊀，野女出成羣。此去尚應遠，東風〔五六〕已如雲㊁。蚩氓託絲布㊂，相就通殷勤。可憐秋胡子㊃，不遇卓文君㊄。

㊀〔馮註〕《後漢·郡國志》：日南郡。註：秦象郡，武帝更名，屬交州刺史所部。劉熙《逸雅》：郡，聚也，人所羣聚也。

㊁〔馮註〕《詩·鄭風·出其東門》：有女如雲。

㊂〔馮註〕《詩·衛風·氓》：氓之蚩蚩，抱布貿絲。

㊃〔馮註〕《列女傳》：魯秋胡潔婦者，魯秋胡之妻也。秋胡子既納之，五日而去，宦於陳，五年乃歸。未至家，見採桑

婦美，謂曰：「力田不如逢少年，力桑不如見公卿。今我有金，願與夫人。」婦不受。秋胡子還家，奉金遺母。母使人呼其婦，卽採桑者。婦乃自投于河而死。

㈤〔查註〕愼案，右五言古詩八首，皆秦少游作也。按《淮海集》中有《雷陽書事三首》，今「越嶺風俗殊」、「舊時日南郡」，乃其二。又有《海康書事》十首，今「白髮坐鈎黨」、「荔子無幾何」、「下居近流水」、「培塿無松柏」、「粤女市無常」、「海康臘己酉」，乃其六。先生遠謫海外，不應云「南遷瀕海州」。其與子由相遇，同行至雷，僅留月餘，一悤悤過客，豈有灌園餬口之事。且計先生過雷渡海，在五六月間，今詩中一則曰「籬落秋暑中」，再則曰「黄甘遽如許」，三則曰「海康臘己酉」，四則曰「東風已如雲」，細玩詩意，皆謫居此地，自夏徂秋，背冬涉春，感時記事之辭，斷斷非東坡作。考之《宋文鑑》第二十卷中所選《海康書事》五首，亦以爲秦作，無疑也。八章，施氏原本不載，新刻載續補上卷，今爲駁正。

申王畫馬圖〔五七〕㈠

天寶諸王愛名馬㈡，千金爭致華軒下㈢。當時不獨玉花驄㈣，飛電流雲絶瀟灑㈤。兩坊岐薛甯與申㈥，憑陵內廐多清新㈦。肉騣汗血盡龍種㈧，紫袍玉帶真天人㈨。驪山射獵包原隰，御前急詔穿圍入㈩。揚鞭一蹙破霜蹄⑪，萬騎如風不能及。雁飛兔走驚弦開⑫，翠華按轡從天回。五家錦繡變山谷〔五八〕⑬，百里舄珥遺纖埃〔五九〕⑭。青騾蜀棧西超忽〔六〇〕⑮，高準濃娥散荊棘⑯。苜蓿連天鳥自飛，五陵佳氣春蕭瑟〔六一〕⑰。

㈠〔合註〕王本書畫類，舊王本同，七集本載續集。〔查註〕愼案，《苕溪漁隱叢話》：此詩及《老人行》，皆非東坡所作。

故《前集》不載。又云：蔡天啟爲王荆公所知，東坡《申王畫馬圖歌》，即天啟作，其氣格有類東坡，世因誤收入。其後姑蘇居世英家刊《東坡前、後集》，遂删去。云云。蔡天啟，名肇。紹聖、元符中，官中書舍人。嘗守睦州。後坐元祐黨，遭斥。此詩，施氏原本不載，新刻本載續補上卷，今駁正。〔合註〕《詩人玉屑》亦引此說。

㊁〔王註續曰〕岐、薛、甯、申四王，皆明皇諸弟。〔查註〕案《舊唐書》：睿宗六子，其一早卒，竇后生明皇，劉后生讓皇帝，憲即甯王也。宫人柳氏生申王撝，崔孺人生岐王範，王德妃生薛王業。初出閣，列第于東都積善坊，號五王宅。洪容齋謂明皇兄弟五人，岐、薛、申、甯而外，又有邠王守禮，而《舊唐書》不載。今考之，甯王、申王，兄也，岐王、薛王，弟也，與明皇而爲五，故當時目明皇爲三郎。申王薨于開元十二年，岐王薨于十四年，薛王薨于二十二年，惟甯王稍後，然亦歿于二十九年。天寶改元以後，諸王無一存者。此詩起句云「天寶諸王」，乃一時落筆之訛。又，王氏舊註謂岐、薛、申、甯皆明皇弟，不知何所據也。〔合註〕《新、舊唐書》：邠王守禮，乃章懷太子之子。

㊂〔馮註〕杜子美《驄馬行》：朝來少試華軒下。

㊃〔馮註〕《畫斷》：唐玄宗所乘，有玉花驄、照夜白。

㊄〔王註續曰〕唐貞觀中，骨幹貢良馬，一名發電赤，一名飛霞驃，一名流雲騮，一名奔虹赤。〔合註〕此條見《新唐書·回鶻傳》，但無「流雲騮」之名，恐是因先生詩而附會也。又，《名畫録》：開元内廐，有浮雲之乘。

㊅〔馮註〕《唐書·宗室世系》：惠文太子範，嗣岐王珍；惠宣太子業，嗣薛王知柔。

㊆〔合註〕《左傳·襄公二十五年》：憑陵我敝邑。

㊇〔王註〕杜子美《驄馬行》：肉騣碨𥗽連錢動。

㊈〔合註〕杜子美《太子太師汝陽郡王璡》：汝陽讓帝子，眉宇真天人。

㊉〔合註〕李義山詩：漢廷急詔誰先入。

㊀〔馮註〕杜子美《贈特進汝陽王》：霜蹄千里駿。

㊁〔馮註〕《古今注》：秦始皇有七名馬，一追風，二白兔，三躡景，四追電，五飛翮，六銅爵，七晨鳧。《瑞應圖》：飛兔，神馬名，日行三萬里。顔延之《馬賦》：紫燕駢衡。按「雁飛兔走」，皆指馬言。則「雁」當作「燕」。

㊂〔馮註〕《唐書·后妃傳》：每十月，帝幸華清宮。五宅車騎皆從，家別爲隊，隊一色。俄五家隊合。爛若萬花，川谷成錦繡。

㊃〔馮註〕《唐書·后妃傳》：遺鈿墮舄，瑟瑟璣琲，狼藉於道，香聞數十里。

㊄〔王註〕元稹《望雲騅歌》：玄宗當時無此馬，不免騎騾來入蜀。〔馮註〕原註：明皇乘青騾入蜀。〔合註〕七集本、王本皆無此註，山公本之《潛確類書》也。

㊅〔合註〕《漢書·高帝紀》：隆準。註：隆，高也。

㊆〔王註〕杜子美《哀王孫》詩：王孫善保千金軀，五陵佳氣無時無。〔查註〕班孟堅賦：南望杜霸，北眺五陵。李善註：高帝長陵，惠帝安陵，文帝灞陵，景帝陽陵，武帝茂陵，昭帝平陵，宣帝杜陵。程大昌《雍録》云：七帝七陵，而稱五陵者，劉良謂高、惠、景、武、昭五陵在北，其説是也。在北，在渭之北也。後世言陵邑之盛，但曰五陵，語順也。

老人行〔六三〕㊀

有一老翁老無齒，處處無人問年紀㊁。白髮如絲向下垂，一雙眸子碧如水。不裹頭，又無履〔六三〕㊂，相識雖多少知己。問翁畢竟何所止？笑言只在紅塵裏。秋風獵獵行雲飛，老人此意無人會，目注雲歸心自知。黄口小兒莫相笑㊃，老人舊日曾年少。浪迹常如不繫舟㊄，地角天涯知自跳〔六四〕。亦曾樂半夜，傳籌醉朱閣㊅。美人如花弄絃索，只恨尊前明月落。亦曾憂羈旅〔六五〕，他鄉迫暮秋。故國日邊無信息，斷鴻空逐水長流。或安貧，或安富，或爵通侯封萬户㊆。一任秋霜換鬢毛，本來面目長如故。水有蘋兮山有芝，人意雖存事已非。有時却憶經遊處，都似茫茫春夢歸。爾來尤解安貧賤，不爲公卿强陪面。皎如明月在秋潭〔六六〕，動著依前還不見。還不見，可奈何，空使遠人增眷戀。但秖從他隨物轉，青樓黄閣長相見㊇。若相見，莫殷勤，却是翁家舊主人。

㈠〔合註〕王本寓興類，舊王本不載，七集本載續集歌辭卷中。〔査註〕愼案，《苕溪漁隱叢話》：《東坡集》行於世者，惟《大全》、《備成》二集詩文最多，誠如所言，眞僞相半。其後居世英家刊大字《前、後集》，最爲善本。世傳《前集》，乃東坡手自編者，謬誤絶少。如御史府諸詩，不欲傳之於世，《老人行》、《題申王畫馬圖》，非其所作，故皆無之。云云。胡仔，南宋人，其言必非無據。惟《澠水燕談録》則云張芸叟使遼，宿幽州館中，有題子瞻《老人行》于壁間者，芸叟題其後云：誰傳佳句到幽都，逢著胡兒問大蘇。案此二句，亦子由作，乃好事者附會也。後人不察，遂採題壁詩人《東坡集》，今駁正。

㈡〔馮註〕孔子《猗蘭操》：年紀逝邁，一身將老。《國語》註：十二年歲星一周爲一紀。

㈢〔馮註〕韓退之詩：一奴長鬚不裹頭，一婢赤脚老無齒。

㈣〔馮註〕《家語》：所得皆黄口小雀。〔合註〕《淮南子》：古之伐國，不殺黄口。

㈤〔合註〕岑參詩：浪迹東南游。

㈥〔合註〕李賀詩：飛窗複道傳籌飲，卜夜銅盤膩燭黄。

㈦〔合註〕司馬相如《諭巴蜀檄》：析圭爲爵，位爲通侯。《史記・李廣傳》：文帝曰：「如令子當高帝時，萬户侯豈足道哉！」

㈧〔馮註〕《漢紀》：漢世祖于樓上施青漆，謂之青樓。杜牧之詩：贏得青樓薄倖名。此則指娼家青樓也。《宋書・禮志》：三公黄閤，前史無其義。《禮記》「士韠與天子同，公侯大夫則異」。鄭玄註：「士賤，與君同，不嫌也。」夫朱門洞開，當陽之正色也。三公之與天子，禮秩相亞，故黄其閤，以示謙不敢斥天子，蓋是漢來制也〔六七〕。

又贈老謙㈠

瀉湯舊得茶三昧，覓句近窺〔六八〕詩一斑。清夜漫漫困披覽〔六九〕，齋腸那得許慳頑〔七〇〕。

㈠〔合註〕王本貽贈類，舊王本茶類，七集本載續集，題作「贈僧思誼」。外集載杭州卷中，題作「贈僧謙」。〔查註〕慎案，《能改齋漫録》云：此詩，劉貢父所作。故改編於此。〔合註〕此詩雖見《彭城集》，但先生前《送南屏謙師》詩，有「來試點茶三昧手」之句，則此詩似亦先生詩也。

送公爲游淮南㈠

負米萬里緣其親㈡，運甓無度憂其身㈢。讀書莫學流麥士，挾策莫比亡羊人。乃翁辛苦到白首，汝今勉强當青春〔七一〕㈣。昔時管、鮑以君霸，此兩士賈甯非貧。

㈠〔合註〕王本送別類，舊王本不載，七集本載續集。〔查註〕慎案，此詩亦見《雞肋集》，晁无咎作也。晁自註云：陶靖節云「既耕亦已種，且還讀我書」。卽此意也。今據此駁正。〔合註〕《晁无咎集》有《公爲求親啟》，中云，仲孺姪孫，吏部長男，公爲不逮於人，粗教以義。云云。則公爲當是无咎之從孫行也。

㈡〔馮註〕《家語》：子路曰：「昔由事二親之時，嘗食藜藿之食，爲親負米百里之外。親没之後，南遊于楚，從車百乘，積粟萬鍾，累茵而坐，列鼎而食，願欲食藜藿爲親負米，不可得也。」

㈢〔馮註〕《晉・陶侃傳》：侃在州，無事，輒朝運百甓于齋外，暮運于齋内。人問其故。答曰：「吾方致力中原，過爾優逸，恐不堪事。」其勵志勤力，皆此類也。

㈣〔合註〕《漢書・董仲舒傳》：事在强勉而已矣。

池上二首〔七二〕㈠

其一

小池新鑿會天雨〔七三〕，一部鼓吹從何來。有蟾正碧亂草色，時泅出没東南隈〔七四〕。井幹跳梁亦足樂〔七五〕㈡，洞庭魚龍何有哉㈢。能歌德聲莫入月㈣，清池〔七六〕與爾俱忘回。

㈠〔合註〕王本泉石類，舊王本不載，七集本載續集。〔查註〕愼案，此二首，一見《黄山谷集》，又見《晁无咎集》，題云「家池雨中」。今據此駁正。

㈡〔馮註〕《莊子・秋水篇》：子獨不聞坎井之蛙乎，謂東海之鱉曰：「吾樂與吾跳梁乎井幹之上。」

㈢〔合註〕用《莊子》黄帝張樂事。

㈣〔馮註〕張衡《靈憲》：羿請無死之藥于西王母，嫦娥竊之以奔月。將往，枚筮之於有黄，有黄占之曰：吉，翩翩歸妹，獨將西行，逢天晦芒，毋驚毋恐，後且大昌。嫦娥遂托身於月，是爲蟾蜍。〔合註〕曹子建《贈丁儀、王粲》詩：君子在末位，不能歌德聲。

其二

不作太白夢日邊㊀，還同樂天賦池上㊁。池上新年〔七七〕有荷葉，細雨魚兒噞輕浪。男兒學易不應舉，幽人一友吾得尚〔七八〕。此池便可當長江，欲榜茅齋來蕩漾。

㊀〔馮註〕李太白《行路難》詩：閑來垂釣碧溪上，忽復乘舟夢日邊。

㊁〔馮註〕白居易《池上篇》：十畝之宅，五畝之園，有水一池，有竹千竿，有叟在中，白鬚飄然。云云。

贈仲素寺丞致仕歸隱潛山〔七九〕㊀

潛山隱君〔八〇〕七十四㊁，紺瞳綠髮方謝事〔八一〕。腹中靈液變丹砂㊂，江上幽居連福地。彭城爲我住三日〔八二〕，明月滿舟〔八三〕同一醉。丹書〔八四〕細字口傳訣㊃，顧我沉迷真棄耳㊄。年來四十髮蒼蒼，始欲求方救憔悴。他年若訪潛山居，慎勿逃人改名字㊅。

㊀〔合註〕王本送別類，舊王本同，七集本載續集。〔馮註〕《一統志》：皖山與潛山，連一名。皖公山，皖伯始封地。按，潛山，在今安慶。〔查註〕仲素姓王名景純。先生守徐州，有《贈王仲素寺丞》五言古詩一首，時子由亦在徐，此篇乃同時作。《欒城集》原題云：《贈致仕王景純寺丞》。是年爲熙寧丁巳，子由己卯生，故云「年來四十髮蒼蒼」。其爲子由作，無疑，今駁正。〔合註〕此詩又見劉貢父《彭城集》。

㊁〔馮註〕《寰宇記》：潛山，一名皖伯臺。左慈常修煉於此，上有二巖、三峰、四洞〔八五〕。〔合註〕《寰宇記》：懷寧縣潛

山，在縣西北二十里，有三峯，一天柱山，一潛山，一皖山。左慈居潛山，有煉丹房、金丹竈，基存。無山公註所引云云。

㈢〔馮註〕《太清煉靈丹經》：丹砂外包八石，内含金精。

㈣〔馮註〕《八素經》：司命著籍，玉簡丹書，編以金縷，纏以素絲。

㈤〔合註〕《文選》丘希範書：沉迷猖獗。

㈥〔馮註〕《莊子·讓王篇》：魯君聞顏闔賢，往聘之，闔鑿坏以遁。〔合註〕此條與《莊子》所載顏闔事不符，蓋本《淮南子》也。〔馮註〕《永嘉郡志》：張廌隱居頤志，家有苦竹數十頃，廌爲屋，居其中。王右軍聞而造之，廌逃避竹中，不與相見。《後漢書》：孔嵩變名姓爲傭。

揚州以土物寄少游㈠

鮮鯽經年祕醽醁〔八六〕㈡，團臍紫蟹脂填腹㈢。後春蓴茁活如〔八七〕酥㈣，先社薑芽肥勝肉㈤。鳥子〔八八〕纍纍何足道，點綴〔八九〕盤飧亦時欲。淮南風俗事瓶罌，方法相傳竟留蓄〔九〇〕㈥。且同千里寄鵝毛㈦，何用孜孜飲麋鹿〔九一〕。

㈠〔合註〕王本簡寄類，舊王本不載，七集本載續集。〔查註〕愼案，此詩亦見《淮海集》第六卷，題云：以蓴薑法魚糟蟹寄子瞻。中間字句異同處，《淮海集》較勝。秦，高郵人。篇中以土人致土貢，語意特親切，其爲秦作無疑。新刻載續補上卷，今駁正。

㈡〔馮註〕《本草》：鯽魚，一名鮒魚，形亦似鯉，色黑而體促，腹大而脊隆，所在池沼皆有之。孟詵《本草》：鯽是稷米所化，其魚腹上猶有米色。《埤雅》：此魚旅行，吹沫如星，以其相卽，故謂之鯽，以其相附，故謂之鮒。《荊州記》：

淥水，出豫章康樂縣，其間烏程鄉有酒官，取水爲酒，極甘美，與湘東酃湖酒，年嘗獻之，世稱酃淥酒。左思《吴都賦》：飛輕觴而酌醽淥。鄒陽《酒賦》：其品類則沙洛淥酃，程鄉下若，高公之清，關中白薄。

㊂〔馮註〕傅肱《蟹譜》：生于濟鄆者，其色紺紫；産于江浙者，其色青白。皮日休詩：蟹因霜重金膏溢，橘爲風多玉腦圓。

㊃〔馮註〕《南方草木狀》：蓴生水中，葉似鳬葵浮水上，花黄白，子紫色。三月至八月，莖細如釵股，名爲絲蓴，堪啖，味甘美。

㊄〔合註〕《本草》註：蕈，秋社前後，新芽頓長如列指狀，採食，無筋，謂之子蕈。

㊅〔馮註〕杜子美《孟倉曹步趾領新酒醬二物滿器見遺老夫》：理生那免俗，方法報山妻。

㊆〔合註〕黄山谷詩註引《復齋漫録》云：千里寄鵝毛，物輕人意重。鄙語也。

再過泗上二首㊀

其一

眼明初見淮南樹，十客相逢九吴語。旅程已付夜帆風，客睡不妨背船雨。黄甘紫蟹見江海〔九二〕，紅稻白魚飽兒女㊁。殷勤買酒謝船師〔九三〕㊂，千里勞君勤轉櫓。

㊀〔合註〕王本紀行類，舊王本不載，七集本載續集。今本《宛丘集》，前一首題作「宿州道中」，後一首題作「阻風累日泊寶積山下」。

㊁〔馮註〕杜子美《白小》詩：白小羣分命，天然二寸魚。〔合註〕白魚，非白小，山公註所引謬。又，韋應物詩：沃野收紅稻。

㈢〔合註〕白樂天詩：每過船頭應問法，無妨菩薩是船師。

其二

繫舟淮北雨折軸〔九四〕，繫舟淮南風斷橋。客行有期日月疾，歲事欲晚霜雪〔九五〕驕。山根浪頭作雷吼㈠，縮手敢試舟師篙。不用然犀照幽怪，要須拔劍斬長蛟〔九六〕㈡。

㈠〔合註〕劉峻《東陽金華山棲志》：電掣雷吼。

㈡〔馮註〕《水經注》：澹臺子羽齎千金之璧渡河，陽侯波起，兩蛟夾舟。子羽曰：「吾可以義求，不可以威劫。」操劍斬蛟。

驪山〔九七〕㈠

君門如天深幾重〔九八〕㈡，君王如帝坐法宮㈢。人生難處是安穩㈣，何爲來此驪山中？複道淩雲〔九九〕接金闕，樓觀隱烟横翠空〔一〇〇〕。林深霧暗〔一〇一〕迷八駿㈤，朝東暮西勞六龍。六龍西幸峨眉棧㈥，悲風便入華清院㈦。霓裳蕭散羽衣空㈧，麋鹿來遊猿鶴怨〔一〇二〕。我上朝元春半老㈨，滿地落花無人〔一〇三〕掃。羯鼓樓高掛夕陽㈩，長生殿古生青草⑪。可憐吴楚兩醯雞⑫，築臺未就已堪悲⑬。長楊、五柞漢幸免⑭，江都樓成〔一〇四〕隋自迷⑮。由來留連多喪國〔一〇五〕，宴安酖毒因奢惑。三風十愆古所戒⑯，不必驪山可亡國⑰。

㈠〔合註〕王本古迹類，舊王本山岳類，七集本載續集。〔馮註〕《一統志》：驪山，在臨潼，温泉所出。左肩曰東繡嶺，右肩曰西繡嶺。〔查註〕愼案，此詩一首，亦見《宋文鑑》第十四卷，題云「驪山歌」，李廌作。皖江陳焯《宋詩選》因之。考《經籍志》，李廌有《濟南集》二十卷，今不傳，但據《宋文鑑》爲考證云。〔合註〕《濟南集》，《永樂大典》尚有之，止八卷矣。

②〔馮註〕《初學記》：閶闔，天門也。角，亦天門也。

③〔馮註〕《晉·志》：心三星，天王正位也。中星曰明堂，天子位爲大辰，主天下之賞罰，故天子所居曰法宮。《戰國策》：蘇秦曰：謁者難得見如鬼，王難得見如天帝。

④〔合註〕《參同契》：安穩可長生。

⑤〔合註〕《穆天子傳》：天子之駿，赤驥、盜驪、白蟻、飛黃、騧騟、渠黃、華騮、綠耳。

⑥〔馮註〕李太白《上皇西巡南京歌》詩：六龍西幸萬人歡。

⑦〔馮註〕《明皇雜録》：天寶六年，更温泉宮曰華清宮，治井爲池，環山列宮室。

⑧〔馮註〕劉禹錫詩：開元天子萬事足，惟惜當時光景促。三鄉驛上望仙山，歸作《霓裳羽衣曲》。

⑨〔馮註〕杜牧《華清宮》詩：行雲不下朝元閣，一曲淋鈴淚萬行。

⑩〔查註〕《雍録》：羯鼓樓，在朝元閣東近南繚牆之外。

⑪〔馮註〕白樂天《長恨歌》：七月七日長生殿，夜半無人私語時。〔查註〕《長安志》：長生殿有二，其一，在都城迎仙宮內；其一，在驪山。在都城者，寢殿也；在驪山者，齋殿也。天子有事于朝元閣，即齋沐于此。

⑫〔馮註〕醯雞，甕中小蟲，見《莊子》。

⑬〔王註縯曰〕楚靈王築章華臺，吳王夫差築姑蘇臺。〔馮註〕《吳地記》：吳王闔閭十一年，起臺於姑蘇山，因山爲名。〔合註〕《吳地記》又云：後，夫差復高而飾之。又，《吳越春秋》：越得神木，大夫種獻於吳，遂起姑胥之臺，五年乃成。是指夫差事。今案詩意，亦指夫差言也。〔馮註〕《國語》：楚靈王爲章華之臺，與伍舉升焉，曰：臺，美夫！〔合

註〕《左傳・昭公七年》：楚子成章華之臺。註：今在華容城內。

㈣〔王註續曰〕漢武帝建長楊、五柞宮，有千門萬户之侈。末年，盜賊遍天下，幾至大亂。〔馮註〕《三輔黃圖》：五柞宮，在盩厔。有五柞樹，枝蔭數畝。長楊宮，在盩厔，本秦舊宮，漢修飾以備行幸，有垂楊數畝，因名。

㈤〔王註續曰〕隋煬帝開汴河，泛艦爲江都之遊，浙人項昇進新宮圖，帝愛之，即如圖營建。既成，幸之，曰：「使真仙遊此，亦當自迷，可目之曰迷樓。」〔合註〕見《迷樓記》，大略同。

㈥〔王註續曰〕「三風十愆」，見《書・伊訓》。

㈦〔王註〕《通鑑》：唐寶曆中，敬宗欲幸驪山。拾遺張權輿伏紫宸殿下，諫曰：「昔周幽王幸驪山，爲犬戎所殺；秦始皇葬驪山，國亡；玄宗宮驪山而祿山亂；先帝幸驪山，享年不長。」上曰：「驪山若此之凶耶？我宜一往，以驗彼言。」

次韻謝子高讀《淵明傳》㈠

枯木嵌空微黯淡，古器雖在無古絃〔一〇六〕。袖中正有南風手，誰能聽之誰爲彈〔一〇七〕㈡。風流豈落正始後㈢，甲子不數義熙前㈣。一山〔一〇八〕黃菊平生事，無酒令人意缺然㈤。

㈠〔合註〕王本酬和類，舊王本不載，七集本載續集。〔查註〕慎案，此詩見《山谷外集》。又《中州集》蔡松年《銀州道中》詩云：「此時最憶涪翁語：「無酒令人意缺然。」」其爲山谷作無疑，今據此駁正。

㈡〔馮註〕《史記》：誰爲爲之？孰令聽之？

㈢〔馮註〕《世說》：王敦爲大將軍，鎮豫章。衛玠避亂，從洛投敦，相見欣然，談話彌日。於是謝鯤爲長史。敦謂鯤曰：「不意永嘉之中，復聞正始之音，阿平若在，當復絶倒。」

㊃〔馮註〕《南史·隱逸傳》：陶潛所著文章，皆題其年月。義熙以前，明書晉氏年號，自永初以來，惟云甲子而已。

㊄〔合註〕梁元帝《上東宮啟》：顧已缺然。

滄洲亭懷古㊀

湘水悠悠天際來㊁，夾江古木抱山回〔一〇九〕。城中人物若可數，日晏市散多蒼苔。九疑巉天古雲埋，遥想帝子龍車迴㊂。心哀目極何可望，九歌寂寂令人哀㊃。

㊀〔合註〕王本游覽類，舊王本不載，七集本載續集。〔查註〕慎案，滄洲亭，無可考。外集作「蒼梧懷古」。此詩，見沈遼《雲巢集》中。《宋文鑑》詩選，亦以爲沈遼作，今據此駁正。

㊁〔馮註〕《長沙志》：湘江府城西，水至清澈。

㊂〔馮註〕《圖經》：九嶷山，在甯遠，屬衡州府。王韶之《神鏡記》：九嶷山半，皆植松竹，夾路有清澗，澗生黄色蓮花，香氣盈谷。又有九井，昔何侯煉丹于此，汲一井，則九井皆動。屈原《九歌》：九嶷繽兮並迎，靈之來兮如雲。

㊃〔馮註〕《尚書·大禹謨》：九功惟敍，九敍惟歌。又，勸之以九歌，俾勿壞。按，此因九疑而思舜，故言「九歌寂寂」，似非屈原《九歌》也。

戲咏子舟畫兩竹兩鸜鵒〔一一〇〕㊀

風晴日暖摇雙竹，竹間對語雙鸜鵒〔一一二〕㊁。鸜鵒之肉不可食〔一一三〕㊂，人生不才果爲福㊃。子舟之筆利如錐㊄，千變萬化皆天機。未知筆下鸜鵒語，何似夢中蝴蝶飛㊅。

〔一〕〔合註〕王本書畫類，無「兩竹」二字。舊王本不載，七集本載續集。〔查註〕《畫繼》：黃彝，字子舟，潼川安泰人，斌老之弟。其名與字，初非彝與子舟也。山谷以其尚氣，故取二器以規之，自後折節。文與可每言畫竹不及子舟。又，慎案，此一首亦見《黃山谷集》。山谷詩中題子舟畫者甚多，此詩確係山谷格律，非蘇詩也。今駁正。

〔二〕〔馮註〕《春秋·昭公二十五年》：有鸜鵒來巢。《廣雅》：鸜鵒似鵙而有幘，兩翼有白點，剪其舌，可教以人語。《方言》：鸜鵒，一名寒皐。

〔三〕〔馮註〕杜子美《冬狩行》：有鳥名鸜鵒，力不能高飛逐走蓬，肉味不足登鼎俎，胡爲見羈虞網中？

〔四〕〔馮註〕《莊子·人間世篇》：故未終其天年，而中道之夭於斧斤，此材之患也。「不才爲福」句，與莊同旨。

〔五〕〔馮註〕《南部新書》：柳公權有筆偈云：圓如錐，捺如鑿，不得出，只得却。〔查註〕白樂天《紫毫筆》詩：尖如錐兮利如刀。

〔六〕〔合註〕用《莊子》。

贈山谷子〔二一三〕〔一〕

黃童三尺世無雙，筆頭袞袞懸秋江。不憂老子難爲父〔二〕，平生崛強今心降〔二一四〕。我來喜共阿戎語，應敵縱横如急雨。生子還如孫仲謀，豚犬漫多〔二一五〕何足數〔三〕。黃家小兒名拾得〔二一六〕，眉如長松眼如漆〔二一七〕〔四〕。只今數歲已動人，老人留眼看他日。笑君老蚌生明珠，自笑此物吾家無。君當置酒我當賀〔二一八〕，有兒傳業更何須。

〔一〕〔合註〕王本貽贈類，舊王本不載，七集本載續集。〔查註〕此一首，亦見陳履常《後山集》，題云「贈黃氏子小德」。按，先生本集已有《次韻魯直嘲小德詩二首》，此詩當是陳作。今據《後山集》駁正。

〔二〕〔馮註〕《晉・伏滔傳》：孝武帝嘗會于西堂，滔豫坐，還，下車，先呼子系之，謂曰：「百人高會，天子先問伏滔在坐否，爲人作父如此，定何如也。」

〔三〕〔馮註〕《三國志註》引《吳曆》：曹公曰：「生子當如孫仲謀，若劉景升兒子豚犬耳。」

〔四〕〔馮註〕《晉・杜乂傳》：王羲之見而目之曰：「膚若凝脂，眼如點漆，此神仙人也。」

昭陵六馬，唐文皇戰馬也，琢石象之，立昭陵前，客有持此石本示予，爲賦之〔二九〕〔一〕

天將剗隋亂，帝遣六龍來〔二〕。森然風雲姿，颯爽毛骨開〔三〕。飆馳不及視〔四〕，山川〔三〇〕儼莫回。長鳴視八表〔三一〕〔五〕，擾擾萬駑駘。秦王龍鳳姿〔六〕，魯鳥〔三二〕不足擢。腰間大白羽〔七〕，中物如風雷。區區數豎子，搏〔三三〕取若提孩。手持掃天帚〔三四〕，六合如塵埃〔三五〕〔八〕。艱難濟大業，一一非常才〔三六〕。維時六驥足，績與英衛陪〔九〕。功成鏘八鸞，玉輅行天街。荒涼昭陵闕，古石埋蒼苔。

〔一〕〔合註〕王本書畫類，舊王本不載，七集本載續集。〔查註〕《元和郡縣志》：太宗昭陵，在醴泉北二十五里九嵕山。《唐會要》：上欲闡揚先帝徽烈，乃令匠人琢石，寫諸蕃君長，列于陵司馬北門內。又刻石爲常所乘破敵馬六匹于闕下。《長安志》：六駿之像，列于北闕。趙明誠《金石録・昭陵六馬贊》：初，太宗以文德皇后之葬，自爲文，刻石于昭陵。又琢石像平生征伐所乘六馬，爲贊之。皆歐陽詢八方書。慎案，《昭陵六馬圖》石刻，其一曰拳毛騧，黃馬，黑喙，平劉黑闥時所乘，前中六箭，背中三箭。其二曰什伐赤，純赤色，平王世充時所乘，前中四箭，背中一箭。

其三曰白啼烏，純黑色，四蹄俱白，平薛仁杲所乘。其四曰特勒驃，黃白色，喙微黑，平宋金剛時所乘。其五曰颯路紫燕騮，平東都時所乘，前中一箭。其六曰青騅，蒼白雜色，平竇建德時所乘，前中五箭。〔合註〕宋游師雄《題六駿碑》石刻：白蹄烏，平薛仁果時乘，益知《唐史》誤以果爲杲。又，什伐赤平世充、建德時乘，與查氏所引石刻，微有不同。又〔查註〕愼案，此五言古詩一首，亦見張文潛《右史集》第八卷中。合之《苕溪叢話》及《宋文鑑》，皆以爲張耒作。今據此駁正。

㈡〔馮註〕《周禮·夏官》：馬八尺以上爲龍。

㈢〔馮註〕杜子美《天育驃騎歌》：卓立天骨森開張。

㈣〔合註〕潘尼《釣賦》：雲往飈馳。

㈤〔合註〕魏明帝《苦寒行》：八表以肅清。

㈥〔馮註〕《唐書·太宗本紀》：生四歲，有書生謁高祖曰：「公，在相法，貴人也，然必有貴子。」及見太宗，曰：「龍鳳之姿，天日之表，其年幾冠，必能濟世安民。」

㈦〔馮註〕《六韜》：陷堅陣，敗强敵，用大黃參連弩，飛鳧、電影自副。飛鳧，赤莖白羽，以鋼爲首。電影，青莖赤羽，以銅爲首。《唐書》：太宗嘗自製長弓大羽箭，皆倍常制，以旌武功。

㈧〔合註〕《莊子·在宥篇》：出入六合。

㈨〔馮註〕英公徐世勣，衛公李靖也。〔合註〕俱見《唐書》本傳。〔查註〕《唐會要》：昭陵陪葬功臣，有李靖、李勣。〔合註〕其他陪葬功臣尚多，查氏于二李外，專舉岑、房、魏、高諸人，轉偏而不全矣。今從刪。

題盧鴻一〔一二七〕《學士堂圖》㈠

昔爲太室游〔二八〕㊁，盧巖在東麓。直上登封壇，一夜繭生足。徑歸不復往，巒壑空在目。安知有十志〔二九〕㊂，舒卷不盈幅〔三〇〕。一處一盧生，裘褐蔭喬木。方爲世外人，行止何煩〔三一〕録。百年入篋笥，犬馬同一束。嗟余縛世累，歸未〔三二〕有茅屋。江干百畝田，清泉映修竹。尚欲逃世名㊃，豈須〔三三〕上圖軸。

㊀〔合註〕王本書畫類，舊王本不載，七集本載續集。〔馮註〕《唐書》：盧鴻，字顥然，范陽人，徙洛陽。博學，善書籀。結廬嵩山，名所居廬曰甯極。開元禮徵不至。〔查註〕《舊唐書·隱逸傳》：盧鴻一隱于嵩山。開元六年，徵至東都，謁見不拜，授諫議大夫。固辭，放還山，賜草堂一所。《困學紀聞》云：《唐舊史》，鴻一蓋二名，與中岳《劉真人碑》所書合。《新史》删去一字，不知何據？當以《舊史》爲正。周密《雲烟過眼録》：楊彦德家所藏盧鴻一《草堂圖》一卷，乃是數百年物。李伯時曾臨一本，曾自書卷中歌一篇云：甘泉、建章空草莽，甲第紛紛誰復數。嵩岳徵君一草堂，却有畫圖傳萬古。岩巒奥勝帶烟霞，曠望幽盟空處所。微茫短幅幾臨模，便覽市朝如糞土。輞川別業王維畫，君陽山記希聲敍。胡將冰雪污囂塵，規模難勝非我侶。次則少游、仲殊、參寥繼之，皆一時聞人。慎案，此詩亦見《欒城集》第十五卷中，題云「盧鴻草堂圖」。蓋子由曾試舉人洛下，有登嵩山諸什，故起句云然。東坡未嘗遊太室也。今駁正。

㊁〔馮註〕《一統志》：嵩山在登封，五岳之中岳也。東曰太室，西曰少室。

㊂〔查註〕李參云：玄居十志者，謂草堂、樾館、玄室、翠庭、期仙、滌煩、錦淙、碧潭、倒景、桃烟。十者天地之成數，志者記述之總名，皆圖中之景也。十志今存其八，而遺草堂、樾館二紙。云云。新刻本「十志」訛作「千老」，殊不可解。〔合註〕七集本、王本皆作「千老」，故補施註本仍之。

㊃〔馮註〕《後漢·法真傳》：友人郭正稱之曰：「法真名可得而聞，身難得而見，逃名而名我隨，避名而名我追，可爲百

世之師矣。」

李白謫仙詩〔一三四〕㊀

我居青空裏，君隱紅埃〔一三五〕中。聲形不相弔，心事難形容。欲乘明月光，訪君開素懷㊁。天杯飲清露㊂，展翼登蓬萊。佳人持玉尺，度君多少才㊃。玉尺不可盡，君才無時休。對面一笑語，共躡金鼇頭㊄。絳宮樓闕百千仞，霞衣誰與雲烟浮㊅。

㊀〔合註〕王本詠史類，舊王本不載，七集本載續集。〔查註〕慎案，《東觀餘論》云：我居清空表，君處紅埃中。仙人持玉尺，度君多少才。玉尺不可盡，君才無時休。此《上清寶典》李太白詩也。云云。黄伯思但摘此六句而不載全篇，檢太白集，乃無此詩。今據《東觀餘論》，改編此卷。

㊁〔合註〕張九齡詩：素懷豈兼適。

㊂〔合註〕沈佺期詩：河柳拂天杯。

㊃〔馮註〕《唐書》：上官婉兒母鄭方妊，夢巨人畀大稱，曰：「持此稱量天下。」《五代史》：趙光逢以文行知名，人謂之玉界尺。

㊄〔馮註〕《紀聞談録》：有海客言：一夜見海中大鼇浮出，日光照耀，天地如白晝，蓋金鼇也。

㊅〔合註〕沈約詩：霞衣不待縫。

飲酒四首㊀

其一

我觀人間世㊁，無如醉中真。虛空爲銷殞㊂，況乃百憂身。惜哉〔一三六〕知此晚，坐令華髮新。聖人驟難得，日〔一三七〕且致賢人㊃。

㊀〔合註〕王本閑適類，舊王本不載，七集本載續集。〔查註〕慎案，此四首，亦秦少游謫雷州時詩，載《淮海集》第四卷中。今據此駁正。

㊁〔馮註〕《莊子》有《人間世篇》。

㊂〔馮註〕《楞嚴經》：阿難汝觀世間可作之法，誰爲不壞，然終不聞爛壞虛空。又，我此無常變壞之身，雖未曾滅，我觀現前，念念遷謝，新新不住，如火成灰，漸漸銷殞。

㊃〔合註〕山公註引徐邈事。（按，見卷八《贈莘老七絶註》）

其　二

左手持〔一三八〕蟹螯，舉觴矚雲漢。天生此神物，爲我洗憂患㊀。山川同恍惚，魚鳥共蕭散。客至壺自傾，欲去不得間。

㊀〔馮註〕魏武《短歌》：何以解憂？惟有杜康。

其　三

有客遠〔一三九〕方來，酌我一杯〔一四〇〕茗。我醉方不啜，强啜忽復醒。既鑿渾沌氏，遂遠華胥境〔一四一〕㊀。操戈逐儒生㊁，舉觴還酩酊。

㈠〔馮註〕《列子·黃帝篇》：黃帝晝寢，夢遊華胥，其國人水不溺，入火不熱，乘空如履實，寢虛若處牀。既寤，怡然自得。其後天下大治，幾若華胥矣。

㈡〔馮註〕《列子·周穆王篇》：宋陽里華子，中年病忘。魯有儒生，自媒能治之。華子之妻子以居產之半請其方。儒生獨與居七日，而積年之病，一朝俱除。華子既悟，乃大怒，黜妻罰子，操戈逐儒生，曰：「曩我忘也，蕩蕩然不覺天地之有無，今頓識既往數十年來存亡得失哀樂好惡擾擾萬緒，起矣，須臾之忘，可復得乎？」

其四

雷觴淡於〔一四二〕水㈠，經年不濡脣。爰有擾龍裔〔一四三〕㈡，爲造英靈春㈢。英靈韻甚高，蒲萄難與鄰。他年血食汝㈣，當配杜康神〔一四四〕㈤。

㈠〔馮註〕《莊子·山木篇》：君子之交淡如水。〔合註〕山公註作《家語》，今校正。

㈡〔馮註〕《左傳·昭公二十九年》：有劉累學擾龍于豢龍氏。

㈢〔馮註〕《洛陽伽藍記》：山東人劉白墮善釀，六月以罌貯酒，暴于日中，經一旬，其酒不動，飲之香美，醉而經月不醒。朝貴相餉，踰于千里。以其遠至，號曰鶴觴，如鶴之一飛千里也。〔合註〕山公註引此，因上有「擾龍裔」句也。然白墮酒與英靈春無涉，俟再考。〔查註〕《名勝志》：雷州海康縣城北五里，有英靈岡。雷種陳氏，世居于此。按，英靈春，酒名，當以此。必有劉姓者善釀，故云「爰有擾龍裔，爲造英靈春」。少游謫居此地年餘，故有「經年不濡脣」之句。

㈣〔合註〕《國語》：社稷之不血食。

㈤〔馮註〕《世本》：杜康作秫酒。晉江統《酒誥》：酒之所興，肇自上皇，或曰儀狄，一曰杜康。《唐·王績傳》，聞大樂署史焦革家善釀，復求爲大樂丞。革死，妻送酒不絶，歲餘又死，乃棄官去。所居東南有盤石，立杜康祠，以焦革配。

游山呈通判承議寫寄參寥師㈠

煌煌世胄餘，夫子非碌碌㈡。由來有詩書，所以能絶俗。得官本河朔，瓜期未易促㈢。扁舟下南來，逸駕追鳴鵠。遇勝卽徜徉，風餐兼露宿。嗟余偶傾蓋，一笑外羈束㈣。杖策每過從，相攜訪山谷。東風披鮮雲㈤，繡錯出林麓㈥。松門有時盡，幽景無斷續。崖轉聞鐘聲，林疎見華屋。銜山餘落景，歸迹猶躑躅。誰云鄴下歡，往事不可復。吾曹二三子〔一四五〕，取樂亦云足㈦。顧公寄新詩，一一能見録。船頭行北歸，囊橐有美玉。塵埃京洛人，亦與洗心目。

㈠〔合註〕王本貽贈類，舊王本不載，七集本載續集。〔查註〕愼案，此一首亦見《參寥子集》，題云「與曾仲錫通判同游天竺諸山」。以先生集考之，在定州時，曾爲通判，有《次韻曾仲錫承議荔支》詩。又有《送仲錫通判如京師》詩。今覩是詩云「得官本河朔，瓜期未易促，扁舟下南來，逸駕追鳴鵠」，意仲錫自離定州，未到京師，過杭與參寥子游，計東坡先生時已貶嶺南矣。此詩斷非先生作，今據《參寥集》爲駁正。

㈡〔馮註〕《史記·平原君傳》：公等碌碌，所謂因人成事者也。《魏其武安侯傳》：太后怒曰：「此時帝在，卽録録。」與「碌碌」同。

㈢〔馮註〕《左傳·莊公八年》：齊侯使連稱、管至父戍葵丘，瓜時而往，曰：「及瓜而代。」期戍，公問不至。

㈣〔馮註〕《家語》：孔子之剡，遭程子于途，傾蓋而語，終日甚相親。顧謂子路曰：「取束帛以贈先生。」

㈤〔合註〕《古子夜四時歌》：鮮雲媚朱景。

㈥〔合註〕柳子厚《茅亭記》：綺綰繡錯。

㈦〔馮註〕《文選》謝靈運《擬魏太子鄴中詩序》云：建安末，予時在鄴宮，朝遊夕讌，究歡愉之極，天下良辰美景，賞心樂事，四者難并。今昆弟友朋，二三諸彥，共盡之矣。

轆轤歌〔一四六〕㈠

新繫青絲百尺繩，心在君家轆轤上。我心皎潔君不知，轆轤一轉一惆悵㈡。何處春風吹曉幕，江南綠水通珠閣〔一四七〕㈢。美人二八顏如花，泣向花前畏花落。臨春風，聽春鳥。別時多，見時少。愁人一夜不得眠，瑤井玉繩相對曉㈣。

㈠〔合註〕王本詠物類，舊王本不載，七集本載續集歌詞卷中。〔查註〕愼案，唐顧況集有《悲歌四首》，「新繫青絲百尺繩」四句，其第三首也。「何處春風吹曉幕」四句，其第四首也。惟「臨春風」以下六句，未詳作者姓名，要非東坡先生詩也。今據此駁正。〔合註〕《全唐詩》內所載顧況詩《悲歌六首》，其第五句，即「臨春風」以下六句也。又三、四、五三首，別本合爲一首，題作「遠思曲」，亦見《全唐詩》註，即此全篇也。

㈡〔馮註〕《古賦》：轠轤不絕。註：環，轉也。又：轆轤，井上汲水木，一作轆轤。〔合註〕「轠轤」句，又見《羽獵賦》。〔馮註〕《魏志》：京城內有園，患無水，傅玄先生乃作翻車，令童轉之，水自復更入，其功百倍。白樂天詩：蕭相厥初謁召平，中庭百拜百不膺。召平後來謁蕭相，故侯一拜一惆悵。郭璞《井賦》：爾乃冠玉檻，甃鱗錯。鼓轆轤，揮勁索。飛輕裾之繽紛，手爭鶩而互搦。長綆逶蛇以層縈兮，瑤甕龍騰而洒激。

㊂〔合註〕李太白《雙燕離》詩：玉樓珠閣不獨棲。

㊃〔馮註〕梁謝舉《凌雲臺》詩：勢高凌玉井，臨迴度金波。註：玉井，星名。按此，則瑤井、玉繩，皆指星言，故曰「相對曉」。公詩精妙典博如此。〔合註〕此非公詩，見本題註。鮑照詩：差池玉繩高，掩靄瑤井沒。

白鶴吟留鍾山覺海㊀

白鶴聲可憐㊁，紅鶴聲可惡。白鶴招不來，紅鶴揮不去㊂。長松受穢死，乃以紅鶴故。北山道人曰：美者自美，吾何爲而喜？惡者自惡，吾何爲而怒㊃？去自去耳，吾何駛〔一四八〕而追？來自來耳，吾何妨而拒？吾豈厭喧而求静㊄？吾豈好丹而非素㊅？汝謂松死，吾無依焉〔一四九〕，吾方捨陰而坐露㊆。

㊀〔合註〕王本仙釋類，舊王本不載，七集本載續集歌詞卷中。〔查註〕慎案，此一首，見《王半山集》第三卷中，題云「白鶴吟示鍾山覺海元老」。首二句下，尚有「白鶴静無匹，紅鶴喧無數」二句，不知何以脱落又復訛入先生集中？今駁正。〔合註〕李雁湖《王荆公詩註》：僧行詳，以善辯爲名，毁訾禪宗。先師普覺奄化，而覺海孤立，詳益驕傲，公逐詳而留師，作是詩焉。白鶴，譬覺海也；紅鶴，行詳也；長松，普覺也。

㊁〔馮註〕《相鶴經》：鶴者，陽鳥也，而遊于陰，百六十年，大毛落，茸毛生，潔白如雪。

㊂〔馮註〕《漢·汲黯傳》：守城深堅，招之不來，麾之不去。

㊃〔馮註〕《莊子·山木篇》：陽子之宋，宿于逆旅。逆旅人有妾二人，其一人美，其一人惡。惡者貴而美者賤。陽子問其故。逆旅小子對曰：「其美者自美，我不知其美也；其惡者自惡，我不知其惡也。」

㊄〔合註〕《指月録》：厭喧求静，是外道法。

㈥〔合註〕李雁湖《王荆公詩註》:「《江淹傳》:好丹而非素,論文章也。」今考本傳無此語,見江文通《雜體詩序》中。

㈦〔馮註〕《録異記》:魏焦先,字孝然。結草廬于河間,號蝸牛廬,呻吟其中。後野火燒之,乃露袒寢雪中。

次韻張甥棠美述志㈠

仲子甘心織屨避萬鍾㈡,淵明不肯折腰爲五斗。一年鴻雁識來往,終日沐猴誰去取。知甥詩意慕兩君〔一三〇〕,讀書要在存心久。平生所談性命奥,長棄不憂金石朽。我今已〔一三一〕習鶖子定㈢,猶復晨朝怖頭走㈣。刳心先擬謝聲名〔一三二〕㈤,不作羊鄒悲〔一三三〕峴首。雲梯雨矢集無方,我已中〔一三四〕灰同墨守㈥。恐甥自是禹門鱗㈦,未可潛逃入吾藪㈧。琢磨晚覺孟光賢,畏我放言時被肘㈨。甥能鋤我青門瓜㈩,正午時來休老手⑾。

㈠〔合註〕王本酬和類,註:名宗奭。舊王本不載,七集本載續集歌詞卷中,註同。〔查註〕愼案:此一首,亦見晁无咎《雞肋集》,題中無「張甥」二字,今據此駁正。〔合註〕晁集題中雖無「張甥」字,而詩中屢有甥字也。查氏以此詩見晁集據以駁正是矣,乃於補編卷内又採《次韻張甥棠美晝眠》一首,屬之先生,不知《晝眠》詩亦見晁集,非先生詩也。

㈡〔馮註〕《高士傳》:陳仲子,齊人,適楚,自織屨以易衣食。王欲以爲相,妻曰:「夫子左琴右書,樂在其中矣。」乃謝使者。〔合註〕仲子,字子終。見劉向《於陵子序》。

㈢〔馮註〕《心經》註:舍利子,卽舍利弗,此云鶖子。于小乘十大弟子中,智慧第一,已得空定。

㈣〔馮註〕《楞嚴經》:佛告富樓那,汝豈不聞室羅城中演若達多,忽于晨朝以鏡照面,愛鏡中頭,眉目可見,瞋責己頭不見面目，以爲魑魅無狀，狂走。

㈤〔合註〕《莊子·天地篇》：君子不可以不刳心焉。

㈥〔馮註〕《墨子》：公輸盤爲雲梯之械，將攻宋。墨子見之，乃解帶爲城，以褋爲械。公輸盤九設攻城之機變，墨子九拒之。公輸盤攻械盡，墨子守禦有餘。

㈦〔馮註〕辛氏《三秦記》：河津，一名龍門。大魚集門下數千，不得上，上者爲龍，不上者魚。故云曝腮龍門。

㈧〔馮註〕《晉·載記》：祖約敗，降于石勒，勒使讓之，曰：「卿逆極勢窮，方來歸命，吾朝豈逋逃之藪也？」

㈨〔馮註〕《説苑》：魏宣子肘韓康子，康子履魏宣子之足，肘足接于車上，而智氏分矣。

㈩〔合註〕《三輔黄圖》：長安城東門曰青門。廣陵人邵平，秦破爲布衣，種瓜青門外。

⑪〔馮註〕《晉·載記》：石勒與李陽鄰居，歲常争麻地，迭相毆擊。至是，引陽臂笑曰：「孤往日厭卿老拳，卿亦飽孤毒手。」〔查註〕按《傳燈録》：龐居士有女曰靈照。居士將入滅，令女靈照出視日早晚，及午以報。照遽報曰：「日已中矣，而有蝕也。」居士出户觀次，靈照即登父座，合掌坐亡。後七日，士亦化去。龐婆走田中，謂子龐大曰：「汝父死矣。」龐大笑曰：「嗄！」倚鋤亦脱去。詩中正用此事。補註謬引《晉書》石勒與李陽事，無關涉。

卷四十九校勘記

〔一〕他集互見古今體詩云　查註卷四十九、五十收他集互見詩九十首。合註他集互見詩在卷四十七、四十八；合註以查註《次韻送張山人歸彭城》一首入卷三十二，另增十首，共九十九首。今據合註入録。此二卷詩，除合註所增十詩外，皆見七集續集。然七集續集中，尚有二詩，可入此二卷。其一，題爲「追憶郭功父觀余畫雪鵲，復作二韻寄之，時在惠州」；其二，題爲「復官北歸再次前韻」。此二詩，施乙卷三十九、類本卷十九皆附載《次韻郭功甫二首》題下，謂爲郭功甫作。本詩集卷四十五附於《次韻郭功甫觀予畫雪雀有感二首》題下類註。其一首句爲「平生才力信瑰奇」，乃東坡友人贊東坡口吻，洵非東坡作。其二又見外集卷十，題作「再次韻郭功甫觀予畫雪雀之什」，是否爲功甫作，似尚有可議處。其二云：秋霜春雨不同時，萬里今從海外（施乙「外」作「內」）歸。已出網羅毛羽在，却尋雲迹（施乙「迹」作「路」）帖天飛。作東坡抒寫北歸時愉悦心情解，亦可通。蓋二詩既不見今三十卷本郭功甫所撰之《青山集》，自應倍加慎重。

〔二〕井中老翁誤年華白沙翠石公之家　外集「誤年」作「髮半」。施乙、外集「翠石」作「翠竹」，「公」作「翁」。

〔三〕公來無踪去無迹井面團團水生花　施乙、七集、外集「公」作「翁」。七集「團團」作「團圓」。外集「水生」作「生水」。

〔四〕兩何與　外集作「兩何預」。

〔五〕改顔　外集作「破顔」。

〔六〕復有　查註、合註：「復」一作「後」。

〔七〕恨兼　查註：一本作「無」，訛。

〔八〕寄憶……斷腸　合註：《孔毅父集》「憶」作「意」，此詩起「腸」字，止「寒」字。

〔九〕夜凝淚　七集「夜」作「花」。合註：《孔毅父集》「夜」作「殘」。

〔一〇〕荔惹裳　合註：一本「荔」作「烟」；《孔毅父集》作「舊」。

〔一一〕斂時　合註：《孔毅父集》「時」作「如」。

〔一二〕薄倖郎如露草晞　合註：《孔毅父集》「晞」字起，「蛾」字止。

〔一三〕送淡公二首　查註謂《孟東野集·送淡公》詩共十一首，查明弘治刊《孟東野集》，《送淡公》詩共十二首。

〔一四〕傾壺中　合註：「傾」一作「清」。

〔一五〕坐重青草公　合註：孟詩「重」作「愛」，「公」作「上」。

〔一六〕意合　合註：孟詩「合」作「含」。

〔一七〕不聞　弘治刊《孟東野集》作「不問」。

〔一八〕眼前遶　合註：孟詩作「無奈饒」。

〔一九〕黄州　外集作「南山」，在卷八。

〔二〇〕堪醉眠　外集作「醉堪眠」。

〔二一〕精神　查註、合註：《淮海集》「神」作「思」。

〔二二〕逸如神　七集作「速如神」。查註、合註：《淮海集》「逸」作「速」。

〔二三〕霞石杯　查註、合註：《淮海集》「石」作「一」。

〔二四〕放杯恍如春　查註、合註：《淮海集》「杯恍」作「懷暖」。

〔二五〕放棄　查註、合註：《淮海集》「棄」作「斥」。

〔二六〕復何人　查註、合註：《淮海集》「復」作「實」。
〔二七〕無題　外集收此詩，「題」下有「二首」二字。第一首止「安得常强健」句。
〔二八〕如線　查註、合註：《長慶集》作「似霰」。
〔二九〕仰首看紅日紅日走如箭　查註、合註：《長慶集》「紅」俱作「白」，「走」作「委」。
〔三〇〕年光與時景頃刻互衰變　查註、合註：《長慶集》「光」作「芳」，「互」作「猶」。
〔三一〕何當血肉身安得常强健　查註、合註：《長慶集》「何當」作「況是」，「得」作「能」。
〔三二〕富貴……憂色　查註、合註：《長慶集》「富」作「慕」，「憂」作「愁」。
〔三三〕吾今　查註、合註：《長慶集》作「況吾」。
〔三四〕惟應　查註、合註：《長慶集》作「何必」。
〔三五〕兒童　七集作「兒曹」。查註、合註：《苕溪詩話》「童」作「曹」。合註：王本「童」作「曹」。
〔三六〕坐曹　合註：《詩話》「曹」作「衙」。
〔三七〕兒曹鞭人以爲戲公怒鞭人血流地　合註：《詩話》「鞭人」作「鞭笞」，「公」作「翁」。查註、合註：「流」一作「滿」。
〔三八〕等爲戲劇誰復先　合註：《詩話》「等爲」作「一種」，「復」一作「後」。
〔三九〕謂翁　七集「謂」作「爲」，合註謂「爲」訛。合註：《詩話》「翁」作「公」。
〔四〇〕漢鄒陽傳　「漢」，原作「後漢」，誤。今校改。
〔四一〕鶻鳩　查註、合註：《淮海集》作「鶻鳩」。

〔四二〕下居近流水小集依嶺岑　查註、合註:《淮海集》「下」作「卜」,「嶺」作「嶔」。

〔四三〕駕言此焉遊　查註、合註:《淮海集》「此」作「出」。

〔四四〕尺蠖以時屈其伸亦非求　查註、合註:《淮海集》「屈」作「詘」,「伸」作「信」。

〔四五〕粤嶺　查註、合註:《淮海集》作「駱越」。

〔四六〕時勿藥　七集「時」作「皆」。明嘉靖刊《淮海集》亦作「皆」。

〔四七〕束帶趨房祀用史巫紛若　查註、合註:《淮海集》「房祀」作「祀房」,「用」作「瞽」。

〔四八〕奴至　查註、合註:《淮海集》「至」作「主」。

〔四九〕未已　合註:七集本、王本「已」作「央」。

〔五〇〕白洲　查註、合註:《淮海集》「洲」作「州」。

〔五一〕鼓祭　明嘉靖刊《淮海集》作「祭鼓」。

〔五二〕傾動　查註、合註:《淮海集》「傾」作「沸」。

〔五三〕苦笑　查註:《淮海集》「苦」作「大」。

〔五四〕孟冬　原作「仲冬」,誤,今校改。

〔五五〕舊時　查註、合註:《淮海集》「時」作「傳」。

〔五六〕東風　查註、合註:《淮海集》「風」作「門」。

〔五七〕中王畫馬圖　紀校:真有東坡之意。

〔五八〕變山谷　類本作「遍山谷」。七集原校:「變」一作「遍」。

〔五九〕纖埃　查註、合註：「纖」一作「塵」。

〔六〇〕西超忽　七集「西」作「兩」；原校：「兩」一作「西」。查註、合註：「超忽」一作「趨急」。

〔六一〕苜蓿連天鳥自飛五陵佳氣春蕭瑟　「苜蓿」一句，原作「回首追風趁日飛」；七集作「回首追風趁日飛」；原校：一作「苜蓿連天鳥自飛」。今從類本。「春」原作「秋」，今從類本、七集。紀校：「春」字與「苜蓿」字相合，且秋氣蕭瑟，事理之常，春蕭瑟，則喪亂之景象也。

〔六二〕老人行　紀校：此真惡札。

〔六三〕無履　外集作「不履」。

〔六四〕知自跳　外集作「自知跳」。

〔六五〕羈旅　外集「旅」作「放」。

〔六六〕秋潭　外集作「秋水」。

〔六七〕馮註……宋書禮志云云　此條註文有錯訛處，今據中華書局校點本《宋書》校訂。

〔六八〕近窺　合註：《能改齋漫録》「近」作「還」。

〔六九〕披覽　類本、外集作「搜攬」。七集原校：一作「搜攬」。

〔七〇〕慳頑　類本、外集作「堅頑」。

〔七一〕乃翁辛苦到白首汝今勉强當青春　合註：《无咎集》「首」作「髮」，「汝今」作「今汝」。七集「勉强」作「强勉」。

〔七二〕池上二首　何校：蔫蘇似山谷。

〔七三〕小池新鑿會天雨　合註：《无咎集》「新」作「初」，「會天」作「新得」。

〔七四〕時泗出没東南隈　合註：《无咎集》「泗出」作「出汨」，「東」作「西」。

〔七五〕亦足樂　合註：《无咎集》作「百不少」。

〔七六〕清池　合註：《无咎集》作「涼夜」。

〔七七〕新年　合註：《无咎集》「新」作「今」。

〔七八〕男兒學易不應舉幽人一友吾得尚　合註：《无咎集》「男」作「教」，「學」作「讀」。七集「友」作「爻」。合註：《无咎集》「友」作「爻」。

〔七九〕贈仲素寺丞致仕歸隱潛山　合註：「贈」，一本作「送」；「仕」，一本作「政」；一本無「隱」字。

〔八〇〕隱君　查註、合註：「君」一作「居」。

〔八一〕方謝事　查註：《欒城集》「方」作「始」。合註：王本、《欒城集》「方」作「初」。

〔八二〕住三日　七集作「駐三日」。

〔八三〕滿舟　查註：《欒城集》「舟」作「船」。合註：王本、《欒城集》「舟」作「船」。

〔八四〕丹書　合註：「丹」一作「青」。

〔八五〕馮註寰宇記潛山云云　「山」後原有「在潛山縣」四字。按，宋時無潛山縣之名。删此四字。

〔八六〕祕醽醁　查註、合註：《淮海集》「祕」作「漬」。合註：「醽」一作「醹」。

〔八七〕活如　查註、合註：《淮海集》作「滑于」。

〔八八〕鳥子　查註、合註：《淮海集》作「鳧卵」。

〔八九〕點綴　查註、合註：《淮海集》作「飣餖」。
〔九〇〕留蓄　查註、合註：《淮海集》作「旨蓄」。
〔九一〕何用孜孜飲麋鹿　七集「飲」作「飫」。合註：《淮海集》結處四句云：魚鱗蜃醢薦籩豆，山蔌溪毛例蒙録。輒送行庖當擊鮮，澤居備禮無麋鹿。
〔九二〕江海　合註：補施註本（按，即清施本）、查本「海」作「梅」，訛。
〔九三〕船師　查註、合註：《張文潛集》「船」作「般」；合註：王本作「般」。
〔九四〕繫舟淮北雨折軸　合註：《宛丘集》「舟」作「船」，下句同；「折」，一作「如」。
〔九五〕霜雪　合註：《宛丘集》「霜」作「霰」。
〔九六〕斬長蛟　合註：「斬」一作「斷」。
〔九七〕驪山　四部叢刊初編影宋刊《鑑》總目録作「驪山行」，每卷分目録作「驪山歌」。
〔九八〕幾重　查註、合註：《鑑》「幾」作「九」。
〔九九〕凌雲　查註、合註：《鑑》「凌」作「連」。
〔一〇〇〕横翠空　查註、合註：《鑑》「空」作「紅」。
〔一〇一〕霧暗　查註、合註：《鑑》「霧」作「谷」。
〔一〇二〕猿鶴怨　合註：《鑑》作「墟市變」。
〔一〇三〕無人　查註、合註：《鑑》作「人不」。
〔一〇四〕樓成　合註：七集本「成」作「戍」。按，明成化原刊本七集作「樓成」。

〔一〇五〕由來留連多喪國　類本「留」作「流」。合註：《鑑》「留」作「流」，「國」作「德」。
〔一〇六〕枯木嵌空微黯淡古器雖在無古絃　紀校：「微」當作「黴」。查註「在」作「存」。
〔一〇七〕誰能聽之誰爲彈　七集「誰能」作「誰爲」。合註：一本「彈」作「傳」。
〔一〇八〕一山　查註、合註：《山谷集》「山」作「軒」。
〔一〇九〕抱山回　外集作「抱山限」。
〔一一〇〕戲咏子舟畫兩竹兩鸜鵒　此詩，《聲畫集》卷八收，無末句。
〔一一一〕竹間對語雙鸜鵒　合註：《山谷集》「對」作「相」，「雙」作「兩」。
〔一一二〕不可食　查註、合註：《山谷集》「食」作「肴」。
〔一一三〕贈山谷子　外集作「贈魯直小德」。
〔一一四〕今心降　查註、合註：「心」一作「已」。
〔一一五〕漫多　七集作「謾多」。
〔一一六〕拾得　外集作「小德」。查註、合註：《後山集》作「小德」。
〔一一七〕長松眼如漆　外集「松」作「林」。合註：《後山集》「松眼」作「林目」。
〔一一八〕我當賀　外集作「吾當賀」。
〔一一九〕持此……賦之　《鑑》無「此」字，「之」作「此」。
〔一二〇〕山川　查註、合註：《宛丘集》「川」作「立」。
〔一二一〕視八表　《鑑》作「馳八表」。

〔一二二〕魯鳥　查註、合註：《宛丘集》「魯」作「魚」。

〔一二三〕搏　查註、合註：《叢話》作「縛」。《鑑》作「縛」。

〔一二四〕帚　合註：七集本缺此字。《鑑》作「箒」。

〔一二五〕如塵埃　查註、合註：《宛丘集》「如」作「無」。

〔一二六〕非常才　《鑑》作「非常材」。

〔一二七〕盧鴻一　七集無「一」字。

〔一二八〕太室游　合註：一本「游」作「花」，查云訛。七集作「太室花」。

〔一二九〕十志　七集作「千老」。合註：一本作「千老」，查云大謬。

〔一三〇〕不盈幅　七集作「不盈軸」。合註：一本「幅」作「軸」，查云與結句韻重，訛；王本作「掬」。

〔一三一〕何煩　七集作「何須」。

〔一三二〕歸未　查註、合註：《欒城集》「未」作「來」。合註：王本「未」作「來」。

〔一三三〕豈須　查註、合註：《欒城集》「須」作「復」。

〔一三四〕李白謫仙詩　紀校：非惟作東坡誤，太白亦僞托也。

〔一三五〕紅埃　七集、查註作「黄埃」。

〔一三六〕惜哉　合註：「惜」一作「悲」。

〔一三七〕日　查註、合註：《淮海集》作「得」。

〔一三八〕持　查註、合註：《淮海集》作「執」。

〔一三九〕有客遠　查註：《淮海集》「遠」作「南」。合註：《淮海集》作「客從南」。

〔一四〇〕一杯　七集作「一甌」。

〔一四一〕既鑿渾沌氏遂遠華胥境　查註、合註：《淮海集》「氏」作「竅」，「遠」作「出」。

〔一四二〕於　查註、合註：《淮海集》作「如」。

〔一四三〕裔　合註：一作「系」。

〔一四四〕英靈韻甚高蒲萄難與鄰……當配杜康神　查註、合註：《淮海集》「甚」作「何」，「與」作「爲」，「當」作「應」。

〔一四五〕二三子　七集作「二三事」。

〔一四六〕轆轤歌　紀校：韋穀《才調集》作《悲歌六首》：「新繫」四句，其第五首；「何處」四句，其第六首；「臨春風」六句，其第一首。外集無「歌」字。

〔一四七〕江南緑水通珠閣　外集作「江南淥水通朱閣」。

〔一四八〕駛　查註、合註：《半山集》作「闕」。

〔一四九〕焉　查註、合註：《半山集》作「耶」。

〔一五〇〕知甥詩意慕兩君　查註：《雞肋集》（按，即合註所稱之《无咎集》）作「甥詩意慕兩君間」。合註「間」作「閑」，餘同查註。

〔一五一〕已　合註：《无咎集》作「頗」。

〔一五二〕謝聲名　「謝」原作「射」；合註云：「射」字誤，當從《无咎集》作「謝」。今從合註之說。查註：別本

「聲」作「𣪍」。合註：七集本「聲」作「𣪍」。按：明成化原刊本「聲」仍作「聲」。合註所見之七集本非原刊本。

〔一五三〕悲　查註、合註：《无咎集》作「悽」。

〔一五四〕中　查註、合註：《无咎集》作「心」。

蘇軾詩集卷五十

他集互見古今體詩五十二首

觀開西湖次吳左丞韻㈠

偉人謀議不求多㈡，事定紛紛自唯阿㈢。盡放龜魚還綠浦〔一〕㈣，肯容蕭葦障前坡。一朝美事誰能紀，百尺蒼崖尚可磨。天上列星當亦喜，月明時下浴晴〔二〕波㈤。

㈠〔合註〕王本書事類，舊王本不載，七集本載續集。〔查註〕慎案，見《參寥子集》，題云「次韻吳丞老推官觀開西湖」。又按潛説友《咸淳臨安志》，載此詩於紀文條下，亦以爲道潛作。細玩詩中多稱頌之詞，斷非東坡先生作，今據此駁正。

㈡〔馮註〕《左傳·僖公七年》：後之人將求多於女，女必不免。〔合註〕《魏志·鍾繇傳》：乃一代之偉人也。

㈢〔馮註〕《道德經》：唯之與阿，相去幾何。

㈣〔合註〕沈約《釣竿樂府》：綠浦復回紆。

㈤〔馮註〕《漢武故事》：帝祀甘泉，至渭橋，有女子浴於渭，乳長七尺。上怪而問之。女曰：「帝後第七車侍中知我所來。」時張寬在第七車，對曰：「此星主祭祀者，齋戒不嚴，則女人星見。」按，天星下浴，人但以爲先生偶作驚人語耳，不知亦有出處。

戲題〔三〕巫山縣用杜子美韻㊀

巴俗深留客，吴儂但憶歸〔四〕㊁。直知難共語，不是故相違。東縣聞銅臭㊂，江陵換裌衣。丁甯巫峽雨，慎莫暗朝暉。

㊀〔合註〕王本嘲謔類，舊王本不載，七集本載續集。〔查註〕按杜集《巫山題壁》詩所云「卧病巴東久，今年强作歸」，即此韻也。又，慎案方回《瀛奎律髓》云：山谷以紹聖二年謫黔州，元符戊寅移戎州，庚辰正月，徽宗登極，離戎州，建中靖國元年辛巳，至峽州。蓋流離跋涉八年矣，未嘗有一詩及於遷謫。此出峽詩，起句有石本作「巴俗雖親我，吴儂但憶歸」，細味，則改本自佳。任淵《山谷詩註》云：篇中有「江陵換裌衣」之句，山谷度自巫山至此，已初夏矣。云云。此詩載《山谷集》，今據以上諸説爲駁正。〔合註〕此詩，亦見先生外集。

㊁〔馮註〕《方言》：吴人自謂曰儂。

㊂〔馮註〕《後漢書》：崔烈入錢五百萬爲司徒。其子鈞曰：「論者嫌其銅臭。」〔查註〕任淵《山谷集註》：舊見山谷跋云：銅臭，乃昌黎「照壁喜見蝎」之意，蓋過巫山用銅錢也。按，巫山江上有二石，俗謂之銅錢、鐵錢堆，荆、夔自此分界。《瀛奎律髓》亦云蜀人用鐵錢，過巫山，始用銅錢。

答晁以道索書㊀

閲世真難記㊁，如公自不忘。其於書太簡〔五〕㊂，正以懶相妨㊃。

㊀〔合註〕王本酬和類，舊王本不載，七集本載續集。〔查註〕慎按，五言四句，見《陳後山集·寄晁以道》五言律詩之前半首也。其後四句云：共有還家樂，終無却老方。莫須憂潦倒，未許細商量。今據此駁正。

㊁〔馮註〕陸機《歎逝賦》：川閲水以成川，水滔滔而日度。世閲人而爲世，人冉冉而行暮。人何世而弗新，世何人之能故。〔合註〕此句用「卿自難記」意。

㊂〔馮註〕魏文帝《與朝歌令吴質書》：足下所治僻左，書問致簡，益用增勞。

㊃〔馮註〕嵇康《與山濤絶交書》：性復疏懶，筋駑肉緩，又縱逸來久，情意傲散，簡與禮相背，懶與慢相從。韓退之詩：老懶無鬭心，久不事鉛槧。

陳伯比和回字復次韻㊀

田〔六〕里馮生甯屑去㊁，湖海陳侯猶〔七〕肯來。詩書好在家四壁，蒲柳蓊然城一限㊂。騎上下山亦疎矣㊃，儵從容出何爲〔八〕哉。市橋十步即塵土，晚雨瀟瀟殊未回。

㊀〔合註〕王本酬和類，舊王本不載，七集本載續集。〔查註〕陳伯比名琦，初字元老，後改伯比。晁補之有《陳琦伯比字説》。慎按，晁補之《雞肋集》有《家池雨中二首》，又《次韻陳伯比二首》，此其第一首也。晁集中與伯比往還詩牘甚多，此首與上卷《池上二首》格調自别，斷非東坡作。今駁正。

㊁〔合註〕江淹《恨賦》：敬通見抵，罷歸田里。

㊂〔合註〕《關尹子》：蓊然蔚然。

㊃〔合註〕《漢書·伍被傳》：騎上下山如飛。

與道源遊西莊，遇齊道人，同往草堂，爲齊書此㊀

桑麻已零落，藻荇復消沉〔九〕㊁。園宅在人境㊂，歲時傷我心。强穿南埭路㊃，遥望北山岑〔一○〕㊄。欲與〔一一〕道人語，跨鞍聊一尋。

㊀〔合註〕王本游覽類，舊王本不載，七集本載續集。〔查註〕道源姓沈，失其名，與王介甫在金陵，往還游好甚密。愼案，此五言律詩一首，見《王半山集》，題云「元豐四年十月二十四日，與道原過西庵，遂至草堂寶乘寺二首」。此其第一首也。中間三字不同。齊道人、西莊、草堂俱失考。今據王集駁正。〔合註〕李雁湖王荆公詩題註：按《建康志》云：寶乘寺，本齊草堂寺，周顒隱居之所，在城北十一里。西庵，疑卽白雲庵。又，《半山集》有《與道源游西莊過寶乘絶句一首》。

㊁〔馮註〕江淹《恨賦》：亦復含酸茹歎，銷落湮沉。《廣雅》：銷，散也。湮，没也。

㊂〔馮註〕陶淵明詩：結廬在人境，而無車馬喧。

㊃〔合註〕李義山詩：北湖南埭水漫漫。

㊄〔合註〕李義山詩：門對北山岑。

答子勉三首㊀

其一

君不登郎省㊁，還應上諫坡㊂。才高殊未識，歲晚喜〔一〕無他㊃。櫪馬羸難出，鄰雞凍〔二〕不歌。寒爐餘幾火，灰裏撥陰、何㊄。

㊀〔合註〕王本酬和類，舊王本不載，七集本載續集。〔查註〕《瀛奎律髓》云：高荷子勉，江陵人。以五言律三十韻贄

見山谷，山谷賞之，遂知名。後知涿州，卒。詩人江西派，所著名《適適集》。《石林詩話》云：高子勉，荆南人。學杜詩，頗得句法。晚爲童貫客，得蘭州通判。既不爲時論所與，其詩亦不傳。《雪浪齋日記》載其詩，有「沙軟緑頭相並鴨，水深紅尾自跳魚」之句，亦殊有思致也。〔合註〕厲鶚《宋詩紀事》：荀自號還還先生。

㈡〔馮註〕《通典》：中書之官舊矣，謂之中書省，自魏、晉始焉。省有中書舍人五人，領主書十人分掌二十一局事，總國内機要，尚書惟聽受而已。〔查註〕《唐書·百官志》：隋尚書省諸司郎及承務郎各一人。武德三年，改諸司郎爲郎中，承務郎爲員外郎。《宋史·職官志》：門下省有起居郎，掌記天子言動，與起居舍人對立於殿下螭首之側，謂之左右史。

㈢〔馮註〕《李氏談録》：先公嘗言故左省雀坡頌於宗諤，因問坡義。答曰：唐諫議大夫雖在給舍之上，侍諫議歲滿，方遷給事，自給事遷舍人。時有自郎署拜諫議者，驟立在給事上，朝中謂曰饒君斗上坡去，亦須斗下坡來。蓋言其却爲給舍，序班在下也。後遂爲故事。按，「諫坡」二字，得此方明。〔查註〕《雍録》：今世通呼諫議爲諫坡，蓋起於《因話録》「上坡下坡」之說。坡者，含元殿前龍尾道坡陀而高者也。唐制，兩省供奉，常在人主左右侍奉宣傳，故每御含元，則宰相及兩省官於未索扇前，立欄楯之内，及扇開，便侍立於香案之前，取其先上而備供奉，其立班所以皆在坡上也。上坡下坡，卽以班列高下爲言。

㈣〔合註〕《説文繫傳》：它，虫也。上古草居患它，故相問：「無它乎？」

㈤〔馮註〕陰、何謂陰鏗、何遜也。〔合註〕《傳燈録》：百丈謂溈山曰：「汝撥爐中有火否？」師撥云：「無火。」百丈躬起深撥得火，舉以示之，云：「此不是火？」師發悟。杜子美《解悶》詩：頗學陰、何苦用心。

其二

驚人得佳句㈠，或以傲王公。處士還〔一四〕清節，滑稽安足雄㈡。深沉似康樂㈢，簡遠到安豐㈣。一點無俗氣，相期林下風〔一五〕㈤。

㈠〔馮註〕皇甫湜《顧況集序》：逸歌長句，駿發踔厲，往往多意外驚人語。杜子美《江上值水》詩：平生性僻耽佳句，語不驚人死不休。《華山記》：李太白《登華山落雁峯》曰：此山最高，呼吸可通帝座，恨不攜謝朓驚人句，來搔首問青天耳。

㈡〔馮註〕屈原《卜居》：將突梯滑稽如脂如韋以絜楹乎？《漢書·傳註》：師古曰，滑稽圓轉，縱捨無窮之狀。滑，音骨。稽，音雞。〔合註〕《揚子法言·淵騫》〔一六〕：其滑稽之雄乎？

㈢〔合註〕《南史·謝靈運傳》：文章之美，與顏延之爲江左第一，縱横俊發，過於延之，深密則不如也。

㈣〔馮註〕《世說》：裴楷清通，王戎簡要。又，王公熟視謝尚，謂客曰：「使人思安豐。」〔查註〕《晉書》：王戎封安豐侯，善發談端，賞其要會。

㈤〔查註〕愼按，《黄山谷集》有《次韻答高子勉》五言律詩凡十首，「君不居郎省」云云，其第四首，「驚人得佳句」云云，其第六首也。今據此駁正。

其三

歐倩腰支柳一渦〔一七〕㈠，小梅催拍〔一八〕大梅歌㈡。舞餘片片〔一九〕梨花落〔二〇〕㈢，争奈當塗風物何〔二一〕㈣。

㈠〔馮註〕《西京雜記》：高帝戚夫人，善爲翹袖折腰之舞。

㈡〔馮註〕《詩餘》：六么催拍盞頻傳。〔查註〕李端叔《跋山谷二詞後》云：魯直自放廢中請當塗，幾一年，方到官，既到，七日而罷。其章句所留不多，所謂歐與梅者，皆當塗官妓也。史容《山谷詩註》亦云大小梅，皆太平州官妓。

〔合註〕《姑溪題跋》載山谷此詩，作「大梅催拍小梅歌」。

㊂〔馮註〕《洞冥記》：武帝宮人麗娟善歌，體弱不勝衣。常唱《迴風曲》，庭葉翻落如秋，帝嘗以衣帶繫其袂，恐其隨風而去也。

㊃〔查註〕《山谷年譜》：建中靖國元年，自戎州放還，辭免吏部員外郎，乞知太平州。崇寧元年壬午，領州事，九日而罷。按，當塗縣，晉成帝時始置，宋屬太平州。慎按，右七言絕，亦見《黃山谷集》，《太平州二絕句》之一也。《能改齋漫録》云：豫章得請守當塗，七日而罷，又數日乃去。其詩云：歐倩腰支柳一渦。云云。又有《木蘭花詞》，結句云：歐舞梅歌君更酌。自批云：歐、梅，當塗二妓也。據此，則此詩爲山谷作，無疑，今援證改編。

和子由次王鞏韻，「如囊」之句，可爲一噱㊀

平生未省爲人忙，貧賤安閑氣味長。粗免趨時頭似葆㊁，稍能忍事腹如囊㊂。簡書見迫身今老㊃，尊酒聞呼首一昂㊄。欲挹〔三〕天河聊自洗㊅，塵埃滿面鬢眉黃㊆。

㊀〔合註〕王本嘲謔類，舊王本缺，七集本載續集。〔查註〕亦見《欒城集》第八卷中，題云「次韻王鞏自詠」，乃客徐州時與定國唱和之作。今據此駁正。

㊁〔馮註〕《漢書·燕王旦傳》：頭如蓬葆。

㊂〔馮註〕《相經》：腹如懸囊，善蓄多藏。

㊃〔馮註〕《詩·小雅·出車》：畏此簡書。

㊄〔馮註〕《漢·司馬遷傳》：昂首伸眉，論列是非。〔合註〕《漢書》作「卬首」。註云：讀曰仰。《文選》亦作「仰首」。山公註誤。

㈥〔馮註〕杜子美《洗兵馬》詩：安得壯士挽天河，淨洗甲兵長不用。

㈦〔馮註〕《列仙傳》有黃眉翁。〔合註〕李義山詩：無人鬢免黃。

元祐癸酉八月二十七日，於建隆〔二三〕章淨館，書贈王覿㈠

海上東風犯雪來，臘前先折鏡湖梅。遥思禁苑青春夜，坐待宮人畫詔回。

㈠〔合註〕王本貽贈類，舊王本不載，七集本載續集。〔查註〕《汴宮遺迹志》：太清觀，在大梁門外西北。周世宗所建。宋太祖以建隆改元，遂更名曰建隆觀。慎案，此七言絶句一首，見《會昌一品集》中，乃李文饒懷京國詩也。《唐人萬首絶句》載此詩，亦以爲李德裕作。題中明云「書贈王覿」，則非東坡詩可知。今駁正。

東　園㈠

岑寂東園可散愁，膠膠擾擾夢神州〔二四〕㈡。萬竿苦竹旌旂卷，一部鳴蛙鼓吹收。雨後月前天欲冷，身閑心遠地偏幽〔二五〕㈢。杜門謝客恐生謗，且作人間鵬鷃游。

㈠〔合註〕王本游覽類，舊王本不載，七集本載續集。〔查註〕慎按，此詩見《黃山谷詩集》，《次韻黃斌老晚游池亭二首》之一也。山谷與斌老唱和甚多。集中又有《答斌老獨游東園》五言古詩六首。東園，必斌老所居，山谷嘗從之游者也。今駁正。

㈡〔馮註〕《莊子·天道篇》：然則膠膠擾擾乎？

㈢〔合註〕用陶淵明詩。

藏春塢㊀

朱閣前頭露井多，碧桃花〔二六〕下美人過。寒泉未必能勝此〔二七〕，奈有銀瓶〔二八〕素綆何㊁。

㊀〔查註〕慎按，此詩亦見《陸龜蒙集》，題云「野井」。又見《淮海集》。今駁正。〔合註〕宋板《淮海集》不載此詩，別有《寄新息王令藏春塢》七律一首。至此詩，王本在題詠類，舊王本不載，七集本載續集。俱與前《留題徐氏花園二首》，共作《藏春塢三首》，此其末首也。

㊁〔馮註〕李太白《贈別舍人弟臺卿之江南》詩：梧桐落金井，一葉飛銀牀。

次韻參寥寄少游㊀

巖棲木石〔二九〕已皤然，交舊何人慰眼前。素與晝公心印合㊁，每思秦子意〔三〇〕珠圓。當年步月來幽谷，拄杖穿雲冒夕烟㊂。臺閣山林本無異，故應文字不〔三一〕離禪。

㊀〔合註〕王本酬和類，舊王本不載，七集本載續集。〔查註〕慎按，七言律一首，乃辯才法師詩。本集先生自書此詩而題其後云：辯才作詩時，年八十二矣。平生初不學作詩，如風吹水，自成文理。若參寥與吾輩詩，乃如巧人織錦耳。又按《咸淳臨安志》載辯才此詩於龍井條下，并附少游、參寥和詩。《淮海集》詩題云「辯才師以詩見寄，繼聞示寂，追次其韻」云云，即此首韻，則又其一證也。今駁正。

㊁〔馮註〕晝公，唐詩僧皎然，姓謝，字清晝，湖州人。〔查註〕《高僧傳》：皎然有逸才，然恥以文章名世。將入杼山，裒所著詩文火之。後人爲之稱曰：晝之晝，能清秀。〔合註〕《高僧傳》云：所著《詩式》及諸文筆，併寢而不紀筆硯，命

弟子黜焉。與查註所引不同。又,《傳》云:李洪爲湖守,相見,先問宗源,次及心印字。

(三)〔查註〕《淮海集·龍井題名記》云:元豐二年,中秋後一日,余自吳興過杭,東還會稽。龍井辯才法師以書邀余入山。比出郭,日已夕,航湖至普甯,遇道人參寥。是夕天宇開霽,林間月明,可數毛髮。遂從參寥杖策,並湖而行,出雷峯,度南屏,入靈石塢,得支徑,上風篁嶺,行二鼓,始至壽聖院,謁辯才於潮音堂。云云。詩中「當年步月來幽谷,拄杖穿雲冒夕烟」二句,正與題名相合。

贈仲勉子文(一)

雨昏南浦曾相對(二),雪滿荆州喜再逢。有子才如不羈馬,知君〔三二〕心似後凋松。閑看書册應多味,老傍人門想更慵〔三三〕。何日晴軒觀〔三四〕筆硯,一杯相屬更從容〔三五〕。

(一)〔合註〕王本貽贈類,舊王本不載,七集本載續集。〔查註〕愼按,亦見《山谷集》,題云「和高仲本喜相見」。按,仲本名宿,山谷過萬州,高爲太守,有《與萬州太守高宿游岑公洞,夜雨連明絶句》,亦訛入《東坡集》中。萬州,唐爲南浦郡,與此詩起句正合,其爲黄作無疑。今據此駁正。

(二)〔查註〕南浦註,詳本卷後「萬州」題註。

講武臺南有感(一)

山城九月冒朝寒〔三六〕,講武〔三七〕臺南路屈盤。騶子雨中乘〔三八〕馬去,村童烟外倚牆看。鴉啼冢木秋風急,鷺立漁船夜水乾〔三九〕。花似去年堪折贈,插花人去淚闌干(二)。

㊀〔合註〕王本題詠類，舊王本不載，七集本載續集。〔馮註〕又見《黄山谷集》。〔查註〕《元和郡縣志》：晉陽有講武臺，在縣西北十五里。顯慶五年置。《宋史・太宗紀》：興平二年九月，幸講武臺大閲。未知孰是？慎案，七言律一首，亦見《黄山谷集》，中間不同者十一字。今據此考正。〔合註〕《山谷外集》題註云：元豐二年，北京作。則非晉陽之講武臺矣。首句應從《山谷集》也。

㊁〔查註〕《漢書・息夫躬傳》臣瓚註云：萑蘭，泣涕闌干也。〔合註〕《吴越春秋》：越王與夫人，涕泣闌干。

移合浦郭功甫見寄〔四〇〕㊀

君恩浩蕩似陽春，合浦何如在〔四一〕海濱。莫趁明珠〔四二〕弄明月，夜深無數〔四三〕采珠人㊁。

㊀〔合註〕王本簡寄類，舊王本不載，七集本載續集。〔查註〕慎按，王應麟《困學紀聞》云：東坡文章好譏刺，文與可戒以詩云：北客若來休問事，西湖雖好莫吟詩。晚年，郭功甫寄詩云：莫向沙邊弄明月，夜深無數采珠人。云云。據此，則此詩乃郭功甫所作。今駁正。

㊁〔查註〕《南越志》：珠母海，在合浦縣南。中有七珠池，珠有九品，大者名璫珠，次走珠，又次滑珠，又次磥砢珠，又次官兩珠，又次税珠，又次芯符珠。《菽園雜記》：蜑人采珠者，以大船環池，以石懸大絙，别以小繩繫諸蜑腰，没水拾蚌，置竹籃中，振繩則舶人汲取，蜑緣大絙上。不幸遇惡魚，有一綫之血浮水面，則葬魚腹中矣。

題懷素草帖〔四四〕㊀

人人送酒不曾〔四五〕沽，終日松間挂一壺。草聖欲成狂便發〔四六〕㊁，真堪畫作《醉僧圖》㊂。

〔一〕〔合註〕王本書畫類，舊王本不載，七集本載續集。〔查註〕慎按石刻，先生自題云：「此懷素詩也，僕好臨之，人間當有數百本也。」後人不加深考，遂訛以此詩編入集中耳。又按，《萬首唐人絶句》載此詩，亦以爲懷素作。今據此駁正。

〔二〕〔馮註〕《唐書》：張旭善草書，性好飲，醉後，輒以頭濡墨而書。醒而覩之，以爲若有神助。

〔三〕〔查註〕《宣和書譜》：御府藏懷素草帖一百餘種，内有《醉僧圖》詩。又，劉餗《隋唐佳話》：張僧繇作《醉僧圖》，道士每以此嘲僧。羣僧於是聚錢數十萬，買閻立本作《醉道士圖》，今并傳。按，卞氏《式古堂書畫彙考》云：李龍眠《醉僧圖》卷，老泉書懷素詩「人人送酒不曾沽」云云，并倣其草法。

僕年三十九，在潤州道上過除夜，作此詩。又二十年，在惠州，追錄之以付過，二首〔四七〕〔一〕

其一

寺官官小未朝參〔二〕，紅日半窗春睡酣。爲報鄰雞莫驚覺，更容殘夢到江南。

〔一〕〔合註〕王本懷舊類，無「追」字、「二首」字。舊王本不載。七集本載續集，補施註本皆同。外集題作「偶作二首」。〔查註〕慎按，何薳《春渚紀聞》云：錢唐關氏，詩律精深妍妙，世守家法。子東二兄子容、子開，皆稱作者。「釣艇歸時蒲葉雨」、「寺官官小未朝參」。云云。此子容詩，世傳以爲東坡先生作，非也。今以年譜考之，熙寧七年甲寅，先生年三十九，是冬自杭倅移知密州，在密度歲。有《除夕答段屯田》詩，起句云：龍鍾三十九，勞生已强半。何嘗在潤州過除夜耶？向疑此二絶句非先生作，不謂古人有先我言之者矣。今據此駁正。〔合註〕《紀年録》：熙寧六年除夜，宿常州城外，作詩，蓋即前卷十一中七律二篇。先生時年三十八，以奉檄賑濟常、潤飢民，在常州度歲也。除夕之詩交新年，即三十九矣。是以七律第一首，先生題跋亦云：僕時年三十九歲，潤州道中，值除夜而作。後二十年在惠州守歲，録付過。正與此二絶句詩題可證。查氏疑此兩絶句非先生詩，遂併《除夜野宿常州》七律之題跋亦不採録，非也。至姚巖《東廳續紀》云：先生以奉常博士倅杭。則此詩所云「寺官官小」，蓋自謂也。惟「釣艇」二句，是春深景物，與除夕不合；然玩詩意，似指前此舟行過楚情景，故下云「長江昔日經游地」，蓋在潤州江側，即景懷舊之意。且常州舟中，即可以云「潤州道上」，又係在嶺南追録，安知非年遠訛記乎？此皆不必拘看也。又：《寓惠集》亦載此二詩。又外集此二首題云「偶作」。或是「僕年三十九」之題，係題跋中「行歌野哭二首」；「偶作」之題，係「寺官官小二首」。後人彼此牽混，亦未可定也。

㊀〔查註〕《宋史·職官志》：太常、宗正、光禄、衛尉、太僕、大理、鴻臚、司農、太府，共九寺。正卿少卿而下，太常則有協律郎、奉禮郎、太祝；大理則有司直、評事。其七寺丞，皆七品；主簿皆八品。統名寺官。

其 二

釣艇歸時菖葉雨，繰車鳴處楝花風㊀。長江〔四八〕昔日經遊地，盡在如今夢寐中。

㊀〔馮註〕《歲時記》：自小寒至穀雨，四月八氣二十四候，每候五日，以一花之風信應之。穀雨一候，牡丹二候，酴醿三候，楝花竟則立夏。〔合註〕《東皐雜録》：二十四番風信，楝花風最後。

萬州太守高公〔四九〕宿約遊岑公洞，而夜雨連明，戲贈二小詩㈠

其一

肩輿欲到岑公洞㈡，正怯衝泥傍險行㈢。定是岑公閟清境，春江一夜雨連明。

㈠〔合註〕王本嘲詭類，舊王本不載，七集本載續集。〔查註〕《輿地廣記》：萬州，秦、漢屬巴郡。後周立安鄉、南都二郡，後改安鄉曰萬州。唐立浦州，天寶中爲南浦郡。《太平寰宇記》：山南東道萬州，舊朐䏰縣地，後爲安鄉及萬川郡，貞觀八年，改爲萬州。《名勝志》：萬縣西山有岑公洞，在大江之南，高六十餘丈，深四十餘丈。《圖經》云：岑公名道願，江陵人。隋末隱此。唐宋間，封以沖妙大師虛鑒真人之號。《輿地碑目》：萬州石刻有《岑公洞記》，元和八年段文昌撰。又有黄魯直《題名》，在岑公洞下岩寺。愼按，二首見《黄山谷集》，題云「萬州太守高仲本宿約遊岑公洞，而夜雨連明，戲作」。按《山谷年譜》：建中靖國辛巳，自戎州赦還，三月至峽州，作《萬州太守高仲本約遊岑公洞》詩。同時又有《萬州下岩二首》，任淵註云：山谷有磨崖《題名》，載高仲本置酒事，年月歷歷可考。其爲黄作無疑。今據此駁正。

㈡〔馮註〕《一統志》：岑公岩，在萬州大江之南。石岩盤結若華蓋，左右方池，有泉噴薄岩下，如簾，松篁藤蘿，蓊蔚蒼翠，記稱神仙窟也。

㈢〔馮註〕杜子美《崔評事弟許相迎不到》：虛疑皓首衝泥怯，實少銀鞍傍險行。

其二

蓬窗高枕雨如繩㈠，恰似糟牀壓酒聲。今日岑公不能飲，吾儕猶健可頻傾〔五〇〕。

㈠〔合註〕陸龜蒙《苦雨》詩：萬瓦垂玉繩。

送柳宜歸㈠

折脚鐺邊煨淡粥〔五一〕，曲枝桑下飲離杯〔五二〕㈡。書生不是南遷客，魑魅驚人須早回〔五三〕㈢。

㈠〔合註〕王本送別類，舊王本同，七集本載續集。〔馮註〕又見《黃山谷集》，題曰「長沙留別」。〔查註〕慎案，見《黃山谷外集》。青神史容註云：崇寧二年謫宜州，三年二月過洞庭，歷潭、衡、永、桂，夏至貶所，長沙卽潭州也。云云。柳宜歸無可考。今據山谷詩註爲駁正。〔合註〕查氏所引史容註，與《山谷集》字句不符，今照原文改正。至查氏云「送柳宜歸」，似小誤，當是姓柳名宜而送其歸也。

㈡〔合註〕史容《山谷集註》：太白集中有《魯城北郭曲腰桑下送張子還嵩陽》一首。庾信詩：酒正離杯促。

㈢〔王註〕《左傳・文公十八年》：舜流四凶，投諸四裔以禦魑魅。〔馮註〕宋玉《招魂》：魂兮魂兮，南方不可以止些。蝮蛇蓁蓁，封狐千里些。杜子美《天末懷李白》詩：文章憎命達，魑魅喜人過。

謝都事惠米㈠

平生忍慾今忍貧，閉口逢人不少陳。俸薄身輕趙都事，也能作意向詩人。

㈠〔合註〕王本酬和類，舊王本不載，七集本載續集。〔查註〕慎按，亦見《陳後山集》，題云「謝憲臺趙史惠米」。第三句作「俸薄身清趙都史」。今據此駁正。

絶句三首㊀

其一

松〔五四〕柏蕭森溪水南㊁，道人只作兩團庵〔五五〕。市區收罷豚魚税，來與彌陀共一龕。

㊀〔合註〕王本寓興類，舊王本不載，七集本載續集。

㊁〔查註〕《淮海集》題云：處州水南菴，即其地也。

其二

此身分付一蒲團，静對蕭蕭竹〔五六〕數竿。偶爲老僧煎茗粥，自攜修綆汲清泉㊀。

㊀〔查註〕慎按，以上二首，見《淮海集》第十一卷中。蓋少游於紹聖初坐黨籍，由國史編修官出通判杭州。御史劉拯復論其增損《神宗實録》，貶監處州酒税。使者承望風旨，伺候過失，不可得。以謁告寫佛書爲罪，削職，徙郴州。此二首，正貶處州時作。故有「市區收税」、「一龕蒲團」之句。今據此駁正。

其三

天風吹月入欄干，烏鵲無聲夜向闌〔五七〕。織女明星來枕上，乃〔五八〕知身不在人間㊀。

㊀〔查註〕慎按，右一首，亦見《淮海集》第十一卷中。題云「四時四首贈道流」，此其第二首也。趙德麟《侯鯖録》亦以「天風吹月入闌干」云云，乃秦少游《遊仙詞四首》之一。今據此駁正。

睡　起㈠

柿葉滿庭紅顆秋㈡，薰爐沉水度春篝〔五九〕㈢。松風夢與故人遇，自〔六〇〕駕飛鴻跨九州㈣。

㈠〔合註〕王本閑適類，舊王本不載，七集本載續集。〔查註〕愼按，亦見《黄山谷外集》，今據此駁正。

㈡〔合註〕白樂天詩：紅顆珍珠誠可愛。

㈢〔合註〕李義山詩：未抵薰爐一夕間。《説文》：篝，笿也，可薰衣。《廣韻》：篝，籠也。

㈣〔查註〕郭璞《遊仙詩》：赤松臨上游，駕鴻乘紫烟。李太白《古風》：不及廣成子，乘雲駕輕鴻。

秋思寄子由㈠

黄葉〔六一〕山川知晚秋，小蟲催女獻功裘㈡。老松閲世卧雲壑，挽著蒼〔六二〕江無萬牛㈢。

㈠〔合註〕王本簡寄類，舊王本不載，七集本載續集。〔查註〕愼按，亦見《黄山谷内集》，今駁正。

㈡〔查註〕《周禮·天官》：司裘，季秋獻功裘，以待頒賜。註云：功裘，卿大夫所服。

㈢〔馮註〕杜子美：萬牛回首丘山重。

侯　灘㈠

江邊皎皎過侯灘〔六三〕，更上山腰看打盤〔六四〕。百歲老兒〔六五〕親擊鼓，城中憂患〔六六〕不相干。

㈠〔合註〕王本紀行類，舊王本不載，七集本載續集。〔查註〕《水經》：漢水又東逕猴徑灘。註云：山多猿猴，乘危綴飲，故灘受兹名。按，「侯」，疑當作「猴」。〔合註〕《名勝志》：陝西漢中府鳳縣。嘉陵江在縣北，而東之斜谷河、紫金水，西之小峪河、紅崖河，南之東溝水、野羊河，俱流注之。其爲灘曰羊乳，又有猴逕。又稍遠有石門灘。〔查註〕慎按，見沈遼《雲巢集》。按，遼字睿達。集中有《贈别子瞻》詩。兩公同時遊好，故沈詩訛入公集。今駁正。

火星巖㈠

火星巖下石淩壁〔六七〕，閣上相忘〔六八〕止一僧。莫問人間興廢事，門前流水几前燈。

㈠〔合註〕王本游覽類，舊王本不載，七集本載續集。〔查註〕宋盧臧《永州三巖記》：永之東南，三巖相望。火星巖，亂石怪聳，後瞰山腹。往時有黃冠師，宅其側，塑火星像，爲人祈福，因名。慎案，亦見沈遼《雲巢集》。今駁正。

謝惠貓兒頭筍㈠

長沙一日煨籩筍〔六九〕，鸚鵡洲前人未知㈡。走送煩公助湯餅，貓頭突兀鼠穿籬〔七〇〕㈢。

㈠〔合註〕王本酬和類，舊王本不載，七集本載續集。〔查註〕韓子蒼《陵陽集》云：湖南有大竹，世號貓頭。任淵《陳後山詩註》云：潭州有貓兒頭筍。慎按，見《黃山谷集》，與本詩不同凡三字，覺黃集較勝。今據此駁正。

㈡〔合註〕山谷此句用黃祖事，自切姓也。

㈢〔合註〕符載詩：緑迸穿籬筍。

題淨因壁㈠

暝倚蒲團卧〔七二〕鉢囊㈡，半窗疎箔度微凉。蕉心不展待時雨㈢，葵葉爲誰傾夕〔七三〕陽。

㈠〔合註〕王本寺觀類，舊王本不載，七集本載續集。補施註本「壁」作「堂」。〔查註〕慎按，見《山谷内集》，《題淨因壁二首》之一也。今據此考正。

㈡〔查註〕《傳燈録·雲門傳》曰：高挂鉢囊，拗折拄杖。

㈢〔合註〕李義山詩：芭蕉不展丁香結。

題淨因院㈠

門外黄塵不見山，箇〔七三〕中草木亦常閑。履聲如渡薄冰過，催粥華鯨守夜闌㈡。

㈠〔查註〕慎按，合前一首，乃山谷《題淨因壁二絶句》也。新刻本分作二處，今據黄集駁正。〔合註〕王本此首在題詠類，七集本載續集，皆與上首不相連也。舊王本不載。

㈡〔馮註〕《東都賦》：發鯨魚，鏗華鐘。薛綜註：海島有大獸名蒲牢，蒲牢畏鯨魚，鯨魚一擊，蒲牢輒大吼。凡鐘欲令聲大，故作蒲牢於上，以所撃之者爲鯨魚之狀。鐘有篆刻之文，故曰華鐘。

同景文詠蓮塘㈠

塘上鈎簾對晚香，不知斜〔七四〕日已侵牀。江妃自惜凌波韈〔七五〕㈡，長在高荷扇影凉。

㈠〔合註〕王本題詠類，舊王本不載，七集本載續集。〔查註〕慎按，亦見《黄山谷外集》。今駁正。

㈡〔馮註〕郭璞《江賦》：江妃含嚬而矊眇。註引《列仙傳》曰：江斐二女，出遊江濱，鄭交甫所挑者。曹植《洛神賦》：凌波微步，羅韈生塵。《說文》：韈，足衣也。

竹枝詞㊀

自過鬼門關外天㊁，命同人鮓甕頭船〔七六〕㊂。北人墮淚〔七七〕南人笑，青嶂無梯聞杜鵑〔七八〕㊃。

㊀〔合註〕王本樂府類，舊王本不載，七集本載續集。〔馮註〕又見《黄山谷集》，數字小異。〔查註〕愼按，一見《黄山谷集》，再見《秦少游集》，今據二集駁正。〔合註〕《侯鯖録》亦作少游詩。

㊁〔查註〕《輿地廣記》：容州北流縣有句扇山，在縣南三十里，兩石相對，中闊三十步，俗號鬼門關。

㊂〔查註〕《名勝志》：人鮓甕在巫峽下，蜀江最險處。〔合註〕任註《山谷集》：人鮓甕，在歸州岸下。

㊃〔合註〕沈約詩：崚嶒起青嶂。

寄歐陽叔弼〔七九〕㊀

昔葬衣冠今在否㊁？近來消息不須疑。曾聞圯上逢黄石，久矣留侯不見欺。

㊀〔合註〕王本簡寄類，舊王本不載，七集本載續集。〔查註〕歐叔弼，名棐，六一居士第三子。愼按，四句乃《欒城集》中《贈蔡州壺公觀劉道士》七言律詩後半首也。今據子由集全録於左。詩引云：元祐八年七月，曹焕至自安陸，爲予言，過淮西，入壺公觀，觀懸壺之木老死久矣，環生孫蘖無數。聞有老道士劉道淵，年八十七，非凡人也。謁之，神氣甚清，能言語，服細布單衣，縫補殆遍。焕問其意，道淵悵然曰：「此故淮西守歐陽永叔所贈也。世人稱永叔工文詞，善辨論，忠信篤學而已。君知是人竟從何來耶？我與公有夙契，且齊年也。昔將去吾州，留此以別吾，服之三十年，嘗破而補之矣，未嘗垢而浣也。比嘗得其訃，吾亦去此不久矣。」焕聞之，愕然莫測，徐問其故，皆不答。

予少與兄子瞻皆從公游，究觀平生，固嘗疑公神仙中人，非世俗之士也。公亦嘗自言，昔與謝希深、尹師魯、梅聖俞數人同游嵩高，見薛書四大字於蒼崖絶澗之上，曰：神清之洞。問同游者，惟師魯見之，以此亦頗自疑本世外人。今聞道淵言，與曩意合，因作詩以示公子棐叔弼。其詩曰：思潁求歸今幾時，布衣猶在老劉詩。龍章舊有世人識，蟬蛻惟應野老知。昔葬衣冠今在否？近傳音問不須疑。曾聞圯上逢黄石，久矣留侯不見欺。云云。此事本末如此，今截去序文及前半首，令人讀之，茫然不解所謂。此種謬訛，向來註家刻本，從未有勘正者，至余始發之，覽者亦可識其苦心矣。

㊁〔馮註〕《史記·封禪書》：祭黄帝冢橋山，釋兵須如。上曰：「吾聞黄帝不死，今有冢，何也？」或對曰：「黄帝已仙上天，羣臣葬其衣冠。」

和黄龍清老三首㊀

其一

萬山不隔中秋月，一雁能傳寄遠書。深密伽陀枯戰筆㊁，真誠〔○〕相見問何如。

㊀〔合註〕王本仙釋類，舊王本不載，七集本載續集。〔查註〕《名勝志》：黄龍山在甯州西一百八十里，上有黄龍崇恩院。唐乾甯中，晦機禪師得法于玄泉彦，嘗遇神僧，謂曰：「此去東北，遇洪即止，逢龍可住。」後住黄龍山，禪侶雲集。按《五燈會元》，同時黄龍有二清，皆晦堂法嗣。一爲靈源惟清，一爲草堂善清。《釋氏稽古畧》云：元祐六年，黄山谷丁家艱，館黄龍山，從晦堂禪師祖心遊，與草堂惟清尤篤方外契。云云。草堂乃善清，非惟清也。《稽古畧》訛。〔合註〕余所見《稽古畧》，作祖心新草堂清，不作惟清，再考。又〔查註〕愼按，三首見《黄山谷集》第二十卷。以《釋氏稽古畧》考之，確是山谷作。今據此駁正。

〔二〕〔馮註〕《釋典》：僧者，梵語具云僧伽，不言伽者，省文也。天台八教，頓、漸、祕密、不定、藏、通、別、圓。〔查註〕《稽古畧》云：祕密教者，西天此土流傳凡七世，由慧朗而下，厥嗣漸微。又云：修伽陀，譯言好去，又名修伽度，此云善逝。第一上升，永不復還，故名善逝。〔合註〕任淵《黃山谷詩註》：佛書有《解深密經》。《祖庭事苑》曰：伽陀，此云諷誦。《法書苑》：戰筆側去。此借用。

其二

風前橄欖星宿落〔一〕，月〔八一〕下桄榔羽扇開〔二〕。靜默堂中有相憶，清江或遣化人來〔八二〕〔三〕。

〔一〕〔馮註〕《太平廣記》：南威，橄欖也。《圖經》：感擎，俗作橄欖。生於嶺南閩廣。此木作舟楫，所經，魚皆浮。

〔二〕〔馮註〕《廣志》：桄榔樹，大四五圍，長五六丈。其顛生葉，其子作穗，其皮可作綆，得水則柔韌，皮中有屑如麪。

〔三〕〔合註〕任淵《山谷詩註》引《維摩經》化菩薩事。見前《得黃耳蕈》詩註。（按，在卷十七）

其三

騎驢覓驢真可笑〔一〕，以馬喻馬亦成癡〔八三〕。一天月色爲誰好〔二〕，二老風流各〔八四〕自知。

〔一〕〔馮註〕《傳燈録》：參禪有二病，一是騎驢覓驢，一是騎驢不肯下。不解即心即佛，真是騎驢覓驢。

〔二〕〔馮註〕杜子美《宿府》：中天月色好誰看。

過土山寨〔一〕

南風日日縱篙撐，時喜北風將我行。湯餅一杯銀線亂〔二〕，蔞蒿如〔八五〕筯玉簪横。

〔一〕〔合註〕王本紀行類，舊王本不載，七集本載續集。〔查註〕南宋人陳克《東南防守利便》云：土山寨，在上元縣東南三十里，周圍四里，高二十丈。石季龍將寇海道，蔡謨所統七千人，東至土山，西至江乘，鎮守八所，城壘凡十一。又《名勝志》云：近半山寺康樂坊，太傅土山在焉。史云：謝安隱會稽東山。因築此擬之，無巖石，故曰土山。二說未詳孰是。慎按，亦見《山谷集》十九卷中。今駁正。

〔二〕〔合註〕韓偓詩：銀線千條度虛閣。

跋姜君弼課册〔八六〕〔一〕四言〔八七〕。姜君，瓊州〔八八〕人。己卯閏九月，來從學於東坡，至儋耳。

庚辰三月，方還瓊

雲興天際，歘若車蓋。凝矑〔八九〕未瞬〔二〕，彌漫霮䨴〔三〕。驚雷出火，喬木靡碎〔九〇〕。殷地爇空，萬夫皆廢。霤綆四墜〔九一〕，日中見昧〔九二〕〔四〕。移晷而收，野無完塊〔五〕。

〔一〕〔合註〕王本送別類，舊王本同，七集本載續集。〔查註〕姜弼，字唐佐，見本集。《詩話總龜》：李德裕《文章論》云：文章當如千兵萬馬，風恬雨霽，寂無人聲。黃夢升題兄子庠之文云：子之文章，電擊雷震，雨雹忽止，闃然泯滅。歐陽公《祭蘇子美文》云：風雲變化，雨雹交加，忽然揮斥，霹靂轟車。須臾霽止而四顧，山川草木，開發萌芽。東坡《題姜君弼課册》云云，亦同。此一機括也。慎按，葛立方《韻語陽秋》云：瓊州進士姜唐佐，東坡極愛之，贈以詩曰：滄海何曾斷地脈，白袍端合破天荒。且告之曰：子異日登科，當爲子成此篇。及唐佐預廣州，計偕過汝陽見子由時，東坡已下世矣。子由因足成其篇云（按：此詩見卷四十八，畧）。唐佐是年省闈不利，有負錦衣之祝矣。東坡又嘗書唐佐課册「雲興天際，歘若車蓋」云云，今亦刻集中，乃戲書劉夢得《楚望賦》中語。按，《楚望賦》全篇載《文苑英華》第一百二十七卷中。今據此駁正。

〔二〕〔合註〕劉禹錫《救沉志》：凝矑執用。

〔三〕〔合註〕王延壽《魯靈光殿賦》：雲覆霮䨴。

〔四〕〔馮註〕《易·豐卦》：九三，豐其沛，日中見沬。沬，心之小者。《漢·王莽傳》：地皇元年，二月壬申，日正黑。莽惡之，下書曰：乃者日中見昧，陰薄陽，黑氣爲變。

〔五〕〔馮註〕《董子》：太平之世，雨不破塊，津莖潤葉而已。

惠崇蘆雁〔一〕六言〔九三〕

惠崇烟雨蘆〔九四〕雁，坐我瀟湘洞庭。欲買〔九五〕扁舟歸去，故人云〔九六〕是丹青。

〔一〕〔合註〕王本書畫類，舊王本不載，七集本載續集。惠崇，見前《春江晚景》題註。〔查註〕愼按，見《黃山谷集》，《題鄭防禦畫夾五首》之一也，入《宋文鑑》第二十六卷，選詩中亦以爲黃作。今據此駁正。〔合註〕《山谷集》各本皆作鄭防，《宋文鑑》亦同，惟查氏作鄭防禦，再考。

和陶擬古九首〔九七〕〔一〕

其一

客居遠林薄，依牆種楊柳。歸期未可必，成陰定非久。邑中有佳士，忠信可與友。相逢話禪寂，落日共杯酒。艱難本何求，緩急肯相負。故人在萬里，不復爲薄厚。米盡〔九八〕鬻衣裳，時勢問無有。

〔一〕〔合註〕蘇籀《雙溪集》云：《和陶詩·擬古九首》，亦坡代公作。公卽指子由也。籀爲子由之孫，所言當不妄。然《欒城後集》，係子由自編定者，而亦載此九首。查氏於先生集卷四十二已經採附。今删彼而附於他集互見詩卷末，以備參考。

其二

閉門不復出，兹焉若將終。蕭然環堵間，乃復有爲戎。我師柱下史，久以雌守雄。金刀雖云利，未聞能斫風。世人欲困我，我已長安窮〔九九〕。窮甚當辟穀，徐觀百年中。

其三

蕭蕭髮垂素，晡日迫西隅。道人閔我老〔一〇〇〕，元氣時卷舒。歲晚〔一〇一〕風雨交，何不完子廬。萬法滅無餘，方寸可久居。將掃道上塵，先拔庭中蕪。一淨百亦淨，物我〔一〇二〕皆如如。

其四

夜夢披髮翁，騎驎下大荒。獨行無與游，闖然欵我堂〔一〇三〕。高論何崢嶸，微言何渺茫。我徐聽其說，未離翰墨場。平生氣如虹，宜不葬北邙。少年慕遺文，奇姿揖昂揚〔一〇四〕。衰罷百無用，漸以圓〔一〇五〕斲方。隱約就所安，老退還自傷。

其五

佛法行中原，儒者恥論兹。功施冥冥中，亦何負當時。此方舊雜染，渾渾無名緇。治生守家世，坐使斯人疑。未知酒肉非，能與生死辭。熾哉吴閩間，佛事不可思。生子多穎悟，德報豈吾欺。時俾正法眼，一出照曜之。誰爲邑中豪？勤誦我此詩。

其六

憂來感人心，悒悒久未和。呼兒具濁酒，酒酣起長歌。歌罷還獨舞，黍麥力誠多。憂長酒易消，脱去如風花。不悟萬法空，子如此心何。

其七

杜門人笑我，不知有天遊。光明遍十方，咫尺陋九州。此觀一日成，衮衮通法流。竿木常自隨，何必返故丘。老聃白髮年，青牛去西周。不遇關尹喜，履迹誰能求。

其八

耝田種紫芝，有根未堪採。逡巡歲月度，太息毛髮改。晨朝玉露下，滴瀝投滄海。須芽忽長茂，枝葉行可待。夜燒沉水香，持戒勿中悔。

其九

海康雜蠻蜑，禮俗久未完。我居久閭閻，願先化衣冠。衣冠一有恥，其下胡爲顔。東鄰有一士，讀書寄賢關。歸來奉親友，跬步行必端。慨然顧流俗，歎息未敢彈。提提烏鳶中，見此孤翔鸞。漸能衣裘褐，袒裼知惡寒〔一〇六〕。

次晁无咎韻閻子常攜琴入村〔一〇七〕㊀

士寒餓，古猶今。向來亦有子桑琴，倚楹嘯歌非寓淫。伯牙山高水深深，萬世二〔一〇八〕聾一知音。閻君七絃抱幽獨，晁子爲之《梁父吟》。天寒絡緯悲向〔一〇九〕壁，秋高風露聲入林。冷絲枯木拂蛛網，十指巧〔一一〇〕能寫人心。○○〔一一一〕擊鼓如鳴鼉，○○○○〔一一二〕成螺。歲豐寒士亦把酒，滿眼飣餖梨棗多。晁家公子屢經過，笑談與世殊臼科。文章落落映晁、董，詩句往往如〔一一三〕陰、何。閻夫子，勿謂使人難，使琴抑怨天〔一一四〕不和。明光晝開九○肅〔一一五〕，不令高才牛下歌。

㊀〔合註〕此詩見《黄山谷集》，非先生作。但《坡門酬唱集》載此詩，以爲東坡次韻。今附於他集互見卷末。

〔合註〕查本又有《虚飄飄》詩第二首「花飛不到地」云云，據考，是黄山谷原作，第三首「風寒吹絮浪」云云，據考，是秦少游和詩。《題織錦圖上回文》詩第一首「春晚落花餘碧草」云云，第二首「紅手青絲千字錦」云云，第三首「羞看一首回文錦」云云，據考，是江南本他人詩。《游杭州山》詩「山平村塢連」云云，據考，是子由《和子瞻自淨土寺步至功臣寺》詩。《過嶺寄子由》第二首「山林瘴霧老難堪」云云，據考，是子由《次子瞻過嶺》詩韻作，已皆附載各卷本詩之後。但查氏仍分列題目於兩卷中。今彙記卷末，俾更易考而知也〔二六〕。

卷五十校勘記

〔一〕緑浦　七集作「緑淨」。

〔二〕晴　七集作「明」。查註：疑當作「清」；合註：今從《志》。按，外集作「晴」。

〔三〕戲題　外集無「戲」字。

〔四〕巴俗深留客吴儂但憶歸　查註：《瀛奎律髓》「深留客」作「雖親我」，「但」作「暫」。

〔五〕如公自不忘其於書太簡　合註：《後山集》「公」作「君」，「其」作「尚」。

〔六〕田　合註：王本、補施註本、查本俱作「百」，今從七集本。按，明成化原刊本七集「田」作「日」，疑爲「田」之誤。

〔七〕侯猶　合註：《雞肋集》作「卿時」。

〔八〕爲　合註：《雞肋集》作「樂」。

〔九〕桑麻已零落藻荇復消沉　查註、合註：《半山集》「麻」作「楊」。合註：「復」一作「亦」。

〔一〇〕强穿南埭路遥望北山岑　合註：「南」一作「西」。查註、合註：《半山集》「遥」作「共」。

〔一一〕與　查註、合註：《半山集》作「見」。

〔一二〕喜　七集作「幸」。

〔一三〕涷　七集作「東」，疑誤。

〔一四〕士還　查註、合註：《山谷集》作「世要」。

〔一五〕颪　查註、合註：《山谷集》作「同」。

〔一六〕揚子法言淵騫　原作「揭子」，誤，今校改，並補篇名。

〔一七〕歐倩腰支柳一渦　合註：七集本、王本作「欲舞腰身柳一窠」。查註、合註：《山谷集》「倩」作「靚」。

〔一八〕催拍　七集、查註作「攉拍」。

〔一九〕片片　查註、合註：《能改齋漫録》作「細點」。合註：《姑溪題跋》作「細點」。

〔二〇〕落　查註：《能改齋漫録》作「雨」。合註：《山谷集》、《能改齋漫録》、《姑溪題跋》作「雨」。

〔二一〕争奈當塗風物何　查註：《黄集》「争奈」作「奈此」，《能改齋漫録》「物」作「月」。合註：《山谷集》、《姑溪題跋》「争奈」作「奈此」，《山谷集》、《能改齋漫録》、《姑溪題跋》「物」作「月」。

〔二二〕挹　查註、合註：《欒城集》作「挽」。

〔二三〕建隆　外集「隆」後有「觀拜」二字。

〔二四〕神州　查註、合註：《山谷集》「州」作「游」，合註謂訛。
〔二五〕一部鳴蛙鼓吹收……身閑心遠地偏幽　查註、合註：《山谷集》「收」作「休」，「偏」作「常」。
〔二六〕桃花　七集作「桃枝」。合註：一作「梧桐」。
〔二七〕勝此　七集作「如此」。
〔二八〕銀瓶　七集作「銀牀」。
〔二九〕石　合註：一作「食」。
〔三〇〕意　合註：《志》作「性」。
〔三一〕不　合註：一作「未」。
〔三二〕君　合註：《山谷集》作「公」。
〔三三〕閑看書册應多味老傍人門想更慵　合註：《山谷集》「看」作「尋」，「想」作「似」。
〔三四〕觀　查註：《山谷集》作「親」。合註：一作「親」。
〔三五〕一杯相屬更從容　合註：《山谷集》「杯」作「尊」，「更」作「要」。
〔三六〕山城九月冒朝寒　查註、合註：《山谷集》作「月明猶在搭衣竿」。
〔三七〕講武　查註、合註：《山谷集》作「曉踏」。
〔三八〕乘　合註：《山谷集》作「先」。
〔三九〕鵶啼冢木秋風急鷺立漁船夜水乾　查註、合註、《山谷集》「冢」作「宰」，「夜」作「野」。
〔四〇〕移合浦郭功甫見寄　外集無「郭功甫見寄」五字。按，《鶴林玉露》卷十《詩禍》條：東坡晚年自朱崖量移合浦，郭功甫寄詩云：君恩浩蕩似陽春，海外移來住海濱。云云。其意亦深矣。參題下查註。

〔四一〕如在　外集作「人外」。

〔四二〕莫趁明珠　外集「莫趁」作「若趁」。查註：《困學紀聞》作「莫向沙邊」。

〔四三〕無數　外集作「可數」。

〔四四〕草帖　外集作「草書」。

〔四五〕曾　合註：一本作「須」。

〔四六〕草聖欲成狂便發　原作「草聖無成狂飲發」。今從外集。查註、合註：石刻「欲」作「欲」，「便」作「便」。

〔四七〕僕年三十九……二首　七集無「二首」二字。外集作「偶作二絶」。《永樂大典》卷八百二十一引袁文《甕牖閑評》：「釣艇歸時菖葉雨」，并「寺官官小未朝參」，此二絶首句也。蘇東坡集云：僕作此詩時，年二十九歲（按：「二」當爲「三」之訛）。至《春渚紀聞》乃云：此闕子容詩，誤載在東坡集中，未知其孰是也？

〔四八〕長江　外集作「吴江」。

〔四九〕公　合註：《山谷集》作「仲本」。

〔五〇〕吾儕猶健可頻傾　查註、合註：《山谷集》「猶」作「聞」；合註：《山谷集》「可」作「且」。

〔五一〕折脚鐺邊煨淡粥　類本「邊」作「中」。查註、合註：《山谷集》「邊」作「中」，「煨」作「同」。合註：王本「邊」作「中」。

〔五二〕曲枝桑下飲離杯　合註：《山谷集》「枝」作「腰」，「飲」作「把」。

〔五三〕書生不是南遷客魑魅驚人須早回　查註、合註：《山谷集》「書生」作「知君」，「驚人」作「無情」。

〔五四〕松　合註：一作「竹」。

〔五五〕道人只作兩團庵　查註、合註：《淮海集》「只」作「爲」，「兩團」作「小圓」。

〔五六〕竹　查註、合註：《淮海集》作「玉」。

〔五七〕烏鵲無聲夜向闌　查註、合註：《淮海集》「夜向」作「子夜」。合註：《侯鯖録》「闌」作「閑」，訛。

〔五八〕乃　查註、合註：《淮海集》作「了」。

〔五九〕柿葉滿庭紅顆秋薫爐沉水度春篝　查註、合註：《山谷集》「滿」作「鋪」，「春」作「衣」。

〔六〇〕自　查註、合註：《山谷集》作「同」。

〔六一〕葉　查註、合註：《山谷集》作「落」。

〔六二〕蒼　查註、合註：《山谷集》作「滄」。

〔六三〕江邊皎皎過侯灘　外集作「江流激激見侯灘」。查註、合註：《雲巢集》「邊皎皎」作「流激激」。

〔六四〕更上山腰看打盤　外集作「更上山頭看矴盤」。查註、合註：《雲巢集》「腰」作「頭」。

〔六五〕老兒　外集作「老人」。查註、合註：《雲巢集》「兒」作「人」。

〔六六〕憂患　外集作「憂樂」。查註、合註：《雲巢集》「患」作「樂」。

〔六七〕淩壁　查註、合註：《雲巢集》作「峻嶒」。

〔六八〕閣上相忘　查註、合註：《雲巢集》作「殿閣相望」。外集「忘」作「望」。

〔六九〕長沙一日煨籩筍　查註、合註：《山谷集》「日」作「月」，「籩」作「鞭」。

〔七〇〕貓頭突兀鼠穿籬　七集「頭」作「兒」。查註、合註：《山谷集》「鼠」作「想」。

〔七一〕卧　查註、合註：《山谷集》作「挂」。

〔七二〕夕　合註：《山谷集》作「太」。

〔七三〕箇　合註：《山谷集》作「此」。

〔七四〕不知斜　查註、合註：《山谷集》作「半斜紅」。

〔七五〕江妃自惜凌波韈　查註、合註：《山谷集》「自惜」作「羞出」。合註：一本「韈」作「步」。查註作「步」。

〔七六〕自過鬼門關外天命同人鮓甕頭船　合註：此二句，任註《山谷內集》作「命輕人鮓甕頭船，日瘦鬼門關外天」；《秦集》「自過」作「身在」，「同」作「輕」。

〔七七〕墮淚　合註：《秦集》作「痛哭」。

〔七八〕青嶂無梯聞杜鵑　合註：《黃集》「嶂」作「壁」，《秦集》「青嶂無梯」作「日落荒村」。七集「聞」作「問」，查註謂「問」訛。

〔七九〕寄歐陽叔弼　「陽」字據外集補。合註謂「諸本俱無陽字」，蓋未詳考外集。

〔八〇〕真誠　合註：《黃集》「誠」作「成」。

〔八一〕月　查註、合註：《山谷集》作「日」。

〔八二〕静默堂中有相憶清江或遣化人來　查註、合註：《山谷集》「静」作「照」，「江」作「秋」。
〔八三〕騎驢覓驢真可笑以馬喻馬亦成癡　查註、合註：《山谷集》「真」作「但」，「以」作「非」。
〔八四〕各　查註、合註：《山谷集》作「只」。
〔八五〕如　查註、合註：《山谷集》作「數」。合註：王本作「數」。
〔八六〕跋姜君弼課冊　外集「姜」後有「唐佐」二字。查註、合註：一本「君」作「公」，查註云訛。
〔八七〕四言　七集此二字在自註之末，接「方還瓊」句。查註無此二字。
〔八八〕瓊州　外集無「州」字。
〔八九〕凝矑　外集作「凝目」。
〔九〇〕糜碎　七集作「糜碎」。外集作「靡碎」。
〔九一〕霤綆四墜　外集作「懸溜綆墜」。七集原校：一作「懸溜綆墜」。查註、合註：一本作「懸溜綆縋」。
〔九二〕見昧　七集作「見沫」。
〔九三〕六言　查註無此二字。
〔九四〕蘆　查註、合註：《山谷集》作「歸」。
〔九五〕買　查註、合註：《山谷集》作「喚」。紀校：「買」字不如「喚」字之活。
〔九六〕云　查註、合註：《山谷集》作「言」。
〔九七〕和陶擬古九首　又見《欒城後集》卷二，題作「次韻子瞻和淵明擬古九首」。此九詩，用四部叢刊初編影明活字印本《欒城集》校（簡稱《欒》）。此詩之五、六、七、八、九首，《欒》爲六、七、八、九、五首。

〔九八〕米盡　原作「未盡」。今從《欒》。

〔九九〕長安窮　《欒》作「安長窮」。

〔一〇〇〕晡日迫西隅道人閔我老　《欒》「迫」作「過」，「閔」作「愍」。

〔一〇一〕歲晚　《欒》作「歲惡」。

〔一〇二〕物我　《欒》作「我物」。

〔一〇三〕欸我堂　原作「入我堂」。今從《欒》。

〔一〇四〕揖昂揚　原作「損昂昂」。今從《欒》。

〔一〇五〕漸以圓　《欒》作「漸以圜」。

〔一〇六〕如惡寒　原作「如惡寒」，今從《欒》。

〔一〇七〕次晁无咎韻閻子常攜琴入村　此詩，見《坡門酬唱集》卷二十三。現用清宣統影印宋紹熙刊本《坡門酬唱集》校（簡稱《酬唱集》）。

〔一〇八〕二　合註：《山谷集》作「丘」。

〔一〇九〕向　合註：《山谷集》作「四」。按，《酬唱集》作「四」。

〔一一〇〕巧　合註：《山谷集》作「乃」。

〔一一一〕〇〇　合註：《山谷集》作「村村」。

〔一一二〕〇〇〇〇〇　合註：《山谷集》作「豆田見角穀」。按，《酬唱集》作「〇〇〇角〇」。

〔一二三〕如 合註：《山谷集》作「妙」。

〔一二四〕天 合註：《山谷集》作「久」。

〔一二五〕明光畫開九〇肅 《酬唱集》「畫」作「晝」，「〇」作「門」。合註：《山谷集》「〇」作「門」。

〔一二六〕查本又有云云 《虚飄飄》第二首「花飛不到地」、第三首「風寒吹絮浪」，見七集續集卷三，本詩集附載卷三十《虚飄飄》題下。《題織錦圖上回文三首》「春晚落花餘碧草」云云，見《東坡集》（集甲本）卷十二，本詩集收入卷四十七。《游杭州山》「山平村塢連」云云，見七集續集卷一，本詩集附載卷七《和子瞻自淨土寺步至功臣寺》題下。《過嶺寄子由》第二首「山林瘴霧老難堪」云云，見七集續集卷二，本詩集附載卷四十七《過嶺寄子由》題下。

蘇軾詩集增補

輯佚詩二十九首〔一〕

和南都趙少師〔二〕

富貴功名已兩忘，望高嵩華量包湘。還家傲似蒙莊子，定策忠于漢霍光。遠訪交親情益重，共論詩酒興偏長。園亭繼日休車馬，却悔多年滯廟堂。（見《永樂大典》卷九百十八引《蘇東坡文集》）

寄汝陰少師〔三〕

得時行道善知終，猛退如公世罕逢。擲棄浮名同敝屣，保全高節似寒松。文章千古進謨誥，勳業三朝鏤鼎鍾。見説新堂頻燕會，故時賓客定相容。公嘗見約，異時潁上相尋。某亦有意乞麾，以依舊館。（同上）

秋日寄友人

柳條風煖會吟時，林下池邊屐齒移。別後過從更疎懶，暮蟬嘹亂不勝悲。（見《永樂大典》卷三千

五引《蘇東坡集》）

雷巖詩

空巖發靈籟，彷彿如風雷。只疑函寶劍，天遣六丁開。（見《永樂大典》卷九千七百六十三引《宋蘇東坡集》）

治易洞〔四〕

自昔遥聞太守高，明爻象彖日忘勞。洞中陳迹今如掃，斯道何曾損一毛。（見《永樂大典》卷一萬三千七十四《治易洞》條）

次韻錢穆父還張天覺行縣詩卷〔五〕

君如天馬玉花驄，萬里〔六〕須臾不計功。投刃皆虚有餘地，運斤不輟自成風。如何十日敲榜外，已復千篇笑語中。只恐學禪餘此在，卓錐猶是去年窮。（見《西樓帖》）

失題一首〔七〕

讀書頭欲白，相對眼終青。身更萬事已頭白，相對百年終眼青。看鏡白頭知我老，平生青眼爲君明。故人相見尚青眼，新貴如今多白頭。江山萬里將頭白，骨肉十年終眼青。（見史容《山谷外集詩註》卷十七《寄忠玉提刑》「讀書頭愈白，見士眼終青」句下引《王立之詩話》）

絶句一首〔八〕

濛濛春雨溼邗溝，篷底安眠晝擁裘。知有故人家在此，速將詩卷洗閑愁〔九〕。（見《輿地紀勝》卷四十三《高郵軍》）

扇

團扇經秋似敗荷，丹青彷彿舊松蘿。一時用捨非吾事，舉世炎時奈爾何！（見《分門纂類唐宋時賢千家詩選》卷十七）

僧

一鉢即生涯，隨緣度歲華。是山皆有寺，何處不爲家。笠重吳山雪，鞋香楚地花。他年訪禪室，寧憚路歧賒。（見《分門纂類唐宋時賢千家詩選》卷二十二）

馬子約送茶，作六言謝之〔一〇〕

珍重繡衣直指，遠煩白絹斜封。驚破盧仝幽夢，北窗起看雲龍。（見《詩淵》第一冊）

甘蔗

老境於吾漸不佳，一生拗性舊秋崖。笑人煮簀何時熟，生啗青青竹一排。（見《詩淵》第六册）

謝人送墨

墨月黳雲脱太清，海風吹上筆頭輕。瑣窗冷透芙蓉碧，定有新明到九成。（見《詩淵》第八册）

送竹香爐

枯槁形骸惟見耳，凋殘鬢髮只留鬚。平生大節堪爲底，今日灰心始見渠。（見《詩淵》第八册）

山村〔二〕二首

其一

野水開冰出，山雲帶雨行。白鷗乘曉泛，黄犢試春耕。地僻民風古，年豐米價平。村居自瀟灑，況有讀書聲。

其二

野老幽居處，成吾一首詩。桑枝礙行路，瓜蔓網疎籬。牧去牛將犢，人來犬護兒。生涯雖朴略，氣象自熙熙。（見《詩淵》第十一册）

送玉面貍

北距飛狐信未通，夜來縛到藁街東。千年妖幼誰家婦，一國蒙茸無是公。丘首可憐迷故土，帝羓空用起腥風。長纓俘獻埋輪使，未問豺狼問此翁。（見《詩淵》第十六册）

壽叔文

燁燁蒼龍宿，騰光射斗杓。嘉時鍾間氣，○契在叢霄。感會風雲際，承恩雨露朝。史才資筆削，使指載歌謡。十載霜威重，連○弊俗消。賜環歸畫省，鳴玉率英寮。典禮還咨伯，寅○合佐堯。讜言文石陛，正色紫宸朝。共説門闌喜，誰云天路遥。一龍今在沼，三鳳並儀○。道在須調鼎，謀深鄙○貂。高情真邈邈，逸氣更飄飄。仙果雖遲熟，靈椿信後凋。東山何足羡，會是躡松喬。（見《詩淵》第二十五册）

潮中觀月〔二〕

璃玻〔三〕千頃照神州，此夕人間別是秋。地與樓臺相上下，天隨星斗共沉浮。一塵不向山中住，萬象都從物外求。醉吸清華遊碧落，更于何處覓瀛洲。（見明刻《蘇文忠公膠西詩集》轉引《膠州志》，又見清乾隆刊《膠州志》卷八）

獻壽戲作〔一四〕

終須跨箇玉麒麟，方丈蓬萊走一巡。敢獻些兒長壽物，蟠桃核裏有雙仁。（見《知不足齋叢書》本《侯鯖録》卷八）

舒嘯亭〔一五〕

攬勝雷山舒嘯亭，諸峰秀拱透雲程。嘯傲池邊紅日伴，舒懷巖壑白雲迎。滿目縱觀天際迴〔一六〕，一腔收拾歲寒清。松花香遍銀陽地，剩把新詩壯此行。（見清同治《饒州府志》卷三、道光《德興縣志》卷四、同治《德興縣志》卷一）

宿資福院〔一七〕

月明寫炤寺林幽，最是江湖入念頭。衣染爐烟金漏迴，茶烹石鼎玉蟾留。山星幾點躔官舍，僧院百年過客舟。封事未投聖主意，長安此夕亦多愁。（見清同治《龍泉縣志》卷十七）

金沙臺〔一八〕

雨後東風漸轉和，扣門遷客一經過。王孫采地空珪璧，長者芳聲動薜蘿。正爾謫居懷北闕，聊同笑語説東坡。山林臺閣原無異，促席論心酌叵羅。（見清同治《瑞州府志》卷二十二、《高安縣志》卷二十六）

題陳公園〔一九〕内有二池

春池水暖魚自樂，翠嶺竹静鳥知還。莫言疊石小風景，捲簾看盡銅官山。（見影印明嘉靖《銅陵縣志》卷八，又見民國鉛印清乾隆《銅陵縣志》卷十四）

題雙楠軒〔二〇〕慕容暉所居

南軒前頭兩佳木，先生撫翫常不足。尤愛薰風五月初，白銀花開光照屋。（見清光緒《重刊宜興縣續志》卷十）

雨中邀李范菴過天竺寺作〔二一〕

其一

步來禪榻畔，涼氣逼團蒲。花雨檐前亂，茶烟竹下孤。乘閑攜畫卷，習静對香罏。到此忽終日，浮生一事無。

其二

老禪趺坐處，疎竹翠泠泠。秀色分鄰舍，清陰覆佛經。蕭蕭日暮雨，曳履繞方庭。（見清乾隆刊《吳越所見書畫録》卷五）

安老亭詩〔二二〕

橋下幽亭近水寒，倩誰□字在楣端。市廛得此尤堪隱，老者於今只自安。飯後徐行扶竹杖，倦來穩坐倚蒲團。眼明能展鍾王帖，絶勝前人映雪看。（同上）

題王晉卿畫〔二三〕

兩峰蒼蒼暗石壁，中有百道飛來泉。人間何處有此景，便欲往買二頃田。（見《珊瑚網·名畫題跋》卷三，適園叢書本）

句

詩二句〔二四〕

有客打碑來薦福，無人騎鶴上揚州。（見《玉照新志》卷三）

聯〔二五〕

山抹微雲秦學士，露花倒影柳屯田。（見《避暑録話》卷下）

上聯一句〔二六〕

二疏辭漢去。（見《春渚紀聞》卷七《徐氏父子俊偉》條）

上聯一句〔二七〕

衡茅稚子璠璵器。（見《玉照新志》卷一）

屬遼使者對〔二八〕

四詩風雅頌。（見《桯史》卷二《東坡屬對》條）

詩二句〔二九〕

檜棋擕到齊西境，更試城南金線奇。（見《能改齋漫録》卷十五《金線泉》條）

詩二句〔三〇〕

密竹不妨呈勁節，早梅何惜認殘花。（見《錦繡萬花谷》後集卷二）

詩二句〔三一〕

秋英不比春花落，説與詩人子細看。（見《苕溪漁隱叢話·前集》卷三十四引《高齋詩話》）

聯〔三二〕

槐花黄，舉子忙；促織鳴，懶婦驚。（見《石林詩話》卷一）

聯〔三三〕

鳳凰來儀，嘉禾合穟。州名（外集卷六）

聯〔三四〕

愛蜀蘄舒嘉代富，新登高棣桂常芳。州名（同上）

窮措大〔三五〕

一夕雷轟薦福碑。（見《冷齋夜話》卷二《雷轟薦福碑》條）

大雨聯句〔三六〕

有客高吟擁鼻。（見《東坡先生全集》卷六十八《記里舍聯句》條）

詩二句

一爐香對紫宫起，萬點雨隨青蓋歸。（見《甕牖閑評》卷五）（參卷三十二《次韻袁公濟謝芎椒》所引合註註文）

詩四句〔三七〕

岡陵來勢遠，幽處更依山。一片湖景内，千家市井間。（見《永樂大典》卷一千五百六十引《蘇東坡大全集·題銅陵陳公園雙池詩》註文）

增補校註

〔一〕輯佚詩二十九首　明萬曆刊《重編東坡先生外集》，卷首列東坡詩文集名，有《南行集》、《錢塘集》、《黄樓集》、《武功集》、《黄岡小集》、《毗陵集》等二十四種；此二十四種外，尚有見於任淵《山谷詩集註》卷十三之《東坡小集》等。今得見者，惟《東坡集》、《東坡後集》。詩之散佚當不少。後世續編者有之，補編者有之，搜潛抉隱，功不可没。然而碔砆魚目，張冠李戴，亦往往而有。今考《永樂大典》、《詩淵》、《山谷詩集註》、《山谷外集註》、《分門纂類唐宋時賢千家詩選》（即《後村千家詩》）、《輿地紀勝》、《侯鯖録》等書及西樓帖，題爲東坡所作而查註、合註未收之詩有三十六首。此三十六首，經初步甄别，删去其確非東坡作者，得二十九首。其中仍難免有他人之作，大部則可信。爲研究者進一步探討，兹於删去諸詩，略作説明。一、《分門纂類唐宋時賢千家詩選》卷九

《牡丹》詩。詩云：「綺席偏宜晝，香霧獨占春。洛陽荆棘久，誰是惜花人。」洛陽牡丹，北宋極盛。今乃云「荆棘久」，作者蓋爲南宋人。二、《全芳備祖》後集卷二《蓮》詩五首。其一，合註收入補編詩，見本詩集卷四十八，此乃楊萬里詩，見卷四十八校勘記第二五六條。其二云：「緑玉蜂房白玉蟬，折來帶露復含烟。玻璃盆面冰漿應，醉嚼新蓮一百圓。」此詩見楊萬里《誠齋集》卷二十二，題作「食蓮子」，「蟬」作「蜂」，「烟」作「風」，「應」作「底」，「圓」作「蓬」，惟韻脚不同。其三云：「蜂不禁人採蜜忙，荷花蕊裏作蜂房。不知玉蛹甘于蜜，又被詩人嚼作霜。」此詩見《誠齋集》卷九，題亦作「食蓮子」。其四云：「山蜂愁雨損蜂兒，葉底安巢更倒垂。只有荷蜂不愁雨，蠟房仰卧萬花枝。」此詩見《誠齋集》卷三十八，題作「詠荷花中小蓮蓬」。其五云：「蜂兒來自宛溪中，兩翅雖無宛是蟲。不似荷花窠裏蜜，方成玉蛹未成蜂。」此詩見《誠齋集》卷四十，題作「蓮子」，「宛是」作「已是」，「裏」作「底」。嚴羽《滄浪詩話·詩體》中有「楊誠齋體」。此體之長，在新鮮、平易，而其失在于淺，一覽無餘。此數詩有此體特點。三、《永樂大典》卷八千六百四十八引《衡州府志》，有《遊南岳》一詩。詩云：「秋高意氣在峰頭，碧落雲開放又收。萬頃滄波澄玉鑑，一輪紅日衮金毬。眼觀西北幾千里，勢壓東南數百州。好景此時吟不盡，天生有分再來遊。」味詩末二句，作者似二遊南岳。東坡足迹，未一及南岳。不可信。四、《詩淵》第二十五册《壽吕帥》。詩中有云：「雜還衣冠後，從容幕府招。聲華愧王粲，顧盼獨郗超。」東坡未嘗爲吕某作幕，事實不合。又，《詩淵》同上册《壽陳同知》。詩中有「慨念中原猶未復」之句，顯係南宋人之作。

東坡佚詩目録，除合註（見卷四十八卷末）所舉者外，尚有：一、《東坡紀年録》熙寧六年紀事：「□五月」二十七日，遊風水洞，作詩。……八月……又再遊風水洞，作詩。」今前後遊風水洞詩皆不見（參卷九《往富陽新城……》題下誥案）。二、施註謂卷十五《次韻答邦直、子由五首》，「通爲八首」，「猶逸其三」。三、施註謂子由「有《次韻子瞻招王蘧朝請晚飲》」，「《東坡詩集》中已亡之矣」。見卷十六《芙蓉城》施註。

〔二〕和南都趙少師　趙少師名概，見卷八《和歐陽少師寄趙少師次韻》題下查註。趙概神道碑，爲東坡作。

〔三〕寄汝陰少師　汝陰少師，乃歐陽修。卷八有《和歐陽少師會老堂次韻》，與本詩韻同。詳卷八和詩題下註文。

〔四〕治易洞　《永樂大典》卷一萬三千七十四引《元一統志》云：「治易洞，在四川嘉定府九頂山後門。宋皇祐間，郡守吳祕，石上有磨厓大字云：『聖作易，晦其數，劉傳吳，識其祖。』」

〔五〕次韻錢穆父還張天覺行縣詩卷　此詩見西樓帖。西樓帖共收詩三十一首。其中二首，爲杜甫《暮春》、《奉觀嚴鄭公廳事岷山沲江畫圖》。又二十八首，已分見本詩集各卷。此一首，各刊本未見。錢穆父、張天覺與東坡屢有唱酬。穆父名勰，天覺名商英，事迹分詳卷二十六《次韻錢穆父》、卷二十九《次韻孔常父送張天覺河東提刑》題下註文。《三孔先生清江文集》卷十有孔常父（名武仲）《次韻天覺行縣》詩，云：「餘涼（原校：一作『霜』）凜凜認乘驄，分走郊圻督事功。照路官儀驚衆目，快襟詩思有清風。隋河楊柳縈天上，魏闕觚棱在夢中。朝會相逢勞行色，滑稽酬對與無窮。」與此詩韻同。

〔六〕萬里　「萬」字上原有「頃刻」二字。二字旁加圈，意爲圈去。

〔七〕失題一首　任淵《山谷詩集註》卷一《送王郎》「江山千里俱頭白，骨肉十年終眼青」句下註文亦引此詩。任註註文未提《王立之詩話》，於每二句之後，加「又曰」字樣，似爲節引。今仍從《山谷外集詩註》。又，《山谷詩集註》卷二《寄黄幾復》「想得讀書頭已白」句下，任淵引此詩頭二句爲註文。又，《詩話總龜》、《苕溪漁隱叢話》謂爲蘇、黄二人作。意者或爲二人聯句，待考。

〔八〕絶句一首　《方輿勝覽》卷四十六亦收此詩，謂爲歐陽修作。查《歐陽文忠公文集》，無此詩。作者難定，今録於此，待考。

〔九〕閑愁　《方輿勝覽》作「窮愁」。

〔一〇〕馬子約送茶作六言謝之　《詩淵》此詩之前，爲《送南屏謙師》詩，題下註，宋蘇軾東坡詩集；次爲《新茶送簽判詩》，題下註，前人；再次爲本詩，題下註，前人。

〔一一〕山村　《詩淵》此二詩之前四詩，皆爲東坡詩；第一詩題下註：宋蘇軾東坡詩集，餘皆註前人。此二詩題踵前註：前人。詩題原作「江村」，第四詩爲卷九《山村五絶》中之一首。此二詩，味詩意，亦寫山村，今改。

〔一二〕潮中觀月　此詩，當作於元豐八年。

〔一三〕璃玻　《膠西詩集》作「璃波」，今從乾隆《膠州志》。

〔一四〕獻壽戲作　《侯鯖録》云：「東坡在黄岡，與張從惠吉老同一州。吉老妻，予從姑也。遇生日，請坡夫婦飲。適有新桃，食之，見雙仁，坡戲作獻壽詩云（略）。」

〔一五〕舒嘯亭　同治《饒州府志》、道光及同治《德興縣志》均謂舒嘯亭在德興縣治東雷山巔，傍有巖，名香石巖，巖有洞，名黄龍洞，右有天池。又謂「東坡以子邁爲縣尉，曾遊其地」。當爲元豐七年適汝州時事。又，《縣志》收有題爲蘇軾所作之《董端公廟》七律一首。按，董端公乃董端忠，同治《德興縣志》卷八入忠義傳，卒於建炎間。詩非軾作，不録。

〔一六〕天際迴　《府志》作「透」，今從《縣志》。

〔一七〕宿資福院　清同治《龍泉縣志》卷三「北資福寺」條下有云：「宋元豐間，黄大臨宰龍泉，蘇文忠枉道相訪，寓宿是院，有詩。」當即此詩。查《縣志》卷七《秩官》，知大臨（字元明）宰龍泉，自元豐六年起。軾元豐七年量移汝州，嘗往筠州（今江西高安）别蘇轍（時轍知筠州），爲留十日。龍泉（今江西遂川）距筠不遠，其訪大臨，當在此時。又，《縣志》卷十七有題爲蘇軾所作之《龍泉宰黄元明，予友山谷兄也。枉道相訪，款洽甚密。與坐小舟遊虎潭，風景足佳，感而賦之》七古一首，首句云「幾時與君别洪州」，蘇軾足迹未及洪州，詩非軾作，不録。

〔一八〕金沙臺　據《高安縣志》，金沙臺在「治東南二里許，漢長沙定王子拾建」（拾，見《漢書·王子侯年表第三上》，在卷三）。「王孫」句當指此。又，蘇轍亦有題《金沙臺》詩，《欒城集》未收。

〔一九〕題陳公園　此詩乃組詩，共三首。其一、其三二首，卷四十八已收，題作「題銅陵陳公園雙池詩」。其文字異處，其一「簷楹」作「山光」，其三「似」作「使」，「醉」作「翠」。乾隆《銅陵縣志》卷十一謂蘇軾「元豐間自黄州抵常，過銅官，與黄山谷會遊於陳公園」。同上書卷十四引王十朋《銅陵阻風》詩。十朋自註謂銅陵五松山，有黄庭堅「《雙墨竹》詩，今亡矣」。黄庭堅《山谷外集詩註》卷十四有《銅官縣望五松山集句》。此組詩其三亦及五松山。《永樂大典》卷一千五百六十引蘇軾《題銅陵陳公園雙池詩》，註文亦及黃庭堅。參卷四十八《校勘記》第一七一至一七三條。

〔二〇〕題雙楠軒　《重刊宜興縣續志》謂「暉父惟良，領州刺史，因家陽羨。暉嗜酒好吟，不務進取。所居有雙楠並植，樅樅如。蓋嘗從蘇軾遊，軾目爲雙楠居士，題其軒曰（略）」。周必大《省齋文稿》卷十九《書東坡宜興事》引宜興主簿朱冠卿續編本縣圖經載東坡四事，其第四事爲慕容輝事，略同《宜興縣續志》，「輝」當卽「暉」。又，《永樂大典》卷五百三十九容字韻引《宜興舊志·慕容暉傳》，文同周必大所引事。

〔二一〕雨中邀李范菴過天竺寺作　《吳越所見書畫録》編者陸時化初疑此詩《其二》「失寫一聯」，繼又引《滄浪詩話》，謂「有律詩止三韻者」，《其二》「爲三韻律詩無疑」。

〔二二〕安老亭詩　上二詩與此詩之後，有「元祐四年九月二日蘇軾」字。「軾」後空四字，有「眉山蘇軾」字，當爲印記。蘇軾時知杭州。

〔二三〕題王晉卿畫　按，晉卿名詵，見卷二十七《和王晉卿》引及註。

〔二四〕詩二句　按，《冷齋夜話》卷二《雷轟薦福碑》條引此二句，未及作者姓氏。參本校註第三十五條。

〔二五〕聯　按，「露花倒影」，乃柳永《破陣子》語。「山抹微雲」，乃秦少游句。《避暑録話》謂蘇軾「於四學士中最善少游，故他文未嘗不極口稱善，豈特樂府，然猶以氣格爲病，故常戲云」。

〔二六〕上聯一句　按，《春渚紀聞》云：「東坡帥杭日，與徐璹全父坐雙檜堂。公指二檜曰：（略）。璹應聲云：『大老入周來。』公爲擊節久之。」

〔二七〕上聯一句　按，此乃元祐四年蘇軾赴知杭州道中，途次毘陵作。下聯爲「翰苑仙人錦繡腸」。作者爲孫覿，字仲益，時年八歲。軾大加賞嘆。見《玉照新志》卷一、卷五。

〔二八〕屬遼使者對　按，元祐間，蘇軾館伴遼使。其國舊有一對，曰「三光日月星」，凡以數言者，必犯其上一字，於是遍國中無能屬者。使者請於軾，軾唯唯，謂其介曰：「我能而君不能，亦非所以全大國之體，『四詩風雅頌』，天生對也，盍先以此復之？」見《桯史》。

〔二九〕詩二句　按，《能改齋漫録》卷十七《金線泉》條云：「《澠水燕談》云：齊州城西張意諫議園亭，有金線泉。……無一人題詠者。獨蘇子瞻有詩曰（畧）。」東坡元豐八年移守文登，嘗過濟南（見《東坡集》卷四十《真相院釋迦舍利塔銘》）。此詩或作於其時。

〔三〇〕詩二句　《錦繡萬花谷·前集》尚有題爲東坡所作詩二句：「請天還我讀書眼，願載軒轅還鼎湖。」查此二句，乃黄庭堅詩，見《山谷詩集註》卷六《子瞻以子夏丘明見戲聊復戲答》。不録。

〔三一〕詩二句　按，《苕溪漁隱叢話·前集》卷三十四引《高齋詩話》云：荆公此詩（按，指「黄昏風雨暝園林，殘菊飄零滿地金」二句），子瞻跋云（畧）。蓋爲菊無落英故也。荆公云：蘇子瞻讀楚詞不熟耳。予以謂屈平「餐秋菊之落英」，大概言花衰謝之意，若「飄零滿地金」，則過矣。東坡既以落英爲非，則屈原豈亦謬誤乎！坡在海南，《謝人寄酒》詩，有云「漫繞東籬嗅落英」。又何也？又按：《藏海詩話》亦有與《高齋詩話》類似記載。又：《苕溪漁隱叢話·前集》同上卷引《西清詩話》謂此二句爲歐陽修所作。

〔三二〕聯　按，《石林詩話》卷一云：「前輩詩材，亦或預爲儲蓄，然非所當用，未嘗强出。余嘗從趙德麟假陶淵明集本，蓋子瞻所閱者，時有改定字。末，手題兩聯云：人言盧杞是姦邪，我覺魏公真嫵媚；又，(畧)。不知偶書之耶，或將以爲用也？子瞻詩，後不見此語，則其無意於必用矣。」按，上聯乃民諺，唐時已流行，見《南部新書》；下聯當亦爲民諺。又按，東坡有「强隨舉子踏槐花，槐花還似昔年忙」之句，則已用之矣。參《蛩溪詩話》卷四。

〔三三〕聯　此聯，外集卷六題爲《戲書》。《戲書》共收三聯，一爲「葑草尚能攔浪，藕絲不解留蓮」，見卷四十八《六言樂語》合註引《能改齋漫録》，外集當自《能改齋漫録》録出；二即此聯。

〔三四〕聯　見外集卷六《戲書》第三聯。

〔三五〕窮措大　按，《冷齋夜話》卷二《雷轟薦福碑》云：「范文正公鎮潘原，有書生獻詩甚工，文正公禮之。書生自言天下之至寒飢者，無在某右。時盛習歐陽率更字，薦福寺碑墨本，直千錢。文正爲具紙墨，打千本，使售於京師。紙墨已具，一夕，雷擊碎其碑。故時人爲之語曰：『有客打碑來薦福，無人騎鶴上揚州。』東坡作《窮措大》詩曰：云云。」

〔三六〕大雨聯句　按，《東坡先生全集》卷六十八《記里舍聯句》云：「幼時，里人程建用、楊堯咨、舍弟子由會學舍中大雨聯句六言。程云『庭松偃仰如醉』，楊即云『夏雨凄涼似秋』，余云『有客高吟擁鼻』，子由云『無人共吃饅頭』。坐皆絶倒。今四十餘年矣。」

〔三七〕詩四句　此四句詩，當亦爲題陳公園雙池作，參卷四十八《題銅陵陳公園雙池詩》。

蘇軾佚句尚多。見於宋鄭元佐《新註朱淑真斷腸詩集》者有：卷一《喜晴》引「晴鳩喚取雨鳩來」，

《絶句二首》其一引「明朝特地東風惡」；卷二《春日雜書》其九引「渡頭柳色暗藏鴉」，《恨春五首》其二引「登臨思佳句」；卷三《膏雨》引「江上一犁春雨足」，《海棠》引「胭脂爲臉玉爲肌」，《柳絮》引「柳花着水浮萍生」；卷四《納涼桂堂》引「森森如竹光」，《梅蒸滋甚因懷湖上二首》其一引「與問籜龍兒」，《納涼卽事》引「香風入牙齒」，《夏雨生涼》引「黑雲催雨雨催詩」、「對月開芳樽」，《青蓮花》引「紅白蓮花相間開」；卷五《秋夜有感》引「孤燈冷焰自明滅，獨坐無人伴夜長」，《長宵》引「夜深眠斗帳」，《中秋值雨》引「疏疏梧葉冷翻階」、「風掣凝雲斷」，《七夕》引「拜月無人臉見妝」，《悶懷二首》其一引「獨坐對孤燈」，《悶懷二首》其二引「夢難成處轉悽惶」；卷六《九日》引「秋光淡薄夕陽中」；卷七《冬日梅窗書事》其三引「清香入酒杯」，其四引「二月驚梅晚，幽香此地無」，《山脚有梅一株……》引「便教踏雪看梅花」，《雪夜對月賦梅》引「檀暈粧成雪月明」，《除日》引「不辭醉後屠蘇酒」，《除夜》引「春逐五更來」，《雪晴》引「夜寒應聳作詩肩」；卷八《東馬塍》引「蠶事正忙農事急」，《西樓寄情》引「窗間但見蠅鎮紙（「鎮」，疑應作「鑽」）（紙下原註：飛蠅觸窗紙，没個出頭時）」，《夜留依緑亭》引「明朝好月到三更」；卷九《傷別》其二引「愁悶歸來種種長」，《酒醒》引「酒醒夢回春日盡」，《悶書》引「粉淚無窮似梅雨」，《寄情》引「別後寄我書滿紙，苦恨相思不相見」，《無寐》引「擁褐□眠天未明」；卷十《圓子》引「蟹眼翻波湯已作」，《浴罷》引「□□淋浴罷」；《後集》卷五《遊湖歸晚》「一池明月芰荷香」。以上據南陵徐氏影印元刊本。又，影元刊本缺葉，而見于《武林先哲遺箸》本《斷腸詩集》之佚句，有卷二引「知有人家在翠微」、「滿地落花無人掃」二句。以上詩句，疑其中或有不少非東坡作者，未敢遽録入正文，姑附見於此。

附録一　銘　傳

欒城集墓誌銘

予兄子瞻謫居海南四年春正月，今天子即位，推恩海内，澤及鳥獸。夏六月，公被命渡海北歸。明年，舟至淮浙。秋七月，被病卒於毘陵。吴越之民相與哭於市，其君子相弔於家，訃聞四方，無賢愚皆咨嗟出涕，太學之士數百人，相率飯僧慧林佛舍。嗚呼，斯文墜矣，後生安所復仰！公始病，以書屬轍曰：「即死，葬我嵩山下，子爲我銘。」轍執書，哭曰：「小子忍銘吾兄！」公諱軾，姓蘇氏，字子瞻，一字和仲，世家眉山。曾大父諱杲，贈太子太保，妣宋氏，追封昌國太夫人。大父諱序，贈太子太傅，妣史氏，追封嘉國太夫人。考諱洵，贈太子太師，妣程氏，追封成國太夫人。公生十年，而先君宦學四方，太夫人親授以書。聞古今成敗，輒能語其要。太夫人嘗讀《東漢史》，至《范滂傳》，慨然太息。公侍側曰：「軾若爲滂，夫人亦許之否乎？」太夫人曰：「汝能爲滂，吾顧不能爲滂母耶？」公亦奮厲有當世志。太夫人喜曰：「吾有子矣。」比冠，學通經史，屬文日數千言。嘉祐二年，歐陽文忠公考試禮部進士，疾時文之詭異，思有以救之。梅聖俞時與其事，得公《論刑賞》以示文忠。文忠驚喜，以爲異人，欲以冠多士，疑曾子固所爲，子固，文忠門下士也，乃寘公第二。復以《春秋》對義，居第一，殿試中乙科，以書謝諸公。文忠見之，以書語聖俞曰：「老夫當避此人，放出一頭地。」士聞者始譁不厭，久乃信服。丁太夫人憂，終喪。五年，授河南福昌主簿，文忠以直言薦之。秘閣試六論，舊不起草，以故文多不工，公始具草，文義粲然，時以爲難。比答制策，復入三等。除大理評事，簽書鳳翔府判官。長吏意公文人，不以吏事責之，公盡心其職，老吏畏服。關中自元昊叛命，人貧役重，岐下歲以南山木栰，自渭入河，經砥柱之險，衙前以破產者相繼也。公遍問老校，曰：「木栰之害，本不至此，若河渭未漲，操栰者以時進止，可無重費也，患其乘河渭之暴，多方害之耳。」公卽修衙規，使衙前得自擇水工，栰行無虞。乃言於府，使得係籍，自是衙前之害減半。治平二年，罷還，判登聞鼓院。英宗在藩聞公名，欲以唐故事召入翰林，宰相限以近例，欲召試秘閣，上曰：「未知其能否故試，如蘇軾有不能耶？」宰相猶不可，及試二論，皆入三等，得直史館。丁先君憂，服除，時熙寧二年也。王介甫用事，多所建立，公與介甫議論素異，既還朝，寘之官告院。四年，介甫欲變更科舉，上疑焉，使兩制三館議之。公議上。上悟曰：「吾固疑此，得蘇軾議，意釋然矣。」卽日召見，問：「何以助朕？」公辭避久之，乃曰：「臣竊意陛下求治太急，聽言太廣，進人太鋭，願陛下安靜以待物之來，然後應之。」上竦然聽受，曰：「卿三言，朕當詳思之。」介甫之黨皆不悦，命攝開封推官，意以多事困之。公決斷精敏，聲聞益遠。會上元，有旨市浙燈，公密疏，舊例無有，不宜以玩好示人，卽有旨罷。殿前初策進士，舉子希合，爭言祖宗法制非是。公爲考官，退擬答以進，深中其病。自是論事愈力，介甫愈恨，御史知雜事者爲誣奏公過失，窮治無所得。公未嘗以一言自辯，乞外任避之。通判杭州。是時，四方行青苗、免役、市易，浙西兼行水利、鹽法。公於其間，常因法以便民，民賴以少安。高麗入貢使者，凌蔑州郡。押伴使臣皆本路筦庫，乘勢驕橫，至與鈐轄亢禮。公使人謂之曰：「遠夷慕化而來，理必恭順，今乃爾暴恣，非汝導之，不至是也，不悛當奏之。」押伴者懼，爲之小戢。使者發幣於官吏，書稱甲子。公却之曰：「高麗於本朝稱臣，而不稟正朔，吾安敢受！」使者亟易書稱熙寧，然後受之。時以爲得體。吏民畏愛，及罷去，猶謂之學士而不言姓。自杭徙知密州。時方行手實法，使民自疏財產以定戶等，又使人得告其不實，司農寺又下諸路，不時施行者以違制論。公謂提舉常平官曰：「違制之坐，若自朝廷，誰敢不從，今出於司農，是擅造律也，若何？」使者驚曰：「公姑徐之。」未幾，朝廷亦知手實之害，罷之。密人私以爲幸。郡嘗有盜竊發而未獲，安撫轉運司憂之，遣一三班使臣領悍卒數千人，入境捕之。卒凶暴恣行，以禁物誣民，入其家爭鬭，至殺人，畏罪驚散，欲爲亂。民訴之，公投其書，不視，曰：「必不至此。」潰卒聞之少安。徐使人招出，戮之。自密徙徐。是歲，河決曹村，泛於梁山泊，溢於南清河，城南兩山環繞，吕梁、百步扼之，滙於城下。漲不時洩，城將敗，富民爭出避水。公曰：「富民若出，民心動搖，吾誰與守？吾在是，水決不能敗城。」驅使復入。公履屨杖策，親入武衞營，呼其卒長，謂之曰：「河將害城，事急矣，雖禁軍，宜爲我盡力。」卒長呼曰：「太守猶不避塗潦，吾儕小人效命之秋也。」執挺入火伍中，率其徒短衣徒跣，持畚鍤以出，築東南長堤，首起戲馬臺，尾屬於城。堤成，水至堤下，害不及城，民心乃安。然雨日夜不止，河勢益暴，城不沉者三板。公廬於城上，過家不入，使官吏分堵而守，卒完城以聞。復請調來歲夫，增築故城，爲木岸，以虞水之再至，朝廷從之。訖事，詔褒之，徐人至今思焉。徙知湖州，以表謝上。言事者擿其語以爲謗，遣官逮赴御史獄。初，公既補外，見事有不便於民者，不敢言，亦不敢默視也，緣詩人之義，託事以諷，庶幾有補於國。言者從而媒孽之，上初薄其過，而浸潤不止，至是不得已從其請。既付獄吏，必欲寘之死，鍛鍊久之，不決，上終憐之，促具獄，以黄州團練副使安置。公幅巾芒屩，與田父野老，相從溪谷之間，築室於東坡，自號東坡居士。五年，上有意復用，而言者沮之。上手札徙汝州，略曰：「蘇軾黜居思咎，閲歲滋深，人材實難，不忍終棄。」未至，上書自言有飢寒之憂，有田在常，願得居之。書朝入，夕報可，士大夫知上之卒喜公也。會晏駕，不果復用。至常。以哲宗卽位，復朝奉郎、知登州。至登，召爲禮部郎中。公舊善門下侍郎司馬君實及知樞密院章子厚，二人冰炭不相入。子厚每以謔侮困君實，君實苦之，求助於公。公見子厚曰：「司馬君實時望甚重。昔許靖以虚名無實見鄙於蜀先主，法正曰：『靖之浮譽，播流四海，若不加禮，必以賤賢爲累。』先主納之，乃以靖爲司徒。許靖且不可慢，况君實乎？」子厚以爲然，君實賴以少安。既而朝廷緣先帝意，欲用公，除起居舍人。公起於憂患，不欲驟履要地，力辭之，見宰相蔡持正自言，持正曰：「公徊翔久矣，朝中無出公右者。」公固辭。持正曰：「今日誰當在公前者？」公曰：「昔林希同在館中，年且長。」持正曰：「希固當先公耶？」卒不許。然希亦由此繼補記注。元祐元年，公以七品服入侍延和，卽改賜銀緋。二月，遷中書舍人。時君實方議改免役爲差役。差役行於祖宗之世，法久多弊，編户充役不習，府官吏虐使之，多以破産，而狹鄉之民，或有不得休息者。先帝知其然，故爲免役，使民以户高下出錢，而無執役之苦。行法者不循上意，於雇役實費之外，取錢過多，民遂以病。若量出爲入，毋多取於民，則足矣。君實爲人，忠信有餘而才智不足，知免役之害而不知其利，欲一切以差役代之。方差官置局，公亦與其選，獨以實告，而君實始不悅矣。嘗見之政事堂，條陳不可。君實忿然，公曰：「昔韓魏公刺陝西義勇，公爲諫官，争之甚力，魏公不樂，公亦不顧，軾昔聞公道其詳，豈今日作相，不許軾盡言耶？」君實笑而止。公知言不用，乞補外，不許。君實始怒，有逐公意矣，會其病卒乃已。時臺諫官多君實之人，皆希合以求進，惡公以直形己，争求公瑕疵。既不可得，則因緣熙寧謗訕之説以病公，公自是不安於朝矣。尋除翰林學士。二年，復除侍讀。每進讀至治亂盛衰、邪正得失之際，未嘗不反覆開導，覬上有所覺悟。上雖恭默不言，聞公所論説，輒首肯，喜之。三年，權知禮部貢舉。會大雪苦寒，士坐庭中，噤不能言，公寬其禁約，使得盡其技。而巡鋪内臣伺其坐起，過爲凌辱，公以其傷動士心，虧損國體，奏之。有旨送内侍省撻而逐之，士皆悦服。嘗侍上讀《祖宗寶訓》，因及時事，公歷言今賞罰不明，善惡無所勸沮；又黄河勢方西流，而强之使東；夏人寇鎮戎，殺掠幾萬人，帥臣掩蔽不以聞，朝廷亦不問；事每如此，恐寖成衰亂之漸。當軸者恨之。公知不見容，乞外任。四年，以龍圖閣學士知杭州。時諫官言前宰相蔡持正知安州，作詩借郝處俊事以譏刺時事，大臣議逐之嶺南。公密疏言：朝廷若薄確之罪，則於皇帝孝治爲不足，若深罪確，則於太皇太后仁政爲小累，謂宜皇帝降敕置獄逮治，而太皇太后内出手詔赦之，則仁孝兩得矣。宣仁后心善公言而不能用。公出郊未發，遣内侍賜龍茶、銀合，用前執政恩例，所以慰勞甚厚。及至杭，吏民習公舊政，不勞而治。歲適大旱，飢疫並作，公請於朝，免本路上供米三之一，故米不翔貴，復得賜度僧牒百易米以救飢者。明年方春，卽減價糶常平米，民遂免大旱之苦。公又多作饘粥藥劑，遣吏挾醫，分坊治病，活者甚衆。公曰：「杭，水陸之會，因疫病死比他處常多。」乃裒羨緡得二千，復發私橐得黄金五十兩，以作病坊，稍畜錢糧以待之。至於今不廢。是秋，復大雨，太湖泛溢害稼。公度來歲必飢，復請於朝，乞免上供米半，又多乞度牒以糴常平米，并義倉所有，皆以備來歲出糶，朝廷多從之。由是吴越之民，復免流散。杭本江海之地，水泉鹹苦，居民稀少。唐刺史李泌，始引西湖水作六井，民足於水，故井邑日富。及白居易復浚西湖，放水入運河，自河入田，所溉至千頃。然湖水多葑，自唐及錢氏，歲輒開治，故湖水足用，近歲廢而不理，至是，湖中葑田積二十五萬餘丈，而水無幾矣。運河失湖水之利，則取給於江潮，潮渾濁多淤，河行闤闠中，三年一淘，爲市井大患，而六井亦幾廢。公始至，浚茅山、鹽橋二河。以茅山一河專受江潮，以鹽橋一河專受湖水，復造堰閘，以爲湖水畜洩之限，然後潮不入市，且以餘力復完六井，民稍獲其利矣。公間至湖上，周視良久，曰：今欲去葑田，葑田如雲，將安所寘之？湖南北三十里，環湖往來，終日不達，若取葑田積之湖中，爲長堤以通南北，則葑田去而行者便矣。吳人種菱，春輒芟除，不遺寸草，葑田若去，募人種菱，收其利以備修湖，則湖當不復堙塞。乃取救荒之餘，得錢糧以貫、石數者萬。復請於朝，得百僧度牒以募役者。堤成，植芙蓉、楊柳其上，望之如圖畫，杭人名之蘇公堤。杭僧有淨源者，舊居海濱，與舶客交通牟利，舶至高麗，交譽之。元豐末，其王子義天來朝，因往拜焉。至是源死，其徒竊持其畫像附舶往告，義天亦使其徒附舶來祭。祭訖，乃言國母使以金塔二祝皇帝、太皇太后壽。公不納而奏之曰：高麗久不入貢，失賜予厚利，意欲來朝，以未測朝廷所以待之薄厚，故因祭亡僧而行祝壽之禮，禮意尠薄，蓋可見矣。若受而不答，則遠夷或以怨怒，因而厚賜之，正墮其計。臣謂朝廷宜勿與知，而使州郡以理却之。然庸僧猾商，敢擅招誘外夷，邀求厚利，爲國生事，其漸不可長，宜痛加懲創。朝廷皆從之。未幾，高麗貢使果至。公按舊例，使之所至吳越七州，實費二萬四千餘緡，而民間之費不在，乃令諸郡量事裁損。比至，民獲交易之利，而無侵撓之害。浙江潮自海門東來，勢如雷霆，而浮山峙於江中，與漁浦諸山，犬牙相錯，洄洑激射，歲敗公私船不可勝計。公議自浙江上流地名石門，並山而東，鑿爲運河，引浙江及溪谷諸水二十餘里，以達於江，又並山爲岸，不能十里以達於龍山之大慈浦，自浦北折抵小嶺，鑿嶺六十五丈，以達於嶺東古河，浚古河數里，以達於龍山運河，以避浮山之嶮，人皆以爲便。奏聞，有惡公成功者。會公罷歸，使代者盡力排之，功以不成。公復言：「三吳之水，瀦爲太湖，太湖之水，溢爲松江以入海，海日兩潮，潮濁而江清，潮水嘗欲淤塞江路，而江水清駛，隨輒滌去，海口常通，則吳中少水患。昔蘇州以東，公私船皆以篙行，無陸挽者，自慶曆以來，松江大築挽路，建長橋以扼塞江路，故今三吳多水，欲鑿挽路爲千橋以迅江勢。亦不果用，人皆恨之。公二十年間，再莅此州，有德於其人，家有畫像，飲食必祝，又作生祠以報。六年，召入爲翰林承旨，復侍邇英，當軸者不樂，風御史攻公。公之自汝移常也，受命於宋，會神考晏駕，哭於宋，而南至揚州。常人爲公買田，書至，公喜作詩，有「聞好語」之句。言者妄謂公聞諱而喜，乞加深譴。然詩刻石有時日，朝廷知言者之妄，皆逐之。公懼，請外補，乃以龍圖閣學士守潁。先是開封諸縣多水患，吏不究本末，決其陂澤，注之惠民河，河不能勝，則陳亦多水，至是又將鑿鄧艾溝，與潁河並，且鑿黃堆，注之於淮，議者多欲從之。公適至，遣吏以水平準之，淮之漲水，高於新溝幾一丈，若鑿黃堆，淮水顧流浸州境，決不可爲，朝廷從之。郡有宿賊尹遇等數人，羣黨驚劫，殺變主及捕盜吏兵者非一，朝廷以名捕不獲，被殺者噤不敢言。公召汝陰尉李直方，謂之曰：「君能擒此，當力言於朝，乞行優賞；不獲，亦以不職奏免君矣。」直方退，緝知羣盜所在，分命弓手往捕其黨，而躬往捕遇。直方有母年九十，母子泣別而行。手戟刺而獲之，然小不應格，推賞不及。公爲言於朝，請以年勞，改朝散郎階，爲直方賞。朝廷不從。其後吏部以公當遷以符會考，公自謂已許直方，卒不報。七年，徙揚州。發運司舊主東南漕法，聽操舟者私載物貨征商，不得留難。故操舟者富厚，以官舟爲家，補其弊漏，而周船夫之乏困，故其所載，率無虞而速達。近歲不忍征商之小失，一切不許，故舟弊人困，多盜所載以濟飢寒，公私皆病，公奏乞復故，朝廷從之。未閱歲，以兵部尚書召還，兼侍讀。是歲，親祀南郊，爲鹵簿使，導駕入太廟。有貴戚以其車從争道，不避仗衛，公於車中刻奏之。明日，中使傳命申敕，有司嚴整仗衛。尋遷禮部，復兼端明殿、翰林侍讀二學士。高麗遣使請書於朝，朝廷以故事盡許之。公曰：「漢東平王請諸子及《太史公書》，猶不肯予，今高麗所請，有甚於此，其可予之乎？」不聽。公臨事必以正，不能俯仰隨俗，乞守郡自効。八年，以二學士知定州。定久不治，軍政尤弛，武衛卒驕惰不教，軍校蠶食其廩賜，故不敢何問。公取其貪污甚者，配隸遠惡，然後繕修營房，禁止飲博。軍中衣食稍足，乃部勒以戰法，衆皆畏服。然諸校多不自安者，卒史復以贓訴其長，公曰：「此事吾自治則可，汝若得告，軍中亂矣。」亦決配之，衆乃定。會春大閱，軍禮久廢，將吏不識上下之分，公命舉舊典，元帥常服坐帳中，將吏戎服奔走執事。副總管王光祖自謂老將，恥之，稱疾不出。公召書吏作奏，將上，光祖震恐而出，訖事，無敢慢者。定人言，自韓魏公去，不見此禮至今矣。北戎久和，邊兵不試，臨事有不可用之憂，惟沿邊弓箭社兵與寇爲鄰，以戰射自衞，猶號精鋭。故相龐公守邊，因其故俗立隊伍，將校出入，賞罰緩急可使。歲久，法弛，復爲保甲所撓，漸不爲用。公奏爲免保甲及兩税折變科配，長吏以時訓勞，不報，議者惜之。時方例廢舊人，公坐爲中書舍人日草責降官制，直書其罪，誣以謗訕，紹聖元年，遂以本官知英州。尋復降一官，未至，復以寧遠軍節度副使安置惠州。公以侍從齒嶺南編户，獨以少子過自隨，瘴癘所侵，蠻蜑所侮，胸中泊然無所蔕芥。人無賢愚，皆得其歡心，疾苦者畀之藥，殞斃者納之竁。又率衆爲二橋以濟病涉者，惠人愛敬之。居三年，大臣以流竄者爲未足也，四年，復以瓊州别駕安置昌化。昌化非人所居，食飲不具，藥石無有，初僦官屋以庇風雨，有司猶謂不可，則買地築室，昌化士人畚土運甓以助之，爲屋三間。人不堪其憂，公食芋飲水著書以爲樂，時從其父老遊，亦無間也。元符三年，大赦，北還。初徙廉，再徙永，已乃復朝奉郎提舉成都玉局觀，居從其便。公自元祐以來，未嘗以歲課乞遷，故官止於此，勳上輕車都尉封武功縣開國伯食邑九百户。將居許，病暑，暴下，中止於常。建中靖國元年六月，請老，以本官致仕，遂以不起。未終旬日，獨以諸子侍側，曰：「吾生無惡，死必不墜。愼無哭泣以怛化。」問以後事，不答，湛然而逝，實七月丁亥也。公娶王氏，追封通義郡君，繼室以其女弟，封同安郡君，亦先公而卒。子三人，長曰邁，雄州防禦推官，知河間縣事。次曰迨，次曰過，皆承務郎。孫男六人，簞、符、箕、籥、筌、籌。明年閏六月癸酉，葬於汝州郟城縣鈞臺鄉上瑞里。公之於文，得之於天。少與轍皆師先君，初好賈誼、陸贄書，論古今治亂，不爲空言。既而讀《莊子》，喟然歎息曰：「吾昔有見於中，口未能言，今見《莊子》，得吾心矣。」乃出《中庸論》，其言微妙，皆古人所未喻。嘗謂轍曰：「吾視今世學者，獨子可與我上下耳。」既而謫居於黃，杜門深居，馳騁翰墨，其文一變，如川之方至，而轍瞠然不能及矣。後讀釋氏書，深悟實相，參之孔、老，博辯無礙，茫然不見其涯也。先君晚歲讀《易》，玩其爻象，得其剛柔遠近喜怒逆順之情，以觀其詞，皆迎刃而解，作《易傳》未完，疾革，命公述其志。公泣受命，卒以成書，然後千載之微言，煥然可知也。復作《論語說》，時發孔氏之秘。最後居海南，作《書傳》，推明上古之絕學，多先儒所未達。既成三書，撫之歎曰：「今世要未能信，後有君子，當知我矣。」至其遇事所爲詩騷銘記書檄論譔，率皆過人。有《東坡集》四十卷、《後集》二十卷、《奏議》十五卷、《內制》十卷、《外制》三卷。公詩本似李、杜，晚喜陶淵明，追和之者幾遍，凡四卷。幼而好書，老而不倦，自言不及晉人，至唐褚、薛、顏、柳，彷彿近之。平生篤於孝友，輕財好施。伯父太白早亡，子孫未立，杜氏姑卒未葬，先君沒，有遺言，公既除喪，即以禮葬姑，及當可蔭補，復以奏伯父之曾孫彭。其於人，見善稱之，如恐不及，見不善斥之，如恐不盡，見義勇於敢爲，而不顧其害。用此，數困於世，然終不以爲恨。孔子謂伯夷、叔齊古之賢人，曰：「求仁而得仁，又何怨。」公實有焉。銘曰：

蘇自欒城，西宅於眉。世有潛德，而人莫知。猗與先君，名施四方。公幼師焉，其學以光。

出而從君，道直言忠。行險如夷，不謀其躬。英祖擢之，神考試之。亦既知矣，而未克施。晚侍哲皇，進以詩書。誰實間之，一斥而疏。公心如玉，焚而不灰。不變生死，孰爲去來。古有微言，衆說所蒙。手發其樞，恃此以終。心之所涵，遇物則見。聲融金石，光溢雲漢。耳目同是，舉世畢知。欲造其淵，或眩以疑。絶學不繼，如已斷絃。百世之後，豈無其賢。我初從公，賴以有知。撫我則兄，誨我則師。皆遷於南，而不同歸。天實爲之，莫知我哀。

按：本文用《四部叢刊》初編影印明活字本《欒城集》及合註所引《墓誌銘》校過。

宋史本傳

蘇軾字子瞻，眉州眉山人。生十年，父洵游學四方，母程氏親授以書，聞古今成敗，輒能語其要。程氏讀東漢《范滂傳》，慨然太息，軾請曰：「軾若爲滂，母許之否乎？」程氏曰：「汝能爲滂，吾顧不能爲滂母邪！」比冠，博通經史，屬文日數千言，好賈誼、陸贄書。既而讀《莊子》，歎曰：「吾昔有見，口未能言，今見是書，得吾心矣。」嘉祐二年，試禮部。方時文磔裂詭異之弊勝，主司歐陽修思有以救之，得軾《刑賞忠厚論》，驚喜，欲擢冠多士，猶疑其客曾鞏所爲，但置第二，復以《春秋》對義居第一，殿試中乙科。後以書見修，修語梅聖俞曰：「吾當避此人出一頭地。」聞者始譁不厭，久乃信服。丁母憂。五年，調福昌主簿。歐陽修以才識兼茂薦之祕閣。試六論，舊不起草，以故文多不工。軾始具草，文義粲然。復對制策，入三等。自宋初以來，制策入三等，惟吳育與軾而已。除大理評事，簽書鳳翔府判官。關中自元昊叛，民貧役重，岐下歲輸南山木栰，自渭入河，經砥柱之險，衙吏踵破家。軾訪其利害，爲修衙規，使自擇水工以時進止，自是害減半。治平二年，入判登聞鼓院。英宗自藩邸聞其名，欲以唐故事召入翰林，知制誥。宰相韓琦曰：「軾之才，遠大器也，他日自當爲天下用，要在朝廷培養之。使天下之士，莫不畏慕降伏，皆欲朝廷進用，然後取而用之，則人人無復異詞矣。今驟用之，則天下之士未必以爲然，適足以累之也。」英宗曰：「且與修注如何？」琦曰：「記注與制誥爲鄰，未可遽授。不若於館閣中近上貼職與之，且請召試。」英宗曰：「試之未知其能否，如軾有不能邪？」琦猶不可，及試二論，復入三等，得直史館。軾聞琦語，曰：「公可謂愛人以德矣。」會洵卒，賻以金帛，辭之，求贈一官，於是贈光祿丞。洵將終，以兄太白早亡，子孫未立，妹嫁杜氏，卒未葬，屬軾。軾既除喪，卽葬姑。後官可蔭，推與太白曾孫彭。熙寧二年，還朝。王安石執政，素惡其議論異己，以判官告院。四年，安石欲變科舉，興學校，詔兩制、三館議。軾上議曰：得人之道，在於知人；知人之法，在於責實。使君相有知人之明，朝廷有責實之政，則胥史皁隸未嘗無人，而況於學校貢舉乎？雖因今之法，臣以爲有餘。使君相不知人，朝廷不責實，則公卿侍從常患無人，而況學校貢舉乎？雖復古之制，臣以爲不足。夫時有可否，物有興廢，方其所安，雖暴君不能廢，及其既厭，雖聖人不能復。故風俗之變，法制隨之，譬如江河之徙移，彊而復之，則難爲力。慶曆固嘗立學矣，至於今日，惟有空名僅存。今將變今之禮，易今之俗，又當發民力以治宮室，斂民財以食游士。百里之內，置官立師，獄訟聽於是，軍旅謀於是，又簡不率教者屏之遠方，則無乃徒爲紛亂，以患苦天下邪？若乃無大更革，而望有益於時，則與慶曆之際何異？故臣謂今之學校，特可因仍舊制，使先王之舊物，不廢於吾世足矣。至於貢舉之法，行之百年，治亂盛衰，初不由此。陛下視祖宗之世，貢舉之法，與今爲孰精？言語文章，與今爲孰優？所得人才，與今爲孰多？天下之事，與今爲孰辨？較此四者之長短，其議決矣。今所欲變改不過數端：或曰鄉舉德行而畧文詞，或曰專取策論而罷詩賦，或欲兼采譽望而罷封彌，或欲經生不貼墨而考大義，此皆知其一，不知其二者也。願陛下留意於遠者大者，區區之法何預焉。臣又切有私憂過計者。夫性命之說，自子貢不得聞，而今之學者，恥不言性命，讀其文，浩然無當而不可窮，觀其貌，超然無著而不可挹，此豈真能然哉！蓋中人之性，安於放而樂於誕耳。陛下亦安用之？」議上，神宗悟曰：「吾固疑此，得軾議，意釋然矣。」卽日召見，問：「方今政令得失安在？雖朕過失，指陳可也。」對曰：「陛下生知之性，天縱文武，不患不明，不患不勤，不患不斷，但患求治太急，聽言太廣，進人太銳。願鎮以安靜，待物之來，然後應之。」神宗悚然曰：「卿三言，朕當熟思之。凡在館閣，皆當爲朕深思治亂，無有所隱。」軾退，言於同列。安石不悅，命權開封府推官，將困之以事。軾決斷精敏，聲聞益遠。會上元敕府市浙燈，且令損價。軾疏言：「陛下豈以燈爲悅？此不過以奉二宮之歡耳。然百姓不可戶曉，皆謂以耳目不急之玩，奪其口體必用之資。此事至小，體則甚大，願追還前命。」卽詔罷之。時安石創行新法，軾上書論其不便，曰：臣之所欲言者，三言而已。願陛下結人心，厚風俗，存紀綱。人主之所恃者，人心而已，如木之有根，燈之有膏，魚之有水，農夫之有田，商賈之有財。失之則亡，此理之必然也。自古及今，未有和易同衆而不安，剛果自用而不危者。陛下亦知人心之不悅矣。祖宗以來，治財用者不過三司。今陛下不以財用付三司，無故又創制置三司條例一司，使六七少年，日夜講求於內，使者四十餘輩，分行營幹於外。夫制置三司條例司，求利之名也；六七少年與使者四十餘輩，求利之器也。造端宏大，民實驚疑；創法新奇，吏皆惶惑。以萬乘之主而言利，以天子之宰而治財，論說百端，喧傳萬口，然而莫之顧者，徒曰：「我無其事，何恤於人言。」操罔罟而入江湖，語人曰「我非漁也」，不如捐罔罟而人自信。驅鷹犬而赴林藪，語人曰「我非獵也」，不如放鷹犬而獸自馴。故臣以爲欲消讒慝而召和氣，則莫若罷條例司。今君臣宵旰，幾一年矣，而富國之功，茫如捕風，徒聞內帑出數百萬緡，祠部度五千餘人耳。以此爲術，其誰不能？而所行之事，道路皆知其難。汴水濁流，自生民以來，不以種稻。今欲陂而清之，萬頃之稻，必用千頃之陂，一歲一淤，三歲而滿矣。陛下遂信其說，卽使相視地形，所在鑿空，訪尋水利，妄庸輕剽，率意争言。官司雖知其疎，不敢便行抑退，追集老少，相視可否。若非灼然難行，必須且爲興役。官吏苟且順從，真謂陛下有意興作，上糜帑廩，下奪農時。隄防一開，水失故道，雖食議者之肉，何補於民！臣不知朝廷何苦而爲此哉？自古役人，必用鄉户。今者徒聞江、浙之間，數郡顧役，而欲措之天下。單丁、女户，蓋天民之窮者也，而陛下首欲役之。富有四海，忍不加恤！自楊炎爲兩稅，租調與庸既兼之矣，奈何復欲取庸？萬一後世不幸有聚斂之臣，庸錢不除，差役仍舊，推所從來，則必有任其咎者矣。青苗放錢，自昔有禁。今陛下始立成法，每歲常行。雖云不許抑配，而數世之後，暴君污吏，陛下能保之與？計願請之户，必皆孤貧不濟之人，鞭撻已急，則繼之逃亡；不還，則均及鄰保，勢有必至，異日天下恨之，國史記之，曰「青苗錢自陛下始」，豈不惜哉！且常平之法，可謂至矣。今欲變爲青苗，壞彼成此，所喪逾多，虧官害民，雖悔何及！昔漢武帝以財力匱竭，用賈人桑宏羊之說，買賤賣貴，謂之均輸。於時商賈不行，盜賊滋熾，幾至於亂。孝昭既立，霍光順民所欲而予之，天下歸心，遂以無事。不意今日此論復興。立法之初，其費已厚，縱使薄有所獲，而征商之額，所損必多。譬之有人爲其主畜牧，以一牛易五羊，一牛之失，則隱而不言；五羊之獲，則指爲勞績。今壞常平而言青苗之功，虧商稅而取均輸之利，何以異此？臣竊以爲過矣。議者必謂：「民可與樂成，難與慮始。」故陛下堅執不顧，期於必行。此乃戰國貪功之人行險僥倖之說，未及樂成而怨已起矣。臣之所願陛下結人心者，此也。國家之所以存亡者，在道德之淺深，不在乎强與弱；曆數之所以長短者，在風俗之薄厚，不在乎富與貧。人主知此，則知所輕重矣。故臣願陛下務崇道德而厚風俗，不願陛下急於有功而貪富强。愛惜風俗，如護元氣。聖人非不知深刻之法可以齊衆，勇悍之夫可以集事，忠厚近於迂闊，老成初若遲鈍。然終不肯以彼易此者，知其所得小而所喪大也。仁祖持法至寬，用人有敍，專務掩覆過失，未嘗輕改舊章。考其成功，則曰未至。以言乎用兵，則十出而九敗；以言乎府庫，則僅足而無餘。徒以德澤在人，風俗知義，故升遐之日，天下歸仁焉。議者見其末年吏多因循，事不振舉，乃欲矯之以苛察，齊之以智能，招來新進勇銳之人，以圖一切速成之效。未享其利，澆風已成。多開驟進之門，使有意外之得。公卿侍從跬步可圖，俾常調之人，舉生非望，欲望風俗之厚，豈可得哉？近歲樸拙之人愈少，巧進之士益多。惟陛下哀之救之，以簡易爲法，以清淨爲心，而民德歸厚。臣之所願陛下厚風俗者，此也。祖宗委任臺諫，未嘗罪一言者。縱有薄責，旋即超升，許以風聞，而無官長。言及乘輿，則天子改容；事關廊廟，則宰相待罪。臺諫固未必皆賢，所言亦未必皆是。然須養其鋭氣，而借之重權者，豈徒然哉？將以折姦臣之萌也。今法令嚴密，朝廷清明，所謂姦臣，萬無此理。然養貓以去鼠，不可以無鼠而養不捕之貓；畜狗以防盜，不可以無盜而畜不吠之狗。陛下得不上念祖宗設此官之意，下爲子孫萬世之防？臣聞長老之談，皆謂臺諫所言，常隨天下公議。公議所與，臺諫亦與之；公議所擊，臺諫亦擊之。今者物論沸騰，怨讟交至，公議所在，亦知之矣。臣恐自兹以往，習慣成風，盡爲執政私人，以致人主孤立，紀綱一廢，何事不生！臣之所願陛下存紀綱者，此也。軾見安石贊神宗以獨斷專任，因試進士發策，以「晉武平吴以獨斷而克，苻堅伐晉以獨斷而亡，齊桓專任管仲而霸，燕噲專任子之而敗，事同而功異」爲問。安石滋怒，使御史謝景温論奏其過，窮治無所得，軾遂請外，通判杭州。高麗入貢，使者發幣於官吏，書稱甲子。軾却之曰：「高麗於本朝稱臣，而不禀正朔，吾安敢受！」使者易書稱熙寧，然後受之。時新政日下，軾於其間，每因法以便民，民賴以安。徙知密州。司農行手實法，不時施行者以違制論。軾謂提舉官曰：「違制之坐，若自朝廷，誰敢不從？今出於司農，是擅造律也。」提舉官驚曰：「公姑徐之。」未幾，朝廷知法害民，罷之。有盜竊發，安撫司遣三班使臣領悍卒來捕，卒凶暴恣行，至以禁物誣民，入其家爭鬭殺人，且畏罪驚潰，將爲亂。民奔訴軾，軾投其書不視，曰：「必不至此。」散卒聞之，少安，徐使人招出戮之。徙知徐州。河決曹村，泛於梁山泊，溢於南清河，匯於城下，漲不時洩，城將敗，富民爭出避水。軾曰：「富民出，民皆動搖，吾誰與守？吾在是，水決不能敗城。」驅使復入。軾詣武衞營，呼卒長，曰：「河將害城，事急矣，雖禁軍且爲我盡力。」卒長曰：「太守猶不避塗潦，吾儕小人，當效命。」率其徒持畚鍤以出，築東南長堤，首起戲馬臺，尾屬於城。雨日夜不止，城不沉者三版。軾廬於其上，過家不入，使官吏分堵以守，卒全其城。復請調來歲夫，增築故城，爲木岸，以虞水之再至。朝廷從之。徙知湖州，上表以謝。又以事不便民者不敢言，以詩託諷，庶有補於國。御史李定、舒亶、何正臣摭其表語，並媒蘖所爲詩以爲訕謗，逮赴臺獄，欲置之死。鍛鍊久之，不決。神宗獨憐之，以黃州團練副使安置。軾與田父野老，相從溪山間，築室於東坡，自號「東坡居士」。三年，神宗數有意復用，輒爲當路者沮之。神宗嘗語宰相王珪、蔡確曰：「國史至重，可命蘇軾成之。」珪有難色。神宗曰：「軾不可，姑用曾鞏。」鞏進《太祖總論》，神宗意不允，遂手札移軾汝州，有曰：「蘇軾黜居思咎，閱歲滋深，人材實難，不忍終棄。」軾未至汝，上書自言飢寒，有田在常，願得居之。朝奏，夕報可。道過金陵，見王安石，曰：「大兵大獄，漢、唐滅亡之兆。祖宗以仁厚治天下，正欲革此。

今西方用兵，連年不解，東南數起大獄，公獨無一言以救之乎？」安石曰：「二事皆惠卿啓之，安石在外，安敢言？」軾曰：「在朝則言，在外則不言，事君之常禮耳。上所以待公者非常禮，公所以待上者，豈可以常禮乎？」安石厲聲曰：「安石須說。」又曰：「出在安石口，入在子瞻耳。」又曰：「人須是知行一不義，殺一不辜，得天下弗爲，乃可。」軾戲曰：「今之君子，爭減半年磨勘，雖殺人亦爲之。」安石笑而不言。至常，神宗崩。哲宗立，復朝奉郎、知登州，召爲禮部郎中。軾舊善司馬光、章惇。時光爲門下侍郎，惇知樞密院，二人不相合，惇每以謔侮困光，光苦之。軾謂惇曰：「司馬君實時望甚重，昔許靖以虛名無實，見鄙於蜀先主，法正曰：『靖之浮譽，播流四海，若不加禮，必以賤賢爲累。』先主納之，乃以靖爲司徒。許靖且不可慢，況君實乎？」惇以爲然，光賴以少安。遷起居舍人。軾起於憂患，不欲驟履要地，辭於宰相蔡確。確曰：「公徊翔久矣，朝中無出公右者。」軾曰：「昔林希同在館中，年且長。」確曰：「希固當先公邪？」卒不許。元祐元年，軾以七品服入侍延和，卽賜銀緋，遷中書舍人。初，祖宗時，差役行久生弊，編户充役者不習其役，又虐使之，多致破產，狹鄉民至有終歲不得息者。王安石相神宗，改爲免役，使户差高下出錢雇役，行法者過取，以爲民病。司馬光爲相，知免役之害，不知其利，欲復差役，差官置局，軾與其選。軾曰：「差役、免役，各有利害。免役之害，掊斂民財，十室九空，斂聚於上，而下有錢荒之患。差役之害，民常在官，不得專力於農，而貪吏猾胥，得緣爲奸。此二害輕重，蓋畧等矣。」光曰：「於君何如？」軾曰：「法相因則事易成，事有漸則民不驚。三代之法，兵農爲一，至秦始分爲二，及唐中葉，盡變府兵爲長征之卒。自爾以來，民不知兵，兵不知農，農出穀帛以養兵，兵出性命以衞農，天下便之。雖聖人復起，不能易也。今免役之法，實大類此。公欲驟罷免役而行差役，正如罷長征而復民兵，蓋未易也。」光不以爲然。軾又陳於政事堂，光忿然。軾曰：「昔韓魏公刺陝西義勇，公爲諫官，争之甚力，韓公不樂，公亦不顧。軾昔聞公道其詳，豈今日作相，不許軾盡言耶？」光笑之。尋除翰林學士。二年，兼侍讀。每進讀至治亂興衰、邪正得失之際，未嘗不反覆開導，覬有所啓悟。哲宗雖恭默不言，輒首肯之。嘗讀祖宗《寶訓》，因及時事。軾歷言：「今賞罰不明，善惡無所勸沮；又黄河勢方北流，而彊使之東；夏人入鎮戎，殺掠數萬人，帥臣不以聞。每事如此，恐寖成衰亂之漸。」軾嘗鎖宿禁中，召入對便殿。宣仁后問曰：「卿前年爲何官？」曰：「臣爲常州團練副使。」曰：「今爲何官？」曰：「臣今待罪翰林學士。」曰：「何以遽至此？」曰：「遭遇太皇太后、皇帝陛下。」曰：「非也。」曰：「豈大臣論薦乎？」曰：「亦非也。」軾驚曰：「臣雖無狀，不敢自他途以進。」曰：「此先帝意也。先帝每誦卿文章，必歎曰『奇才！奇才！』但未及進用卿耳。」軾不覺哭失聲。宣仁后與哲宗亦泣，左右皆感涕。已而命坐賜茶，徹御前金蓮燭送歸院。三年，權知禮部貢舉。會大雪苦寒，士坐庭中，噤不能言。軾寬其禁約，使得盡技。巡鋪内侍每摧辱舉子，且持曖昧單詞，誣以爲罪，軾盡奏逐之。四年，積以論事，爲當軸者所恨。軾恐不見容，請外，拜龍圖閣學士、知杭州。未行，諫官言：前相蔡確知安州，作詩借郝處俊事，以譏太皇太后。大臣議遷之嶺南。軾密疏：朝廷若薄確之罪，則於皇帝孝治爲不足；若深罪確，則於太皇太后仁政爲小累。謂宜皇帝勅置獄逮治，太皇太后出手詔赦之，則於仁孝兩得矣。宣仁后心善軾言，而不能用。軾出郊，用前執政恩例，遣内侍賜龍茶、銀合，慰勞甚厚。既至杭，大旱，飢疫並作。軾請於朝，免本路上供米三之一，復得賜度僧牒易米以救飢者。明年春，又減價糶常平米，多作饘粥藥劑，遣使挾醫，分坊治病，活者甚衆。軾曰：「杭，水陸之會，疫死比他處常多。」乃裒羡緡得二千，復發橐中黄金五十兩，以作病坊，稍畜錢糧待之。杭本近海，地泉鹹苦，居民稀少。唐刺史李泌，始引西湖水作六井，民足於水。白居易又浚西湖水入漕河，自河入田，所溉至千頃，民以殷富。湖水多葑，自唐及錢氏，歲輒浚治。宋興，廢之，葑積爲田，水無幾矣。漕河失利，取給江潮，舟行市中，潮又多淤，三年一淘，爲民大患，六井亦幾於廢。軾見茅山一河，專受江潮，鹽橋一河，專受湖水，遂浚二河以通漕。復造堰牐，以爲湖水蓄洩之限，江潮不復入市。以餘力復完六井。又取葑田積湖中，南北徑三十里爲長堤，以通行者。吴人種菱，春輒芟除，不遺寸草。且募人種菱湖中，葑不復生。收其利以備修湖，取救荒餘錢萬緡、糧萬石，及請得百僧度牒以募役者。堤成，植芙蓉、楊柳其上，望之如畫圖。杭人名爲蘇公堤。杭僧淨源，舊居海濱，與舶客交通。舶至高麗，交譽之。元豐末，其王子義天來朝，因往拜焉。至是，淨源死，其徒竊持其像，附舶往告。義天亦使其徒來祭，因持其國母二金塔，云祝兩宫壽。軾不納，奏之曰：「高麗久不入貢，失賜予厚利，意欲求朝，未測吾所以待之厚薄，故因祭亡僧而行祝壽之禮。若受而不答，將生怨心；受而厚賜之，正墮其計。今宜勿與知，從州郡自以理却之。彼庸僧猾商，爲國生事，漸不可長，宜痛加懲創。」朝廷皆從之。未幾，貢使果至。舊例，使所至吳越七州，費二萬四千餘緡。軾乃令諸州量事裁損，民獲交易之利，無復侵撓之害矣。浙江潮自海門東來，勢如雷霆，而浮山峙於江中，與漁浦諸山，犬牙相錯，洄洑激射，歲敗公私船不可勝計。軾議自浙江上流地名石門，並山而東，鑿爲漕河，引浙江及谿谷諸水二十餘里以達於江。又並山爲岸，不能十里以達龍山大慈浦，自浦北折抵小嶺，鑿嶺六十五丈以達嶺東古河，浚古河數里，達於龍山漕河，以避浮山之險。人以爲便。奏聞，有惡軾者力沮之，功以故不成。軾復言：「三吳之水，瀦爲太湖，太湖之水，溢爲松江以入海。海日兩潮，潮濁而江清，潮水常欲淤塞江路，而江水清駛，隨輒滌去，海口常通，則吳中少水患。昔蘇州以東，公私船皆以篙行，無陸挽者。自慶曆以來，松江大築挽路，建長橋以扼塞江路，故今三吳多水，欲鑿挽路，爲千橋，以迅江勢。」亦不果用，人皆以爲恨。軾二十年間，再莅杭，有德於民，家有畫像，飲食必祝。又作生祠以報。六年，召爲吏部尚書，未至。以弟轍除右丞，改翰林承旨。轍辭右丞，欲與兄同備從官，不聽。軾在翰林數月，復以讒請外。乃以龍圖閣學士出知潁州。先是開封諸縣多水患，吏不究本末，決其陂澤，注之惠民河，河不能勝，致陳亦多水。又將鑿鄧艾溝與潁河並，且鑿黃堆欲注之於淮。軾始至潁，遣吏以水平準之，淮之漲水高於新溝幾一丈，若鑿黄堆，淮水顧流潁地爲患。軾言於朝，從之。郡有宿賊尹遇等，數劫殺人，又殺捕盜吏兵。朝廷以名捕不獲，被殺家復懼其害，匿不敢言。軾召汝陰尉李直方，曰：「君能擒此，當力言於朝，乞行優賞；不獲，亦以不職奏免君矣。」直方有母且老，與母訣而後行。乃緝知盜所，分捕其黨與。手戟刺遇，獲之。朝廷以小不應格，推賞不及。軾請以己之年勞，當改朝散郎階，爲直方賞，不從。其後吏部爲軾當遷，以符會其考。軾謂已許直方，又不報。七年，徙揚州。舊發運司主東南漕法，聽操舟者私載物貨征商，不得留難。故操舟者輒富厚，以官舟爲家，補其弊漏，且周船夫之乏，故所載率皆速達無虞。近歲，一切禁而不許，故舟弊人困，多盜所載以濟飢寒，公私皆病，軾請復舊，從之。未閲歲，以兵部尚書召兼侍讀。是歲，哲宗親祀南郊，軾爲鹵簿使，導駕入太廟。有赭繖犢車并青蓋犢車十餘争道，不避儀仗。軾使御營巡檢使問之，乃皇后及大長公主。時御史中丞李之純爲儀仗使，軾曰：「中丞職當肅政，不可不以聞。」之純不敢言，軾於車中奏之。哲宗遣使齎疏馳白太皇太后。明日，詔整肅儀衛，自皇后而下，皆毋得迎謁。尋遷禮部兼端明殿、翰林侍讀兩學士，爲禮部尚書。高麗遣使請書，朝廷以故事盡許之。軾曰：「漢東平王請諸子及《太史公書》，猶不肯予。高麗所請，有甚於此，其可予乎？」不聽。八年，宣仁后崩，哲宗親政。軾乞補外，以兩學士出知定州。時國是將變，軾不得入辭。既行，上書言：「天下治亂，出於下情之通塞。至治之極，小民皆能自通；迨於大亂，雖近臣不能自達。陛下臨御九年，除執政、臺諫外，未嘗與羣臣接。今聽政之初，當以通下情、除壅蔽爲急務。臣日侍帷幄，方當戍邊，顧不得一見而行，況疎遠小臣，欲求自通，難矣。然臣不敢以不得對之故，不效愚忠。古之聖人將有爲也，必先處晦而觀明，處静而觀動，則萬物之情，畢陳於前。陛下聖智絶人，春秋鼎盛。臣願虚心循理，一切未有所爲，默觀庶事之利害，與羣臣之邪正。以三年爲期，俟得其實，然後應物而作。使既作之後，天下無恨，陛下亦無悔。由此觀之，陛下之有爲，惟憂太早，不患稍遲，亦已明矣。臣恐急進好利之臣，輒勸陛下輕有改變，故進此說，敢望陛下留神，社稷宗廟之福，天下幸甚。」定州軍政壞弛，諸衞卒驕惰不教，軍校蠶食其廩賜，前守不敢誰何。軾取貪污者配隸遠惡，繕修營房，禁止飲博。軍中衣食稍足，乃部勒戰法，衆皆畏伏。然諸校業業不安，有卒史以贓訴其長，軾曰：「此事吾自治則可，聽汝告，軍中亂矣。」立決配之，衆乃定。會春大閱，將吏久廢上下之分，軾命舉舊典，帥常服出帳中，將吏戎服執事。副總管王光祖，自謂老將，恥之，稱疾不至。軾召書吏使爲奏，光祖懼而出，訖事，無一慢者。定人言：「自韓琦去後，不見此禮至今矣。」契丹久和，邊兵不可用，惟沿邊弓箭社與寇爲鄰，以戰射自衞，猶號精鋭。故相龐籍守邊，因俗立法。歲久法弛，又爲保甲所撓。軾奏免保甲及兩稅折變科配，不報。紹聖初，御史論軾掌内外制日所作詞命，以爲譏斥先朝。遂以本官知英州。尋降一官。未至，貶寧遠軍節度副使，惠州安置。居三年，泊然無所蔕芥，人無賢愚，皆得其歡心。又貶瓊州別駕，居昌化。昌化，故儋耳地，非人所居，藥餌皆無有。初僦官屋以居，有司猶謂不可。軾遂買地築室，儋人運甓畚土以助之。獨與幼子過處，著書以爲樂，時時從其父老游，若將終身。徽宗立，移廉州，改舒州團練副使，徙永州。更三大赦，遂提舉玉局觀，復朝奉郎。軾自元祐以來，未嘗以歲課乞遷，故官止於此。建中靖國元年，卒於常州，年六十六。軾與弟轍師父洵爲文，既而得之於天。嘗自謂：「作文如行雲流水，初無定質，但常行於所當行，止於所不可不止。」雖嬉笑怒罵之詞，皆可書而誦之。其體渾涵光芒，雄視百代，有文章以來，蓋亦鮮矣。洵晚讀《易》，作《易傳》，未究，命軾述其志。軾成《易傳》，復作《論語説》；後居海南，作《書傳》；又有《東坡集》四十卷、《後集》二十卷、《奏議》十五卷、《内制》十卷、《外制》三卷、《和陶詩》四卷。一時文人如黄庭堅、晁補之、秦觀、張耒、陳師道，舉世未之識，軾待之如朋儔，未嘗以師資自予也。自爲舉子至出入侍從，必以愛君爲本，忠規讜論，挺挺大節，羣臣無出其右。但爲小人忌惡擠排，不使安於朝廷之上。高宗卽位，贈資政殿學士，以其孫符爲禮部尚書。孝宗置其文左右，讀之終日忘倦，謂爲文章之宗，親製集贊，賜其曾孫嶠。遂崇贈太師，謚文忠。軾三子邁、迨、過，俱善爲文。邁，駕部員外郎。迨，承務郎。

論曰：蘇軾自爲童子時，士有傳石介《慶曆聖德詩》至蜀中者，軾歷舉詩中所言韓、富、杜、范諸賢以問其師。師怪而語之，則曰「正欲識是諸人耳」。蓋已有頡頏當世賢哲之意。弱冠，父子兄弟至京師，一日而聲名赫然，動於四方。既而登上第，擢詞科，入掌書命，出典方州。

器識之閎偉，議論之卓犖，文章之雄儁，政事之精明，四者皆能以特立之志爲之主，而以邁往之氣輔之。故意之所向，言足以達其有猷，行足以遂其有爲。至於禍患之來，節義足以固其有守，皆志與氣所爲也。仁宗初讀軾、轍制策，退而喜曰：「朕今日爲子孫得兩宰相矣。」神宗尤愛其文，宮中讀之，膳進忘食，稱爲天下奇才。二君皆有以知軾，而軾卒不得大用。一歐陽修先識之，其名遂與之齊，豈非軾之所長不可掩抑者，天下之至公也，相不相有命焉，嗚呼！軾不得相，又豈非幸歟？或謂：「軾稍自韜戢，雖不獲柄用，亦當免禍。」雖然，假令軾以是而易其所爲，尚得爲軾哉！

附録二　序　跋

趙夔序

昔杜預註《春秋左傳》，顔籀註班固《漢書》，時人謂征南、祕書爲丘明、孟堅忠臣；又李善於梁、宋之間，開《文選》學，註六十卷，流傳於世，皆僕所喜而慕之者。此註東坡詩集所以作也。東坡先生讀書數千萬卷，學術文章之妙，若太山北斗，百世尊仰，未易可窺測藩籬，況堂奧乎！然僕自幼歲誦其詩文，手不暫釋，其初如涉大海，浩無津涯，孰辨淄澠涇渭，而魚龍異狀，莫識其名，既窮山海變怪，然後了然無有疑者。崇寧年間，僕年志於學，逮今三十年，一句一字，推究來歷，必欲見其用事之處。經史子傳，僻書小説，圖經碑刻，古今詩集，本朝故事，無所不覽；又於道釋二藏經文，亦常遍觀鈔節，及詢訪耆舊老成間，其一時見聞之事，有得既已多矣。頃者赴調京師，繼復守官，累與小坡叔黨游從至熟，叩其所未知者，叔黨亦能爲僕言之。僕既慕先生甚切，精誠感通，一日，夢先生野服乘驢若世之所畫李太白者，惠然見訪。僕方坐一室中，書史環列，起而迎見。先生顧僕，喜曰：「天下之樂，莫大於此。」了無他語。又一日，夢與先生對談，因問水仙王事，卽答以茫昧之語，殊不可曉，不知何意也。僕於此詩分五十門，總括殆盡，凡偶用古人兩句，用古人一句，用古人六字、五字、四字、三字、二字，用古人上下句中各四字、三字、一字相對，止用古人意不用字，所用古人字不用古人意，能造古人意，能造古人不到妙處，引一時事，一句中用兩故事，疑不用事而是用事，疑是用事而不用事，使道經僻事、釋經僻事、小説僻事、碑刻中事，州縣圖經事，錯使故事使古人作用字成一家句法，全類古人詩句用事有所不盡，引用一時小話不用故事而句法高勝，句法明白而用意深遠，用字或有未穩，無一字無來歷，點化古詩拙言，間用本朝名人詩句，用古人詞中佳句，改古人句中借用故事，有偏受之故事，有參差之語言，詩中自有奇對，自撰古人名字，用古謡言，用經史註中隱事，間俗語俚諺詩意物理，此其大畧也。三十年中，殫精竭慮，僕之心力，盡於此書。今乃編寫刊行，願與學者共之。若乃事有遺誤，當俟博雅君子補而鐫之，庶俾先生之詩文與《左傳》、《漢書》、《文選》並傳無窮，而僕於杜預、顔籀、李善三子亦庶幾焉。雖然，尚有可以言者，先生之用事，不可謂無心，先生之用古人詩句，未必皆有意耳。蓋胸中之書，汪洋浩博，下筆之際，不知爲我語耶、他人之語也，觀者以意逵之可也。西蜀趙夔堯卿撰。

王十朋序

昔秦延君註堯典二字，至十餘萬言，而君子譏其繁，丁子襄註《周易》一書，纔二三萬言，而君子恨其畧。訓註之學，古今所難，自非集衆人之長，殆未易得其全體。況東坡先生之英才絶識，卓冠一世，平生斟酌經傳，貫穿子史，下至小説、雜記、佛經、道書、古詩、方言，莫不畢究，故雖天地之造化，古今之興替，風俗之消長，與夫山川、草木、禽獸、鱗介、昆蟲之屬，亦皆洞其機而貫其妙，積而爲胸中之文，不啻如長江大河，汪洋閎肆，變化萬狀，則凡波瀾於一吟一詠之間者，詎可以一二人之學而窺其涯涘哉！予舊得公詩八註、十註，而事之載者十未能五，故常有窺豹之歎。近於暇日搜索諸家之釋，裒而一之，剟繁剔冗，所存者幾百人，庶幾於公之詩有光。雖然，自八而十，自十而百，固非畧矣，而亦未敢以繁言。蓋以一人而肩烏獲之任，則折筋絶體之不暇，一旦而均之百人，雖未能舂容乎通衢，張王乎大都，而北燕南越亦不難到，此則百註之意也。若夫必待讀遍天下書，然後答盡韓公策，則又望諸後人焉。永嘉王十朋龜齡撰。

陸游　施司諫註東坡詩序

古詩唐虞賡歌，夏述禹戒作歌。商周之詩，皆以刊於經，故有訓釋。漢以後詩，見於蕭統《文選》者，及高帝、項羽、韋孟、楊惲、梁鴻、趙壹之流歌詩見於史者，亦皆有註。唐詩人最盛，名家者以百數，惟杜詩註者數家，然概不爲識者所取。近世有蜀人任淵，嘗註宋子京、黄魯直、陳無己三家詩，頗稱詳贍。若東坡先生之詩，則援據閎博，指趣深遠，淵獨不敢爲之說。某頃與范公至能會於蜀，因相與論東坡詩，慨然謂予：「足下當作一書，發明東坡之意，以遺學者。」某謝不能。他日，又言之。因舉二三事以質之曰：「『五畝漸成終老計，九重新掃舊巢痕。』『遥知叔孫子，已致魯諸生。』當若爲解？」至能曰：「東坡竄黄州，自度不復收用。故曰『新掃舊巢痕』，建中初，復召元祐諸人，故曰『已致魯諸生』，恐不過如此。」某曰：「此某之所以不敢承命也。昔祖宗以三館養士，儲將相材，及官制行，罷三館。而東坡蓋嘗直史館，然自謫爲散官，削去史館之職久矣，至是史館亦廢，故云『新掃舊巢痕』。其用事之嚴如此。而『鳳巢西隔九重門』，則又李義山詩也。建中初，韓、曾二相得政，盡收用元祐人，其不召者亦補大藩。惟東坡兄弟猶領宫祠。此句蓋寓所謂不能致者二人，意深語緩，尤未易窺測。至如『車中有布乎』，指當時用事者，則猶近而易見。『白首沈下吏，緑衣有公言』，乃以侍妾朝雲嘗歎黄師是仕不進，故此句之意，戲言其上僭。則非得於故老，殆不可知。必皆能知此，然後無憾。」至能亦太息曰：「如此，誠難矣！」後二十五六年，某告老居山陰澤中，吴興施宿武子出其先人司諫公所注數十大編，屬某作序。司諫公以絶識博學名天下，且用功深，歷歲久，又助之以顧君景蕃之該洽，則於東坡之意，亦幾可以無憾矣。某雖不能如至能所託，而得序斯文，豈非幸哉！嘉泰二年正月五日，山陰老民陸游序。

鄭羽　補刊施註本跋

坡詩多本，獨淮東倉司所刊，明淨端楷，爲有識所寶。羽承乏於兹，暇日偶取觀，汰其字之漫者大小七萬一千五百七十七，計一百七十九板，命工重梓。他時板浸古，漫字浸多，後之人好事，必有賢於羽者矣。景定壬戌中元，吴門鄭羽題。

宋犖　施註蘇詩序

物合於性之所近，而事常成於力之久且勤。水濕火燥，鉤曲弦直，各從其類，而要皆性之所近以相合也。物之於人不類也，是故鹿駭毛嬙，魚避驪姬。其類殊者其性殊。人之於人類已然，且邪正雜糅，若白黑冰炭之相反，非性使然耶？予自齠齒時，聞長老言蘇文忠公之爲人，心竊慕效之。及就傅，讀公傳，嚮往逾摯。嘗圖公像懸座右，而貌予侍其側。稍長，遍誦公集，然嗜有韻之言尤深。其始，筮仕得黄州倅，又幸與公同。嗚呼，豈非天哉！公詩故有吴興施氏元之註四十二卷，元之子宿推廣爲年譜，而陸放翁序之，宋嘉泰間鏤版行世，其後罕流傳。予常求之數十年，莫能得。及撫吴，又數數購求，始得此本於江南藏書家，第缺者十二卷。乃屬毗陵邵長蘅子湘訂補，且爲之芟複正譌，而佐之以吴郡顧嗣立俠君洎兒子至。其續補遺詩四百餘首，采摭施本所未備，别爲二卷，則以屬錢塘馮景山公爲之註。先是永嘉王氏有《蘇詩註》二十二卷，行世頗久，然有三失，分類則陋，不著書名則疎，改竄舊文則妄，誠如子湘所言，加之俗本相沿，譌謬多有，兹編出，而王氏舊本可束高閣矣。凡人喜磊落者，薄蟲魚之註，矜博雅者，搜畢方鼮鼠之名，二者異趣，而予於蘇詩註則非是之謂。蓋以既慕其人，則嗜其言，既嗜其言，則索其解，解必求精，精必正謬，將使世之效法公者，因解而得其言，因言以推其心，凡忠言嘉謀，豐功亮節之大端，胥於是乎識，而祈嚮不遠矣。昔賢可法，莫不皆然，獨公詩乎哉，而予特其性之近者爾。故殫精力，積歲時，完殘補缺，使施註幾亡而復顯，殆有天焉以玉其成，而亦不自知其久且勤如此也。嗚呼，迹公生平，自嘉祐登朝，歷熙寧、元豐、元祐、紹聖三十餘年間，論新法，避羣奸，投荒錮黨，幾蹈不測，而矢其孤忠，百折不回，讀公詩自可知其人而論其世，則予又將以是註爲糟醨也。康熙己卯夏五商丘宋犖序。

邵長蘅　題舊本施註蘇詩

施氏《註東坡詩》四十二卷，鏤板於宋嘉泰間，世之學者，往往知有其書，而流傳絶少。商丘公購之數年，從江南藏書家得此本，又殘缺僅存三十卷。是書卷端題吳興施氏、吳郡顧氏而不著名，而序文目録又闕，故覽者莫得其詳也。其後得陸放翁所作《施註蘇詩序》，有云「施宿武子出其先人司諫公所註數十大編屬余序」，又云「助之以顧子景繁之該洽」。又按

《文獻·經籍考》載，司諫名元之，字德初，其註詩本末，與序合。又參考郡邑志及他書，而三君之名字，乃灼然亡疑。商丘公幸是書之存而惜其殘缺也，進門下士邵長蘅屬以訂補，爲之綴缺正譌，芟蕪省複，而所謂四十二卷者，犂然復完，可版行。聞之昌黎言，用功深者，其收名也遠。故夫文章之士，仰面屋梁，掐擢心腎，幾幸得自表見，使有身後名耳。及觀施氏父子，萃數十年心力成是編，其用功不爲不深，而垂四百餘年，若滅若没，其姓名亦且從狐貍猯狢吻中抉而出之，而僅僅不泯，蓋其傳之之難如是。而註蘇之割裂紕繆，如世所傳永嘉王氏本，其出施氏下遠甚，而顧得行世，豈亦有幸不幸歟？然而書之不足傳者，雖幸而見稱於人，譬之秋潦汪洋，倏歸烏有，而其必傳者，或忽於近而貴於遠，或晦於昔而大顯於今，雖經蟲齧蠹蝕之餘，而若有物焉馮之，不可磨滅。註一家詩之興廢，其微焉耳，然亦有可感者。是編出，吾知其必將焯然與東坡詩並垂久遠，無有能起而蓋之者矣。康熙己卯孟陬六日，毘陵邵長蘅題。

查慎行　補註東坡先生編年詩例略

余於蘇詩，性有篤好，向不滿於王氏註，爲之駁正瑕璺，零丁件繫，收弆篋中，積久漸成卷帙。後讀《渭南集》，乃知有施註蘇詩。舊本苦不易購，庚辰春與商丘宋山言並客輦下，忽出新刻本見貽。檢閱終卷，於鄙懷頗有未愜者，因復補輯舊聞，自忘蕪陋，將出以問世。公詩自仁宗嘉祐己亥始見集中，所謂《南行集》也。從來編年者，或起辛丑，或起壬寅，《南行集》乃己亥庚子詩，反置續集中，殊失位置。考《宋史·藝文志》，有《南征集》一卷，當時此卷本自單行。今自《郭綸》及《初發嘉州》以下，編次一準《欒城集》。惟是先生升沉中外，時地屢易，篇什繁多，必若部居州次，一一不爽，自非朝夕從游，疇能定之。施元之、顧景繁生南渡時，去先生之世未遠，排纂尚有舛錯。如《客位假寐》一首，鳳翔所作，而入倅杭時；《次韻曹九章》一首，黄州所作，而入守湖州時。姑舉二段，以見編年之難。凡慎所辨正，必先求之本詩及手書真迹，又參以同時諸公文集，洎宋元名家詩話題跋，年經詩緯，用以審定前後。兹集舊有八註、十註，同時稍後者有唐子西、趙夔等註。乾道末，御製序刊行。紹興中有吳興沈氏註，漳州黄學臯補註，今皆不傳。傳者惟王氏、施氏兩家耳。施氏本又多殘脱，近從吳中借鈔一本，每首視新刻，或多一二行，乃知新刻復經增删，大都掇拾王氏舊説，失施氏面目矣。今於施註原本所有而新刻所删者，輒補録以存其舊，漫不可辨者則缺之。若乃當代文獻，信而足徵，寧容缺畧，趙叔平、張退傅、張天覺、李誠之、徐德占、劉仲馮、劉壯輿諸公，《宋史》各有傳，非泯泯無聞者。仁宗朝之制科，范景仁之新樂，王介甫之新法，种誼之禽鬼章，邢恕之搆宣仁，王韶之啟邊釁，何以一無援證。元祐初年議回河，七年議郊祀，周思道等先後論榷蜀茶，詮釋亦復影響模糊，皆疎漏之大者，餘無論矣。本集詩與他集互見者，凡九十餘篇，皆施氏原本所無也。新刻本收入續補上下卷，王氏本散見於分類中，贋作極多，要歸於别真贋、去重複、無脱漏而已。和陶詩，子由有序，自成二卷，細考之，惟《飲酒》二十章和於揚州官舍，餘悉紹聖甲戌後自惠遷儋七年中作也。歲月大畧可稽，分之各卷，以符編年之例。其間亦有未能確指年月者，則以意推之，要難遷就他所也。文字之禍，於公爲烈，始而牽連詩帳，終則禁及藏書，散軼固多，收藏不乏。今從簡編中留心搜輯，共得逸詩一百二十餘首。又唐人所謂口號，皆近體詩也，張燕公有《十五夜御前口號》，少陵《紫宸殿退朝口號》、《西閣口號》之類是也。宋人帖子詞及致語口號，猶仍其舊。施氏原註有帖子詞一卷，目録尚存，新刻妄爲删削，今一并采入，與逸詩釐爲三卷。補註之役，權輿於癸丑，迨己未、庚申後，往還黔、楚，每以一編自隨。己卯冬，渡淮北上，水觸舟裂，從泥沙中檢得殘本，淹浥破爛，重加綴葺。辛巳夏，自都南還，夜泊吴門，遇盜探囊，胠篋之餘，此書獨無恙也。自念頭童齒豁，半生著述，不登作者之堂，庶幾托公詩以傳後，因閉門戢影，畢力於斯，追維始事，迄今蓋三十年矣。雖蠡測管窺，何足仰佐萬一，顧視世之開局於五月，蔵事於臘月，半年勒限，草促成書，淺深得失，必有能辨之者。康熙壬午仲春，初白菴主人查慎行識。【詰案】查註無序，今摘其例畧之要，都爲一通，存之。

翁方綱　蘇詩補註序

昔趙東山有《左傳補註》，近時惠松厓又有《左傳補註》，蓋補之爲辭，不嫌於複也。方綱幸得詳考施、顧二家蘇詩註本，始知海寧查氏所補者，猶或有所未盡。聞前輩於山谷詩任註、半山詩李註序葉殘字，皆訪求珍録，蓋古人一字之遺，後人皆得援據以資考證。是以凡原註所有者，攟殘拾墜，録存於篋久矣。歙縣曹吉士從方綱訂析蘇詩疑義，日鈔一二條，遂成此帙，而方綱之管見，亦竊附一二於師友緒餘之末者，欲以益彰原註之美爾。乾隆四十七年春正月十有二日，大興翁方綱書。

馮應榴　蘇文忠詩合註自序

余弱冠以前於蘇文忠公詩，全未涉獵也。釋褐南歸，舟中畧諷誦之，亦未究心也。迨後宦途馳逐二十餘年，無暇從事研求，中間使蜀，曾一謁眉山故里，肅然起敬，而於詩仍未能深爲玩味也。丁未初夏，公退餘閑，偶取王、施、查三本之註，各披閲一過，見其體例互異，卷帙不同，無以取便讀者，爰爲合而訂之，意不過擇精要、删複出焉耳。及尋繹再四，乃知所註各有舛訛，因援證羣書，并得諸舊註本參稽辨補，朝夕不輟者，凡七年而粗就。雖學植淺薄，萬萬不及前人，而心志之專，力所能到者，無不盡焉；所不能到者，歉然而已。先是己酉嘉平，忽夢與文忠相見，曾倩人繪《夢蘇圖》，并自爲文記之。後閲趙堯卿序，亦載作註時兩經夢蘇事。夫以堯卿之去公未遠，創始爲註，積三十年，其見夢也固宜。乃若余之摭拾舊編，了無心得者，而夢適相類，益慨然於古今人智愚雖不同，而嚮往之殷無異，則文忠之靈昭然於七百餘載間者，隨學人所得之深淺，而皆有以啓牖之乎？若謂余之合註，足以希踪往哲，亦致默相感召，此實瞿然不敢自信者已。乾隆癸丑冬下澣，桐鄉馮應榴自序。

紀昀　蘇文忠公詩集序

余點論是集，始於丙戌之五月。初以墨筆，再閱改用朱筆，三閱又改用紫筆，交互縱橫，遞相塗乙，殆模糊不可辨識，友朋傳録，各以意去取之。續於門人葛編修正華處，得初白先生手批本，又補寫於罅隙之中，益轇轕難別。今歲六月，自烏魯木齊歸，長晝多暇，因繕此淨本，以便省覽，蓋至是凡五閱矣。乾隆辛卯八月，河間紀昀曉嵐記。

王文誥　蘇文忠公詩編註集成自序

夫詩之作也，所以明志而永言也。聿自羲文洩閟，而天地之形聲括爲文字，其自然流露於不可知者，而音以諧焉，律以和焉，聖人但因之以垂教立極而已。堯曰「咨爾舜，天之曆數在爾躬」，堯之詩也。舜亦以命禹，而曰「股肱喜哉，元首起哉」，舜之詩也。禹欽舜德廣運，而曰「戒之用休，董之用威」，禹之詩也。《典》、《謨》降而《誓》、《誥》作，而湯曰「時日曷喪」，武曰「我武惟揚」，湯、武之詩也。於是有聖人之德者，不皆在天子位，而周公居東室，有侮予之歎，孔子贊《易傳》，叶餘慶之辭，是爲周公、孔子之詩，而宜播聲章、著明文言者此也。其後靈均被放，《離騷》繼作。離騷者，罹其憂也。自西伯拘羑而拊琴演卦，洗心厄窮，斯實酸辛惻怛之始，而亦《宛》、《弁》、《蕩》、《板》之遺。使德非先覺，心非閔憂，則文人淩雜，雖美弗傳，雖傳奚法？故忠義者叶厲之血脈，而憂患者詞賦之波瀾，讒諂高張，何異流言四國，是皆發乎性情之正而不能止者，其世道風會之變，蓋自周而已然也。當周之世，成、康既没，頌聲寢而怨悱交作。時有蘇公者，仕於周而爲卿士所譖，因賦《何人斯》章。「不入我門」，「云不我可」，念舊好也。「我聞其聲」，「其爲飄風」，傷祇攪也。「遑脂爾車」，「爾還而入」，終切望也。「出此三物」，「有靦面目」，窮反側也。詩雖絶之，而冀以遷善悔禍，不著其譖，故孔子取之，而子夏爲之序，曰：「蘇公刺暴公也。」詩人忠厚之旨也。詩列《小旻之什》。閱一千四百餘載，至宋，而其後嗣文忠公繼起，公之詩庶矣。然約舉其要，則亦本諸垂教立極者也。「定策天知我，膺期止一章」，堯之「曆數爾躬」也。「四海望陶冶，赤手降於菟」，舜之「股肱元首」也。「未敢書上瑞，何人折其鋒」，禹之「戒休董威」也。「根株窮脈縷，隳綱不知羞」，湯之「民欲偕亡」也。「官軍取乞闇，尺書招贊普」，武之「殺伐用張」也。「獲此不貪寶，河流正東釃」，周公之「綢繆牖户」也。「忠義老研磨，惟我獨也正」，孔子之「履霜堅冰」也。至序所謂暴公譖蘇公者，公詩尤倍蓰焉。「閑花亦偶栽，已偃手種松」，則慨維暴而申親厚也。「車轂鳴枕中，絲聲不附木」，則逝梁陳而警愧畏也。「蕭散滿霜風，涼月今宵掛」，則行安亟而致盱祇也。「孤生知永棄，吾道無南北」，則測鬼蜮而視罔極也。是皆同於《何人斯》章，亦詩人忠厚之旨也。然蘇公詩後無徵，而公之孤忠斥逐，差與靈均爲近。史遷謂《騷》自怨生，指大義遠，志潔行廉，不容自疏，而《懷沙》一篇，傷懷永哀，鬱結紆軫，終莫能釋出之，濯淖污中以浮游塵埃之外，或滯凝焉。公正道直行，竭智盡忠，讒人間之，困憊折辱，而其詩上溯唐虞，下逮齊魯，明道德之廣崇，嫺治亂之條貫，參觀窮達之理，與靈均信一致矣。獨其生平用圖史爲園囿，文章爲鼓吹，及遷海上，亦皆罷去，惟肆意乎陶詠。陶家弊游走，自量必貽俗患，俯仰辭世，而公早不自覺，嬰犯世難，意甚愧之。復有《園田》、《下潠》之思，《影》、《形》、《神釋》之寄。蓋其託爲諷諫，原欲有補君國，而天性樂易，怨無自生，故能以陶自廣，全其晚節。此較聞滄浪而卒不返者，殆又各行其志，而公則皭然泥而不滓者也。其於詩道，誠大備矣。顧世無孔子，何從折衷而蔽之於一，若程伊川發妙理於儲祥，朱晦菴繼遺音於梅落，張南軒考門牡於下閉，吕伯恭證壺解於浮環，真西山懲有欲於歸來，魏華父戒負愧於司貢，亦足羽翼篇章，扶持世教，然未易賅其全也。乾隆庚寅，誥七齡矣，方從塾師章句讀，會有求貸於先君者，已而以文忠公詩文集爲報。先君舉以授誥，且詔曰：「異日汝與經史相發明也。」誥謹受而藏之，由是行役之暇，手訂是編，未嘗一日去左右，旁搜註義，凡百十餘家，詩旨會通，足與李、杜、韓集並重，爰序而刊之，用以明先君之意焉，謹序。嘉慶乙亥元日，仁和王文誥見大譔。

重印後記

《蘇軾詩集》校點本出版以後，陸續發現了一些疏誤，感謝有關專家、讀者的批評、指正。借這次重印的機會，凡屬於標點和排校之誤的，已一一予以訂正挖改。下面做三項説明。

屬於底本的錯誤。正文如第二六五一頁第八行的「蘇堅」原作「蘇固」；註文如第一二二三頁第十四行「江北」原作「北江」、第一五六九頁第十一行「潛」原作「潛」、第二一九四頁第九行「翟」原作「馬」、第二二〇九頁第十二行「七月」原作「正月」、第二三八六頁第五行「符」原作「祐」。依據本書體例，以上訂正應出校記。

屬於他集互見的篇目。如卷四十七《龐公》、《戲書》、《散郎亭》、《柏家渡》四詩，又見於沈遼《雲巢編》；卷四十八《山坡陀行》，又見於晁補之《雞肋集》；增補佚詩中的《寄汝陰少師》、《和南郡趙少師》二詩，又見於蘇頌《蘇魏公集》。依據本書體例，以上交代應寫入校記。

但是此次只是利用舊紙型重印，並非重新排版。原書校勘記已順次編入各卷之末，倘予增删，勢必牽動全卷，不易實現。因此，底本的誤字，有的逕改而未出校；互見詩亦姑仍其舊，特説明於此。

另外，底本所引宋代舊註的文字，如「裴硎」與現在通作「裴鉶」者不同。經與現存宋本覈實，底本文字或有根據，故不予校改。他仿此。

點校者　孔凡禮

一九八六年七月

第六次重印本後記

一

《蘇軾詩集》(以下簡稱《詩集》)第五次印刷本問世後,復發現點校與底本中個別疏失,值重印之機,一一更正。底本疏失應出校,以出校版面牽動過大,不易實現,故説明於此。

二

《詩集》卷四十八收《劉顗宫苑退老於廬山石碑菴顗陝西人本進士换武家有聲伎》三詩,一見蘇轍《欒城集》卷十三,題作《書廬山劉顗宫苑屋壁三絶》。按,此三詩爲蘇轍所作,詳孔凡禮編撰《蘇轍年譜》卷十元豐八年(一〇八五)紀事(第二八二至二八三頁)。《詩集·增補》中《絶句一首》,一見《欒城集》卷九,爲《高郵别秦觀三首》其一。《增補·句》之《詩二句》之「旗槍攜到齊西境」云云,一見《欒城集》卷六,爲《次韵李公擇以惠泉答章子厚新茶二首》其二末二句。

《詩集·增補》中之《題王晉卿畫》七絶一首,爲卷二十七《書王定國所藏烟江疊嶂圖》七古中之四句,文字略有不同。

《詩集》卷十九《吴江岸》五絶一首，一見宋蘇舜欽之《蘇舜欽集》。

《詩集》卷四十八《過都昌》七絶一首。按：此詩非蘇軾作，詳孔凡禮編撰《蘇軾年譜》卷三十三紹聖元年（一〇九四）七月紀事（一一六三頁）。

《詩集》卷四十八收六言絶句《失題三首》（首句分别爲「木落沙明秋浦」、「望斷水雲千里」、「公子只應見畫」）。查《御定佩文齋書畫譜》卷七十七《宋蘇軾五帖》，云：「後一帖，爲蘇叔黨《題郭熙平遠》三絶，氣度正爾與乃公相綴屬，尤可敬愛。」此三絶，即《失題三首》。今人舒大剛等校注蘇過（叔黨）《斜川集》，收入《斜川集校注》卷六（巴蜀書社一九九六年第一次印刷本，第四三九至四四〇頁）。

《詩集》卷四十八收《雪詩八首》。按，此八詩出《詩話總龜》卷二十，詩前有序，云：「西南地温少雪，余及壯年，止一二年見之。自退居天國溪堂，山深氣嚴，陰嶺叢薄，無冬而不雪。每一賞翫，必命諸子賦詩爲樂，既而蹈襲剽掠，不免涉前人餘意，因戲取『聲色氣味富貴勢力』數字，離爲八章，止四句，以代一日之謔，且知余之好不在於世俗所争而在於雪也。乃仿歐陽公體，不以鹽、玉、鶴、鷺爲比，不使皓、白、潔、素等字。」細味此序文，殊覺與蘇軾經歷不符。蘇軾出生眉山，實屬西南，然自熙寧元年（一〇六八）出眉山，壯年時未歸。其二，眉山習見雪。蘇軾少時與師劉巨（微之）皆有詠雪之句（參《蘇軾年譜》卷一第二十五頁）。嘉祐四年（一〇五九），川江途中，《詩集》卷一即有《江上值雪》之詩，所詠者爲「下滿坑谷高陵危」之大雪。其三，蘇軾晚年居惠州、儋州，乃「謫居」而非「退居」。其四，蘇軾居惠、儋，惟幼子過侍側，而非「諸子」。《詩話總龜》自卷一至卷四十八爲《前集》，成書於北宋末。知此《雪詩八詩》作者爲北宋末無名氏，有爲官經歷。《總龜》此則云出自《玉局文》。蘇軾於建中靖國元年（一一〇一）去世後，其題跋、雜記、雜説之類文字，刊刻、傳寫者甚多。有蘇軾家屬刊刻者，如《儋耳手澤》（即《東坡手澤》），其書已不傳。有《仇池筆記》，其書節本今傳（另有輯本）。有《百斛明珠》、《玉局文》、《玉局遺文》、《詩話》等，其書皆不傳。《總龜》引自《玉局文》者多則，如其中卷十九之「元豐五年十二月十九日東坡生日置酒赤壁磯下」，即爲《詩集》卷二十一《李委吹笛》之題序。而此則云出自《玉局文》則爲誤題。清代注蘇大家馮應榴於其所注《蘇文忠詩合注》中收此《雪詩八首》，其所本爲《錦繡萬花谷》。《錦繡萬花谷》之依據爲《詩話總龜》。《錦繡萬花谷》之編者惟録其詩，删去詩之序，而逕題其作者爲蘇軾（東坡），遂使後世不知其源，故辨之如此。

《詩集·增補》有《馬子約送茶作六言謝之》一首。按，馬子約名純，高宗紹興中爲江西漕，孝宗隆興（一一六三至一一六四）初，以太中大夫致仕，壽八十一而終。見宋王明清《揮塵録·後録》卷十一。《揮塵録》又云純乃默（處厚）之子。默，《宋史》卷三百四十四有傳。默知登州，深受父老愛戴。元豐八年（一〇八五）十月，蘇軾知登州，乃接默之任。詳《蘇軾年譜》有關紀事。此詩誤題爲蘇軾作，或與此有關。要之，此詩作者約爲高宗時人。《揮塵録》贊純愛民有父風。純知之者少，此詩於研究其人不爲無助。

《詩集》卷四十四《書堂嶼》，殘本《永樂大典》「巖」字韻謂爲沈遼作。

三

《文學遺産》二〇〇五年第五期所載范子燁《蘇軾黄庭堅與唐琴九霄環珮》謂藏於北京故宫博物院之唐代雷琴極品九霄環珮琴背上題有詩一首：「藹藹春風細，琅琅環珮音。垂簾新燕語，蒼海老龍吟。」末署「蘇軾記」。未見《詩集》。

清乾隆《潁州府志》卷九《藝文志》載蘇軾《早至潁上》一首，云：「夜發晚未至，獨行淮水西。明知寒草露，暗濕驄馬蹄。半滅竹林火，數聞茅店雞。秋天畏殘暑，不爲月光迷。」亦未見《詩集》。

以上二首，未能完全肯定爲蘇軾所作，然亦無理由遽棄。今録於此。

《山谷别集詩注》上下卷宋史季温注文所引蘇軾詩句，其不見於《詩集》者有：

自當出懷璧，往取連城價（卷上《濂溪詩》「懷連城兮佩明月」句下引）；

春夢猶横經（卷上《和范廉》「列校聽横經」句下引）；

明月豈肯留庭隅（卷下《明示惠叔二頌》「日月轉庭隅」句下引）；

驚帆度海風掣回（卷下《和蒲泰亨四首》其一「東坡海上無消息」句下引）；

眼看百藥走妖狐，妖狐莫誇智有餘（卷下《題羅公山古柏菴》其二「百年妖狐住不得」句下引）。

今並録此。

孔凡禮

二〇〇六年八月二十二日於北京大興一村舍

蘇詩輯佚中的一些問題

馬德富

查慎行云：「唐宋名家詩文間有互見他集者，……但未有舛繆混雜幾及百篇如東坡詩之甚者也。」(《蘇詩補注》卷四十九)這種舛繆混雜的情況不僅見於《東坡七集·續集》、清施本續補遺等書，在以後的輯佚包括查慎行自己的輯佚中也未能免。查慎行在補注蘇詩時，除對疑僞之作進行考辨外，又從《東坡外集》及各種詩話、筆記、方志中別行搜採不見於正集的蘇詩若干首，編爲兩卷。後來馮應榴《蘇文忠詩合注》又續有補輯。一九八二年中華書局出版《蘇軾詩集》，校點者復從《永樂大典》、《詩淵》等書中輯得佚詩、佚句若干。一九九三年北京大學出版社出《全宋詩》，第十四册又輯得蘇詩佚句若干。這些佚作得之不易，彌可珍貴，功不可没，但也還存在一些問題。比如有的不是蘇軾詩，而是他人之作；有的已見於正集，乃重復收採，如此等等，情況頗爲複雜。今就其比較顯明者舉例辨正於後：

查慎行《蘇詩補注》卷四十七(中華書局一九八二年版《蘇軾詩集》第八册二五九八頁，以下出自該書僅標書名、頁碼)輯有《題王維畫》一詩：

摩詰本詞客，亦自名畫師。平生出入輞川上，鳥飛魚泳嫌人知。山光盎盎著眉睫，水聲活活流肝脾。行吟坐咏皆自見，飄然不作世俗辭。高情不盡落縑素，連山絶澗開重帷。百年流落存一二，錦囊玉軸酬不貲。誰令食肉貴公子，不覺祖父驅熊羆。細氈淨几讀文史，落筆璀璨傳新詩。青山長江豈君事，一揮水墨光淋漓。手中五尺小横卷，天末萬里分毫釐。謫官南出止均、潁，此心通達無不之。歸來纏裹任紈綺，天馬性在終難羈。人言摩詰是初世，欲從顧老癡不癡。桓公、崔公不可與，但可與我寬衰遲。

查慎行在詩後加案語云：「右古詩一首，載谷橋孫紹遠稽古所葺《聲畫集》中，今采録。」今案這首詩見於《聲畫集》卷八，題爲《王維畫》。但這首詩不是蘇軾詩，而是蘇轍《題王詵都尉畫山水横卷三首》中的第一首，見《欒城集》卷十六。蘇轍三詩渾然一體，主旨在稱贊王詵的畫以及其性情人品等。就此詩來看，前十二句從贊王維之畫入手，但意旨不在王維，而是藉王維以爲鋪墊。自「誰令食肉貴公子，不覺（此字當從《欒城集》作「學」，「覺」字形近而訛）祖父驅熊羆」，便折入王詵。王詵之祖王凱乃王全斌曾孫，武勇善戰，官至武勝軍節度觀察留後、侍衛親軍馬軍副都指揮使。詩説王詵不學父祖行武而業文，接下去便贊揚王詵的詩才畫藝和人品。因此從全詩内容看，是題王詵之畫，而不是題王維畫，《聲畫集》題作《王維畫》是錯誤的。從文字來看，除了「覺」字形近而訛，當從《欒城集》作「學」外，「人言摩詰是初世」，《欒城集》作「人言摩詰是前世」；「欲從顧老癡不癡」，《欒城集》作「欲比顧老疑不癡」，亦以《欒城集》爲優。《聲畫集》選録此詩時將蘇轍誤爲蘇軾，查慎行失於考辨，據以採録，亦誤。

查慎行《蘇詩補注》卷四十八輯有《暮歸》一首（《蘇軾詩集》二六二六頁），全文如下：

牛羊久已下，寂寞掩柴扉。水鵲鳴城堞，飛螢上戟衣。夜凉江海近，天闊斗牛微。何日招舟子，寒江北渡歸。

查慎行云：此詩「諸刻本不載，據外集編第十卷，在惠州作，今採録」。今案，此詩又見《張耒集》卷二十，題目相同，其中「寂寞」作「寂寂」，「柴扉」作「城扉」，「水鵲」作「水鶴」。此詩東坡諸刻本不載，只見於外集，外集編者志在補遺，有時疏於考辨，將他人作品誤採入集，這種情況並不鮮見。因此對僅見於外集的作品應持審慎的態度。既然這首詩又見於《張耒集》，那麽是否爲蘇軾所作就更多一重疑問了。胡仔在《苕溪漁隱叢話·後集》卷三十三中說：「『夜凉江海近，天闊斗牛微』，張右史集中佳句也，《備成集》中亦有之，蓋誤收入，非東坡所作。」《備成集》即《東坡備成集》，其所收作品中有不少很有問題，《苕溪漁隱叢話·後集》卷二十八甚至説它是「真僞相半」。它將《暮歸》收入，受到胡仔的批評，胡仔肯定地説這是張耒之作，而不是蘇軾之作。胡仔《苕溪漁隱叢話·後集》成書於孝宗乾道三年（一一六七），距張耒之卒時間不長，所説必有據依。另外，從此詩的語言和風格來看，與東坡惠州詩不類，而極近張耒。張耒晚期五言詩常仿效和化用杜甫詩句，尤以五律爲甚。如這首詩首聯「牛羊久已下，寂寞掩柴扉」，就直接化用杜詩「牛羊下來久，各已閉柴門」。頷聯「水鵲」、「飛螢」云云，也暗襲杜詩「暗飛螢自照，水宿鳥相呼」。餘如「天闊」、「寒江」等詞語，都使人聯想到杜甫「天闊樹浮秦」、「寒江動夜扉」等廣爲傳誦的名句。像這樣在一首詩中如此多而集中地仿效杜詩，在蘇軾詩中是很少見的。再者，首句「牛羊久已下」，溯其更早的淵源，當出自《詩經》「日之夕矣，牛羊下來」。而這一意思在張耒詩中更多次使用，如《步蔬圃》：「荒城繁草木，落日下牛羊。」《歲暮書事十二首》之四：「牛羊已歸去，殘照滿山陂。」《冬日雜書六首》之三：「一逕秋風起，牛羊晚自歸。」《村晚》：「牛羊自歸去，燈火掩衡門。」《同晁郎及秬秸步游乾明晚逾柯山歸》：「言歸日已夕，村徑度牛羊。」等等。看來，日晚而牛羊下來，似乎是張耒一種習慣的構思和語言表達形式。因此《暮歸》這首詩當爲張耒之作。《東坡外集》的編者可能是承襲《東坡備成集》之誤，而查慎行未加詳考，又承襲外集之誤。

查慎行《蘇詩補注》卷四十八還輯有《黄州春日雜書四絶》和《憶黄州梅花五絶》（見《蘇軾詩集》二六一五頁、二六二〇頁），但這些詩是否是蘇軾之作還有疑問。如《四絶》第四首和《五絶》第一首就有問題。二詩如下：

病腹難堪七碗茶，曉窗睡起日西斜。貧無隙地栽桃李，日日門前看賣花。（《黄州春日雜書四絶》之四）

郟城山下梅花樹，臘月江風好在無？争似姑山尋綽約，四時常見雪肌膚。（《憶黄州梅花五絶》之一）

查慎行云：二詩諸刻本不載，據外集卷六採録。並認爲前詩乃「謫居黄州時所作」，後詩乃「離黄州以後、未赴登州以前所作」。但這兩首絶句又見於《張耒集》卷二十七，分别是《雜詩二首》之二和之一。在清吕無隱抄本《宛丘先生文集》中，前首題爲《買花》，後首題爲《憶梅》。因此這兩詩究竟是蘇軾之作還是張耒之作尚須進一步研究。考張耒紹聖四年謫監黄州酒税，居黄近三載；元符三年復通判黄州。故這兩首詩並不能肯定就是蘇軾之作，也有可能是張耒之作。前詩題作「雜書四絶」，既云「雜書」，就不一定是蘇軾自己的創作，有可能是書寫他人的作品。另外，「曉窗睡起日西斜」一句，在邏輯上似不可通。「曉窗睡起」怎麽會是「日西斜」呢？「曉窗」，《張耒集》作「小窗」，似更合情理。「日日門前看賣花」，《張耒集》作「日日門前自買花」。聯繫上句看，「自買花」也比「看賣花」爲優。第三句「貧無隙地栽桃李」，也似與軾情况不太吻合。從二詩情調風格來看，不類蘇詩，而與張耒相近。因此二詩以張耒作的可能性更大。

《蘇詩補注》卷四十八還輯有《游何山》一詩（見《蘇軾詩集》三六五二頁）：

今日何山是勝游，亂峰縈轉繞滄洲。雲含老樹明還滅，石礙飛泉咽復流。遍嶺烟霞迷俗客，一溪風雨送歸舟。自嗟塵土先衰老，底事孤僧亦白頭。

查慎行云：「右七言律詩一首，諸刻不載，見徐獻忠《吴興掌故集》第十卷，今采録。」紀昀懷疑此詩全不似蘇軾風格（見《紀評蘇詩》卷四十八），不過他没有直接的證據，只是出於一種直覺判斷。今案，此詩又見於蘇舜欽《蘇學士集》卷八，題爲《游雷上何山》。蘇舜欽之集在其殁後四年由歐陽修編成，歐陽修有《蘇氏文集序》，一開頭就説：「予友蘇子美之亡後四年，始得其平生文章遺稿於太子太傅杜公之家，而集録之以爲十卷。」蘇舜欽慶曆四年因進奏院事削職爲民，流寓吴中。這首詩就作於此間。詩在山水遊覽中透露出個人身世遭際的感歎，情感壓抑，這與他當時的心情吻合。特别是最後兩句：「自嗟塵土先衰老，底事孤僧亦白頭。」感歎流落風塵，未老先衰。詩當是蘇舜欽作而不是蘇軾作。其實蘇軾另有遊何山之詩，即《遊道場山何山》和《與客遊道場山何山得烏字》（分别見《蘇軾詩集》卷八、卷十九），前詩作於熙寧五年十二月，時蘇軾任杭州通判，奉轉運司檄，到湖州相度捍堤利害，後詩作於元豐二年蘇軾剛到湖州太守任上不久。二詩情調基本上是舒暢輕快的，與此詩頗不相同，遊踪景事也並不一致。《吴興掌故集》的編者可能是把《蘇學士集》的作者誤爲蘇軾，故將此詩收在蘇軾名下，查慎行疏於考辨，將其作爲佚詩採録亦誤。

馮應榴《蘇文忠詩合注》也輯有佚詩若干，其中有的也有問題，如卷五十所輯《失題二首》（見《蘇軾詩集》二六六五頁）：

山行似覺鳥聲殊，漸近神仙簡寂居。門外長溪容淨足，山腰苦筍耿盤蔬。喬松定

有藏丹處，大石仍存拜斗餘。弟子蒼髯年八十，養生世世授遺書。（其一）

浮雲有意藏山頂，流水無聲入稻田。古木微風時起籟，諸峯落日盡藏烟。（其二）

馮應榴云：「《錦繡萬花谷·宫觀類》載此二篇。前一篇『山行似覺鳥聲殊』云云，在『道人幽夢曉初還』一首之後，後一篇『浮雲有意藏山頂』云云，在『石壁高千尺』一首之後，並注云：東坡。今考前一篇是全首，後一篇似止中二聯，而皆不標題。其是否先生詩，亦未敢遽定，姑附録。」應該説馮應榴對此二詩還是心存懷疑的，但他仍將二詩列入卷五十正文，似乎還是傾向於是蘇軾佚詩。今案，這兩首詩都不是蘇軾詩，而是蘇轍詩。前首是蘇轍《游廬山山陽七詠》之三《簡寂觀》，後首是之七《白鶴觀》中四句，均見《欒城集》卷十，乃元豐三年蘇轍貶筠州途中游廬山時作。

《蘇文忠詩合注》卷五十注文中輯有《登廬山》詩一首（見《蘇軾詩集》二六六六頁）：

讀書廬山中，作郡廬山下。平湖浸山脚，雲峯對虚榭。紅蕖紛欲落，白鳥時來下。猶思隱居勝，亂石驚湍瀉。

馮應榴云：「錢塘趙魏云：《南康府志》載蘇文忠《登廬山》詩，云……但據『作郡』句，則非先生詩矣（案軾未作過江州郡守）。今亦附採於此。」《蘇軾詩集》校點者以爲：「按《輿地紀勝》卷三十《總江州詩》有此詩前四句，謂爲蘇東坡作。據此，此詩可信爲東坡作。蓋『作郡』句，亦可移之友人也。」（《蘇軾詩集》二六九三頁）遂將此詩録入正文。今案，此詩不是蘇軾詩，而是蘇轍《江州五詠》之四《東湖》詩，見《欒城集》卷十，乃蘇轍元豐三年謫筠州六月過江州（今江西九江）時作。詩後蘇轍自注云：「李勃隱居廬山，泉石奇勝，今棲賢寺其故居也。及爲九江太守，始營東湖，風物可愛。」由這條自注可知，蘇轍是由東湖而聯想及營東湖的李勃。前二句述李勃曾讀書於廬山，後爲九江太守。三至六句具體描寫江州東湖之景。末二句謂李勃雖作郡於九江，但心仍在山林。因此這首詩的題目必不是《登廬山》，更不是蘇軾登廬山。《輿地紀勝》將之誤作蘇軾詩，遂爲後來《南康府志》所因襲。馮應榴懷疑此非蘇軾詩，其態度是審慎的，但他未作進一步考察，將之附採於集亦欠妥當。

《蘇軾詩集》二七八五頁校點者輯有《絕句一首》：

濛濛春雨濕邗溝，篷底安眠晝擁裘。知有故人家在此，速將詩卷洗閑愁。

此詩輯自《輿地紀勝》卷四十三《高郵軍》。輯者云：「《方輿勝覽》卷四十六亦收此詩，謂爲歐陽修作。查《歐陽文忠公集》，無此詩。作者難定，今録於此，待考。」今案，此非蘇軾詩，亦非歐陽修詩，而是蘇轍詩，見《欒城集》卷九，題爲《高郵別秦觀三首》，此爲其一。蘇轍元豐三年謫監筠州，途中經高郵，與秦觀相會，秦觀送行六十里而別。秦觀《與參寥大師簡》云：「子由春間過此，相從兩日，僕送至南埭而還。」（《淮海集》卷十四）詩中「知有故人家在此」一句，似即指秦觀而言。《輿地紀勝》、《方輿勝覽》所標作者均誤。

《蘇軾詩集》二七八五頁還輯有《扇》一詩：

　　團扇經秋似敗荷，丹青仿佛舊松蘿。一時用舍非吾事，舉世炎時奈爾何！

此詩輯自《分門纂類唐宋時賢千家詩選》卷十七。但這首詩不是蘇軾詩，而是蘇轍《感秋扇》詩的前四句，見《欒城三集》卷三。

二七九〇頁還輯有《題王晉卿畫》一詩：

　　兩峯蒼蒼暗石壁，中有百道飛來泉。人間何處有此景，便欲往買二頃田。

此詩輯自《珊瑚網·名畫題跋》卷三。但此詩不是一首獨立的詩，而是蘇軾《書王定國所藏烟江叠嶂圖》中的四句，見《蘇軾詩集》卷三十。此爲重復收録。

二七九一頁還輯有佚詩二句：「檜棋攜到齊西境，更試城南金線奇。」此二句輯自《能改齋漫録》卷十五《金線泉》條。輯者云：「東坡元豐八年移守文登，嘗過濟南，此詩或作於其時。」今案，這二句不是蘇軾佚句，而是蘇轍《次韻李公擇以惠泉答章子厚新茶二首》之一中句，見《欒城集》卷六。「檜棋」，《欒城集》作「檜旗」，當以《欒城集》爲是。

《全宋詩》第十四册還輯有蘇軾佚句若干，但其中大多是蘇軾詩中的句子，已見於正集，不是佚句。如輯自唐庚《眉山詩集》卷五《和程大夫荔枝》詩注的「荔枝已成吾髮白，猶作江南未歸客」，乃《蘇軾詩集》卷三十一《寄蔡子華》詩中二句；輯自宋鄧肅《栟櫚集》卷二十五《詩評》中的「歲寒冰冷天地閉，爲我起蟄鞭魚龍」，乃《蘇軾詩集》卷二十六《登州海市》中二句；輯自王十朋《梅溪後集》卷十九《知宗柑詩用韻頗險……》詩注的「其間絶品非不佳，張禹縱賢非骨鯁」，乃《蘇軾詩集》卷十一《和錢安道寄惠建茶》中二句；輯自任淵《後山詩注》卷二《黄梅五首》詩注的「冉冉緑霧生人衣」，乃《蘇軾詩集》卷三十二《壽星院寒碧軒》中句，「生」作「沾」。輯自任淵《後山詩注》卷二《泛淮》注的「作詩不須工」，乃《蘇軾詩集》卷六《送劉攽倅海陵》中句；輯自任淵《後山詩注》卷三《次韻蘇公西湖徙魚三首》注的「天公自著意」，乃《蘇軾詩集》卷十七《中秋月寄子由》中句；輯自任淵《後山詩注》卷三《次韻蘇公題歐陽叔弼息齋》注中的「醉中有客眠何害，須信陶潛未若賢」，乃《蘇軾詩集》卷十二《李行中秀才醉眠亭》中二句；輯自任淵《後山詩注》卷三《即事》注的「不會人間閑草木，預人何事管興亡」，乃《蘇軾詩集》卷十《臨安三絶·將軍樹》中二句；輯自任淵《後山詩注》卷八《和鄭户部寶集丈室》注的「書墻涴壁常遭駡」，乃《蘇軾詩集》卷二十三《郭祥正家醉畫竹石壁上……》中句；輯自任淵《後山詩注》卷九《和趙大夫鹿鳴宴集》注的「旅雁何時更著行」，乃《蘇軾詩集》卷四《病中聞子由得告不赴商州》中句；輯自任淵《後山詩注》卷十《謝寇十一惠端硯》注的「背之不見與無同」，乃《蘇軾詩集》卷七《越州張中舍壽樂堂》中句；輯自任淵《後山詩注》卷十《再和寇十一二首》注的「多生綺語磨不盡」，乃《蘇軾詩集》卷十七《次韻僧潛見贈》中句。上述各條，均爲《蘇軾詩集》所本有，輯者未及詳考，致重復輯採，當從佚句中删去。

另外，《全宋詩》第十四册九六三二頁還有輯自宋莊綽《雞肋編》卷上的《戲詠饊子贈鄰嫗》一詩：「纖手搓來玉色勻，碧油煎出嫩黄深。夜來春睡知輕重，壓匾佳人纏臂金。」但此詩在同書九四二八頁已有，題爲《寒具》，只文字上有小異。《蘇軾詩集》卷三十二亦載有此詩，題亦作《寒具》。此亦爲重復採録，當删去。

蘇軾詩集篇目索引

劉尚榮 編

《蘇軾詩集》篇目索引

說　明

一、收録範圍:

本索引收録了見於中華書局校點本《蘇軾詩集》的全部篇目。詩集内容包括: 編年詩(卷一至四十五,王文誥編註)、帖子口號詩(卷四十六, 王文誥編註)、補編詩(卷四十七至四十八,馮應榴合註)、他集互見詩(卷四十九至五十,馮應榴合註)、增補蘇軾佚詩(卷末,孔凡禮輯校)。

二、著録體例:

本索引在各詩篇名之後用兩個阿拉伯數字分别標明該詩所在的卷數和頁數,二者之間用/隔開。例如:

有美堂暴雨　10/482

表示《有美堂暴雨》一詩在校點本《蘇軾詩集》的第十卷第四八二頁。

三、編目方法:

1. 按照《蘇軾詩集》"總目",每一詩題編一條索引。個别詩題底本"總目"文字與正文不一致,今以校點本正文爲準。

2. 總題下標有分題的組詩,總題與分題同時編入索引。例如: 卷三《鳳翔八觀》包括《石鼓歌》、《詛楚文》等八首詩,今將總題"鳳翔八觀"與"石鼓歌"、"詛楚文"等八個分題各編一條索引,分别標明其卷頁數。

3. 總題下未標分題的組詩(校點本補加的"其二"、"其三" 之類不作爲分題),只編一條索引,篇名後只標明組詩的卷數和其中第一首詩所在的頁數。例如: 卷二《荆州十首》共計十首詩,只有總題没有分題,因而只編一條索引; 篇名後"2/62"表示這十首詩在第二卷,其中第一首詩在第六二頁。

4. 有的詩題文字較長,"總目"及正文酌加標點。本索引爲省篇幅, 不再加標點。

5. 有的詩題完全相同,今在篇名後酌情補註總題名或各詩首句, 以示區

别，以便檢索。例如：第三十八卷和第四十五卷分别收有《鬱孤臺》（見本書2053 頁和 2429 頁），我們在兩首詩題後分别括註了各詩首句，讀者可根據需要進行查檢。

四、編排次序：

1．本索引依篇名首字筆畫爲序。

2．筆畫數的計算，遵從《康熙字典》。個别字（或偏旁），新字形與《康熙字典》不盡一致，如“者”字，《字典》中爲九畫，新字形（者）爲八畫。本索引按新字形排比。

3．篇名首字相同時，按第二字筆畫爲序。以下依此類推。

4．筆畫相同的字，依起筆的丶一丨丿乛爲序排比。

《蘇軾詩集》篇目首字

筆畫檢字表

十一畫

十二畫

十三畫

十四畫

十五畫

十六畫

十七畫

十八畫

二　畫

三　畫

四　畫

五畫

六畫

七畫

八　畫

九　畫

十畫

十一畫

十二畫

十三畫

十四畫

十五畫

十六畫

十七畫

十八畫

十九畫

二十畫

二十一畫

二十二畫

二十三畫

二十五畫

二十七畫

二十八畫

二十九畫